한국 시가의 담론과 미학

《 한국 시가의 담론과 미학 》

김학성 지음

보고사

머리말

국문학과 함께 한 지 어느덧 30여 년의 세월이 흘렀다. 적지 않은 연륜 속에 이 책이 순전히 단독 저술로는 다섯 번째 상재(上梓)하는 졸저(拙著)가 된다. 그동안의 연구를 돌이켜 보면 그 때 그 때의 학문적 경향과 밀접한 관련을 가지면서 때로는 주류적 흐름에 편승하기도 하고 때로는 그런 경향을 거부하는 방향을 택하기도 했다. 그러는 가운데 문학은 과연 무엇이고 왜 연구하는 것인가라는 근본적 물음에 스스로 해답을 찾아가는 도정으로서 국문학연구가 이루어지고 또 이루어져야 함을 깨닫게 되었다. 그리하여 국문학 연구는 연구를 위한 연구, 그저 한가로움과 여유에 바탕한 도락(道樂)으로서의 연구가 되어서는 안 되며, 국문학의 정체성과 진정한 가치의 발견으로 나아가야 한다는 결론에 이르게 되었다.

국문학의 정체성과 그 진정한 가치를 발견하는 길은 국문학의 텍스트를 해석하고 이해하는 단계를 넘어 그 텍스트를 통해 '지혜'를 읽어내는 단계로까지 나아가야 함을 의미하는 것이어서 웬만한 천착으로서는 도달하기 어려운 작업이기도 하다. 그 이전에 넘어야 할 단계가 여러 가지 장벽으로 가로막고 있기 때문이다.

우리에게 국문학 텍스트는 가공되기 전의 원 자료 곧 〈데이터〉로서 객관적으로 존재한다. 그 객관적 데이터를 국문학의 중요한 위치를 차지하는 〈정보〉가 될 수 있도록 유용하게 가공해야 하는 일차적 임무를 갖는다. 이렇게 해서 얻어진 정보를 '의미'로 바꾸어 〈지식〉의 단계로 끌어올리고, 이러한 지식을 바탕으로 국문학의 진정한 가치와 정체성 발견의 디딤돌이 될 수 있는 독자적인 세계관과 관점의 정립을 통한 〈이해〉의 단계로 나아가게 되는 것이다. 그리고 이러한 국문학 텍스트의 이해를 바탕으로 완전하고 생산적으로 된 이해 곧 〈지혜〉의 단계라는 최종의 목표지점에 도달할 수 있게 되는 것이다.

지금까지 국문학을 연구하면서 우리는 국문학 텍스트의 정체성과 가치 발견이라는 완전하고 생산적으로 된 이해 곧 지혜의 최종 단계로 끌어올리는 작업을 과연 얼마나 수행할 수 있었던가? 그저 시대의 역사적·문화적 사실로서 정보를 알리는 수준에 그치거나 어설픈 지식을 제공하는 수준에 머물지는 않았던가? 우리가 천착해낸 국문학 텍스트의 이해라는 수준도 남이, 특히 서구가 제공한 관점이나 세계관에 입각해서 접근하다보니 그 진정한 가치를 발견하기는커녕 오히려 훼손하거나 왜곡하지는 않았던가? 이러한 자성적 물음이 스스로 꼬리에 꼬리를 물고 일어나게 된다.

국문학의 정체성과 진정한 가치의 발견을 지혜의 단계로 끌어올려 이해하는 것이 우리의 최종 목표라면 그 지점을 향해 나아가는 길은 어디에 있는 것일까? 이를 위해서는 국문학의 텍스트가 주체 없는 기호 사슬로서의 언어체가 아니라 그것을 산생한 '주체'—이들은 서구인도 그 어떤 나라 사람도 아닌 한국인이다—의 '담론'이라는 인식이 가장 중요하다. 이렇게 국문학의 텍스트를 세계보편인의 담화로서 언어 그 자체로 존재하는 순수 담화가 아니라 한국인이라는 주체가 특정한 방식으로 실천한 문학행위 즉, 주체의 발화체로서 '담론'으로 인식할 때 국문학으로서의 정체성과 진정한 가치가 온전하게 드러날 뿐 아니라 그 독특한 '미학'적 특성이 규명될 수 있는 것이다.

이 책에 실은 논문들은 저자의 이러한 시각을 바탕으로 근자에 학회지에 발표한 논문들을 엮은 것이다. 글의 대부분이 우리 시가문학의 담론과 미학의 문제를 해명하는 일에 집중되고 있어 책의 제목도 그렇게 붙였다. 여기 수록된 논문들이 국문학의 정보나 지식을 제공하는 수준을 넘어 주체적 세계관과 저자 나름의 독자적 관점을 가진 〈이해〉의 수준 혹은 더 나아가 국문학을 생산적이고 완전한 이해로 다가갈 수 있도록 〈지혜〉의 단계로까지 상승시켰는지는 전혀 자신이 없다. 다만 그러하고자 노력한 하나의 작은 결실이라 말하고 싶을 뿐이다. 책을 엮고 보니 군데군데 불만스러운 곳이 보여 손질을 하고 보완하기도 했다. 혹 이 방면에 관심을 가진 이들은 학회지에 실린 같은 논문보다 이 책에 실린 글을 참고로 했으면 한다.

막상 책을 상재하려 하니 오류나 미흡한 점이 있을까 두려움이 앞서지만 우리 시가에 대한 담론적 미학적 이해에 새로운 제안을 한 것도 상당수 보여 그로써 자위하고자 한다. 특히 사설시조와 엇시조의 형식문제와 담당층 문제, 그리고 미학적 문제를 새롭고 보다 선명하게 규명하려 했던 시도와 시집살이 노래의 서술구조분석을 통해 서사민요가 아니라 서정민요임을 밝힌 점, 정선아라리의 미학적 해명, 서민가사의 실체성에 대한 문제 제기와 새로운 제안, 현대시조의 위상과 나아갈 방향에 대한 전망, 시조와 사설시조의 상호텍스트성을 통한 시조 고유 미학의 발견 등은 앞으로 국문학계와 시조 창작계의 논쟁거리가 되기에 충분한 것이라 생각된다.

이 책에 실린 글의 오류와 미흡점에 대해서는 동학 여러분의 준엄한 질정을 바라며 끝으로 이 책을 세상에 내놓을 수 있게 한 보고사의 김홍국 사장과 편집부 이경민 씨에게 감사의 마음을 전한다.

2004년 11월 9일 늦가을을 보내며
춘당서실에서 김학성 씀

차 례

제3부 민요의 장르본질과 향유미학

제1부

한국 시가의 담론과 미학적 전환

18·19세기 예술사의 구도와 시가의 미학적 전환

― 여항-시정문화와의 관련양상을 중심으로 ―

1. 문제 제기 ―18·19세기 시가사를 보는 눈

18·19세기의 시가사의 전개나 미학적 특징에 대하여는 다른 어떤 시기보다 활발하게 연구가 진행되어 왔다고 말할 수 있다. 그 덕분에 현재 축적된 성과만으로도 이 시기 고전시가사의 전반적인 흐름과 성격을 짚어보고, 그 미학적 특징의 변화 양상을 파악하는 데는 큰 어려움이 없을 정도로 진전되었다고 생각된다. 그럼에도 이 시기 시가사와 인접 예술과의 관련 구도를 파악하는 문제는 아직까지도 상당히 미흡하다 할 수 있으며, 시가사의 경우도 그것을 체계화하거나 의미화하는 방법 혹은 시각에 있어서는 만족스러운 수준까지 도달했다고 하기는 어려운 것으로 보인다.

필자 역시 이 시대의 시가사와 예술사의 관련양상을 포괄적으로 혹은 체계적으로 제시하기에는 연구 역량이 턱없이 부족하다. 이 문제를 해명하기 위해서는 고전시가의 여러 장르는 물론이고 그것과 관련을 맺는 인접 예술 전반의 동향까지 훤하게 꿰뚫어야 가능하기 때문이다. 그런 한계로 인해 여기서는 문제의 초점을 시가사에 두고 그 역사적 전개와 미적 특징을 보다 정밀화하고 체계화하기 위해, 그것을 바라보는

시각이나 방법에 있어서 기존 연구가 일정 정도 편향되거나 경직화된
면을 보인다거나 어느 부분에서는 지나치게 단순-일반화된 문제를 안
고 있다고 보아, 본고에서는 이러한 문제점을 어느 정도 벗어나는 시각
과 구도를 마련하는 방안을 모색함으로써 앞으로의 이 방면의 연구에
하나의 방향을 제시하는 것으로 기조 발표로서의 책임의 일단을 면해
보고자 한다.

18·19세기 예술사 혹은 시가사를 논의함에 있어서 누구나 공통적으
로 지목하는 시대적 변화의 특징은 (1) 서울을 비롯한 상업도시의 발달
에 힘입어 여항예술이 급속도로 성장하고 있었다는 점, (2) 그 주역은 도
시를 배경으로 부를 축적한 이른바 여항인-기술직 중인과 경아전 서리
층 및 상공인-이라는 점, (3) 그들이 예술에서 추구하는 미학은 도시 대
중의 유흥문화적 통속성을 지향하고 있다는 점 등으로 요약할 수 있을
것이다. 그런데 이러한 특징들을 의미화하고 체계화하는 방법과 시각에
있어서는 다음과 같은 몇 가지 문제가 지적될 수 있을 것 같다.

첫째, 여항 혹은 시정예술의 주역을 여항인으로 볼 때 그 개념을 계
급적 시각으로 보려는 문제점이다. 기존의 논의에서 여항을 비양반층의
생활공간으로, 여항인을 도시에 거주하는 비양반층 전체를 지칭하는 개
념으로 정의함으로써[1], 신분 계급과 깊이 연관되는 개념으로 이해하는
태도를 말한다. 그러나 도시의 저자 거리를 넘나드는 몰락 양반층이나
파락호의 경우는 여항-시정인으로서의 삶이 전부라 해도 과언이 아니
다. '일화나 전설·민담의 시정예술화'라고 그 성격을 규정해볼 수 있는

---

1) 이러한 개념 정의는 통설화 되어 있으며 강명관은 여기서 한 걸음 더 나아가 "조선
   후기에 와서 경제적 문화적 성장을 통해 사회세력으로 형성된 서울의 중간계급"이
   라 하여 계층이 아닌 계급 개념으로까지 이해하고 있다. (강명관,『조선후기 여항문
   학 연구』, 창작과비평사, 1997, 34쪽 참조)

야담이나 한문 단편은 도시적 삶의 한 복판에서 호흡하는 양반 사대부층(주로 몰락한 계층)을 떠나서는 설명하기 어렵고, 여항—시정예술의 대표격인 소설이나 판소리 서사체의 가장 유력한 독자층을 형성하고 있는 도시의 양반부녀층은 그들 신분과 관계없이 여항문화권역의 한 부면에서 결코 제외될 수 없는 존재들이다.

그렇다면 여항—시정인은 신분 계층을 초월하여 도시라는 사회 문화 공간 속에서 도시적 삶과 미적 취향을 갖고 살아가는 집단 전체를 의미하는 것으로 개념을 유연하게 잡아야 할 필요가 있을 것이다. 그래야 상층의 고급문화와 하층의 민속문화가 바로 이 여항—시정의 공간에서 서로 교섭하고 수수관계를 가짐으로써 양쪽의 문화 특질이 뒤섞여 복잡하기는 하지만 보다 다양하고 윤택한 여항—시정예술로 다시 태어날 수 있음이 설명된다. 그런 면에서 여항문학을 기술직 중인이나 경아전들의 시사활동을 중심으로 한 한문학 특히 한시에 국한하여 이해하는 협소한 시각도 재고해야 할 것이다. 그보다 여항인의 개념을 특정 신분 계층으로 한정하고 여항문화의 담론을 중간층 혹은 민중의 담론으로 이해하려는 편향적 시각은 더 큰 문제가 아닐 수 없다. 18·19세기보다 앞선 시대의 전통사회에서는 신분의 차이가 문화적 차이와 직결되는 것이어서 신분계급적 시각이 유효성을 가질 수 있으나 이 시대의 여항—시정문화는 그러한 편향된 시각으로는 그 특성을 탄력적으로 이해하기 어려운 한계를 가질 수밖에 없는 것이다.

둘째, 이 시대의 시가나 예술의 특성을 '도시의 유흥문화' 혹은 '여항 혹은 시정의 통속문화'라는 단일한 성격으로 파악함으로써 18세기(사회—문화적 성격으로 보아 17세기 후반으로 소급할 필요)에서 19세기(20세기 전반까지 연장할 필요)에 걸치는 2-3백년 기간 동안의 변화상을 시차적 차별화를 통해 이해하지 않고 단일화 또는 일반화로 뭉뚱그리는 것은 바람직하거나 정밀한 이해 태도라 하기 어렵다. 그리고 18세기와 19세기를 차별화하여 전자가 민중집단과 공유하는 부분이 크고 민중적 호흡을 역동적으로 담는 등 상대적 탄력성이 큰 데 비해 후자는 현실에 대응하기를 멈춘, 그리하여 특별한 미적 모색이 없었던 퇴보의 시기로 이해하는 시각2) 역시 리얼리즘이라는 단일성 잣대에 의한 설명이어서 이 시기의 복잡한 예술 현상을 이해하는 방식으로는 그 적절성이 의문시된다. 18세기로부터 20세기의 문턱에 이르는 동안 서울을 비롯한 대도시의 급속한 인구 증가와 상업적 소통구조의 성숙도는 상당한 편폭을 보이면서 몇 단계의 발전 과정을 거치며, 이에 따라 예술의 상품경제적 소통의 정도가 달라지고 미감의 질적 차이도 다종다양한 편폭을 보일 터이므로 그에 상응하는 보다 정밀화된 설명방식이 요청될 것이다.

셋째, 이 시기에 여항—시정을 중심으로 창작 향유되는 많은 시가들이 시정의 담론으로 텍스트화되는 특수성을 고려하지 않고, 이러한 텍스트마저 작자는 곧 화자라는 관점에서 작자의 진지한 의도가 투영된 작품으로 읽어내려는 이해방식의 문제점이다. 그러나 이 시대에는 사설시조나 가창가사 혹은 잡가 등에서 볼 수 있듯이 작자가 작품에 밀착되어 텍스트 고정성을 얻는 진지한 담론으로서가 아니라, 텍스트 그 자체를 향유하기 위해 산생된, 시정의 불특정 다수 독자(향유자)를 위한 작품들이 상당한 비중을 차지하기 때문에 이런 작품의 이해에는 각별한 주의가 요청된다. 즉 이런 작품에서 화자의 발화를 작자의 발화로 동일시하거나 진지한 발화로서의 의미심장한 무게를 부여하는 해석은 텍스트가 지향하는 본질과는 사뭇 다를 수 있다는 점을 고려해야 한다는 것이다. 그밖에도 작자 혹은 개작(윤색)자가 자신을 숨기는 여건에서 소통

---

2) 고미숙, 『18세기에서 20세기 초 한국시가사의 구도』, 소명, 1998, 143쪽 참조.

이 가능한 경우나, 시정의 대중이 향유하다보니 텍스트화와 담론의 방식이 달라지는 경우, 그리고 작자의 혼동현상, 텍스트의 착간현상, 끝없는 윤색 개작 등으로 인해 작자가 의도한 의미가 훼손 혹은 해체되는 현상은 소통에 참여하는 여러 변수로 작용하여 작자의 진지한 발화와는 거리를 멀게 하고 나아가 다양한 이본 텍스트가 지향하는 미학마저 달라지게 할 수 있다는 점도 고려해야 할 것이다.

넷째, 이 시기 시가사의 동향을 파악하고 미학적 변화의 양상을 추적하는 데는 시가의 생성모태가 되는 각 문화권의 위상과 특수성을 이해하고 나아가 각 문화권간의 상호 역학관계와 세계관적 혹은 미학적 수수관계를 고려하는 것이 효율적이라 생각하는데, 지금까지의 연구들은 이 점에서 소홀한 면이 있어왔다고 생각한다. 이 문제는 최근에 달거리 계통의 사친가 노래들을 통해 그것의 향유공간이 여러 가창문화공간(규방문화권, 판소리 연창 문화권, 잡가문화권, 민요권)에 걸쳐 있음을 확인하는 정밀한 작업3)에서 어느 정도 성과를 보인 바 있다. 여러 가창문화권에 걸쳐 수평적으로 실현되는 현상의 확인뿐 아니라 텍스트의 시차를 통한 영향관계 혹은 수수관계까지 밝힐 수 있게 됨으로써 각 이본 텍스트의 위상과 특성이 보다 분명해지는 성과를 얻게 되는 것이다.

2. 18·19세기 예술사의 구도와 방향

18·19세기 시가사의 전개 양상과 그 미학적 특성을 심층적으로 진단하려면 시가 자체의 역사적 흐름뿐 아니라 인접 예술사의 전개 구도와 방향을 파악하는 일이 선행되어야 할 것이다. 그러나 이 시기는 그

---

3) 성무경, 『가사의 시학과 장르실현』, 보고사, 2000, 316쪽 참조.

이전의 어느 시대보다 변화의 폭이 워낙 크고 장르 상호간의 관련 양상이 복잡하여 그것을 만족스럽게 해명해 내기란 여간 어렵지 않을 것이다. 이에 여기서는 각 문화 영역 간의 관계를 중심 축으로 하는 횡적 구도와 그 역사적 변화 방향을 중심 축으로 하는 종적구도를 살핌으로써 그 대강의 줄기를 가늠하는 선에서 그칠까 한다.

조선시대 전체에 걸쳐서 사회-문화적 변화는 점진적으로 부단히 계속되어 왔다고 이해해야겠지만, 그 중에서도 17세기 후반에서 18세기 전반(숙종-영조간)에 이르는 시기의 변화는 그 이전에 볼 수 없었던 획기적인 전환의 양상을 보여 왔음은 널리 알려진 바와 같다. 그리고 그 변화의 폭은 조선 전기와는 근본적으로 패러다임을 달리하는 전환이라 일컬을 정도이며, 이러한 전환을 설명하는 방식은 도시와 상공업의 발달 같은 물적 기반의 변화에 기반한 사회사적 시각으로, 혹은 실학이나 천기론 같은 사상사적 시각으로 설명되어 왔다. 여기서 문제삼는 예술사의 종적 혹은 횡적 구도의 변화도 기본적으로 이러한 사회사적 사상사적 변화구도와 긴밀하게 맞물려 있는 것이지만 문제를 보다 선명히 하기 위해 초점을 예술사 자체의 변화 국면으로 좁힐 필요가 있을 것이다. 이런 점에서 18·19세기 예술사의 횡적 구도는 각 문화권의 영역별 변화 구도를 살피는 일이 효율적인 설명방식이 될 것이다.

예술이 생성되는 공간으로서의 문화적 층위는 그 성격의 차이에 따라 크게 (1) 궁정-관각문화, (2) 여항-시정문화, (3) 향촌-촌락문화의 세 영역으로 나눌 수 있다. 이 가운데 (1)은 당대의 지배계층이 향유하는 고급 엘리트문화로서 진지하고 고아(高雅)함의 미학을 추구하며, (3)은 당대의 피지배계층인 민중들이 향유하는 기층의 민간문화로서 순수하고 소박한 미학을 추구하며, (2)는 도시에 거주하는 불특정 다수의 집단인 대중이 향유하는 통속문화로서 자극적인 俗의 미학을 추구한다고 각각의 특징을 부여해 볼 수 있다. 이러한 문화적 층위로 볼 때 조선전기는 도시의 발달이 미미한 까닭에 (2)는 크게 존재의미를 갖지 못했으며, 따라서 (1)과 (3)의 양분구도로 문화가 산출－향유되고 있었다고 해도 과언이 아니다.

그러나 18·19세기로 넘어가면 사정이 전혀 달라져서 서울을 비롯한 상업도시가 급속도로 발달함에 따라 (2)의 문화영역이 크게 성장하여 (1)과 (3)의 어느 쪽에도 소속되지 않는 제3의 문화로서의 독자성을 확보하게 되고, 나아가 (1)과 (3)을 점차 문화의 주변부로 밀어내고 자신이 그 중심부를 차지하는 지경까지 이르게 된다. 이는 기본적으로 (2)가 도시에 거주하는 대중을 기반으로 한 문화이므로 도시의 팽창과 속도를 같이 하여 세력을 확장할 수밖에 없는 필연적인 귀결이기도 한 것이다. 따라서 (2)가 성장의 속도를 가속화할수록 각 문화영역의 경계는 무너지며, 특히 (1)과 (3) 모두 (2)쪽으로 구획 지워진 경계선이 무너지면서 (2)로 통합되어 가는 양상을 보이는 것이 이 시기 예술사의 변화구도라 할 것이다. (2)는 그 문화적 자양분을 (1)과 (3)의 양쪽에서 구해와 대중적인 통속성으로 재창조해내는 미학을 추구하기 때문이다. 즉 (1)의 고급문화적 특수성과 (3)의 기층문화적 특수성을 탈색하여 (2)의 시정문화로 재구성함으로써 대중이라는 광범위한 향유층을 확보하게 된다는 것이다. 따라서 종래 판소리의 변화를 설명하는 논리로 주목되었던 좌상객의 영향력 때문에 텍스트가 변화하는 것으로 보기[4]보다, 거꾸로 판소리 텍스트가 시정화－대중화함으로써 좌상객까지 애호가로 확보할 수 있었다고 보는 것이 보다 합리적인 설명력을 가질 것이다.

또한 (2)의 세력확장은 (1)의 고급문화 예술과 (3)의 민간문화 예술

---

4) 이러한 견해의 대표적인 예는 김흥규, 「19세기 전기 판소리의 연행환경과 사회적 기반」, 『어문논집』 제30집, 고려대 국어국문학연구회, 1991을 들 수 있다.

의 경계만 무너뜨리는 것이 아니라 끊임없는 자극을 주어 (1)과 (3)마
저도 어느 정도 변화를 갖도록 영향을 미친다는 것이다. 음악문화 분야
를 예로 든다면 18세기와 19세기를 거쳐오는 동안 궁중의 악장이나 사
대부층의 가곡 혹은 가사의 연창에는 자잘한 혹은 상당한 변화가 일어
나게 되는데, 이러한 변화는 시정문화의 끊임없는 자극에 영향 받은 바
로 설명할 수 있기 때문이다. 이러한 변화를 추동하는 주역으로는 가객
과 광대(혹은 소리패)의 역할을 중시하지 않을 수 없다. 이 가운데 가객
은 (1)과 (2)의 경계를 무너뜨리거나, (2)의 문화기류에 기반한 자극을
끊임없이 (1)에 전달하는 역할을 했으며, 광대 혹은 소리패는 (3)과 (2)
의 경계를 무너뜨리거나 (3)에게 통속 취향을 불어넣는 데 상당한 자극
을 준 것으로 생각되기 때문이다.

　18·19세기 예술사의 종적구도의 변화는 이 시대에 가장 큰 세력을
확장하여 중심부로 떠오른 (2)의 변화단계에 초점을 맞추면 보다 확연
하게 투시할 수 있다고 본다. 앞에서 언급한 바와 같이 (1)과 (3)의 변
화는 (2)를 중심축으로 그것의 자극을 받는 범위 내에서 지속하거나 변
화하기 때문이다. 그런 면에서 (2)의 태생적 성격과 그 변화의 방향을
상고해보면 자연스럽게 그 종적 구도가 드러날 것이다. (2)는 기본적으
로 (3)과 (1)에서 문화적 자양분을 취해와 그 양쪽을 통합함으로써 성
립하되, 신분 계층을 초월하는 불특정 다수의 취미와 기호를 적극적으
로 반영함으로써 대중미학의 통속성을 강화하는 방향으로 나아간다는
것으로 그 구도가 잡히게 될 것이다. 즉, 그 통합의 정도와 통속성의 강
화 정도에 따라 처음에는 (1)과 (3)의 고유성을 크게 탈색시키지 못한
채 시정 예술화하는 단계를 보이다가(제1단계), 그 다음 단계에선 점차
시정문화의 취향과 미학에 맞는 다각적 시도를 함으로써 다양성을 드
러내는 양상으로 변화해 가고(제2단계), 그 다음 여기서 더 나아가 시정

문화의 독특성을 가장 짙게 드러내는 단계(제3단계)로 변화해 간 3단계 구도를 상정해 볼 수 있을 것이다.

필자는 수년 전에 잡가를 논하는 자리에서 이미 이러한 3단계 구도를 설정한 바 있는데[5] 그 시작과 끝을 보다 구체화하여 소개하면 다음과 같다.

제1기(여항예술기) : 17세기 후반에서 18세기 중반까지
제2기(시정예술기) : 18세기 후반에서 19세기 중반까지
제3기(도시예술기) : 19세기 후반에서 20세기 전반까지

이러한 시기 구분은 여항─시정예술을 중심으로 한 것이지만 조선후기 예술사의 전체구도 역시 이러한 구도 내에 있을 것으로 보인다. 그만큼 여항─시정예술의 역학적 파장이 워낙 크고, 또 그것이 변화를 주도한 핵심 축으로 작용하기 때문이다. 이제 장르별로 그 변화의 구도를 살펴보기로 하자. 여기서 시가의 변화구도는 다음 장에서 상론할 터이므로 일단 제외하기로 한다.

먼저 판소리와 야담 등과 함께 여항─시정예술의 중심 장르라고 할 수 있는 소설을 살펴보면, 주지하는 바와 같이 소설은 조선 전기에 김시습 등 사대부층에 의해 주도 되어오다가 17세기 후반에 들어서면서 사대부가의 여성들을 중심으로 인기소설의 독자층이 형성되면서 본격적인 여항─시정예술로 전환하게 되는 획기적인 변화를 보인다. <구운몽>으로 시작되는 국문장편소설의 본격적인 대두와 발전이 그것이다. 장편소설은 후대로 내려오면서 시정적 재미를 보태어 그 분량을 확대해 나가게 되는데, <완월회맹연> 같은 경우는 필사본 180책에 달하며,

5) 졸고, 「잡가의 생성기반과 사설엮음의 원리」(『세종학연구』12·13집, 세종대왕기념사업회, 1998) 참조.

하나의 작품에 여러 편의 연작이 뒤이어 지어지는 경우도 흔하게 된다. 17세기 후반의 작품인 <구운몽>, <사씨남정기>, <창선감의록>이 규방 여성에게 일종의 수신서로서 교화적 읽을 거리로 널리 성행하듯이, 이 시기(제1단계) 소설은 아직은 그 뿌리문화인 사대부층의 그늘에서 크게 벗어나 있지 못하다.

그러나 2단계인 18세기 후반에 이르면 사정이 달라진다. 채재공의 보고에도 드러나듯이 독자수(규방여인과 시정의 평민층에까지)가 엄청나게 확대되고 시정에서는 세책가를 통해 소설이 활발하게 유통된다. 또 이 시기에 <소대성전>, <장풍운전> 같은 통속적 영웅소설이 장편가문소설로부터 분화되어 하나의 군집을 이루며, 대체로 1책짜리 방각본(시정의 출판업자가 영리를 목적으로 간행) 형태로 유통됨으로써 대중화에 부응하고 있다. 독자층이 확대되는 과정에서 대중적 흥미에 초점을 맞춰 영웅소설이 출현하게 된 것이라 할 수 있다. 19세기 전반기에 이르면 남영로의 <옥루몽> 같은 한문장편소설도 등장하여 가문소설과 영웅소설의 틀을 통합하면서 시정의 통속적 재미를 더하여 당대 최고의 인기를 끌게 되는 것도 이 시대의 특징이다.[6] 판소리 서사체도 독서물화 되어 방각본으로 하나 둘 얼굴을 내밀게 된다. 이처럼 2단계의 특징은 독자층의 확대에 힘입어 여러 다양한 시도가 이루어진다는 데 있다.

19세기 후반을 넘어 20세기 전반에 걸치는 3단계로 들어서면 당대 예술문화는 보다 심화된 상업화의 길을 가게 되는데 독서물화 된 판소리(판소리계소설이라 불리는), 잡가집(여기엔 잡가가 중심이 되고 상층의 가곡, 가사와 하층의 판소리, 단가, 민요, 타령 등을 한곳으로 끌어들이는 매개 역할하고 있음)과 함께 육전소설이 가볍게 읽을 수 있는 책자로 단장되

---

6) 장효현, 「국문장편소설의 형성과 가문소설의 발전」, 『민족문학사 강좌』 상, 창작과 비평사, 1995, 281쪽.

어 시장바닥에서 다량으로 판매된다. 돈만 주면 쉽게 구입할 수 있고 어설픈 문자 능력만 있어도 읽을 수 있는 이런 것들이 대중문화의 통속적 독자성을 확고하게 만들어 가도록 했다. 1910년대에 신식활자의 도입과 근대 인쇄술의 발달로 딱지본(육전소설)으로 불린 활자본 고소설이 등장하여 활발하게 출판되고, 단행본 또는 신문연재로도 대량 유통됨으로써 소설의 통속화 경향을 한 단계 변화시켰다. 이처럼 소설의 변화 방향은 그 뿌리문화였던 사대부층의 그늘을 점차 벗어나 시정문학으로서의 독자적 통속미학을 한층 강화하는 것이었다.

소설이 독서물 가운데 시정예술의 중심장르라면, 판소리는 노래 가운데 시정 예술의 중심장르라 할 수 있다. 판소리의 등장은 18세기 전반의 만화본 <춘향가>의 존재로 미루어 17세기 후반에서 18세기 초로 보고 있다. 이렇게 제1단계시기에 비로소 등장한 판소리는 시대를 내려오면서 연행예술로서 산대희와 함께 서울의 시정인에게 가장 인기 있는 연행 종목으로 자리를 굳혀가게 되었다. 그렇게 된 데에는 제2단계시기에 판소리의 마당 수가 12마당으로까지 늘어나 레파토리가 다양해지고, 공연을 위한 소리꾼의 오랜 독공(獨功)을 거쳐 득음의 경지까지 가는 수련이 뒷받침되었기에 가능했다(세로소리를 차츰 높이고 낮추고, 가로소리를 차츰 넓히고 좁히기를 자유자재로 하고 음성 7성, 음색 12색, 목성 37목을 터득하여 득음하게 됨). 또한 8명창의 활약, 바디라고 하는 유파의 다양한 갈래, 명창들의 더늠이 풍부하게 축적되어 간 것도 다양한 시도의 반영이고 인기를 끌 수 있는 비결이었다. 3단계의 시기로 넘어가는 19세기 후반 이후에는 판소리의 레파토리가 12마당으로 다양화되었던 것 중에서 선택적으로 6마당 혹은 5마당으로 정예화되고, 시정예술로서의 독자성을 한층 강화하는 방향으로 변화하는 양상은 시정의 다른 예술장르와 마찬가지다.

그리고 판소리의 변화 방향은 그 뿌리 문화였던 기층의 민간문화적 요소를 점차 탈색하여 보다 시정 취향으로 가는 것이었고, 그 탈색화 과정은 상층문화적 요소의 수용(좌상객의 영향이라기보다)과 서사구성에 있어서의 합리성의 개입(신재효) 같은 현상으로 나타났다. 이는 시정화ー대중화 과정으로서 불특정의 다중에 기반하는 탈계급화 탈계층화의 성격을 지향하는 것이기에 판소리 텍스트에서 계급적 시각에 의한 민중의식을 찾는 것은 역시 문제가 된다.

또한 신재효의 개입을 합리화로 풀기보다 민간문화적 불합리 불통일성(발랄성)을 탈색시키는 과정의 한 행태로 봐야 할 것이다. 이러한 하층문화적 요소를 탈색시키면서 상층문화적요소로 끌어올림으로써 두 문화 사이의 긴장관계를 완화시키게 되고 따라서 좌상객도 향유할 수 있는 미학적 전환을 이루어 누구에게나 열린 문화의 성격을 갖게 된다. 이렇게 상하층의 문화적 요소가 판소리 텍스트에 하나로 통합되어 시정문화 취향으로 재창조되었으므로 판소리의 주제가 표면적 주제와 이면적 주제로 갈리어 길항 관계에 놓인다는 이해방식도 재고해야 할 것이다. 아울러 판소리의 변화는 좌상객의 영향보다는 시정문화 주체들의 문화적 성숙도(이를테면 그들이 이해했건 하지 못했건 한시구나 한문투어의 차용 및 구사 능력을 갖게 된다거나 인접장르에서 유행하는 공식구절을 다각적으로 활용하여 텍스트의 서사성을 꿥진하고 풍부하게 하거나, 창(唱)의 세련성과 전문성을 더해 가는)의 상승에서 찾아야 할 것이다.

예술사의 또 다른 좌표를 차지하는 회화의 경우도 이러한 3단계의 변화를 겪는 것으로 파악된다. 우선 18세기 이후가 되면 서화가의 수가 급증하고, 다량의 예술품을 수장한 거대한 수집가들이 출현하게 되는데 이는 18세기 이래 경화세족의 고동서화 취미와 관련된다.[7] 그만큼 서

---

7) 강명관, 『조선시대문학예술의 생성공간』, 소명출판, 1999, 314쪽.

화의 사회적 수요가 증가하였음을 의미하며 미술계의 1단계적 전환을
보여주는 현상으로 풀이된다. 이러한 전환에는 17, 18세기에 궁정의 행
사장면이나 관아에서의 행사장면을 그대로 재현하는 기록화의 전통에
서 궁정 관아의 행사 위주로 그리되, 자유롭게 구경하고 있는 대중들의
모습이나 딴 짓을 하고 있는 어린아이의 모습을 해학적으로 포착하는
등 파격을 보이는 등에서 그러한 조짐을 찾을 수 있다.[8] 또한 양반 사
대부 화가인 윤두서(1668-1715)에게서 현실적 소재와 서민의 삶에 대한
애정의 시선을 느낄 수 있다든지, 조영석(1686-1761)에게서 배경 없이
인물형상을 중심으로 묘사하는 화면 구성과 생활체험에서 만나는 시정
잡사에 대한 관심의 고조는 시정의 세태와 풍속에서 회화적 아름다움
을 느끼게끔 되는 예술적 심미안이 전환한 결과를 보여주는 것이었다.
　18세기 후반에서 19세기로 넘어오는 기간에는 골동과 서화에 대한
수요가 상층에서 하층에 이르기까지 광범위하게 형성되어 2단계 변화
를 맞게 되는데, 강이천의 <한경사>에 나타나듯 18세기 후반에 광통교
일대에 서화시장이 형성되어 도화서 화원의 그림이 왕실과 사대부만이
아닌 광범위한 시정의 수요에 응함을 보이는 현상이 그것이다. 시정의
수요가 광범위한 만큼 이 시기 시정의 그림도 다양한 시도가 이뤄지는
데, 이를테면 김홍도(1745-1817경)시대의 화가와 장인들은 고객(시전·상
인·부호 등)들의 새로운 수요에 응하느라 시정 취미에 맞는 실경 산수
나 풍속화를 그리게 되고[9], 서민 취미의 풍속화와 춘의도(春意圖)가 크
게 유행하며 민화의 발달이 병행하는 현상이 그것을 말해준다.[10] 남녀
간의 정태(情態)를 즐겨 그린 신윤복의 그림도 시정취미에 부응한 것이

---

8) 이태호, 『풍속화』, 대원사, 1995, 15-20쪽 참조.
9) 이동주, 「조선왕조의 미술」, 『한국회화사론』, 열화당, 1987, 35쪽 참조.
10) 이동주, 『한국회화소사』, 서문당, 1972, 165쪽.

라 파악된다(회화의 제3단계는 지면관계로 생략).

이 밖에도 탈춤의 경우 17세기 후반에서 18세기 전반사이에 농촌탈
춤이 도시탈춤으로 전환되면서 이후 점차 시정의 다양한 요구에 부응
하여 갔다든지, 야담이나 한문단편의 시정 담론화, 한시의 민요취향 대
두와 시정세태의 풍부한 재현 등 조선후기의 다양한 예술 장르들이 대
체로 앞에 언급한 3단계의 변화과정을 밟으며 시정 예술화되거나 혹은
그러한 자극에서 자유로울 수 없었으며 상호 텍스트화 양상을 보이는
것은 마찬가지라 생각된다.

3. 18·19세기 시가사의 전개와 미학적 전환 양상

18·19세기 시가사의 전개 구도와 변화의 방향도 기본적으로 앞에서
살핀 예술사의 구도와 거의 그대로 일치한다. 먼저 시조의 경우를 살펴
보면 제1단계에 해당하는 17세기 후반에서 18세기 전반에 걸쳐 큰 폭의
변화가 일어난다. 조선 전기까지 가곡창의 악조로 불려진 것으로 추정
되는 강엽조(진작조)를 대신하여 대엽조가 등장하고 그것이 (1) 궁정
관각예술과 (2) 여항시정예술의 문화적 접점지대에 위치해 있는 사대
부 풍류방에 적극 수용됨으로써 대엽조의 활발한 변화로 이어지면서
본격적인 가곡의 시대를 열어가게 되는 것이다. 사대부 풍류방문화권은
기본적으로 (1)에 뿌리를 두고 있는 것이지만 그들의 삶의 공간이 (2)
에 열려져 있어서 18세기를 전후하여 도시의 규모가 급속도로 커짐과
더불어 여항시정의 문화적 기류와 미적 취향에 개방적인 면을 갖고
있었다. 그리하여 그들은 대엽조에 시조를 얹어 부르되, 만대엽에서 중
대엽으로, 중대엽에서 삭대엽으로, 지속적으로 빠른 템포로의 변화를
시도하고, 중대엽과 삭대엽도 각각 제1, 제2, 제3의 분화를 이루면서 정

제된 틀을 완성해 갔다.

사대부 풍류방문화권에서 가곡의 이러한 다양한 분화를 실현하고 향유할 수 있었던 것은 무엇보다 시가에 대한 인식과 향유방식의 변화에 기인한다. 사대부의 시여(詩餘)로 출발했던 시조는 시가일도(詩歌一道)라는 인식에서 벗어나지 못하다가 이 시기에 와서 도시적 삶과 취향이 부상하면서 음악을 전문으로 하는 금객(琴客)과 가객층이 등장하기 시작하면서 시가관과 향유방식이 급격한 전환을 보이게 된 것이다. 17세기 전반에 김만중이 한시를 '앵무새의 말'로 폄하하고, 초동급부가 부르는 비속한 시정의 노래를 오히려 진실된 말로 높이 평가한 이래, 그리고 허균이 인륜보다는 정욕을 긍정한 이래, 이 시기에 이르면 천기론(天機論)을 바탕으로 시가관이 획기적으로 바뀌게 되고, 사대부가 짓고 사대부가 향유하던 시조의 향유관행도 그것을 전문으로 하는 가객과 금객의 적극적인 참여와 동반으로 바뀌게 된 것이 그것이다.

이 시기(제1단계)의 가곡문화는 김천택의 『청구영언』(진본)으로 의미가 집약된다. 여항의 가객이 사대부의 전유물이었던 시조집을 편찬했다는 것은 획기적인 전환이 아닐 수 없기 때문이다. 그러나 이 시기만 해도 여항의 가객 역할이 사대부를 능가하는 것은 아니었다. 진본 『청구영언』에서 여항육인(閭巷六人)의 항목이 차지하는 비중이나 작품의 성격에서 드러나듯이 아직까지 그들의 독자성은 크지 않아 보이기 때문이다. 이들의 존재기반이 아직은 사대부 풍류방문화권의 영향에서 크게 벗어나지 못했다는 말이다. 가곡 가운데 시정의 기류를 가장 잘 반영하는 사설시조를 이들은 단 한 편도 창작하거나 적극적으로 터놓고 향유하는 것 같지 않아 보인다는 것이 그 증거다. 만횡청류가 음왜해서 군자의 본받을 바가 못된다는 김천택의 서문과, 그것들이 자연의 진기에서 나온 것이므로 수록해도 무방하다는 마악노초(왕족의 이정섭으로 밝

혀짐)의 발문에서도 그 점이 드러난다. 요컨대 이 시대 여항—시정 공간
에서 풍류방의 주도권은 아직 사대부층이 주도하고 있음을 말해준다는
것이다.

또한 이 가집에 실린 작품 가운데 삼삭대엽이나 낙시조, 장진주사,
맹상군가와 만횡청류 항목에 실린 것들이 가객이 참여하는 사대부 풍
류방에서 즐겨 선택되지 않았을까 추정해 볼 수 있다(무명씨 작품임에도
실린 것으로 보아 풍류방에서 가창 전승되기에 수록 가능했을 것). 그보다
초기 풍류방문화권에서 온전히 시정 취향을 보이는 만횡청류라는 사설
시조를 삭대엽의 변주곡으로 포용했다는 것은 가곡사의 획기적인 전환
점을 마련한 것으로 이는 천기론을 축으로 하는 당대 시가관의 전환과
사대부와 가객, 금객이 동시에 참여하는 향유관행의 변화가 큰 몫을 했
을 것으로 판단된다. 다만 이 시기의 사설시조(만횡청류)는 아직 시정문
화가 성숙되지 않은 초창기이므로 그것의 뿌리문화인 기층 민간문화로
서의 생동성을 크게 탈색시키지 않은 채 풍류방의 가곡문화로 편입되
었을 것이므로 아직 민중예술적 취향이 상당부분 오롯이 남아 있게 된
것으로 보인다.11)

시조는 18세기 후반을 고비로 제2단계의 변화를 보이게 되는데 그
기점은 김천택의 다음 세대 가객인 김수장에서 잡을 수 있다. 이 시대
의 가객층은 앞 세대와 달리 사설시조를 적극적으로 창작—향유한다는
점이 크게 다르다. 즉 김천택처럼 사설시조를 만횡청류라 하여 한데 묶
어 놓지 않고 낙시조, 편낙시조, 소용, 편소용, 만삭대엽 등으로 곡목에
따라 드러내놓고 분류하여 가집(일석본『해동가요』)에 수록하는 변화된
태도를 보인다. 이 사설시조 곡목은 제2단계의 후대로 내려올수록 다양

---

11) 고미숙, 앞의 책, 141쪽에서 18세기의 사설시조가 민중적 호흡을 역동적으로 담아
    내었다는 지적도 이러한 뿌리문화의 원천 때문이었던 것이다.

하게 늘어나는 현상을 보이는데 이는 그만큼 가곡문화가 시정의 불특
정 다수(심용, 서평군 같은 왕족 사대부에서부터 평서민 부호층에 이르기까
지)의 다양한 취미 욕구와 인정세태를 폭넓게 수용하는 연행물로 변화
되고 있음을 적극 반영한 것이라 하겠다. 또한 이 시기의 특징은 도시
를 배경으로 부를 축적한 중인 서리층과 상공인들이 도시 유흥문화권
의 주역으로 성장했다는 점과 이세춘, 송실솔 같은 전문 가객들(『해동가
요』의 고금창가제씨에 56인의 명단이 연치순으로 되어 있는데 그 가운데 절
대다수를 점하는 김수장 이후의 가객들이 이에 해당)과 계랑(桂娘) 같은 전
문 가자(歌者)들이 이세춘 전창(傳唱), 송(宋)귀뚜라미, 모란성(牧丹聲),
계랑조(桂娘調) 등의 상징적인 이름처럼 자신만의 독창적인 창법으로
다양한 활동을 한 것을 들 수 있다12).

　이 시대 가곡문화의 다양성은 무엇보다 사설 창작에서 실현되고, 또
노래의 연행환경에서도 평조/평계/우조/우계의 4악조가 모두 쓰여 사
설이 다양한 악조에 얹어 부를 수 있고, 별도의 여창(女唱) 분화도 이루
어지지 않아 모든 사설과 악곡이 남·여 창자 누구에게나 열려 있으며,
여러 편의 가곡을 연달아 '엇걸어' 부르는 방식도 연행현장의 취향에 따
라 자유로이 구성될 수 있었다13). 그리고 『청구가요』 같은 가객들 자신
만의 작품집을 엮어내는 관행이 생기기도 하고 중여음이 이 시대에 출
현하기도 했다.(연세대 소장 『琴譜』참조)

　그러나 이 시대 시조의 가장 큰 변화는 이세춘 같은 전문 가객에 의
해 시조창이 본격적으로 유행하기 시작했다는 것이다.(종장 말구가 생략
된 작품이 17세기 거문고 악보에 보이기는 하나 그것이 시조창인지와 시정에

---

12) 이에 대하여는 신경숙, 「19세기 가곡사 어떻게 볼 것인가」, 『19세기 문학사의 제문
　　제』, 고려대 한국문학연구소, 학술발표회 요지, 2000, 11쪽 참조.
13) 신경숙, 앞의 논문, 10쪽 참조.

유행되었는지는 의문이 간다) 시조창은 가곡과는 비교할 수 없을 정도로 선율과 반주가 훨씬 간편해진 것이어서 시조문학이 시정문화화 될 수 있는 전환점을 마련한 것이기도 하다. 이처럼 이 시대는 가곡창의 다양성에서 시조창에 이르기까지 끝없이 신조(新調) 혹은 그 시절에 맞는 새로운 악조나 곡조가 쏟아져 나옴으로써 신조, 신번, 신성, 시조, 시조별곡, 시절가조 등의 명칭으로 대변되듯 가곡 문화의 다양한 미감을 보여준 것으로 특징화 할 수 있다. 그리고 이 시대는 전문 예인들이 전문성과 예술성을 시대에 각인할 정도로 한껏 드러내었으므로 야담집에 혹은 예인전(藝人傳)으로 이름을 남기게 되는 경우가 빈번했다는 점도 지적할 수 있다.

19세기로 넘어가면 『가곡원류』의 여러 이본과 『여창가요록』, 『교방가요』, 『시가요곡』, 『남훈태평가』 등의 가집에서 확인할 수 있듯이 노래문화의 중심이동 현상을 보여주는 여러 징후들을 드러낸다. 뿌리 없는 잡요가 판을 치는 현상을 개탄하면서 연음표라는 성악보의 계발에 의해서 가곡의 전범을 보일 수 있는 가집을 만들어 내기도 하고, 여창 사설만을 따로 수록하는 가집을 내기도 하고, 가곡뿐 아니라 시조(창)와 가사(창)를 함께 싣기도 하고, 가곡과 시조를 나란히 실으면서 가사와 잡가, 단가까지 덧붙이는 가집을 내기도 하고, 아예 시조창 사설을 다량으로 출판하는 방각본을 내기도 하는 등이 그것이다. 그리고 20세기 전반에 이르면 'ㅇㅇ신구잡가'라는 이름으로 활판인쇄에 의한 대량출판이 이루어지는데 가곡과 시조 등은 한물 간 구가로, 잡가를 신가로 지칭함으로써 이 시대가 잡가가 유행하는 전성시대임을 말해준다.

이러한 잡가의 전성시대에 가곡은 그 이전 시대의 신조에 의한 다양한 새로운 시도를 마감하고 앞 시대에 다양하게 존재하던 예술형식들을 까다로운 미감에 의해 몇 가지로 묶음 지워 집약하는 고고한 자세를 견지하는 방향으로 나아갔다. 이를테면 다양한 전승 사설에서 남창사설과 여창사설로 묶음 지워 남/녀의 다른 미감을, 4개의 악조로 다양하게 불리던 것을 우조와 계면조로 묶음 지워 악조의 양항 대립 미감을, 삭대엽과 농·낙·편을 보다 세분화하여 보다 작은 갈래로 묶음 지음으로써 악곡상의 보다 까다롭고 섬세한 미감을 드러내는 방향으로 변화시켜 나간 것이 그것이다. 그리고 후정화, 중대엽, 장진주 등의 악곡을 가곡창 안에서 배제함으로써 삭대엽 계열의 악곡만으로 묶음 짓는 집약화의 방향도 마찬가지의 시대적 특징으로 지적될 수 있다[14]. 남창 24곡, 여창 15곡으로 묶음 짓고, 거기에다 남창과 여창을 엇걸어 구성하는 가곡 한바탕의 까다로운 미감도 마찬가지의 특징을 보인 것이다. 시조문학의 향유에 있어서 가곡창이, 대중화가 더욱 확대되어 가는 이 시대에 이처럼 역방향으로 갈 수 있었던 것은 대중화의 커다란 공백을 시조창이 대신 메워 줄 수 있었기에 가능했다. 따라서 이 시대에 시조문학이 가곡창과 시조창으로 분화의 길을 갔다기보다는 가곡창이 시조창의 보호막에 의해 존립할 수 있었던 상호보완적인 것으로 이해하는 것이 보다 설명력을 얻게 될 것이다.

사대부의 전유물이었던 '가사' 역시 18세기 전후를 기점으로 하여 여항—시정문화와 일정한 영향을 주고받으면서 3단계의 변화를 거치기는 마찬가지로 보이는데 그 변화의 방향은 크게 세 가지로 정리할 수 있다. 하나는 독서물화를 지향하면서 서사적 이야기 거리를 담아내든가 혹은 장편화함으로써 시정담론화하는 방향이고, 다른 하나는 풍류방문화권에서 혹은 여항—시정문화권에서 가창되면서 잡가 스타일로 근접해 가는 것이며, 또 다른 하나는 규방문화권으로 들어가 규방의 독서물 혹은

---

14) 신경숙, 앞의 논문, 11쪽 참조.

규방의 담론으로 되는 방향이다.

가사에 서사적 이야기 거리를 담아낸 것으로는 흔히 조선 후기 가사의 서사화로 논의된 작품들이 해당되는데, 그렇다고 이들 작품을 서사 양식으로 보는 것은 무리이고 다만 가사가 전달 혹은 설득의 방식을 좀더 여항-시정의 이야기 담론에 밀착시켜 진술하는 쪽으로 독서물화 하다보니까 이야기 방식에 근접한 것뿐이다. <거사가>, <노처녀가>[15] 같은 것이 그에 해당하는데 거사의 파계행위 모티프는 사설시조나 탈춤에서도 즐겨 담론화되는 것이다. 교훈을 위한 가사에서도 <초당문답 가>의 <우부가>, <용부가>처럼 시정의 인물유형을 들어 경계하는 작품들에서 이런 경향을 엿볼 수 있다. 그보다 <원한가>·<괴똥전>·<신가전>·<덴동어미화전가>·<계한가> 등에서 보듯 규방문화권에서 유통되던 가사들에서 쉽게 찾아볼 수 있는데, 이는 규방문화권이 시정 소설의 최대 독자라는 사실과 관련이 깊다. 일부 가사의 장편화 현상은 조선 후기 번화한 시정의 물정과 세태를 그려내고 혹 일본이나 중국 등의 기행을 통해 확장된 세계인식을 보이는 작품에서 발견됨은 주지하는 바다.

가사의 가창화는 18·19세기에 가창문화공간에서 가사가 시조와 함께 연행됨으로써 자연스럽게 확산 진행되어 갔는데, 제1단계시기에는 사대부 풍류방문화권에서 주도되다가, 제2단계를 지나 3단계로 가면서 여항-시정문화권으로, 나아가 규방문화권으로 확대되어 가고 주도권

---

15) 흔히 규방가사로 알려지고 서민가사로 다뤄지지만 그것은 잘못이다. 필사본 외에 잡가집에 실려 있는 것으로 보아 가창문화권인 잡가권에서 불려진 것으로 보이기 때문이다. 그리고 『삼설기』권 3에 실려 있는 또 다른 <노처녀가>는 가사형식을 취하였으나 작품의 앞뒤에 편집자적 목소리를 내는 이질적 서술자의 개입이 있고, 흥미를 끌만한 시정담론의 면모를 갖추고 있어 독서물화된 시정가사로 보아야 할 것이다.

도 그들에게로 넘어가면서 12가사로 묶음 짓는 단계까지 나아간 것으로 보인다. 그리고 제3단계는 잡가가 판을 치던 시대여서 가창가사도 그 영향을 크게 받아 <백구사>·<황계사>·<수양산가>·<매화가> 같은 작품은 잡가적 요소가 다분히 침투하기도 한다. 구체적인 하나의 사례로 <춘면곡>의 변화경로를 보면 제1단계에는 이하곤이 듣던 고조(古調)인 시조별곡 <춘면곡>에서, 2단계는 유만공의 <세시풍요>에 보이는 신조 <춘면곡>에서, 3단계는 서도소리로 불려지는 계면조 <춘면곡>에서 그러한 변화 양상을 확인할 수 있다.

규방가사는 제1단계시기에 사대부가의 부녀들에 의해 양반사대부가사의 연장선상에서 형성되기 시작하였으므로 작자 개인 기술물로서의 성격을 벗어나지 못했으나, 제2단계에 이르면 작자가 대부분 무명씨로 되면서 작자성을 떠나 여성담론화하는 경향이 두드러지고 소재나 모티프도 훨씬 다양해지며, 제3단계에 이르면 시정의 담론을 적극 수용하여 이야기 거리로 담아내거나 시정의 애정담론을 작품화하는 경향도 보여줌으로써 시정 문화적 요소를 짙게 드리우는 양상을 보인다.

우리의 서정시가 가운데 시정문화적 특성을 가장 잘 구현한 바 있는 '잡가'는 아직 도시의 유흥공간에서 사대부 풍류방문화권이 주도권을 장악하던 제1단계시기에는 고개를 내밀지 못하다가 도시의 발달이 본격화하고 시정의 담론이 전 문화권을 석권해가기 시작하는 제2단계에 와서 형성되기 시작하여 3단계에 이르면 가창문화권의 헤게모니를 잡게 되는 것은 당연한 추세였다. 그러한지라 잡가의 경우도 시대를 올라갈수록 속화(俗化)의 정도가 덜하고 시대를 후대로 내려올수록 속화의 정도가 훨씬 강렬해짐은 충분히 예상할 수 있는 바이다. 잡가는 위로는 한시와 가곡, 시조, 가사로부터 아래로는 판소리, 단가, 민요에 이르기까지 다양한 갈래에서 시정의 담론화한 공식구절을 차용해 와서 그것

들을 조합하여 엮어 짜는 방식으로 자기 문맥화를 이뤄 텍스트를 형성
했던 까닭에 후대로 내려올수록 더욱 속화된 경향을 가져올 수밖에 없
었던 것이다. 또한 잡가는 어떤 특정 장르의 시정 담론화된 텍스트를
끌어와 그것을 더욱 속화시켜 잡가화하는 경우도 상당히 보인다. <맹꽁
이타령> 같은 휘모리잡가는 사설시조에서 끌어온 것이고, 서도잡가, 남
도잡가, 경기잡가 같은 선소리는 민요에서 끌어 온 것이고, 그밖에 판소
리나 단가에서 끌어와 속화시킨 잡가가 상당수에 달하고 있음이 그 사
례이다. 같은 12잡가라 하더라도 <유산가>외 7편은 긴잡가라 하고 <출
인가>외 3편은 잡잡가라 하여 후자가 격이 낮은 것으로 인식하는 것도
속화된 정도를 말하는 것이다. 잡가 역시 2단계시기의 형성기를 지나 3
단계의 전성기에 오면 '박춘재 소리' '리형순이 소리' '광무대 소리' '홍
도 소리'라 하여 몇 가지 세련된 창조로 묶음 지으려는 집약화 현상을
보이는 것도 다른 장르와 일치한다.

조선 후기 시가사의 구도는 이처럼 여항—시정문화와 일정한 관련을
맺으면서 전개되었다.

도시 시정의 급속한 발달은 중세적 신분질서를 무너뜨리는 결과로
나아가는 것이기 때문에 중세의 이데올로기적 미적 규준이 무너져가고
근대로 전환해 가는 양상을 보이는 것과 관련된다. 이는 곧 중세적 사
유에서 근대적 사유로 이행하는 패러다임의 전환을 의미한다. 18세기를
전후하여 천기론의 대두가 전환의 신호탄이 되었다. 문학예술에서도 이
에 대응하는 인식의 변화와 미학적 전환이 일어났으니, 사대부들마저
시민 계층의 도시적·세속적인 분위기와 대면하면서 도심(道心)에 반대
하는 동심(童心), 격식에 반대하는 성령(性靈), 이(理)에 반대하는 지극
한 정(情)에서 생겨나는 심미적 사조(思潮)가 무르익어 아(雅)와 반대되
는 속(俗)이라는 참신한 경계(境界)를 창조하는 분위기로 나아갔다. 시

정의 정서와 미학—잡가적 정서와 미학으로 집약되는—으로의 전환이
그것이다.

4. 맺는 말

18~19세기의 시가사와 예술사의 관련 구도와 전개 양상을 보는 종
래의 시각이 계급적 시각 혹은 리얼리즘의 미학 쪽으로 편향 혹은 경직
화되거나 단순화되었다고 판단하여 본고에서는 이를 어느 정도 극복하
기 위한 방안을 마련해 보고자 시도했으나 어느 정도 성과를 거둘 수
있었는지는 미지수다. 다만 여항—시정의 개념 이해에 있어서 계급을
초월한 불특정 다수집단의 문화공간 개념으로 이해해야 한다는 점과
이 시대의 예술사와 시가사의 전개 구도를 단순히 세기별로 해서 18세
기와 19세기로 기계적으로 나누어 이해하기보다, 도시의 발달과 문화적
성숙도를 고려하여 여항문화기—시정문화기—도시문화기라는 3단계로
나누어 이해하는 것이 보다 유효성을 갖지 않을까라는 생각에서 그러
한 구도와 방향을 제안하여 살펴보았다는 선에서 만족하고자 한다.

그러나 본고에서의 제안과 논의의 틀은 예술사의 각 양식과 시가사
의 각 장르별로 보다 엄밀한 검토가 있어야 할 것이다. 문학이나 예술
장르 혹은 양식의 성장이나 변화는 기본적으로 사회—문화적 변동과
흐름을 같이하지만, 각각의 장르—양식에 따라서는 종종 시대를 앞지르
거나 훨씬 뒤질 수도 있기 때문이며 경우에 따라서는 시대의 흐름을 역
행할 수도 있는 것이다.

고시가(古詩歌) 속의 매화(梅花) 담론

1. 완상물로서의 매화

한국 시가문학에서 매화가 처음 나타나는 것은 고려 고종(1214~1259) 때 한림제유(翰林諸儒)가 지은 경기체가(景幾體歌) <한림별곡(翰林別曲)>의 제5장에 등장하는 '옥매(玉梅)'이다.

紅牧丹 白牧丹 丁紅牧丹
홍모란 빅모란 뎡홍모란

紅芍藥 白芍藥 丁紅芍藥
홍쟉약 빅쟉약 뎡홍쟉약

御柳玉梅 黃紫薔薇 芷芝冬柏
어류옥미 황ᄌ쟝미 지지동빅

위 間發ㅅ景 긔 엇더ᄒ니잇고
간발 경

(葉) 合竹桃花 고온두분 合竹桃花 고온두분
합듁도화 합듁도화

위 相映ㅅ景 긔 엇더ᄒ니잇고
상영 경

모란과 작약, 장미와 동백 등과 함께 '옥매'가 명화(名花)로서 정원에 사이사이 피어난 광경을 노래했다. 이 곳에서의 '옥매'는 당대 세도가의 정원에 핀 아름다운 꽃의 의미이며, 세도가는 물론 그 문하에 드나들던 사인(士人)들이 애호했던 명화의 하나로 완상물(玩賞物)로서의 화훼를 뜻한다.

2. 충신·군자로서의 매화

한시에서는 매화가 다양하게 나타나지만 국문시가에는 그리 다양하지 않으며 시조에 주로 나타난다. 『한국시조대사전』에 수록된 5,492수의 시조 가운데 꽃 이름이 나타나는 작품은 499수이며, 이 중 가장 많이 나타나는 꽃은 도화(桃花)로 작품 수는 118수이고, 그 다음이 매화인데 64수이다. 시조에서 최초로 매화를 읊은 사람은 고려말의 이색(李穡 : 1328~1396)이다.

> 백설(白雪)이 ᄌᆞ자진 골에 구루미 머흐레라
> 반가온 매화(梅花)는 어니 곳이 뛰엿는고
> 석양에 홀로 셔 이셔 갈 곳 몰나 ᄒᆞ노라 (이색)

이 시조는 흔히 당대의 시대상과 결부해, 초장은 현실의 암울하고 어두운 상황이, 중장은 화자의 마음을 반갑게 맞아 줄 매화를 찾는 모습이, 종장에는 기울어 가는 국운을 바라보면서 방황하고 안타까워하는 심정이 나타나 있다. 여기서 매화는 표면적으로는 봄의 도래를, 이면적으로는 지조나 절개를 지닌 충신·군자·선비정신 등을 상징한다.

3. 은사·한사로서의 매화

매화는 꽃이 갖는 상징(꽃말)을 열거한 김수장의 다음과 같은 사설시조에서는 한사(寒士)의 의미로 나타난다.

모란(牧丹)은 화중왕(花中王)이요 향일화(向日花)는 충신(忠臣)이로다
연화(蓮花)는 군자(君子) ┃ 오 행화(杏花) 소인(小人)이라 국화(菊花) 은일
사(隱逸士)요 매화(梅花) 한사(寒士)로다 박곳츤 노인(老人)이오 석죽화
(石竹花)는 소년이라 규화(葵花) 무당(巫黨)이요 해당화(海棠花)는 창기
(娼妓)로다
이 듕에 이화(梨花) 시객(詩客)이요 홍도(紅桃) 벽도(碧桃) 삼색도(三色
桃)는 풍류랑(風流郎)인가 ᄒ노라 (김수장)

매화는 충신·군자·은일사·한사 등의 상징으로 곧잘 전용되지만,
이 작품에서 매화는 가난하고 아무런 세력도 갖지 못한 선비이자, 고결
한 기품을 가진 선비인 한사(寒士)를 가리키고 있다.

4. 여인의 절개로서의 매화

매화가 지닌 충신·군자·은일사·한사 등의 상징은 여성에 적용될
때 두 마음을 갖지 않는 절개를 상징한다. 다음과 같은 시조가 대표적
이다.

각씨(閣氏)님 초록(草綠) 비단옷의 수묵(水墨)으로 매화(梅花)를 그려
블희도 가지(柯枝)도 닙도 업시 그린 쓰즌
이 매화(梅花) 퓌올 쩌드란 년이 ᄆᆞ음 마로리라 (무명씨)

남녀 간의 염정(艷情)을 주제로 하는 이 작품에서 매화는 뿌리도 가
지도 잎도 없이 초록 비단옷에 그려진 수묵 매화꽃이다. 화자는 여인의
옷자락에 매화꽃을 그려주면서 매화가 필 때면 다른 마음을 먹지 말라

고 당부하고 있다.

　나도 이럴망정 옥분(玉盆)에 매화(梅花)로셔
　ᄇ람 비 눈서리는 마즐 대로 마즐만졍
　박젹이 나뷘 체 흔들 안칠 줄이 이시랴 (무명씨)

　앞의 시조가 남성화자가 여성에게 절개를 지킬 것을 당부한 작품이
라면, 이 시조는 여성화자가 스스로 자신의 굳은 절개를 내비치는 결의
에 찬 작품이다. 내 아무리 미천(微賤)하다고는 하나 옥분에 담긴 매화
인데, 갖은 풍상을 다 인내할망정 박쥐가 나비인 체 하며 가지에 앉으
려는 것은 용납하지 않겠다는 내용이다. 절개 있는 기녀(妓女)의 다짐일
것이다.

5. 봄소식 · 춘절 · 춘흥으로서의 매화

　매화는 이른봄에 꽃이 피는 생태적인 특징으로 눈발이 아직도 분분
한 가운데 아름다운 꽃망울을 터트린다. 이에 매화는 봄을 알리는 징표
로 사용된다.

　매화(梅花) 픠다커늘 산즁(山中)의 드러가니
　봄눈 깁헌눈듸 만학(萬壑)이 흔 빗치라
　어디셔 곳다온 향(香)내는 골골이셔 나느니 (무명씨)

　매화가 피었다는 말을 듣고 산중에 들어가니 아직도 봄눈은 깊어 골
짜기마다 백색의 눈이 쌓여 있다. 그런데 어디선가 아름다운 향내는 골
골마다 풍겨온다는 의미이다. 이 작품에서의 매화는 봄소식을 알리는
징표이지만 암향부동(暗香浮動)이라는 매화의 일반 풍취(風趣)도 작품

에 깔려있다.

봄날이 점점 기니 잔설(殘雪)이 다 녹거다
매화(梅花)는 불셔 지고 버들가지 누르럿다
아히야 울 잘 고티고 채전(菜田) 갈게 ㅎ야라 (신계영)

이 시조에서의 매화 역시 계절을 나타내는 소재로만 사용되었다. 매화가 지면 버들가지가 누렇게 싹이 나오는 완연한 봄이라는 뜻이다. 매화는 잔설(殘雪) 속에 피어남으로써 봄을 알리는 표상으로 인식되어 있다. 이화진이 지은 "초당(草堂)에 깁히 든 좀을 새술의예 놀라 씬이, 매화우(梅花雨) ㄨ 갠 가지(柯枝)에 석양(夕陽)이 거의로다. 아희야 낙째 내여라 곡이잡이 느젓다"라는 시조에서의 '매화우(梅花雨)'는 매화가 필 무렵에 내리는 봄비를 말하는 것으로 매화와 관련된 계절 상징으로 활용된 경우에 속한다.

설월(雪月)이 만건곤(滿乾坤)ㅎ니 천산(千山)이 옥(玉)이로다
매화(梅花)는 반개(半開)ㅎ고 죽엽(竹葉)이 푸르럿다
아희야 잔(盞) 가득 부어라 춘흥(春興) 계워 ㅎ노라 (무명씨)

이 시조에서의 매화 또한 봄을 알리는 징표로 사용되었다. 달빛이 눈 쌓인 산들을 비추이니 모든 산들이 옥으로 반짝이는데, 매화가 반쯤 피고 죽엽이 푸르니, 봄이 머지않았다는 의미이다. 화자는 이에 춘흥(春興)을 이기지 못해 술잔을 기울인다는 뜻이다.

6. 기생(妓生)으로서의 매화 - 중의적 상징

우리의 고전문학에서 꽃은 여인, 특히 기생(해어화 : 解語花)의 이름을

작명하는 데 흔히 이용되었고, 실제로도 그런 경우가 많았다. 시조에서
도 매화는 실제의 매화와 특정 기생을 지칭하는 중의적 상징으로 나타
나기도 한다.

> 매화(梅花) 녯등걸에 춘절(春節)이 도라오니
> 녯퓌던 가지에 퓌염즉 ᄒ다마는
> 춘설(春雪)이 난분분(亂紛紛)ᄒ니 필동말동 ᄒ여라(매화: 평양기생)

이 시조는 표면상 매화의 고목에도 봄이 돌아와서 이전에 피었던 가
지에 매화꽃이 다시 피려고 하지만, 봄눈이 어지럽게 흩날리니 필지 말
지 모르겠다는 뜻을 갖고 있다. 그런데 이 시조는 매화라는 평양 기생
이 지었고, 매화가 춘설이라는 기생과 아름다움을 다투었다는 일화를
갖고 있어서, 한창 때를 넘긴 매화가 춘설이의 난 체하는 모양에 어이
없어 하는, 혹 일침을 가하는 중의적 의미를 지닌 작품으로 설명된다.
이 시조는 이 뒤에 노랫말이 첨가되어 12가사의 하나인 <매화가>로 변
용된 작품이다.

> 매화(梅花) 사랑타가 난양(蘭陽)으로 나려가니
> 무평초 부평초(浮萍草)와 푸엿쏘나 담도화(桃花)라
> 색장(色掌)아 연연앵앵(鷰鷰鸎鸎) 추월(秋月)이 월중매화선(月中梅花仙)이
> 불너라 완월장취(翫月長醉) (무명씨)

이 사설시조에서의 매화 역시 기명(妓名)이다. 이 작품에 나오는 난
양, 도화, 연연, 앵앵, 추월, 월중매화선 등이 모두 기생의 이름이다. 풍
류객인 화자가 기명을 이용해 다소 희학적(戱謔的)이고 중의적인 표현
으로 여러 기생과 노닐며 취흥에 겨워한다는 내용이다.

7. 미인·애정의 상관물

매화를 소재로 한 시조에서의 매화의 상징적 의미는 단일한 의미만을 갖는 것은 아니다. 매화 자체가 지니고 있는 암향부동과 같은 아취(雅趣)와 관련되어 애정의 상관물로 활용되기도 한다.

정변(井邊)에 심은 매화(梅花) 설중(雪中)에 픠엿셔라
쇼령은 횡스ᄒ고 암향(暗香)은 부동(浮動)이라
두어라 농두(籠頭) 춘색(春色)이니 절일지(折一枝)가 ᄒ노라 (무명씨)

이 작품 또한 표면적으로 우물가에 심은 매화가 눈 속에 피어 그윽한 향기가 떠다닌다 하고, 한 가지를 꺾는 것으로 보이지만 대바구니 안의 봄빛이라 하여 매화를 쉽게 꺾을 수 있는 대상으로 보고 있으니 염정의 의미를 내포한 작품이다.

설월(雪月)의 매화(梅花)를 보려 잔을 잡고 창(窓)을 여니
셕근 곳 여왼 속이 자잔는이 향기(香氣)로다
어즈버 호접(蝴蝶)이 이 향긔 알면 애 끈츨가 ᄒ노라 (이신의)

이 작품은 매화가 향기를 뿜고 있고, 호접이 이 향기를 알면 애가 끊어질 것이라는 뜻이니, 남녀간 염정의 의미를 내포한 매화를 노래한 것이다. 애정 상관물로서의 매화는 다음 시조에 더욱 뚜렷하게 나타난다.

동창(東窓)에 돌 빗치고 합이에 매화(梅花) 퓌니
화용(花容) 월(月)틱는 천연(天然)헐스 님이연만
엇지타 낭낭 옥음(玉音)은 들을 길 업셔 (호석균)

이 작품의 매화는 달빛이 비쳐드는 잠자는 방안(閣裡)에 핀 매화이다.

그 매화는 곧 화용월태(花容月態)의 님과 천연하게 닮았는데, 아무 말이 없어 낭랑한 님의 옥음(玉音)을 들을 수 없다는 의미이다. 이 작품에서의 매화는 곧 사랑하는 님을 상징하는 애정 상관물로 표현된 것이다.

8. 아취·운치로서의 매화

매화를 대상으로 한 시조 가운데 매화의 아취와 운치를 노래한 작품은 적지 않지만, 매화의 아름다움을 집약적으로 표현한 작품으로 고종 때의 예인(藝人) 안민영(安玫英)의 <매화사(梅花詞)> 8절을 꼽는다. 안민영은 이외에도 매화를 대상으로 한 시조를 4수나 더 남긴 작가이다. 안민영의 개인 가집(歌集) 『금옥총부(金玉叢部)』에 따르면 안민영은 1870년(고종 7년) 겨울, 스승인 박효관(朴孝寬)의 운애산방(雲崖山房)에서 벗과 기생과 함께 거문고와 가곡(歌曲 : 시조를 부르는 전통 창법)으로 놀 때 마침 박효관이 가꾼 매화가 안상(案上)에 피어 향기가 방안에 가득하므로 이에 이 노래를 지었다고 한다.

안민영의 <매화사>는 노랫말 자체의 음미로는 그 맛을 제대로 체득했다고 보기 어렵다고 한다. 그 이유는 <매화사>의 8절이 가곡의 우조(羽調) 8곡(曲)의 변화(초삭대엽 - 이삭대엽 - 중거삭대엽 - 평거삭대엽 - 두거삭대엽 - 삼삭대엽 - 소용 - 회계삭대엽(우롱))에 따라 노랫말을 안배하여 지었기 때문이며, 실제로 노랫말의 형식적 특징도 각 악곡의 특징들에 맞춰져 있다.

> 매영(梅影)이 부드친 창(窓)에 옥인금차(玉人金叉) 비겨신져
> 이삼(二三) 백발옹(白髮翁)은 거문고와 노리로다
> 이윽고 잔(盞)드러 권하랼제 달이 쏘한 오르더라 (안민영 <매화사> 1절)

<매화사> 1절은 8절 전편에 대한 첫 번째 작품인 만큼, 매화는 실제로 나타내지 않고 창에 비친 그림자로 운치 있게 나타냈다. 교교한 달빛 아래 하얗게 피어난 매화의 모습은 조화로운 운치의 극치로 묘사되곤 하는데, 이 작품의 운치는 실질적인 매화가 아닌 매영(梅影)과 달의 조화를 그려낸 데서 더 돋보인다.

> 빙자 옥질(氷姿玉質)이여 눈 속에 네로구나
> 가만이 향기(香氣)노아 황혼월(黃昏月)를 기약(期約)ᄒ니
> 아마도 아치고절(雅致高節)은 너쑨인가 ᄒ노라 (안민영 <매화사> 3절)

눈 속에 피어나 가녀린 아름다움을 지닌 매화(梅花). 그윽한 향기로 달빛과의 조화를 기약하니, 그러한 매화의 모습은 '아치고절(雅致高節)'로 요약된다.

> 져 건너 나부산(羅浮山) 눈 속에 검어 웃쑥 울통불통 광디등걸아
> 네 무슴 힘으로 가지(柯枝)돗쳐 곳조츠 져리 퓌엿는다
> 아모리 석은 비 반(半)만 남아슬망정 봄뜻즐 어이 ᄒ리오
> (안민영 <매화사> 7절)

이 작품은 앞뒤의 연(聯)들과 달리 율격의 호흡이 평탄하지 않아 급박하게 진행되고, 또 그려진 매화의 형상도 방안의 매화가 아니라, 나부산 눈 속의 울통불통한 굵은 등걸에서 가지를 돋쳐 핀 매화이다. 그것도 반나마 썩은 등걸에서 핀 매화이다. 그런 매화목(梅花木)일지라도 봄뜻은 어쩌지 못한다는 뜻이다. 이 작품의 악곡은 '소용(搔聳)'으로 곡태(曲態)는 "폭풍은 지동치듯 불고 제비가 가로질러 난다"인데, 상당히 급박한 악곡임을 알 수 있다. 초장의 형태도 안정적 4음보가 아닌 6음보로 늘어났고, 그 표현도 '검어 웃쑥 울통불통 광디등걸아'라 하여 매화

의 외양을 묘사하여 모진 풍파에도 봄 뜻을 저버리지 않고 피어나는 매화의 생명력을 절묘하게 형상한 것이다. 이처럼 안민영의 <매화사>는 노랫말과 악곡이 서로 조화를 이루면서 매화가 지닌 여러 형상을 총체적으로 읊었다는 점에서 수작(秀作)으로 평가되고 있다. <매화사>는 매화에 부여된 전통적 상징인 '아취고절', '암향부동', '백설양춘' 등의 이미지에 개성적인 표현을 첨가하여 이를 조화시킨 영매(詠梅)의 절조이다.

이외에도 매화의 아취와 운치를 노래한 연시조로는 권섭의 <매화사장(梅花四章)>이 있고, 이세보도 4수의 매화 시조를 남겼다. 18세기초의 유명한 금객(琴客)이었던 김성기(金聖器)의 다음과 같은 작품도 매화의 아취와 운치를 읊은 것에 속한다.

옥분(玉盆)에 심근 매화(梅花) 흔 가지(柯枝) 것거내니
곳도 곱거니와 암향(暗香)이 더욱 좃타
두어라 것근 곳이니 ㅂ릴 줄이 이시랴 (김성기)

김성기의 사회적 신분을 고려하면 이 작품은 매화의 아취와 운치를 자신의 예술세계와 처지에 비겨 노래한 것이라 볼 수도 있다.

한편 시조 이외의 국문시가 가운데 가사에서도 매화가 표현된 작품들이 더러 나타난다. 가장 이른 시기의 작품으로 이인형(李仁亨:1436~1504)의 <매창월가(梅窓月歌)>가 있다. "매창(梅窓)에 둘리 쓰니 매창(梅窓)의 경(景)이로다. 매(梅)는 엇더흔 매(梅)고 임처사(林處士) 서호(西湖)에 빙기(氷肌) 옥혼(玉魂)과 맥맥(脈脈) 청소(淸宵)에 음영(吟詠)흐던 매화(梅花)로다.…"라고 하여, 매화와 창(窓)과 달이라는 세 가지 소재를 대상으로 자문자답의 형식으로 자신의 은일 취향을 나타낸 작품이다. 정철(鄭澈:1536~1593)의 <사미인곡>은 선계(仙界)에서 적강(謫降)한 여

인의 목소리로 임금을 그리워하는 신하의 지극한 충정을 나타낸 연군가사(戀君歌辭)이다. 작품을 서사-본사-결사로 나누어 볼 때, 본사에는 춘하추동 네 계절의 변화에 따른 그리움이 표현되어 있는데, 그 춘사(春詞)에 "동풍(東風)이 건듯 부러 적설(積雪)을 헤텨내니 창(窓) 밧긔 심근 매화(梅花) 두 세 가지 퓌여세라. ㅈ득 냉담(冷淡)흔디 암향(暗香)은 므스일고 황혼(黃昏)의 둘이조차 벼마티 빗최니 늣기는듯 반기는듯 님이신가 아니신가. 뎌 매화(梅花) 것거내여 님겨신디 보내오져 님이 너롤보고 엇더타 너기실고…"라는 표현이 있다. 이곳의 매화는 애정 상관물로 표현되었고, 님과 이별한 여성화자의 분신이기도 한데, 이면적으로는 지조 있는 충신의 마음을 표상한 것이다. 이러한 표상은 앞 시기의 유배가사이자 연군가사인 조위(曺偉:1454~1503)의 <만분가(萬憤歌)>에 표현된 "님의 집 창밧긔 외 나모 매화(梅花)되여 설중(雪中)의 혼자 픠여 침변(枕邊)의 이위는듯 월중(月中) 소영(疎影)이 님의 옷의 비취어든 어엿븐 이 얼굴을 네로다 반기실가"의 문학적 변용이다. 이 두 작품에서의 매화는 모두 연군충심을 상징하고 있다. 이외에도 최현(崔晛)의 <명월음(明月吟)>, 작자미상의 <승가타령>, <재송여승가>, <규중가>, <화전가> 등의 여러 가사작품에 매화가 나타나지만 거의 대부분 부분적인 표현이며, 매화만을 독립적으로 작품화한 가사는 없는 것으로 보인다. 가사에 나타나는 매화의 표현 용례를 살펴보면 위에서 살핀 매화 상징들에서 벗어나지 않는다. 이는 국문 시가로서 시조와 가사는 장르 간 표현의 관용적 차용이 일반화되었던 까닭일 것이다.

제2부

시조 및 가사의 담론과 미학적 특징

시조의 담론과 상호텍스트성

1. 머리말

평시조와 사설시조의 텍스트 연관성은 '패러디' 관계로 설명하는 경우가 대부분이었다. 즉 평시조와 사설시조의 텍스트 상호간의 교섭관계는 선행하는 평시조를 대상 텍스트로 하여 그것을 모방적으로 재현함으로써 새로운 사설시조 텍스트를 만들어 낸다는 일방적인 관계로 이해하여 왔던 것이다[1]. 이는 사설시조가 평시조의 후발성 장르 유형이라는 면에서 상당한 설득력을 가져왔으며 별다른 의문 없이 그대로 인정되었다.

그러나 평시조와 사설시조의 작품 연관은 사설시조가 평시조를 패러디한 유형만 있는 것이 아니고, 작자나 가집의 편찬 연대로 추정했을 때 그 반대 유형 곧 사설시조 작품을 원텍스트로 하여 평시조를 재창작하는 역(逆)방향의 교섭 관계도 상당수 존재하고 있다는 사실에 주목할 필요가 있다. 이 점에 대하여는 주의를 환기한 경우가 있기는 하나[2] 그

---

1) 그 대표적인 업적으로 신은경, 「사설시조의 시학연구」, 서강대 박사논문, 1988, 104~115쪽 및 117~126쪽과 신은경, 「평시조를 패로디화한 사설시조 연구」, 『고전시 다시 읽기』, 보고사, 1997, 143~172쪽을 들 수 있다.

2) 문천기, 「사설시조의 패러디 양상에 관한 연구－평시조와 관련된 자료를 중심으

러한 지적에 그쳤을 뿐 구체적으로 그 반대 유형의 텍스트가 어떤 것이 있으며 어느 정도의 비중을 차지하고 있는지, 그리고 그 실상은 어떠한 지에 대한 작업은 보여주지 않아 궁금증으로 남아 있다.

이에 여기서는 우리가 종래에 패러디 관계로 설명해 왔던 평시조와 사설시조 사이의 사설교섭 관계를 자료의 실상에 따라 근본적으로 재검토하여 그 구체적 양상을 체계적으로 이해하고자 한다. 이를 위하여 우선 기존 연구에서 패러디 관계로 보았던 시조 자료를 중심으로 살펴보되, 서로 사설교섭 관계를 갖는 텍스트 사이의 선후 관계에 주목하여 그 교섭의 방향이 어떠한지를 검토할 것이다. 그 관계의 방향은 이론적으로 ① 평시조→사설시조, ② 평시조←사설시조, ③ 평시조↔사설시조의 세 유형으로 설정이 가능한데 과연 그러한지 해당 자료를 검토해 보기로 한다.

작업에 있어서 가장 큰 난점은 텍스트 사이의 교섭 방향을 결정짓는 텍스트 사이의 선후 관계 파악이 그리 쉽게 결정되지 않는 경우가 상당히 있다는 것이다. 주지하는 바와 같이 사설시조의 대부분과 평시조의 많은 작품이 작자와 지은 연대를 모르기 때문이다. 이럴 경우는 편의상 해당 텍스트가 실려 있는 수록 문헌의 편찬연대를 참고할 수밖에 없다. 그렇지만 시조를 수록한 문헌의 절대적 비중을 차지하고 있는 것은 가집인데, 상당수의 가집이 편자와 편찬연대 및 편찬 과정을 정확히 알 수 없다는 것이 또한 걸림돌이 된다.

다행히 이 문제는 가집의 문헌적 실증적 연구3)에 의해 상당부분 해

로-」, 성균관대 교육대학원 석사논문, 1997, 4쪽.

3) 이 방면의 대표적인 업적으로 심재완, 『시조의 문헌적 연구』(세종문화사, 1972)와 양희찬, 「시조집의 편찬 계열 연구」(고려대 박사논문, 1993) 및 신경숙, 『19세기 가집의 전개』(계명문화사, 1994) 등이 있어 좋은 참고가 된다.

소되고 있어 그러한 업적들을 참고하면 대부분 선후관계의 파악이 가
능하다. 특히 심재완의 『교본 역대시조전서』에는 자신의 문헌적 연구를
토대로 시조 수록 가집의 연대순이 작성되어 있는데 이것을 바탕으로
하고 양희찬, 신경숙 등의 업적을 참고하여 몇 개의 가집 순서를 문헌
의 실상에 맞게 수정하면 큰 문제는 없는 것으로 보인다.

2. 시조 수록 가집의 시대별 분류

시조를 수록한 문헌 가운데 가장 큰 난점은 『청홍(靑洪)』, 『악(樂)서』,
『동국(東國)』, 『홍비(興比)』, 『가보(歌譜)』, 『영유(永類)』같이 편자나 편
찬 연대를 확인할만한 관련 기록이 전혀 없는 가집들에 대한 연대 추정
이다. 이런 가집들은 편찬 연대가 비교적 분명히 밝혀진 가집을 중심으
로 하여 대비하되, 특히 악곡에 대한 당대의 인식과 수록된 악곡의 종
류 및 배열방식, 수록 작품의 사설 대비, 고악보와의 대비 등을 중점 지
표로 하여 판별하는 방법이 현재로선 가장 유효하다고 생각된다. 이에
따라 시조를 수록한 각종 가집을 크게 4개의 시대별 군집으로 나누면
다음과 같다.

제1기: 청진(靑珍)
제2기: (가) ㉠ 청(靑)가 / ㉡ 해박(海朴), 海一, 海UC, 해주(海周), 청요
　　　　　　　(靑謠) / ㉢ 시가(詩歌), 청홍(靑洪)
　　　　　　(나) 병가(甁歌)
제3기: (가) 청영(靑詠), 청연(靑淵), 고금(古今), 악(樂)서, 영유(永類), 동
　　　　　　　가(東歌)
　　　　　　(나) ㉠ 경대본 시조집(慶大本 時調集), 근악(槿樂), 동국(東國) /
　　　　　　　　㉡ 청육(靑六), 가보(歌譜), 홍비(興比)
제4기: (가) 금옥(金玉), / 원국(源國), 원규(源奎), 원하(源河), 원육(源六),

원불(源佛), 원박(源朴), 원황(源皇), 해악(海樂), 원(源)가, 원
일(源一), 원동(源東), 협율(協律), 화악(花樂), 여요(女謠), /
대동(大東)
(나) 시조(時調), 남태(南太), 시여(詩餘), 조사(調詞), 시요(詩謠),
시철가

먼저 제1기와 제2기 이하는 만횡청류에 대한 당대의 인식과 분류 태
도의 차이로 변별된다. 즉 『청진』이 현존 최초의 가집이면서 이것이 편
찬되던 시기까지는 아직 만횡청류에 대한 인식이 긍정적이지 못해 마
악노초 같은 후원자의 이론적 지원이 필요했고 이런 사정으로 만횡청
류에 해당하는 텍스트의 악곡분류를 하지 않고 한데 묶어 처리하였으
며 거기다 작자는 완전히 무시했다는 점에서 다음 시대와는 확연히 구
분되기 때문이다.

만횡청류에 대한 부정적 태도는 제2기의 (가) 『해동가요』 이본류에
오면 상당히 달라진다. 우선 만횡청류를 "사설이 음왜하고 뜻이 보잘
것 없어 본 받을 바가 못된다"라고 서문에 언급하며 단 한 편의 만횡청
류도 창작-향유하지 않았던 김천택과 달리, 편자 김수장 자신이 그것
을 적극 향유할 뿐 아니라 『해주(海周)』의 경우에서 보듯 이정보(李鼎
輔)나 자신의 이름을 드러내놓고 평시조와 사설시조 작품을 나란히 가
집에 싣고 있으며, 『해일(海一)』에서 보듯 만횡청류를 한 데 묶어 처리
하지 않고 악곡에 따라 분류하여 낙시조, 편락, 소용, 편소용, 만삭의 순
으로 배열하는 방식을 취하게 된 것이다.

요컨대 제2기(18세기 중·후반에 해당)는 제1기(17세기 후반~18세기 초
반에 해당)와 달리 만횡청류가 대등한 악곡으로서의 지위를 인정받으면
서 그 존재를 당당히 가곡창의 레파토리로 드러내고 있다는 점에 있다.
그런데 아직 만횡청류의 악곡명칭이나, 만횡(농)-낙-편으로의 순서가

초기에는 가변성을 보이다가 뒤에 확정된다는 데 이 시기의 특징이 있
다. 즉 제2기는 (가)의 유동적인 시대를 거쳐 (나)에서 고정성을 보이게
된다는 것이다. 먼저 악곡명칭을 보면, (가)-㉠에서는 삼삭대엽낙희병
초, 만대엽낙희병초, 편락병초 같은 불확정의 혹은 두 악곡의 양쪽에 걸
치는 명칭이 쓰이고, ㉡에서는 접소용삭다엽가합자초집(『해박』), 만삭대
엽(만횡 혹은 만횡과 편삭대엽의 병초에 해당; 『해일』), ㉢에서는 삼삭삼엽
(삼삭대엽에 해당; 『해가』), 삼삭다엽(삼삭대엽에 해당; 『청홍』) 같은 불확
정의 명칭이 쓰이고 있다. 그리고 악곡 순에서도 만횡청류와 관련되는
삼삭대엽 다음 순서의 악곡을 살펴보면, (가)의 ㉠에서는 만대엽낙희병
초-편락병초-樂-소용의 순으로, ㉡에서는 낙시조-편락-소용-편
소용-만삭대엽의 순으로(『해일』), ㉢의 『시가』에서는 낙시조(앞부분에
평시조, 뒷부분에 사설시조)-만횡-악곡표시 없는 사설시조의 순으로 되
어 있어 만횡 이후의 것은 악곡명을 제시하지 않고 있고, 『청홍』에서는
용가(聳歌), 1수-만횡의 순으로 되어 있되 낙시조는 아예 싣지도 않고
있다. 이러한 명칭과 순서의 혼란 혹은 누락 현상은 (나)의 『병가』에 오
면 거의 안정적으로 고정되어 소용-만횡-낙시조-편삭대엽의 순서를
보임으로써 18세기 후반을 마무리한다.

　　제2기와 제3기(19세기 전반) 이후의 변별은 만횡청류의 악곡 중에서
농가(弄歌)가 보이느냐 아니냐는 점에서 찾아볼 수 있다. 농가는 18세기
후반을 지나 19세기에 들어서서 만횡의 파생곡으로 새로이 등장하기
때문이다. 제3기의 (가) 가운데 『악(樂)서』는 농가라는 명칭이 보이고,
『청영』은 만횡청류를 따로 분류하지는 않았지만 '만횡 낙시조 편삭엽
농가'라 하여 역시 농가라는 명칭이 보인다. 『청연』, 『고금』, 『동가』는
악곡에 의한 분류를 하지 않고 작가 혹은 주제에 의한 분류만 해놓아
악곡의 변화 추이로는 판단하기 어려운 면이 있으나 다행히 『청연』은

편자 이한진(李漢鎭)이 순조 14년(1814)에 편찬한 것임이 밝혀졌고, 『고금』은 순조 24년(1824)에, 『동가』, 『영류』는 텍스트의 동일 변이형의 공유 상태 등을 통하여 전자가 헌종 연간(1835-1849), 후자가 순조(1801-1834)에서 헌종 연간으로 편찬 연대가 추정된 바 있다.[4]

제2기와 제3기 이후를 변별하는 또 하나의 중요한 지표로 북전(北殿)이 이북전(二北殿)과 함께 이분화되었느냐, 아니면 이북전이 사라지고 북전으로 단일화되었느냐로 판가름된다. 『청진』을 비롯한 제2기까지의 가집은 이북전이 자리잡고 있었으나 제3기로 접어들면서 완전히 소멸되기 때문이다. 다만 제2기의 『시가』에는 북전만 있고 이북전이 없으나 이 가집은 악곡 배열 순서도 다른 가집과 달리 초중대엽－초삭대엽－이중대엽－이삭대엽－삼중대엽－삼삭대엽 순으로 하여 대표 작품을 한 두수씩 제시한 다음, 이어서 『청진』처럼 곡목 표시 없이 이삭대엽을 유명씨와 여항인 기생 무명씨 순으로 작품을 배열하고 그 다음 삼삭삼엽－낙시조－만횡의 순으로 배치하는 등 『청진』을 따르되 독특성을 보여 아직 정비되지 않은 제2기의 가집 특성을 더 잘 보여준다. 『병가』는 대부분의 논자가 제3기에 있는 가집으로 다루고 있으나 이북전의 존재라든가 『청가』에서처럼 낙시조를 낙희라는 용어를 쓴다든가 『청진』 작품과 공유하는 작품이 유독 많다는 점, 18세기 초에 나온 고악보인 『낭옹신보(浪翁新譜)』와 닮은 점이 오히려 『청진』보다 더 많이 보인다는 점[5], 19세기의 가집 특성을 보이지 않는다는 점[6] 등을 고려하여 제2기의 마지막에 포함시키면서 제1기의 『청진』에 못지않은 이른 시기의 가

---

4) 양희찬, 앞의 논문, 144쪽.

5) 김영운, 앞의 논문, 98쪽.

6) 신경숙, 앞의 책, 36쪽 참조. 이런 이유로 19세기 가집 논의에서 『병가』는 아예 제외하고 있다.

곡창 실상을 상당부분 반영하는 것으로 조심스럽게 참고할 예정이다.

제3기에서 (가)와 (나)의 차이는 악조가 우조와 계면조의 대응으로 확립되고 있느냐의 여부에 기준을 둔 것이다. 즉 (가)는 그렇지 못하나 (나)의 가집들에 오면 우·계면조의 확립을 명확히 보이기 때문이다. 다만『근악』은 주제별 분류를 해서 악곡으로 판단이 불가능하지만, 권두부의 악곡관련 항목에 초삭대엽－초중대엽－이중대엽－삼중대엽－후정화의 순으로 도해(圖解)와 설명을 한 것에서 북전 대신에 후정화라는 명칭을 사용하고 있음에서 19세기의 가집 특성을 보인다는 점과 간지(干支) 표기로 보아 헌종 5년(1839)에 편찬된 것으로 추정된다. (나)에서 ㉠과 ㉡의 차이는 전자가 우·계면은 갖추었으나 아직 여창(女唱)은 보이지 않고 19세기에 와서 만들어진 두거(頭擧), 율당(栗糖), 엇롱(旕弄), 엇락(旕樂) 같은 파생곡이 수렴되지 못했거나 뚜렷한 명목을 취하지 못했음에 비해7), 후자는 이들 모두를 갖추었다는 점이다.

제3기와 제4기(19세기 후반)의 (가)와의 차이는 후자의 가집에 19세기 후반에 와서 발생한 이삭대엽의 파생곡인 중거(中擧)와 평거(平擧), '편'의 파생곡인 엇편(旕編)이 등장한다는 점에서, 그리고 현행가곡과 곧바로 연결되는 연창의 체계를 보인다는 점8)이다. 제4기의 (가)와 (나)의 차이는 전자가 가곡창, 후자가 시조창 가집이라는 점인데, 다만『시요(詩謠)』는 앞부분에 여창가곡을 싣고 뒷부분에 시조창을 싣고 있어 모두 시조창 가집으로 이해하면 곤란하다. 이 점은 (가) 가운데『원일(源一)』도 순전히 가곡창으로만 된 것이 아니라 시조창도 추록되어 있다는 점에서 주의를 요한다. 이처럼 제4기에는 가곡창과 시조창 가집이 독자적으로 등장할 뿐 아니라 경계를 넘어 동일 가집에 나란히 실리는 양상

---

7) 신경숙, 앞의 책, 37~67쪽 참조.
8) 신경숙, 앞의 책, 67~100쪽 참조.

을 보이는 것은 거의 대등한 세를 타고 있는 증좌라 하겠다.

3. 평시조에서 사설시조로의 텍스트 변형

시조 가운데는 거의 동일한 내용을 평시조와 사설시조로 형식을 달리하여 노래하는 경우가 상당수 보이는데 이는 이들 텍스트 사이에 사설교섭 관계가 있었다는 증거가 될 것이다. 여기서 해당 텍스트의 작자나 지은 연대, 수록 가집의 편찬 연대를 대비해 볼 때 평시조로 된 텍스트가 앞서고 사설시조로 된 것이 나중일 때 이들 둘 사이의 사설교섭관계는 평시조에서 사설시조로의 텍스트 변형이 이루어진 유형으로 간주할 수 있겠다.

이제 이에 해당하는 자료들을 인용하고 그 성격을 살펴보기로 하자. 모든 자료의 인용은 일단 심재완의 『교본 역대시조전서(時全으로 약칭)』의 것으로 하며 작품번호도 그대로 따오기로 한다. 그리고 여기서 다루는 작품은 본고의 말미와 본고의 다음 논문인 「시조의 텍스트 파생 양상과 그 의미」의 끝에 부록으로 작품번호와 함께 관련정보(수록가집명, 악곡표지, 작자표지 등)를 알 수 있도록 실어 놓았으니 참조할 수 있다.

『時全』#2853(평시조)
청명시절(淸明時節) 우분분(雨紛紛)ᄒ저 나귀 목에 돈을 걸고
주가(酒家)ㅣ 하처(何處)오 뭇노라 목동(牧童)드라
저 건너 행화(杏花)ㅣ 눌이니 게가 무러 보소셔

『時全』#2349(사설시조)
이선(李仙)이 집을 반(叛)ᄒ여 노시 목에 金돈을 걸고
천태산(天台山) 층암절벽(層岩絶壁)을 넘어 방울시 쟛기 치고 난봉공작(鸞

鳳孔雀)이 넘ᄂᆞᆫ 곳더 초부(樵夫)를 맛나 마고(麻姑)할미집이 어듸믜오 저 건너 채운(彩雲)어뢴 곳더 수간모옥(數間茅屋) 대사립 밧긔 청(靑)슙ᄉ 리를 츳즈소셔

앞의 평시조는 수록 가집을 일별해 볼 때 제1기의 『청진』에서부터 2, 3, 4기에 걸쳐서 가곡은 물론 시조창으로까지 꾸준히 애창되던 곡으로 특히 제3기의 (나) 『청육』에 이르면 새로운 이본(異本)의 평시조 텍스트를 파생시켜 향유되기도 했다. 이 작품이 이렇게 애호될 수 있었던 사정은 우선 곡목이 낙시조의 여러 변주곡들로 불렸다는 것과 사설내용이 술집을 찾는 호탕한 풍류를 제재로 하면서 그것을 멋들어지게 문답식으로 서술하는 말놀이여서 곡목과 잘 부합되었기 때문일 것이다. 즉 이러한 멋들어진 사설내용과 흥청거리며 능치는 낙시조 악곡은 절묘한 조화를 이루면서 시대의 추이를 따라 낙희조→낙희병초→낙시조→계락(계면낙시조)에 실려 널리 애창되었던 것으로 보인다.

그런데 앞의 평시조 작품의 매력은 술집을 찾는 호탕한 내용 그 자체에 있다기보다 목동과 화자가 주고받는 멋들어진 대화체 서술에 놓여 있음은 이 작품이 화자나 청자 지향 발화가 아니라 화제 지향 발화라는 데서 알 수 있다. 문제는 화제 지향 발화일 경우 평시조라는 극도로 억제된 형식으로 사설내용을 담을 경우 간결하고 함축적인 미(美)는 살릴 수 있지만 화제 내용을 적극화해서 그 자체를 즐기기에는 담고 있는 내용이 너무 빈약하므로 멋들어진 문답식 말놀이의 내용을 보다 풍부하게 확장해서 향유할 필요가 생기고 이러한 요구에 부응하여 뒤의 사설시조 형식의 관련 텍스트가 나온 것으로 이해된다. 이럴 때 말놀이로서의 대화체 풍류를 멋들어지게 구현할 수 있는 화제를 소설 「숙향전」에서 남주인공인 이선(李仙)이 천태산의 선녀 마고할미집을 찾아가는 장

면에서 찾아 초세적이고 파격적인 흥취를 유발하는 답변으로 마무리함
으로써 역시 낙시조 계열의 변주곡에 절묘하게 어울리는 뒤의 작품을
산출하게 된 것으로 보인다. 작자가 이현보와 김수장 혹은 무명씨로 엇
갈려 있는 것은 이런 사설시조 텍스트는 작자가 중요성을 갖는 것이 아
니어서 어차피 익명성으로 되기 마련이라는 점과 이런 텍스트는 이현
보 같은 사대부층도, 김수장 같은 가객층도 아울러 향유했음을 의미한
다 하겠다.

　이러한 대화체 문답형식의 말놀이는 다른 예에서도 찾아 볼 수 있는
데 이 역시 평시조든 그것을 원텍스트로 하여 사설시조화한 관련 텍스
트든 모두 낙시조의 변주곡으로 불렸다는 점에서도 앞의 예와 같다.『시
전(時全)』#1083(평시조) "물 아레 그림자 지니 드리 우희 중이 간다…"
로 시작되는 정철의 작품을『시전』#1678(사설시조) "솔 아릭에 구분 길
노 셋 가는듸 민말지 듕아…"로 재문맥화하는 경우와,『시전』#1086(사
설시조) "물 알의 그리마 지니 둘의 우의 즁놈 셋 가는 즁의 민 말재 즁
아 게 잇거라 말 물어보쟈…"로 재문맥화 하는 경우가 이에 해당한다.
그런데 #1086은 악곡별 분류를 하지 않은『근악』한 군데만 실려 있는
것으로 보아 크게 애호받은 텍스트는 아닌 듯하고 #1678은『청진』을 비
롯한 제1기의 가집에서부터 2, 3기를 거쳐 제4기의 (가)와 (나)에도 실
린 것으로 보아 가곡창은 물론 시조창으로도 애창된 텍스트임을 알 수
있다. 여기서 원텍스트인 #1083은 물음에 답하는 종장이 "손으로 흰구
룸 ᄀ르치고 말 아니코 간다"로 되어 있어 '대답 아닌 대답'을 함으로써
깔끔한 마무리로 인해 간결한 함축미를 구사하는 묘미를 보여 애창된
것으로 보인다. 이에 비해 #1678은 법당 위의 부처를 화제로 끌어들임
으로써 대화의 매력을 끌어 애창된 듯하다.

　이처럼 절의 중이나 부처가 대화체 말놀이의 중요한 모티프로 되면

서 평시조를 사설시조로 텍스트 전환하는 예는 드물지 않게 보인다. 송순(宋純)의 「면앙정단가」의 하나로 출발하여 정철이 다시 텍스트화한 『시전』#2495(평시조) "잘 새는 느라들고 새 돌은 도다온다…"라는 작품이 『시전』#1509(사설시조) "싀달은 뒷 東山말네 덩지둥지 둥그러이 도다 쯔고…"와 『시전』#2495의 이본인 『근악』의 사설시조 "잘 새는 플플 파청루(把淸樓)로 회도라들고 새 돌은 점점(漸漸) 신설루(新雪樓)로 불 가올 제…"로 재문맥화 되는 것이 그러한 사례에 해당한다. 그러나 이 것들은 원텍스트에 묘사된 '즁'이 문답형식의 말놀이의 대상으로서보다 돋는 달, 외나무다리, 먼 북소리와 어우러져 전원 풍경의 일부를 이룸으로써 유희적 맥락의 사설시조로 전화하여 인기를 끄는 데는 한계를 보인 듯하다. 하나는 『손씨수견록』에, 다른 하나는 『근악』에 그것도 비악곡적 문헌이나 가집에 단 한 군데씩만 실려 있음이 그것을 말해준다.

이러한 문답형 말놀이에는 산중(山中) 처사로 채약(採藥)하러간 주인의 행방을 동자에게 묻는 말놀이형 텍스트에도 나타나지만(『시전』#1679(평시조) "솔 알애 오히드라 네 어룬 어디 フ뇨…"→『시전』#1677(사설시조) "솔 아레 동자(童子)더러 무르니 니르기롤 선생(先生)이 약(藥)을 키라 갓너이다…": 가도(賈島)의 한시 「심은자불우(尋隱者不遇)」의 시상을 시조로 실현한 것임) 그보다 더 적극적인 표현으로는 '말 물어보자'형의 텍스트를 들 수 있다. 『시전』#3151(평시조) "학(鶴)타고 져 부는 아희 너ᄃ려 말 무러 보쟈…"의 파생버전이라 할 수 있는 『시전』#3152(사설시조) "학타고 져 불이고 호로병 츠고 불노쵸 메고 쌍상토 쓰고 식등거리 입고 가넌 아희 계 좀 셧거라 네 어듸로 가는야 말무러 보쟈…"의 관계가 그것인데 이 텍스트의 초장 표현은 선동(仙童)을 묘사한 것으로 휘모리잡가 「만학천봉」을 파생시키기에 이른다.[9]

9) 성무경, 「역대시조전서 수록 45수의 성격 변증과 잡가」, 『도남학보』 18집, 2000, 88쪽.

앞에서 보듯이 문답형 말놀이의 소재적 원천은 세상사에서 한 발짝 물러나 호탕하고 여유 만만한 삶의 태도와 관련되는 경우가 흔하다. 그렇다면 그 표현 방식이 이러한 문답형 말놀이 형식으로만 가두어 둬야 할 이유가 없을 것이다. 나아가 삶에 대한 호탕한 태도를 평시조의 억제된 형식으로 묶어두는 것 또한 무리이기에 사설시조로의 텍스트 전화도 자연스럽게 일어난다고 할 수 있다. 『시전』#17(평시조) "가마귀 거므나다나 희오리 희나다나…"가 이러한 삶의 태도를 잘 보여주고 있으며, 이것을 원텍스트로 하여 『시전』#22(사설시조) "가마귀를 뉘라 몰드려 검짜ᄒ며 빅노를 뉘라 마젼ᄒ야 희다더냐…"가 파생된 것이 그에 해당한다. 전자는 평시조이지만 만횡으로 불러 텍스트의 어법을 살리고 있으며, 후자는 시조창으로 불러 한 단계 속화된 흥취를 보인다는 점도 주목할 일이다.

삶에 대한 이러한 태도가 보다 적극화하면 '대장부'의 기개나 호쾌한 삶과 연결되기 마련인데 이 점은 『시전』#2506(평시조) "장부(丈夫)로 삼겨나셔 입신양명(立身揚名) 못홀지면…"과 그것의 파생버전인 『시전』#830(사설시조) "대장부(大丈夫) 되여나셔 공맹안회(孔孟顏曾) 못ᄒ량이면…"에 잘 드러나 있다. 전자는 김유기가 지은 것을 이삭대엽에 얹어 불렀던 것인데 제1기에서부터 제4기의 시조창에 이르기까지 전시기에 걸쳐 가집에 수록된 것으로 보아 그 애호가 대단했음을 짐작할 수 있다. 후자 역시 제2기부터 시조창을 포함한 전시기에 걸친 가집에 보여 원버전과 함께 대등한 인기를 누린 것으로 보인다. 남아 대장부의 호쾌한 삶은 『시전』#2472(평시조) "자 나믄 보라미를 엇그제 ᄀᆞᆺ 슨졔혀…"와 그것의 사설시조 파생버전인 『시전』#821(사설시조) "대설(大雪)이 만산(滿山)커눌 흑초구(黑貂裘)를 떨쳐 닙고…"에서도 찾아볼 수 있다. 그런데 전자의 평시조는 후대에 『시전』#2471(평시조) "자 나믄 보라매를 구름

밧긔 씌워 두고…"를 파생하기도 했다. 사냥놀이는 장부의 쾌사로 회자되었던 모양이다.

파생버전을 낳는 계기로 작용하는 원버전은 역시 인간세계에서 가장 보편적인 관심사로 등장하며 특히 풍류방이나 시정의 놀이공간에서 널리 애용되는 모티프라 할 수 있는 '취락(醉樂)'과 '애정'을 빼놓을 수가 없다. 먼저 애정 관련 텍스트부터 살펴보면,『시전』#2652(평시조) "죽어 니저야 ᄒ랴 살아 글여야 ᄒ랴…"라는 작품인데 종장이 "져 님아 흔 말쏨만 ᄒ소라 사생결단(死生決斷) ᄒ리라"라고 끝맺고 있어 초기 가집에는 진지한 의미로 받아들여 무명씨 작이지만 이삭대엽으로 불렸는데 제3기의 말엽과 4기로 넘어오면서 그 주제의 심각성이 희석되었던지 평거/우락(羽樂)으로 불리게 되었다. 낙시조곡으로 불리게 된 바에야 여기서 한 걸음 더 나아가 사설시조의 파생 버전으로 불리게까지 되었으니 시조창 가집에 실린『시전』#554(사설시조) "늬가 죽어 이져야 오르랴 네가 자라 평싱에 그리워야 올타ᄒ랴…"가 그것이다.『시전』#2441(평시조) "일월(日月)은 하날노 돌고 수릐는 박회로 돈다…"에서 파생한『시전』#1079(사설시조) "물네는 줄노 돌고 수릐는 박회로 돈다…"도 이에 해당하는데 원버전이나 파생버전이나 모두 단 한 개의 가집에 수록된 것으로 보아서 인기를 끈 텍스트는 아닌 것 같다.

'애정'의 모티프에서 인기를 끈 버전이라면『시전』#1399(평시조) "사랑사랑(思郞思郞) 긴긴 思郞 긔천ᄀ치 너너 思郞…"과 여기서 파생된『시전』#1398(사설시조) "思郞思郞 고고이 미친 思郞 왼 바다를 두로 덥는 그물ᄀ치 미친 思郞…"을 들 수 있다. 전자는『청진』에서부터 낙시조로 불리면서 전시기에 걸쳐 낙시조의 변주곡으로 애용된 작품인데, 평시조의 억제발화로서는 낙시조의 흥겨움을 감당하기가 어려웠던지 결국 제2기에 와서 사설시조의 파생버전을 낳았으니 후자가 그것이다. 후자는 제3기의 말엽인 『청육』부터 농가에 얹어부르게 되면서 농가로 정착하게 되었다. 아마도 사랑타령치고는 낙시조로 부르기에는 사설내용이 보다 점잖다고 해석이 되어 음악적 어법을 달리한 것으로 생각된다.

시정(市井)의 공간이나 풍류방의 놀이판에서 가장 애호를 받은 것은 아마도 '취락'과 관련한 텍스트일 것이다. 그런 사정을 반영하듯 평시조에서 파생한 사설시조 버전도 이 부분이 가장 흔하다. 이에 해당하는 작품을 들면 『시전』#2561(평시조) "저 잔(盞)에 술이 고라시니 유영(劉伶)이 와 마시도다…" 및 『시전』#2248(평시조) "劉伶이 기주(嗜酒)ᄒ다 술조ᄎ 가져가며…"와 짝이 되는 『시전』#3191(사설시조) "한준을 부어라 가둑이 부어라…"가 있다. 또 『시전』#1720(평시조) "술 먹고 뷔거를 저긔 먹지마쟈 맹서(盟誓)ㅣ러니…" 및 『시전』#1727(평시조) "술 먹지마쟈ᄒ고 큰 盟誓 ᄒ엿더니…"의 파생버전인 『시전』#1721(사설시조) "술 먹고 뷧둑뷔척 뷔거려 가며 먹지마자 크게 盟誓ㅣ ᄒ엿더니…"를 들 수 있다. 이처럼 취흥의 모티프는 평시조도 자체의 파생버전을 갖고 있을 만큼 널리 애호되었음이 특징으로 지적될 수 있다. 『시전』#1619 (평시조) "세상(世上) 사롬들이 다 쓰러 어리더라…"와 그 파생버전 『시전』#1620(사설시조) "世上 사롬드리 人生를 둘만 너거두고 쏘 두고 먹고 놀 줄 모로던고…"도 술이 매체가 되면서 유락을 적극 추구하는 경우에 해당한다.

'강산풍월'도 취락 못지않게 애호된다. 강산은 원래 은일·탈속의 공간이나 이것을 홍취의 공간으로 받아들이면서 사설시조의 파생버전을 낳는 것으로 이해된다. 『시전』#1472(평시조) "삼공(三公)이 귀(貴)타흔들이 강산(江山)과 밧골소냐…"라는 김광욱이 지은 원버전을 『시전』#1471 (사설시조) "삼공불환(三公不換) 차강산(此江山)은 어이 니른 말이런고…"

로 텍스트를 확장하면서 편락병초라는 낙시조 계열 악곡에 담아 부르는 것이 이에 해당한다. 또한 『시전』#640(평시조) "녹수청산(綠水靑山) 깁흔 골에 청려완보(靑藜緩步) 드러가니…"와 이에서 파생한 『시전』#2654(사설시조) "죽장망혀 단표즈로 철이 강산 드러가니 그 곳디 골이 깁퍼 두건 졉동이 늣졔 운다…"를 더 들 수 있다.

이밖에도 정철이 지었다는 민속놀이를 소재로 한 『시전』#2184(평시조) "우리집 모든 익을 네 혼자 맛다이셔…"와 그 파생버전인 『시전』#2357(사설시조) "이 시름 져 시름 여러 가지 시름 방패연(方牌鳶)의 세서성문(細書成文)ᄒ여…"가 있는데 현실의 모든 액을 다 떠안고 소멸하기를 소망하는 진지한 기원이 농가라는 악곡에 실려 다소 흥겨운 놀이로서의 여유를 보여주고 있다.

4. 사설시조에서 평시조로의 텍스트 변형

시조의 텍스트 변형은 앞서 살핀 바와 같이 사설의 확장 변형으로만 나타나지 않고 그 역의 방향인 사설의 축소 변형으로도 상당히 나타난다. 즉 선행하는 사설시조를 원텍스트로 하여 평시조(엇시조 포함)로 축소 변형함으로써 새로운 버전을 산출하는 것이다. 이러한 변형 역시 시정의 놀이 공간이나 풍류방에서 가장 흔하게 애호되는, 인간사의 영원한 보편적 화두라 할 '취흥'과 '애정놀음'이 중심을 차지하는 것으로 보인다. 먼저 남녀관계의 애정놀음과 관련하는 텍스트부터 살펴보기로 하자.

『時全』#2008(사설시조)
엇지ᄒ야 못 오드니 무음 일노 아니 오든냐

너 오는 길에 약수삼천리(弱水三千里)와 만리장성(萬里長城) 둘너는디 잠
총급어조(蠶叢及魚鳥)에 촉도지난(蜀道之難)이 가리엿드냐 네 어이 아니
오드니
장상사(長相思) 누여우(淚如雨)터니 오날이야 만나괘라
『시전(時全)』#1963(엇시조)
어이흐야 못오던야 무슴 일노 못오던요
좀총급어부의 촉도지난이 가리윗더냐 무슴일노 못오던야
아마도 빅는지즁의 더인는이 어려워라

앞의 사설시조 작품은 제2기의 가집 『시가』에서부터 제3기의 『청육』
을 거쳐 제4기의 『가곡원류』의 여러 이본들에 두루 실린 것으로 보아
풍류방에서 지속적으로 널리 애호되던 것이었음을 알 수 있으며 곡목
은 처음에는 편삭대엽으로 부르다가 뒤에 그것의 파생곡인 엇편으로
불렸음을 확인할 수 있다. 이에 비해 뒤의 작품은 제4기의 시조창 계열
인 『시조』와 『남태』 두 가집에만 실린 것으로 보아 크게 애호된 것 같
지는 않으나 방각본 시조창 가집에 수록된 것으로 보아 무시할 수 없는
향유층을 확보한 것이라 생각된다. 여하튼 앞의 사설시조가 뒤의 엇시
조 작품보다 먼저 산출되고 널리 향유된 것으로 보아 앞의 것을 원버전
으로 하여 뒤의 것이 파생된 것임을 쉽게 짐작할 수 있다. 그러나 평시
조 형식에 맞추어 완전히 축소하지 않고 중장에 2음보 한마디의 확장을
허용함으로써 엇시조 버전에 머물었음이 특징이다.

이에 비해 같은 애정놀이를 화두로 하면서 사설시조의 원버전을 평
시조로 완전하게 축소하는 파생버전을 3편이나 산출한 예도 찾아볼 수
있다.

『시전』#723(사설시조)
님그려 깁히 든 병(病)을 어이흐며 곳쳐 닐고

의원(醫員) 청(請)ᄒ여 명약(命藥)ᄒ며 소경의게 푸닷그리 ᄒ며 무당 불너
당즑닭기ᄒᆞᆫᄃᆞᆯ 이 모진 병(病)이 하릴소냐
아마도 그리던 님 만ᄂᆞ면 고디 됴홀가 ᄒ노라

이것이 원버전인데 제1, 2기의 가집인 『청진』과 『병가』에만 실린 것
으로 보아 만횡청류가 널리 향유되기 시작한 비교적 초기의 텍스트임
을 알 수 있다. 그러나 이 노래는 평시조의 파생버전을 산출하면서 더
이상 애호되지 않고 후대에는 평시조의 파생버전이 널리 향유된 것으
로 보인다. 『시전』#1115(평시조) "ᄇᆞ람 부러 쓰러진 남기 비오다 삭시
나며…"와 『시전』#1779(평시조) "식불감(食不甘) 침불안(寢不安)ᄒ니 이
어인 모지는 병(病)고…" 및 『시전』#1783(평시조) "신농씨(神農氏) 상백
초(嘗百草)홀제 만병(萬病)을 다 고치되…"가 후대의 파생버전인데 이
들은 모두 제2기 이후의 가집에 실린 것들이다. 이들 파생버전의 수록
가집 수로 볼 때 앞의 것이 무려 20개, 다음이 13개 가집, 마지막 것이
8개 가집에 실려 있어 맨 앞의 것이 널리 애호된 버전임을 알 수 있다.
거기다 3편 모두 시조창 가집에 실려 있어 그 애호도가 만만치 않음을
짐작할 수 있다.

이처럼 애정놀음 텍스트에는 평시조가 애호 받는 것이 있는가 하면
그 반대로 사설시조 텍스트가 애호 받는 경우를 볼 수 있으니 우리가
익히 알고 있는 『시전』#752(사설시조) "님이 오마ᄒ거놀 저녁밥을 일 지
어 먹고…"이다. 이 작품은 만횡청류로서는 대단한 인기를 끌었던 것으
로 보이는데 『청진』을 비롯하여 제1기에서부터 3기에 이르기까지 10개
가집에 실렸고 3기의 『청육』부터는 이것의 파생버전이 나와 『홍비』와
『원국』의 12개 이본가집에 널리 수록 될 정도로 애호된 것으로 보인다.
뿐만 아니라 『청진』을 비롯한 제1기에서부터 4기에 이르기까지 지속적

으로 애호 받은 유사버전인 『시전』#1233(사설시조) "벽사창(碧紗窓)이 어른어른거눌 님만너겨 나가보니…"가 무려 24개 가집에 수록되어 있다. 남의 눈을 속이고 몰래하는 사랑을 희학적으로 서술한 것이 인기의 비결인 것 같다. 그에 비해 이들 사설시조 버전의 파생버전으로 보이는 『시전』#73(엇시조) "간밤에 지게여던 ㅂ람 슬드리도 날 소겨다…"는 제2 기의 『해일』에서부터 5개 가집에만 실린 것으로 보아 크게 애호 받지는 못했던 것으로 보이며 완전한 축소 버전을 만들지 않고 엇시조 버전에 머무르고 있음이 주목된다. 그만큼 원버전이 사설시조 텍스트로 적합했 던 것이라 하겠다.

애정놀음의 텍스트에서 님과의 이별 또한 애용되는 화두인데 이에 해당하는 것으로는 『시전』#1183(사설시조) "백마(白馬)는 욕거장시(欲去 長嘶)ㅎ고 청아(靑娥)는 석별견의(惜別牽衣)ㅣ로다…"와 이것의 파생버 전으로 보이는 『시전』#992(평시조) "물은 가쟈 울고 님은 잡고 울고…" 를 들 수 있다. 이 또한 원버전인 사설시조 텍스트가 제2기의 가집에서 부터 4기에 이르기까지 무려 28개 가집에 실려 있는 데 비해 그 파생버 전인 평시조는 제3기의 가집 4개에서만 실려 있어 지속적인 인기를 끌 지 못했던 것으로 보인다. 이밖에 님과의 이별을 다룬 『시전』#1159(사 설시조) "밤은 깁허 삼경(三更)에 니르럿고 구진 비는 오동(梧桐)에 훗날 닐제 니리 궁글 져리 궁굴 두로 싱각다가 잠 못 니루웨라…"와 그 파생 버전으로 보이는 『시전』#769(평시조) "달붉고 서리친 밤의 울고 가는 져 기럭아…"는 전자가 단 2개의 가집에, 후자가 3개의 가집에 수록되는 데 그치고 있어 별다른 애호를 받지 못한 것으로 보인다. 비애 어린 넋 두리여서 그런 것인지 모른다.

애정놀음도 더 이상 진지한 감정의 질료로 받아들이지 않을 때 말놀 이로까지 나아가게 된다. 사설시조가 즐겨 추구하는 문답식 말놀이로 표현하는 것이다. 『시전』#2893(사설시조) "청천(靑天)에 쩌져 울고 가는 져 기러기 너 가는 길히로다…"가 그에 해당한다. 이러한 말놀이식 표현은 역시 사설시조의 특장이므로 대단한 인기를 끌었던 것 같다. 『청진』의 만횡청류로 출발하여 제1기부터 4기의 시조창 가집까지 만횡이나 그 변주곡(농가, 엇롱, 계롱)으로 전시기의 무려 26개 가집에 실려 애호를 받았던 것으로 보이기 때문이다. 이는 뒤에 시조창 전용텍스트로의 파생버전 『시전』#1512(사설시조)#2893의 이형(異形), 『남태(南太)』의 사설시조 "사벽달 셔리치고 지시는 밤에 쯕을 닐코 울고 가는 기러기야…"를 산출하기에 이른다. 나아가 축소 변형의 버전인 『시전』#2892(평시조) "靑天의 쩌가는 기력이 님의 집을 지나 갈다…"와 『時全』#769(평시조) "달붉고 서리친 밤의 울고 가는 져 기력아…"를 파생시킨다. 그러나 평시조 버전은 전자가 제3기의 1개 가집에, 후자가 3기의 3개 가집에만 실린 것으로 보아 크게 애호되지는 못한 것으로 보인다.

풍류판이나 시정 공간에서 애정놀음 못지않게 애호를 받는 모티프는 역시 '취흥'이다. 『시전』#1742(사설시조) "술이라 ᄒᆞᄂᆞᆫ 거시 어니 삼긴 거시완디…"는 제2기부터 4기에 이르기까지 주로 농가로 불리며 19개 가집에 실려 있다. 이는 뒤에(제3기) 『시전』#1729(평시조) "술아 너는 어이 돌고도 쓰돗더니…"라는 평시조 파생버전을 산출하지만 비악곡 가집인 『근악』에만 실려 있을 뿐 인기를 끌지는 못한 것 같다. 정철의 유명한 사설시조 「장진주사」는 가곡창의 풍류판이 벌어지는 곳에는 단골 메뉴로 인기를 끌었던 탓에 제1기의 『청진』에서부터 4기까지 전시기에 걸쳐 24개 가집에 실려 있다. 이의 파생버전인 『시전』#3190(평시조) "한 잔을 먹사이다 ᄯᅩ 한 잔 먹사나다…"가 나오긴 했으나 「장진주사」의 위세에 눌려 제4기의 1개 가집(『조사』)에 실려 있을 뿐이다. 제1기부터 4기까지 전시기에 걸쳐 21개 가집에 실려 인기를 끌었던 『시전』#37(시설시

조) "ᄀ올 비 긔쯩 언마치 오리 우장직령(雨裝直領) 닌지마라…"는 직접
적으로 취흥을 노래한 것은 아니지만 삶의 여유 만만한 태도가 장사(酒
肆)에 연루되므로 역시 술과 관련되는 텍스트다. 뒤에 『시전』#89(평시
조) "ᄀ득이 저는 나귀 채주어 모지마라…"라는 평시조 버전을 파생시
키지만 2개의 비악곡 가집에 실린 것으로 그쳤다.

이밖에 술과 애정[色情]을 한꺼번에 다룬 주색(酒色)의 모티프도 인
기를 끈 것으로 보인다. 『시전』#2446(사설시조) "일정(一定) 百年 살줄
알면 酒色참다 관계(關係)ᄒ랴…"가 그것인데, 제2기의 『청진』만횡청
류로부터 4기의 전시기에 걸쳐 23개 가집에 실려 있다. 그러나 이의 파
생버전이라 할 『시전』#2638(평시조) "酒色을 삼간 後(後)에 一定百年
살쟉시면…"은 6개 가집에 실린 것으로 머물렀다. 그리고 풍류판에서
시가악무에다 주색가무까지 모든 놀이를 다 동원하여 질탕하게 즐기는
모티프도 애용되었으니 『시전』#1673(사설시조) "손약정(孫約正)은 점심
(點心)을 ᄎ리고 이풍헌(李風憲)은 주효(酒效)을 장만ᄒ소…"인데, 제1
기에서 제4기의 『가곡원류』이본류에 이르기까지 전시기에 걸쳐 17개
가집에 수록되어 있다. 이는 뒤에 사설시조의 시조창 텍스트를 파생시
키고(『시전』#3056(사설시조) "틱빅이 ᄌ닐낭은 호아장츌 환미쥬ᄒ고…"인데
4개의 시조창 가집에 실림), 안민영의 평시조 버전인 『시전』307(평시조)
"구포동인(口圃東人)은 춤을 츄고 운애옹(雲崖翁)은 소리헌다…"에도
영향을 미친다.

이러한 놀이판의 풍류와는 질을 달리하는, 봄날의 고상한 풍류를 점
잖게 노래한 텍스트도 있다. 『시전』#472(사설시조) "낙양성리(洛陽城裏)
방춘화시(方春和時)에 초목군생(草木群生)이 개자락(皆自樂)이라…"와
『시전』#469(평시조) "낙양(洛陽) 三月時에 처처(處處)에 화류(花柳)ㅣ로
다…", 및 『시전』#472(사설시조) "洛陽城裏 方春和時에 草木群生이 皆

自樂이라…"와『시전』#1038(사설시조) "모춘(暮春) 三月 절(節) 조흔 제 춘면초성(春眠初成) 째맛거늘…"과『시전』#468(사설시조) "낙양(洛陽) 三月時에 궁류(宮柳)는 황금지(黃金枝)로다…"가 그에 해당한다. 여기서 앞의 두 작품은 사설시조가 선행텍스트로 보이고, 뒤의 두 작품은 그에서 파생되어 나온 사설시조 버전이다. 앞의 두 작품 가운데 평시조 버전은『해동가요』이본류와『병가』에 이정보를 작자로 지목했고, 사설시조 버전은『청진』만횡청류와『청가』에는 작자가 없으나『병가』에 김춘택으로 표기한 것으로 보아 앞시대의 김춘택이 먼저 지은 것을 이정보가 뒤에 평시조 버전으로 재문맥화한 것으로 보인다.

『삼국지연의』같은 소설의 인상적인 장면이나 행위도 시조의 모티프로 애용되는데 장면의 상황설정이 선망의 대상이거나 멋스러운데 기인하는 것으로 보인다.『시전』#2130(사설시조) "와룡강전(臥龍岡前) 초려지중(草廬之中)에 제갈공명(諸葛孔明) 낫잠 들어 대몽(大夢)을 수선각(誰先覺)꼬 평생(平生)에 아자지(我自知)라…"라는 김수장의 작품이 그에 해당한다. 그 파생버전으로『시전』#2929(평시조) "초당(艸堂)에 춘수족(春睡足)호니 창외(窓外)에 일지지(日遲遲)라…"도 산출되었다. 그러나 가집의 수록 정도는 전자가 2개 가집에, 후자가 단 한 개 가집에 머물러 별 인기를 끌지는 못한 것 같다. 반면에 같은 소설에서 모티프를 취한 『시전』#2610(異,『해주(海周)』의 사설시조) "조인(曹仁)의 팔문금쇄진(八門金鎖陣)을 영천서서(穎川徐庶)ㅣ 아둧던지 조운(趙雲)을 귀예다혀 생사문(生死門)을 살펴라…"라는 김수장의 사설시조는 자신이 편찬한 단 1개 가집에 수록될 뿐이었으나 그 파생버전이라 할『시전』#2160(평시조) "曹仁의 八門金鎖陣을 穎川徐庶ㅣ 아둧던가…"는 제2기부터 4기까지에 걸쳐 19개 가집에 수록된 것으로 보아 지속적인 인기를 끈 것으로 보인다. 여기서 평시조 텍스트가『청진』보다 앞서는 초기 가곡창의 상황을 상당히 담은 것으로 추정되는 『병가』에 실리고 사설시조는 김수장의 것 한 편뿐으로 보아 어쩌면 평시조가 원버전이고 그것을 바탕으로 김수장이 사설시조화 했지만 별 인기를 끌지는 못한 것으로 보는 것이 순리일 수 있다.

나무꾼[樵夫]의 하루 일과를 흥미롭게 담아 노래한 『시전』#1840(사설시조) "아희들아 나무가주 뵈줌방이 드님 쳐 신들메고…"는 제2기의 『시가』에 낙시조와 만횡 다음에 곡조분류 없이 배열한 사설시조 속에 들어 있는데 제3기의 『청육』에 평시조와 사설시조의 파생버전이 동시에 실려 있으나 다른 가집에는 아무 곳에도 실리지 않은 것으로 보아 인기를 끌지는 못한 것 같다.

5. 평시조와 사설시조의 동시대적 상호 교섭

특정의 평시조와 사설시조 사이에 사설내용이 거의 동일하여 텍스트 간에 사설교섭이 분명히 인지되지만 동시대 가집에 나란히 수록되어 있어 원버전과 파생버전을 구분하기 어려운 경우 이 유형에 해당하는 것으로 보고 검토해 보고자 한다. 이들은 일단 상호텍스트성을 갖고 공존한 것으로 인정될 수밖에 없기 때문이다.

이 유형도 남녀관계에 관련한 애정 혹은 색정 모티프가 주류를 이룬다.

『시전』#550(평시조)
니 ᄀ슴 두충복판(杜沖腹板)되고 님의 ᄀ슴 화유(花柚)등 되여
인연(夤緣)진 부레풀노 시운(時運)지게 보쳐시니
아므리 셕둘 장매(長霾)ㅣ들 쩌러질줄 이시랴

『시전』#733(사설시조)

님으란 회양금성(淮陽金城) 오리남기 되고 나는 三四月 츩너출이 되야

그 남긔 그 츩이 낙거믜 나븨 감듯 이리로 츤츤 져리로 츤츤 외오푸러 올이

감아 밋부터 끗ㄱ지 흔 곳도 뷘틈업시 주양장상(晝夜長常)에 뒤트러져 감

겨 이셔

츳셧달 ㅂ람 비 눈 셔리를 아모리 마즌들 풀닐 줄이 이시랴

남녀 간의 뜨거운 열정을 노래한 이 두 작품 모두 비교적 초기 가집
인『해동가요』이본류와『병가』등에 실려 있고 제3기를 거쳐 4기의 가
집『가곡원류』이본들에까지 실린 것으로 보아 오랜 기간에 걸쳐 함께
인기를 끌었던 것으로 짐작된다. 그래서 어느 것이 원버전이고 어느 것
이 파생버전인지 알 길이 없으나, 앞 작품보다 뒤의 작품이 수록 가집
수가 많고 제2기 가집들에 작자를 이정보로 기록한 예가 많은 것으로
보아 이정보가 사설시조로 지은 것을 동시대 이름 없는 작가가 평시조
버전으로 재문맥화했을 가능성을 생각해 볼 수는 있다.

청루의 여인을 모티프로 하여 노래한『시전』#2095(평시조) "옥(玉)ㄱ
튼 한궁녀(漢宮女)도 호지(胡地)에 진토(塵土)되고…"와『시전』#1491(사
설시조) "삼춘색(三春色) 자랑을 마라 화잔(花殘)ㅎ면 졉불래(蝶不來)
라…"도 제2기의 초기 가집인『청가』를 비롯해『병가』에도 둘 다 실린
것으로 보아 동시대에 대등하게 애창된 가요로 보인다. 둘 다 제2기 가
집에서부터 3기를 거쳐 4기의『가곡원류』이본에 이르기까지 전자가
19개 가집(시조창 1개 포함)에 후자가 16개 가집에 실려 있기 때문이다.
『시전』#53(평시조) "각씨(閣氏)네 하 어슨체 마쇼 고와로라 즈랑 마
쇼…"와『시전』#51(사설시조) "각씨(閣氏)니 옥모화용(玉貌花容) 어슨체
마쇼…" 역시 같은 여인을 모티프로 노래한 것인데 전자는 제3기의『청
육』과 4기의 가곡원류 이본의 여러 가집에, 후자는『청륙』단 한군데만

실려 있다. 이로써 보아 양자가 동시대에 상호텍스트성을 갖고 공존했으나 후자는 인기를 끌지 못하고 이내 사라진 것으로 보인다.

시정의 놀이공간이나 풍류판에서 인생무상을 빌미로 하여 유락이나 취흥을 모티프로 노래하는 경우를 빼놓을 수 없을 것이다. 『시조』#1705(평시조) "수요장단(壽夭長短) 뉘 아더냐 죽은 후(後)ㅣ면 거줏거시…"과 『시전』#1936(사설시조) "어우화 벗님네야 壽夭長短을 한(恨)치 마소…"가 그것이다. 전자는 『해주』와 『병가』에 이정보가 지었다 하고 후자는 『청요』에 박문욱이 지은 것으로 되어 있는데 두 사람이 거의 동시대인이므로 누구의 것이 선행텍스트인지는 알 길이 없고 동시대적으로 병존하면서 상호텍스트성을 보이는 것으로 일단 간주한다. 다만 전자는 4수의 이본형을 파생시키면서 제2기부터 제4기의 시조창 가집까지 18개 가집에 꾸준히 수록되면서 애호되었지만 후자는 『청요』에만 실린 것으로 끝나 대조적이다.

태평을 구가하던 요순(堯舜) 시절이 가고 각박해진 세태인심을 한탄하는 모티프도 풍류판에서 누구나 공감하는 관심사였기에 평시조와 사설시조 버전이 동시대에 공존하면서 상호텍스트성을 보인다. 『시전』#2800(평시조) "천지(天地)도 당우(唐虞)쩍 天地 日月도 唐虞쩍 日月…"과 『시전』#2440(사설시조) "일월성신(日月星辰)도 천황씨(天皇氏)ㅅ적 日月星辰 산하토지(山河土地)도 지황씨(地皇氏)ㅅ적 山河土地…"가 그에 해당한다. 둘 다 제1기의 『청진』부터 제2기의 『해가』 이본류와 『병가』를 비롯하여 이른시기의 가집부터 전 시기의 가곡창 가집에 실리되 전자는 무려 24개 가집에, 후자는 19개 가집에 실려 그 인기를 짐작할 수 있다.

이 밖에 이백(李白)의 한시를 평시조와 사설시조로 노래한 『시전』#99(평시조) "강산(江山)도 됴흘시고 봉황대(鳳凰臺)가 쪄왓는가…"와 『시전』

#1279(사설시조) "鳳凰臺上 봉황유(鳳凰遊)ㅣ러니 봉거대공강자류(鳳去臺空江自流)ㅣ라…"가 동시대에 공존한 버전이고, 붓이 창에서 굴러 떨어짐을 모티프로 한『시전』#청륙1828(이형 : 異形,『병가(甁歌)』(22) 등)(평시조) "아쟈 니 황모시필(黃毛試筆) 먹을 무쳐 창(牕)밧긔 지거고…"와『시전』#1828(사설시조) "아자 나 쓰던 黃毛試筆를 수양매월(首陽梅月) 홈벅 직어 창전(窓前)에 언졋더니 딕디골 동고러 쑥 느려 지거고…"도 동시대에 상호텍스트성을 보인 버전이다.

6. 맺는 말

지금까지 평시조와 사설시조 간의 사설교섭이 구체적으로 어떻게 이루어지고 있는지를 알아보기 위해 해당 텍스트를 선별하여 그 선후 관계를 먼저 따져서 세 가지 양상으로 정리·체계화해 보았다. 그리하여 둘 사이의 사설교섭 관계는 평시조를 원버전으로 하여 사설시조를 산출하는 일방적인 관계가 아니라는 사실을 확인할 수 있었다. 즉 선행하는 사설시조 텍스트를 원버전으로 하여 산출되는 평시조도 거의 대등한 양상으로 실현되고 있다는 것이다. 뿐만 아니라 평시조와 사설시조가 동시대적으로 공존하여 상호텍스트성을 보이는 경우도 상당수 발견되었다.

이러한 사실은 종래에 평시조를 원텍스트로 하여 사설시조라는 패러디 텍스트가 산출된다는 패러디 관계로의 일방적인 설명만으로는 세 가지 양상 가운데 하나의 방향만 설명한 것이 되어 한계가 있음을 알게 해준다. 그리고 패러디로 설명되었던 이러한 상호텍스트성의 관계가 과연 적절한 이해였는지도 다시 반성해 볼 필요가 있으나 지면 관계상 여기서는 제외하고 별고에서 다루기로 한다.

부 록

『時全』#2853(평시조)

淸明時節 雨紛紛ᄒ저 나귀 목에 돈을 걸고

酒家ㅣ 何處오 뭇노라 牧童드라

저 건너 杏花ㅣ 눌이니 게가 무러 보소셔

『甁歌』(1026)樂戲調, × / 『靑珍』(461)樂時調, × / 『海一』(534)樂時調, × / 『詩歌』(579)樂時調, × / 『靑가』(507)三數大葉 樂戲幷抄, × / 『靑六』(777)界樂時調, × / 『永類』(261)×, × / 『興比』(395)各調音, × / **異1**『靑六』(748)界樂時調, × / 『古今』(112)×, × / 『靑淵』(188)×, × / 『歌譜』(255)편롱, × / 『時調』(6)×, × / 『源國』(547/834(169))界樂/界樂, ×/× / 『源奎』(546/833(169))界樂/界樂, ×/× / 『源河』(541/830)界樂/界樂, ×/× / 『源六』(570/783(157))界樂/界樂, ×/× / 『源佛』(572)界樂, × / 『源朴』(706(169))界樂, × / 『源皇』(693(171))界樂, × / 『海樂』(532/850(192))弄歌/界樂, ×/× / 『源가』(253/420(105))계락/界樂, ×/× / 『源一』(520)界樂, × / 『協律』(527/803(161))界樂/界樂, ×/× / 『花樂』(549)界樂, × / 『女謠』(162)계락, × / 『南太』(13)×, × / 『詩餘』(11)×, × / *『慶大本』(292)樂時調 界樂, ×

『時全』#2349(사설시조)

李仙이 집을 叛ᄒ여 노시 목에 金돈을 걸고

天台山 層岩絶壁을 넘어 방울시 찟기 치고 鸞鳳孔雀이 넘ᄂᆞ는 곳디 樵夫를 맛나 麻姑할미집이 어듸미오

저 건너 彩雲어린 곳디 數間茅屋 대사립 밧긔 靑合스리를 츠즈소셔

『甁歌』(1033)樂戲調, 李鼎輔 / 『海周』(550)×, 金壽長 / 『靑六』(784)羽樂時調, × / 『興比』(143)平羽落, × / 『源國』(590)羽樂, × / 『源奎』(589)羽樂, × / 『源河』(581)羽樂, × / 『源六』(530)羽樂, × / 『源佛』(532)羽樂, × / 『海樂』(575)羽樂, × / 『源가』(273)羽擧, × / 『源一』(559)羽樂, × / 『協律』(570)羽樂, × / 『花樂』(586)羽樂 / **異1**『南太』(194)×, × / 『詩餘』(99)×, × / *『慶大本』(278)樂時調 羽調, ×

『時全』#2652(평시조)

죽어 니저야 ᄒ랴 살아 글여야 ᄒ랴

죽어 닛기도 얼엽쏘 살아 글의이도 얼여왜라

져 님아 흔 말씀만 ㅎ소라 死生決斷 ㅎ리라

『海一』(415)二數大葉, × / 『樂서』(360)二數大葉, × / 『靑가』(435)二數大葉, × / 『靑六』(432)界二數大葉, × / 『興比』(274)羽樂, × / 『源國』(336/817(153))平擧/羽樂, ×/× / 『源奎』(336/816(152))(平擧)/羽樂, ×/× / 『源河』(331/814)平擧/羽樂, ×/× / 『源六』(314/767(141))中擧/羽樂, ×/× / 『源佛』(316/772(141))中擧附頭擧/羽樂, ×/× / 『源朴』(323/690(153))平擧막너ᄂᆞ즈즌난입/羽樂, ×/× / 『源皇』(320/676(154))平擧막너ᄂᆞ자즌흔입/羽樂, ×/× / 『海樂』(325/834(176))平擧막너ᄂᆞ즈즌흔닙/羽樂, ×/× / 『源가』(172/410)界平擧막드ᄂᆞ즈즌흔닙/우락, ×/× / 『源一』(327)界平擧, × / 『源東』(329)平擧, × / 『協律』(323/787(145))界平擧/羽樂, ×/× / 『花樂』(344)界平擧, × / 『女謠』(147)우락, × / 『歌謠』(86)×, × / 『大東』(131)界二數大葉, 梅花 / 異1『槿樂』(301)×, × / 異2.『歌譜』(331)界樂존자즌흔닙계면, ×

『時全』#554(사설시조)

니가 죽어 이져야 오르랴 네가 자라 평싱에 그리워야 올타ᄒ랴

죽어 잇기도 어렵쩌니와 사라 싱니별 더욱 셜짜

차라로 니 먼뎌 죽어 도라갈께 네 날 긔리워라

『南太』(112)×, × / 『詩謠』(79)편, ×

『時全』#2441(평시조)

日月은 하날노 돌고 수리ᄂᆞᆫ 박희로 돈다

山陳이 水陳이ᄂᆞᆫ 山峽으로 단이ᄂᆞᆫ디

우리ᄂᆞᆫ 靑樓酒肆로 돌며 늙그리라

『詩歌』(398)×, ×

『時全』#1079(사설시조)

물네ᄂᆞᆫ 줄노 돌고 수리ᄂᆞᆫ 박희로 돈다

山陳이 水陳이 海東蒼 보라미 두 죽지 녑희씨고 太白山 허리를 안고 도ᄂᆞᆫ 고나

우리도 그리던 任 만나 안고 돌짜 하노라

『靑六』(736)

시조의 텍스트 파생 양상과 담론의 의미

1. 문제 제기

시조 작품 가운데는 동일한 사설내용을 가지고 평시조나 엇시조 혹은 사설시조로 형식을 달리하여 산출된 유사관계의 텍스트가 상당수 보인다. 그 유사의 정도는 사설 내용뿐만 아니라 표현 어귀나 어법까지 혹사한 경우도 많아 한 쪽이 다른 한 쪽을 모방적으로 재현한 텍스트 관계라는 점을 쉽게 인지할 수 있다. 이 때 어떤 하나가 원버전이 되고 다른 하나(혹은 둘 이상일 경우도 있음)가 파생버전이 될 것임은 의심의 여지가 없을 것이다.

그런데 이들 유사 관계의 텍스트를 기존 연구에서는 '패러디' 관계로 이해하는 경우가 대부분이었다. 그것도 평시조를 원텍스트로 하여 모방적으로 재현함으로써 새로운 사설시조 텍스트를 만들어낸다는 일방적인 관계로 설명해 왔던 것이다.[1] 이러한 이해는 사설시조가 평시조의 후발성 장르 유형이라는 점에서 별 문제 없이 받아들여 온 것도 사실이

---

1) 그 대표적인 업적으로 신은경, 「사설시조의 시학연구」(서강대 박사논문, 1988), 104~115쪽 및 117~126쪽과 신은경, 「평시조를 패러디화한 사설시조 연구」(『고전시 다시 읽기』, 보고사, 1997), 143~172쪽을 들 수 있다.

다. 그러나 여기에는 두 가지 문제가 제기될 수 있다고 본다. 첫째는 모든 유사관계 텍스트의 모방적 재현의 방향이 반드시 '평시조→사설시조'로의 일방적 관계일 뿐인가 이고, 둘째는 이들의 관계가 과연 '패러디' 관계인가 하는 것이다.

첫째의 문제점은 선행 연구자 자신도 "내용이 동일한 평시조·사설시조가 있을 때 꼭 사설시조가 평시조를 모방한 것이라고 볼 수 있는가, 사설시조가 먼저 지어지고 평시조가 그것을 모방한 것이라고는 볼 수 없는가"라고 의문을 표하고 있다. 그러면서도 "시가장르의 형성과정으로 보아, 단순하고 제약의 틀이 엄격한 형식을 모방하여 복잡하고 자유로운 형식을 이루어내는 것이 보편적"[2]이라는 이유에서 그런 의문은 일단 접어두고 평시조→사설시조로의 일방적 관계만을 인정하고 작업에 임했던 것이다. 그 결과 경우에 따라서는 사설시조가 평시조보다 분명히 선행 텍스트임에도 불구하고 그 반대의 방향으로 논의하는 문제를 보이게 된 것이다. 이러한 선행 논의의 문제점은 뒤에 그 반대 유형 즉 사설시조를 원텍스트로 하여 평시조를 재창작하는 逆방향의 관계도 존재한다는 지적[3]을 받게 되지만, 여기서도 그러한 문제 지적에만 그쳤을 뿐 그 실상이 어떠한지에 대한 구체적인 작업은 보여주지 않고 있어 궁금증을 더하고 있다.

둘째의 문제점은 시조의 원버전과 파생버전 사이의 관계를 설명함에 있어서 서구문학에서 흔히 볼 수 있는 패러디의 개념을 적용하는 것이 과연 온당한 설명 방법이 될 수 있을까에 대한 의문과 관계된다. 기존의 논의에서는 이를 한결같이 의심 없이 받아들이고 있으나 동서(東西)

---

2) 신은경, 『고전시 다시 읽기』(보고사, 1997), 145쪽.
3) 문천기, 「사설시조의 패러디 양상에 관한 연구 -평시조와 관련된 자료를 중심으로-」 (성균관대 교육대학원 석사논문, 1997), 4쪽.

미학의 차이로 보나 혹은 작시(作詩) 방법에서 서구문학과의 거리를 생각할 때 이 역시 근본적으로 재검토해야 할 것이라 생각되기 때문이다.

이러한 문제점을 염두에 두고 여기서는 종래에 패러디 관계로 이해해 왔던 시조 자료를 중심으로 그 텍스트 파생의 실제적 양상은 어떠한지와 그러한 양상이 갖는 의미는 무엇인지, 그리고 그것을 패러디 관계로 보는데 문제는 없는지를 근본적으로 재검토하여 자료의 실상에 맞는 이해에 도달해 보고자 한다.

이러한 작업을 수행함에 있어서 시조의 텍스트 파생과 그 의미를 이해하는 방법론적 시각은 종래와는 다른 각도에서 바라보려 한다. 즉 작품을 언어체로서의 텍스트 그 자체의 차원에서 이해하고 해석하는 단계에서 나아가 문화적 의사소통 곧 담론의 차원으로 바라보고자 하며, 그러기 위해 동적(動的)인 관점에서 의사소통(담론)의 과정성을 고려하는 방향으로 시각을 전환하고자 하는 것이다. 그 과정성은 시조 텍스트를 수록한 가집에 수렴되어 있으므로 가집의 새로운 독법이 그래서 요구되는 것이기도 하다. 그렇게 함으로써 작품 자체의 텍스트적 해석에만 매몰되기 쉬운 해석학적 시각의 단선적 이해4)에서 벗어나 텍스트와 그것을 산출한 문화 현상을 역동적으로 고찰하는 길이 열릴 것이다.

2. 각종 가집의 출현과 텍스트 파생

시조의 텍스트 파생이 갖는 의미를 논함에 있어서 관련 텍스트를 '언어체로서의 텍스트 읽기'를 넘어서 '담론으로서의 텍스트 읽기'를 지향하고자 하는 이유는 한 언어 안에서 사용되는 단어와 단어의 의미는

---

4) 지금까지 가집 혹은 시조 텍스트의 이해는 대부분 텍스트를 해석학적으로 접근하는 시각이 주류를 이루었다.

'담론'에 따라 다르다는 기본 명제를 전적으로 긍정하기 때문이다. 이는 "그 자체로 존재하는 언어는 없으며 언어의 보편성이란 없다는 것, 모든 언어는 동질적인 것이 아니라는 것, 의미의 가능성은 실정적 조건의 구조 속에서보다는 담론이 만들어지는 사회적·제도적 위치에 의해 고정되고 명확한 의미가 된다는 것, 말·표현·명제 등은 그것을 사용하는 사람들의 '처지'에 따라 그 의미를 달리한다는 것"5)에 기반하는 것이다. 결국 담론은 어떤 사물을 의미하는 '언어'와 대비되는 하나의 행위개념으로서, 삶과 의식에서 의미를 만들고 재생산하는 사회적 문화적 제도적 과정을 포괄하는 개념이 된다.

그런 면에서 가령 "풍상(風霜) 섯거틴 날의…"라는 작품이 작자가 송순으로 표기되고 이삭대엽으로 불리는 경우(『병가』 등)와 무명씨로 되어 삼삭대엽으로 불려지는 경우(『청진』)에 언어체로서는 완전히 동일 의미의 작품으로 해석되지만, 담론으로서는 전자와 후자는 상당히 다른 사회－문화적 함의를 가지고 재생산된 별개의 담론체라는 것이다. 실제로 조선후기로 넘어가는 17·18세기 이래 그러한 담론의 재생산은 상당히 빈번하게 그러나 텍스트마다 다른 방식과 수준으로 나타나게 된다. 신경숙이 열정을 가지고 고구한 바 있는 정가가객들의 끊임없는 자기 해석 추구를 통한 다양한 소리세계의 창조－송실솔, 이세춘, 계랑조(桂娘調), 모란성(牧丹聲) 등－도6) 실은 가곡 연행을 통한 음악적 담론체의 재생산 문제를 논의한 것에 다름 아니었던 것이다. 아울러 신은경이 상호텍스트성 개념으로 예리하게 논의한 평시조와 사설시조의 패러디 관계도 언어체로서의 시적 담론의 재생산에 주목한 것이라 하겠다.

---

5) 다이안 맥도넬(임상훈 역), 『담론이란 무엇인가』(한울, 1992), 11~24쪽.
6) 신경숙, 「정가가객의 미학」(『한국학연구』10집, 고려대한국학연구소, 1998), 303~334쪽.

시조를 단순한 보편적 언어체로서가 아니라 담론의 텍스트로 다루려면 연행물로서의 음악적 담론과 언어체로서의 시적 담론을 동시에 갖춘 '예술체로서의 문화적 담론'으로 다루어야 하므로 이 둘을 분리하여 접근하기보다 통합적으로 바라보는 시각이 그래서 더욱 요구되는 것이다. 문화 담론으로서의 시조 텍스트는 시대의 변화나 담론 주체의 상이함에 따라 상당히 달라진 양상의 담론체로 나타나게 되는데 시조를 수록한 각종 가집에 그러한 현상들이 잘 반영되어 있다. 즉 거기에 부착되어 있는 악곡표지나 작가 표지, 및 노래사설의 같고 다름이 담론으로서의 텍스트 소통양상을 보여주는 것이다.

원래 시조는 문학을 향유하기 위해 가창이나 음영을 수단화한 것(연행된 문학)이어서 속악 정재의 일부를 이루는 연행예술인 속악가사(연행예술의 언어 텍스트)와는 차이를 보인다.7) 조선 전기의 시조는 대부분 가창보다는 음영이 중심이고 단시조보다는 연시조가 비중을 갖고 있어서 '연행된 문학'이라는 지적이 더 적절할 수가 있다. 퇴계 이황의 <도산십이곡>이 대표적 사례가 될 것이다.

그러나 17·18세기를 경계로 시조의 연행 중심이 여항―시정으로 이동하면서는 사정이 달라진다. 음영 중심의 연시조보다 거문고 등의 반주를 동반한 가창중심의 단시조를 '엇걸어' 부르는 가곡 한 바탕이 점차적으로 형성되면서8) 풍류방이나 놀이판 같은 도시의 유흥공간에서 연

7) 사진실, 『조선시대 서울지역 연극의 공연상황 연구』(서울대 박사논문, 1997), 30쪽.
8) 흔히 인용되는 김수장의 사설시조에 "……엇거러 불러내니 중대엽 삭대엽은 요순 우탕문무같고 후정화 낙시(희)조는 한당송이 되어잇고 소용이 편락은 전국이 되어이셔…"라는 대목이 있어 당시 '엇걸어 부르는' 방식의 레파토리가 어떠한지 알 수 있고, 나아가 적어도 김수장의 시대(가집이 본격적으로 족출하기 시작하던)부터는 시조가 향촌이 아닌 여항―시정에서는 가창중심의 연행예술로 향유되었음을 확인할 수 있으며 각종 가집의 족출은 이러한 필요를 충족하기 위한 것임을 짐작할 수 있다.

행예술로서 애호되고 음악 전문의 가객, 금객(琴客), 가기(歌妓) 등의 등
장과 함께 새로운 변주곡의 개발, 새로운 가집 및 금보의 족출, 시조창
의 변주곡과 그 향유, 가창가사 및 잡가와의 연행상에서의 공존 등 이
전과는 판이하게 다른 연행환경을 갖게 된다. 따라서 개인의 문집이나
가집에 실려 향촌의 가문과 지우(知友), 사제(師弟) 중심으로 음영으로
불려지는 텍스트와는 소통의 질(담론화의 과정성)을 달리 할 수밖에 없
는 것이다. 이 시대 이후로 이러한 도시 유흥공간의 미적 취향에 맞게
가곡이 빠른 속도로의 변화(느린 대엽조 악곡이 없어지고 삭대엽의 분화와
농·낙·편 등의 빠른 악곡이 파생됨), 음고(音高)의 변화(낮은음의 낙시조
음악이 점차 없어지고 그보다 4도 높은 우조(羽調)를 선호하게 됨), 장단의
변화(가락을 장식하기 위해 단순한 가락에 점차 잔가락을 많이 첨가함으로써
한 장단의 가락이 두 배로 늘어남), 음조직의 변화(강렬한 표현의 향토적 선
법으로 되돌아가려는 경향 보임), 선율의 변화(중심음이 높아지고 점차 복잡
해지는 경향으로 됨)를 보였던 것이다.[9]

　김천택이 『청구영언』을 편찬한 이래 많은 가집과 악보가 족출하고,
김수장의 경우 무려 세 차례에 걸쳐 가집을 편찬하며, 많은 경우 이미
나온 가집을 저본으로 하면서 거기다 새로운 텍스트들을 덧붙여 추록
하거나 수정하는 경향을 보이는 것들도 사실은 이러한 변화에 맞추려
는 가집 편찬자들의 유연한 대응이라 해야 할 것이다. 물론 가집 편자
들의 유연한 대응이 가능했던 것은 시대의 변화 욕구를 담은 새로운 파
생곡과 거기에 담을 새로운 시조 텍스트 혹은 파생버전이 산출되었기
때문이다.

　그런데 조선 후기의 가장 주목할 변화는 만횡청류 곧 사설시조의 본

---

9) 최헌, 「조선조 17·8세기 음악문화의 성격」(동양예술학회 춘계학술회의 발표문,
　2002), 2~6쪽.

격적인 향유이다. 그 기원이 어느 때부터인지는 알 수 없지만 이 시대
에 이르러 본격적으로 풍류방과 유흥공간에 등장하여 가곡의 중요한
레파토리로 애호되었던 것이다. 그렇게 되는 데는 서울을 비롯한 대도
시의 급속한 발달과 거기에 거주하는 신분계급을 초월하는 불특정 다
수 집단의 취미와 기호가 적극 반영되었던 탓으로 보인다. 즉 이들 도
시 거주의 문화적 기류와 미적 취향에 맞추어 악곡적인 면에서와 노래
사설의 면에서 새로운 창조 혹은 재창조로 나아간 것이 사설시조였던
것이다. 악곡적인 면에서의 창조는 음악의 전문 담당자인 명가자(名歌
者: 박후웅, 송실솔, 이세춘, 계섬 등)들의 몫이었고, 노래 사설면에서의 창
조는 주로 경화사족(이정보, 이덕수, 이광덕 등)10)과 일부의 시인 가객(김
수장, 박문욱, 안민영 등)들의 몫이었다.11) 그리하여 농·낙·편이란 새로
운 변주곡에다 사설시조를 얹어 도시의 풍류 공간에서 탈신분적 입장
으로 평시조와 함께 향유했던 것이다.

　여하튼 이 시대의 이러한 변화 기류를 문화 담론으로서 가장 뚜렷하
게 반영한 텍스트가 평시조와 사설시조의 상호텍스트성을 보이는 것들
이다. 동일한 사설 내용을 형식을 달리하여 파생버전을 산출한 자체가

---

10) 이덕수, 이광덕 같은 경화사족이 농·낙·편에 얹어 부르는 사설시조를 많이 지었
　　다는 사실은 남정희, 「18세기 경화사족의 시조 향유와 창작 양상에 관한 연구」(이화
　　여대 박사논문, 2001), 41쪽 참조. 그러나 이들 경화사족이 사설시조를 많이 지었다는
　　기록이 있음에도 불구하고 그들이 작가로 明記된 작품이 보이지 않음은 사설시조의
　　본질이 익명성을 지향하기 때문일 것이다. 즉 사설시조는 진술의 책임성과 진정성
　　및 정당성을 추구하는 화자나 청자 중심 발화가 아니라 누가 지었건 관계없이 텍스
　　트 그 자체를 즐기는 화제 중심발화(진술의 탐미성 및 희락성을 추구)라는 것이다.
11) 일부에서 사설시조의 담당층을 기술직 중인, 경아전, 군교, 요호부민 같은 중간계층
　　으로 보고 있으나(강명관, 『조선시대 문학예술의 생성공간』, 소명출판, 1999, 160~
　　217쪽 및 고미숙, 『18세기에서 20세기 초 한국시가사의 구도』, 소명출판, 1998, 10
　　5~144쪽), 이들 계층은 사설시조의 소비자층으로 주로 참여했을 뿐, 가객으로 활약
　　한 일부의 경아전층을 제외하고는 그것을 음악적으로 연행하거나 혹은 문학적으로
　　생산하는 주도적 생산자층으로는 가담한 예는 찾아보기 어렵다.

시대의 변화 기류를 텍스트 담론으로 반영한 결과물이라 할 수 있기 때문이다. 그런데 이러한 문화 담론으로서의 시조의 상호텍스트성 양상을 파악하기 위해서는 형식을 달리하는 텍스트 가운데 어느 것이 원버전이고 어느 것이 파생버전인지 그 선후관계를 판단하는 것이 선결되어야 한다.

문제는 사설시조의 대부분과 평시조의 많은 작품이 그 작자와 지은 연대를 알 수 없어 선후관계의 파악이 쉽지 않다는 데 있다. 이럴 경우 그것이 수록된 문헌의 편찬 연대를 따져 결정할 수밖에 없는데 시조 수록 문헌의 절대 비중을 차지하고 있는 대부분의 '가집'이 편자와 편찬 연대, 편찬과정, 전사과정(전사본인 경우) 등에 관한 정확한 정보를 알수가 없어 그것도 쉬운 일이 아니다. 그러나 근자에 시조 가집의 문헌·실증적 연구가 상당히 축적되어 있어12) 이런 업적들을 종합적으로 참고하고 또 몇 가지 수정·보완을 거친다면 가집의 시대별 분류가 가능하고, 그에 따라 텍스트의 선후관계를 파악한다면 많은 문제가 해결되리라 본다. 가집의 시대별 분류에 앞서 최근에 초기 가집으로 이해해왔던 몇몇 가집의 편찬 혹은 전사연대에 대해 잇따라 의문이 제기된 바있어 이를 짚고 넘어가기로 한다.

먼저, 우리가 현존 최초의 가집인 김천택의 『청구영언』(1728)과 별 차이 없는 가집이라 믿고 있던 『청진』의 편찬연대도 상당히 후대의 것으로 보아야 한다는 견해13)가 제기되어 있다. 이유는 같은 해에 편찬된 것이 분명한 『낭옹신보』에 수록된 시조 작품과 『청진』의 것을 비교해

---

12) 이 방면의 대표적인 업적으로 심재완, 『시조의 문헌적 연구』(세종문화사, 1972)와 양희찬, 「시조집의 편찬 계열 연구」(고려대 박사논문, 1993) 및 신경숙, 『19세기 가집의 전개』(계명문화사, 1994) 등이 있어 좋은 참고가 된다.
13) 김영운, 「진본 청구영언의 편찬연대에 관한 일고찰」(『시조학논총』14집, 1999), 98쪽.

보면 상당한 차이가 발견되고, 오히려 19세기 초반에 편찬된『유예지』
의 체제와 일치하는 점이 많아 18세기 후반부터 19세기 전반에 편찬된
것으로 보아야 한다는 것이다.『청진』이 18세기 초반에 편찬된 김천택
의 수택본이 아니라 그것을 저본으로 19세기 전후에 와서 새롭게 편찬
된 가집인 것은 이 논의의 치밀한 논증 과정을 통해 명확히 드러났다고
보고 그 사실을 인정해야 할 것이다. 그러나 그렇다 하더라도 그것이
김천택의 것을 저본으로 한 이상 18세기 초반이전 즉, 김천택 시대 이
전의 가곡 상황을 상당부분 반영하고 있다 해야 할 것이다. 수록된 최
후의 작가라든지, 악곡의 분류체제가 18세기 초반 이전의 사정을 반영
하고 있음14)을 부인할 수 없기 때문이다.

『청진』다음으로 오래된 가집으로 믿어왔던『해박』을 비롯한『해동
가요』이본류도 김수장 편찬 당시의 원본과는 거리를 갖는 18세기 후반
에 전사된 것으로 보아야 한다는 견해15)가 있다. 이 경우도 논자의 주
장이 타당성이 있으므로『해박』의 무명씨부에 김수장의 편찬과 관련없
는 18세기 후반의 음악 실상이 반영되었다는 점을 인정해야 할 것이다.
그러나 그런 점이 인정된다 하더라도, 악곡의 명칭이나 분류체제 등이
시조 가집의 초기 양상을 보이고 있다는 점을 고려할 때 가집 전체의
기조는 18세기 중반 김수장 당시의 편집 체제를 그대로 따른 부분이 중
심 저류에 깔려 있다고 봐야할 것이다.

---

14) 삭대엽의 변주곡을 대비해 보면『청진』이 18세기 초반 현상인 '낙시조' 하나로 되
어 있음에 비해,『유예지』는 19세기 초반의 현상인 '우락'과 '계락'으로 분화되어 있
고, 전자에 보이지 않는 '농엽'(만횡의 변주곡으로 19세기에 와서야 보이는 악곡)이
후자에는 보이기 때문에『청진』은 19세기의 체제를 따르기보다 18세기의 악곡체계
를 따르고 있음이 분명하다.

15) 이상원,「조선후기 가집 연구의 새로운 시각 -해동가요 박씨본을 대상으로-」(『시
조학논총』18집, 한국시조학회, 2002), 243쪽.

『병가』는 병와(甁窩) 이형상(李衡祥: 1653~1733)이 편찬한 『악학습령』
이라는 견해[16]가 있으나 거의 부정되고, 가집 수록 작가 가운데 연대가
가장 늦은 김기성(金箕性)의 사망 연대가 순조 11년(1811)인 것을 고려
하여 그 상한은 『어은보(漁隱譜)』가 편찬된 정조 3년(1779)을 넘을 수
없고, 그 하한은 순조조(1801~1834) 중반으로 추정하여 18세기 후반에
서 19세기 전반에 편찬된 것으로 보거나[17] 혹은 순조 연간[18]에 편찬된
것으로 보는 견해가 우세하다. 그러나 영조 21년(1745)에 편찬된 것으로
추정되는 『청(靑)가』[19] 같은 초기 가집에서나 보이는 낙시조를 낙희라
는 용어로 쓴다든지, 김천택이 『청구영언』을 편찬한 해와 같은 해에 편
찬된 『낭옹신보』의 수록 작품과 체제가 현전 가집 중 가장 많이 일치한
다는 점(물론 『청진』보다 훨씬 더 많이 일치)[20], 19세기의 가집 특성을 보
이지 않고 있다는 점[21] 등에서 『병가』는 한편으로는 18세기 전반의 가
곡양상을 상당히 반영하면서(이 점을 결코 무시해서는 안되며 오히려 중시
해야), 다른 편으로는 악곡의 체제가 상당히 안정적으로 갖추어지고 후
대의 작가 작품이 추록된 것으로 보아 18세기 후반에 상당히 수정 보완
된 것으로 이해해야 할 것이다.

이제 이러한 초기 가집들의 특수 상황을 고려하면서 지금까지 알려

16) 권영철, 『병와 이형상 연구』(한국연구원, 1978)과 김동준, 「악학습령고」(『악학습령』,
　　동국대 한국학연구소, 1978), 및 황충기, 「악학습령고」(『국어국문학』, 국어국문학회,
　　1982)에 이런 견해가 보인다.
17) 김흥규, 「조선후기 사설시조의 시적 관심 추이에 관한 계량적 분석」, 『욕망과 형식
　　의 시학』(태학사, 1999), 및 김용찬, 「18세기 가집 편찬과 시조문학의 전개양상」(고
　　려대 박사논문, 1996), 236~241쪽 등에서 이런 견해가 보인다.
18) 양희찬, 앞의 논문, 139~144쪽.
19) 양희찬, 앞의 논문, 144쪽.
20) 김영운, 앞의 논문, 98쪽.
21) 신경숙, 앞의 책, 36쪽 참조. 이런 이유로 19세기 가집 논의에서 『병가』는 아예 제
　　외하고 있다.

진 각종 시조 수록 가집을 4개의 시대별 군집으로 나누면 다음과 같이
정리할 수 있다.[22]

<표 1>

제1기: 청진(靑珍), 〔병가(甁歌)〕

제2기: (가) ㉠ 靑가 / ㉡ 해박(海朴), 해일(海一), 海UC, 해주(海周), 청요
(靑謠), 해아수(解我愁) / ㉢ 시가(詩歌), 청홍(靑洪)

   (나) 병가(甁歌)

제3기: (가) 청연(靑淵), 고금(古今), 악(樂)서, 영유(永類), 동가(東歌), 청
영(靑詠)

   (나) ㉠ 경대본 시조집(慶大本 時調集), 근악(槿樂), 동국(東國) /
㉡ 청육(靑六), 가보(歌譜), 흥비(興比)

제4기: (가) 금옥(金玉), / 원국(源國), 원규(源奎), 원하(源河), 원육(源六),
원불(源佛), 원박(源朴), 원황(源皇), 해악(海樂), 원(源)가, 원
일(源一), 원동(源東), 협율(協律), 화악(花樂), 여요(女謠), /
대동(大東), 방초록(芳草錄)

   (나) 시조(時調), 남태(南太), 시여(詩餘), 조사(調詞), 시요(詩謠),
시철가

가집을 이와 같이 4시기로 구분한 기준점은 가집에 관한 문헌적 연
구의 기존 업적을 종합적으로 참고하되, 시대구분의 지표와 편찬 연대
가 분명하지 않은 가집들에 대한 판단은 악곡에 대한 당대의 인식과 수
록된 악곡의 종류 및 배열방식, 수록 작품의 대비, 고악보와의 대비 등

---

22) 이 시대별 분류는 필자의 논문(「시조의 상호텍스트성 양상」(『인문과학』33집, 성균
관대 인문과학연구소, 2003)에서 상론하였으니 참고하기 바라며, 여기서는 그 결과
표와 시대구분의 방법 및 기준점을 간략하게 소개하는 것으로 그치고자 한다. 대상
가집은 심재완, 『교본 역대시조전서』에서 다룬 가집을 망라하고, 거기다 『경대본 시
조집』, 『解我愁』(영조 21, 1745에 편찬), 『芳草錄』(『대동풍아』와 편찬연대 비슷)을
추가했다. 뒤의 두 가집에 대한 편찬연대는 진동혁, 『註釋 해아수 방초록』(대진출판
사, 1994), 11~20쪽 참조.

을 고려한 것이다. 물론 가집의 보다 세밀한 연구에 따라 위의 표는 다시 수정될 수 있을 것이다.

<표 1>에서 제1기(17세기 후반~18세기 초반에 해당)와 제2기(18세기 중·후반에 해당) 이하는 만횡청류에 대한 당대의 인식과 분류 태도의 차이로 구분한 것이다. 『청진』이 편찬되던 시기까지는 아직 만횡청류에 대한 인식이 긍정적이지 못해 마악노초 같은 후원자의 이론적 지원이 필요했고 이런 사정으로 만횡청류에 해당하는 텍스트의 악곡분류를 하지 않고 한데 묶어 처리하였으며 거기다 모두 익명으로 했다는 점에서 다음 시대와는 확연히 변별되기 때문이다. 단 『병가』의 경우 악곡별 수록 작품은 이미 앞에서 논의한 바 이 시대의 『낭옹신보』와 일치점이 많고 또 『청진』과 공유하는 작품이 다른 가집에 비해 유독 많으므로 제1기에서 참고해야 할 가집으로 괄호로 묶어 제시했으나 그 본래의 위치는 제2기의 (나)에 해당되므로 거기에 정식으로 배치한 것이다.

만횡청류에 대한 폐쇄적 태도는 제2기의 (가) 『해동가요』 이본류에 오면 상당히 달라진다. 앞 시기에 김천택은 단 한 편의 만횡청류도 창작-향유하지 않았던 데 비해 편자 김수장 자신이 그것을 적극 향유할 뿐 아니라 『해주(海周)』의 경우에서 보듯 이정보(李鼎輔)와 자신의 이름을 드러내놓고 평시조와 사설시조 작품을 나란히 가집에 싣고 있으며, 『해일(海一)』에서 보듯 만횡청류를 한데 묶어 처리하지 않고 악곡에 따라 분류하여 낙시조, 편락, 소용, 편소용, 만삭대엽의 순으로 배열하는 방식을 취하게 된 것이다. 즉 제2기에는 제1기와 달리 만횡청류가 대등한 악곡으로서의 지위를 인정받으면서 그 존재를 당당히 곡목의 레파토리로 드러내고 있는 점이 다르다.

제2기에서 (가)와 (나)의 구분은 만횡청류의 악곡명이나 만횡('롱' 계통임)-낙-편으로의 순서가 (가)에서 유동성을 보이다가 (나)에 와서 확정된다는 데 있다. 악곡명을 보면, (가)-㉠에서는 삼삭대엽낙희병초, 만대엽낙희병초, 편락병초 같은 불확정의 혹은 두개 악곡의 조합 명칭이 쓰이고, ㉡에서는 접소용삭다엽가합자초집(『해박』), 만삭대엽(만횡에 해당; 『해일』), ㉢에서는 삼삭삼엽(삼삭대엽에 해당; 『해가』), 삼삭다엽(삼삭대엽에 해당; 『청홍』) 같은 불확정의 명칭이 쓰이고 있다. 그리고 악곡의 순서에서도 만횡청류와 관련되는 삼삭대엽 다음 악곡을 살펴보면, (가)의 ㉠에서는 만대엽낙희병초-편락병초-낙(樂)-소용의 순으로, ㉡에서는 낙시조-편락-소용-편소용-만삭대엽의 순으로(『해일』), ㉢의 『시가』에서는 낙시조(앞부분에 평시조, 뒷부분에 사설시조)-만횡-악곡표시 없는 사설시조의 순으로 되어 있어 만횡 이후의 것은 악곡명을 제시하지 않고 있고, 『청홍』에서는 용가(1수)-만횡의 순으로 되어 있되 낙시조는 아예 싣지도 않고 있다. 이러한 명칭과 순서의 혼란 혹은 누락 현상은 (나)의 『병가』에 오면 농-낙-편의 순으로 안정적으로 고정되어 소용-만횡-낙시조-편삭대엽의 배열을 보임으로써 18세기 후반을 마무리하는 것으로 보인다.

　제2기와 제3기(19세기 전반)의 변별은 만횡청류의 악곡 중에서 농가(弄歌)가 보이느냐 아니냐는 점에서 찾아볼 수 있다. 농가는 18세기 후반을 지나 19세기에 들어서서 만횡의 파생곡으로 새로이 등장하기 때문이다. 제3기의 (가) 가운데 『악(樂)서』는 농가라는 명칭이 보이고, 『청영』은 만횡청류를 따로 분류하지는 않았지만 '만횡 낙시조 편삭엽 농가'라 하여 역시 농가라는 명칭이 보인다. 『청연』, 『고금』, 『동가』는 악곡에 의한 분류를 하지 않아 판단이 어렵지만 『청연』은 편자 이한진(李漢鎭)이 순조 14년(1814)에 편찬한 것임이 밝혀졌고, 『고금』은 순조 24년(1824)에, 『동가』, 『영유』는 전자가 헌종 연간(1835-1849), 후자가 순조(1801-1834)에서 헌종 연간으로 연대가 추정된 바 있다.[23)]

제2기와 제3기 이후를 변별하는 또 하나의 중요한 지표로 북전(北殿)
이 이북전(二北殿)과 함께 이분화되었느냐, 아니면 이북전이 사라지고
북전으로 단일화되었느냐로 판가름된다. 『청진』을 비롯한 제2기까지의
가집은 이북전이 자리잡고 있었으나 제3기로 접어들면서 완전히 소멸
되기 때문이다. 다만 제2기의 『시가』에는 북전만 있고 이북전이 없으나
이 가집은 악곡 배열 순서도 다른 가집과 다르며 『청진』을 따르되 독특
성을 보여 아직 정비되지 않은 제2기의 가집 특성을 더 잘 보여준다.

제3기에서 (가)와 (나)의 구분은 악조가 우조와 계면조의 대응으로
확립되고 있느냐의 여부에 기준을 둔 것이다. 즉 (가)는 그렇지 못하나
(나)의 가집들에 오면 우·계면조의 확립을 명확히 보이기 때문이다. 다
만 『근악』은 주제별 분류를 해서 악곡으로 판단이 불가능하지만, 권두
부의 악곡관련 항목에 북전 대신에 후정화라는 명칭을 사용하고 있음
에서 19세기의 가집 특성을 보인다. (나)에서 ㉠과 ㉡의 차이는 전자가
우·계면은 갖추었으나 아직 여창(女唱)은 보이지 않고 19세기에 와서
만들어진 두거(頭擧)·율당(栗糖)·엇롱(旕弄)·엇락(旕樂) 같은 파생곡
이 수렴되지 못했거나 뚜렷한 명목을 취하지 못했음에 비해,24) 후자는
이들 모두를 갖추었다는 점이다.

제3기와 제4기(19세기 후반)의 차이는 19세기 후반에 와서 발생한 이
삭대엽의 파생곡인 중거(中擧)와 평거(平擧), '편(編)'의 파생곡인 엇편
(旕編)이 등장한다는 점에서, 그리고 현행가곡과 곧바로 연결되는 연창
(演唱)의 체계를 보인다는 점이다.25) 제4기의 (가)와 (나)의 차이는 전
자가 가곡창, 후자가 시조창 가집이라는 점에 있는 것이지 시대의 선후

---

23) 양희찬, 앞의 논문, 144쪽.
24) 신경숙, 앞의 책, 37~67쪽 참조.
25) 신경숙, 앞의 책, 67~100쪽 참조.

관계는 아니다.

3. 시조의 텍스트 파생 양상

이제 시조의 텍스트 파생 양상을 악곡의 변화상에 초점을 두는 음악적 담론으로나 사설의 변화상에 초점을 두는 시적 담론으로서가 아니라 양쪽을 통합하는 문화 담론의 생산과 재생산이란 시각으로 검토해 보기로 한다. 이를 위하여 당시대의 미적 취향과 기호를 가장 적극적으로 반영했다고 볼 수 있는, 평시조와 사설시조의 상호텍스트성을 보이는 작품을 대상으로 하여 먼저 어느 것이 원버전이고 어느 것이 파생버전인지를 파악하고 이어서 각 텍스트의 가집 수록 양상-주제소는 무엇인지, 작가표지와 악곡표지는 어떠한지, 수록 가집의 시대와 수는 얼마나 되는지 등-을 일람표를 만들어 정리해 보려한다.

(1) 사설 확장에 의한 파생버전(1유형: 평시조→사설시조)

평시조 텍스트가 확장되어 사설시조를 산출하는 유형은 모두 17개 묶음으로 파악되는데, 그 중 하나만 임의 선택하여 그 구체적인 예를 들면 다음과 같다.[26]

『시전(時全)』#1083(평시조)
물 아레 그림자 지니 두리 우회 즁이 간다
져 즁아 게 서거라 너 가는듸 무러보쟈
손으로 흰구룸 ᄀ르치고 말 아니코 간다

---

26) 본고에서 인용하는 모든 작품은 심재완, 『교본 역대시조전서』(세종문화사, 1972) (이하, 『時全』이란 약칭 사용)의 것이며 작품 번호와 수록 가집(편의상 약칭을 사용할 것임), 악곡명, 작가명도 그대로 따온 것이다. 악곡명과 작가명이 나와야 할 곳에 ×표는 해당 사항이 없음을 의미한다.

『靑珍』(455)樂時調, × / 『松星』(72)×, 鄭澈 / 『瓶歌』(1001)樂戲調, × / 『海一』
(514)樂時調, × / 『詩歌』(570)樂時調, × / 『靑가』(482)三數大葉 樂戲幷抄, × / 『東
國』(389)樂時調, × / 『靑六』(793)羽樂時調, × / 『歌譜』(269)羽樂, × / 『永類』
(251)×, × / 『源國』(588/811(147))羽樂/羽樂, ×/× / 『源奎』(587/811(147))羽樂/羽
樂, ×/× / 『源河』(579/810)羽樂/羽樂, ×/× / 『源六』(528/762(136))羽樂/羽樂, ×/× /
『源佛』(530/767(136))羽樂/羽樂, ×/× / 『源朴』(684(141))羽樂, × / 『源皇』(670(144))
羽樂, × / 『海樂』(574/827(169))羽樂/羽樂, ×/× / 『源一』(557)羽樂, × / 『協律』
(568/782(140))羽樂/羽樂, ×/× / 『花樂』(584)羽樂, × / 『女謠』(141)우락, × / 『大東』
(255)羽樂, × / * 『慶大本 時調集』(247)樂時調 羽調, × / * 『解我愁』(137)數大葉, ×

『시전』#1678(사설시조)

솔 아릭에 구분 길노 셋 가는듸 민말지 듕아
인간이별(人間離別) 독수공방(獨宿空房) 삼기신 부쳐 어니 졀 법당(法堂)
탁자(卓子)우희 감중연(坎中連)ᄒ고 눈 말가ᄒ니 안즈거늘 보왓는다 문
(問)노라 져 민말지 듕아
소승(小僧)은 아읍지 못ᄒ오니 상좌(上座)누의야 알이다.

『瓶歌』(1065)樂戲調, × / 『靑珍』(481)蔓橫淸類, × / 『詩歌』(589)樂時調, × / 『靑
가』(579)蔓大葉 樂戲幷抄, × / 『靑詠』(495)蔓橫 樂時調 編數葉 弄歌, × / 『靑淵』
(111)×, × / 『靑六』(847)編樂, × / 『歌譜』(847)編樂, × / 『興比』(169)界樂, × / 『源
國』(626)編樂, × / 『源奎』(625)編樂, × / 『源河』(617)編樂, × / 『源六』(564)編樂,
× / 『源佛』(566)編樂, × / 『源朴』(498)編樂, × / 『源皇』(493)編樂, × / 『海樂』
(611)編樂, × / 『源가』(290)編樂, × / 『源一』(594)編樂, × / 『協律』(605)編樂, × /
『花樂』(620)旕樂, × / 『大東』(288)編樂, × / 異1 『時調』(30)×, × / 『南太』(54)×, ×
/ 『詩餘』(40)×, × / * 『慶大本 時調集』(312)編樂時調 羽調, × / * 『解我愁』(389)
蔓橫淸類, × / * 異 『芳草錄』(49)×, ×

* 『시전』#1086(사설시조)

물 알의 그리마 지니 둘의 우의 즁놈 셋 가는 즁의 민 말재 즁아 게 잇거라
말 물어보쟈
人間離別 만사중(萬事中)에 獨宿空房 삼겨주시던 부쳐 어니 졀 어니 法堂
卓子우희 坎中連ᄒ고 두 눈이 감ᄒ케 안자쓰냐 닐너라 보쟈
그 즁이 막대를 놉피 드러 백운(白雲)을 ᄀ른치며 닐러 속졀업다 ᄒ더라
『槿樂』(346)蔓橫淸, ×

위의 텍스트는 수록 가집을 대비해 보면 성주본(星州本)『송강가사』에 정철의 작품(#1083)으로 수록되어 있는 평시조 작품이 원버전이고 여기서 사설시조 버전 #1678이 파생되고, 사설 내용이나 표현으로 볼 때 이 사설시조 버전에서 그 다음 사설시조 버전 #1086이 다시 파생되었음을 알 수 있다. 우선 이 세 버전은 당시 시조 텍스트에 애호를 받았던 '문답형식의 대화체 말놀이'로 되어 있음이 주목된다. 이 가운데 정철의 원버전은 제1, 2, 3, 4기의 全시기에 걸쳐 25개 가집에 실리면서 인기를 끌었는데 그 비결은 작자성을 상실하고 무명씨작으로 되면서 화자 중심의 진지한 발화가 아니라 텍스트 중심의 '언술의 재미'를 담은 발화로 인식되면서 그 문화적 담론이 원활한 소통을 가능케 했던 때문으로 보인다. 특히 물아래의 그림자와 다리 위의 중이 대칭구도를 이루고 그 위를 흘러가는 구름으로 자신의 행선지를 무언으로 답하는 '중'의 행태는 그 자체로 한폭의 그림 – 시조 향유층이 이상적으로 그리는 전원 풍경 – 이 되고 있어 종장의 그 깔끔한 마무리는 멋스러움의 극치를 보인다 할 것이다. 거기다 이 멋들어진 사설내용이 농도 짙게 흥청거리며 눙치는 낙시조 악곡의 여러 변주곡(낙희조→삼삭대엽 – 낙희병초→낙시조→계락)에 실려 절묘한 조화를 이루면서 당대의 문화 담론으로 널리 애호되었던 것이라 생각된다.

이렇게 평시조 텍스트가 무명씨로 되면서 낙시조곡에 실리는 문화 담론으로서의 의미는 아예 그러한 절제된 형식을 벗어나 사설의 화제 내용을 더 적극화해서 풍부하게 확장할 필요가 생기고 이러한 요구에 부응하여 그것과 대응하는 짝의 문화담론으로 함께 향유하게 된 것이 #1678의 사설시조 버전이 아닌가 생각된다. 즉 이 파생버전은 앞의 원버전이 있음으로 해서 더 예술적 의미를 함축하는 상생(相生)의 문화담론으로서 존재의의를 갖는 것이다. 문제는 이 둘의 관계를 서구에서 흔

히 보는 패러디관계로 본다면 파생버전이 원버전과 차이를 가진 개성
있는 재현이어야 하는데 그런 패러디 정신은 찾아볼 수 없는 보잘 것
없는 작품이 된다는 것이다.[27] 만약 이 파생버전이 그토록 보잘 것 없
는 무의미한 것이었다면 원버전과 대등한 인기를 끌면서 애호될 수 있
었을까? 이 버전 역시 제1, 2, 3, 4기의 전시기에 걸쳐 무려 25개의 가곡
창 가집과 3개의 시조창 가집에 수록된 것으로 보아 원버전 이상의 인
기를 끌지 않았는가? 이는 이 작품이 패러디 텍스트로서가 아니라 예술
체로서 문화담론의 대응되는 짝이기 때문일 것이다. 두 버전 모두 낙시
조의 여러 변주곡으로 불리다가 우·계면의 확립시대에 와서는 원버전
이 '우락'으로, 파생버전이 '계락'으로 대응의 짝을 이루면서 애호되었다
는 점에서 이 둘 사이의 친화관계를 읽을 수 있다. 이 둘의 관계가 그만
큼 견고하고 친밀하기에 파생버전에서 또다시 파생한 #1086의 사설시
조 버전은 그만큼 존재의의를 갖지 못한 탓으로 주제별 분류의 비악곡
가집인『근악』1곳에만 실려 전할 따름인 것으로 이해된다.

　이 유형에 해당하는 다른 텍스트도 이처럼 세밀히 논의해야 할 것이나
비슷한 경향성을 가지므로 지면 관계상 생략하고 그 전체의 윤곽을 파악
할 수 있게 표로 제시하면 다음과 같이 17개 작품묶음으로 정리된다.[28]

---

27) 원버전의 사설을 확장하면서 생겨난 파생버전이 그냥 단순한 확장이 아니라 "인간
　　이별 독수공방…"이라 하여 '이별'의 주제소로 전환하고 있다. 그러나 이러한 전환
　　에도 불구하고 원텍스트를 비틀기 하거나 비판적 거리를 두는 패러디로서의 재담론
　　화는 일어나지 않고 있음에 유의해야 할 것이다. 즉 패러디 관계의 파생버전이 아니
　　라는 말이다.
28) 이하 각 유형의 표로 제시한 각 작품의 간단한 해석과 설명은 각주 22)에 소개한
　　졸고에서 대강이나마 다루었으니 그 쪽을 참조할 것.

〈표 2〉

항목	작품번호/형식	주제소	가창시기	가집수	중심악곡	작자표지
1	① 1083/평	전원 풍경	1.2.3.4기	25	낙시조	정철, ×
	② 1678/사설	이별	1.2.3.4기	25＋(3)	〃	×
	②'1086/사설	〃	3기	1	×	×
2	① 2495/평	전원 풍경	1.2.3.4기	31	초중/삼삭대엽	(송순), 정철, ×
	② 1509/사설	〃　〃	잡록	1	×	×
	③2495異/사설	〃　〃	3기	1	만횡청	×
3	① 1679/평	山中 흥취	문집/잡록	2	×	박인로
	①'1677異/평	〃　〃	2기	1	이삭대엽	×
	② 1677/사설	〃　〃	3.4기	13	계(界)락시조	×
4	① 1472/평	강산 풍류	1.2기	3	이삭대엽	김광욱
	② 1471/사설	〃　〃	2기	1	편락	×
5	① 640/평	〃　〃	1.2.3.4기	27	이삭대엽/두거	이의현,이명한,×
	② 2654/사설	〃　〃	4기	(5)	시조창	×
6	① 2506/평	丈夫의 거침없는 삶	1.2.3.4기	21＋(1)	이삭대엽	김유기
	② 830/사설	丈夫의 쾌사(快事)	(1).2.3.4기	22＋(3)	농가	×
7	① 2472/평	〃　〃	1.2.3.4기	20	이삭대엽	김창업
	①'2471/평	〃　〃	3기	2	×	×
	② 821/사설	〃　〃	2.3기	4	만횡	×
8	① 17/평	탈(脫) 世上事	2.3기	11	〃	×
	② 22/사설	〃　〃	4기	(3)	시조창	×
9	① 3151/평	신선세계의 풍류	2.3.4기	16	이삭대엽/두거	×
	② 3152/사설	〃　〃	4기	(3)	시조창	×
10	① 2184/평	민속놀이 통한 풍류	1.2기	4	이삭대엽	정철
	② 2357/사설	〃　〃	2.3.4기	16	만횡/농가	×
11	① 2853/평	술집 찾는 풍류	1.2.3.4기	26＋(3)	낙시조	×
	② 2349/사설	소설인물 통한 풍류	2.3.4기	15＋(2)	〃	이정보,김수장,×

12	① 2561/평	玩月長醉(취락)	2.3.4기	19	삼삭대엽	×
	①'2248/평	〃 〃	2.3기	5	이삭대엽	×
	② 3191/사설	〃 〃	4기	(3)	시조창	×
13	① 1619/평	長日醉(취락)	1기	1	이삭대엽	김광욱
	② 1620/사설	술과 유락(遊樂)	2.3기	3	만횡/농(弄)	×
14	① 1720/평	술을 끊을 수 없음	1.2기	3	삼삭대엽	×
	①'1727/평	〃 〃	3.4기	3+(1)	界평거/시조창	×
	② 1721/사설	〃 〃	3기	1	엇락(言樂)	×
15	① 2441/평	주색(酒色) 놀음	2기	1	×	×
	② 1079/사설	님과의 사랑 놀음	3기	1	농(弄)	×
16	① 1399/평	사랑의 끝없음	1.2.3.4기	25	낙시조	×
	② 1398/사설	〃	2.3.4기	13	농가	×
17	① 2652/평	님 그리는 마음	2.3.4기	23	이삭대엽	×
	② 554/사설	〃 〃	4기	2	시조창	×

※ 표 읽기의 참고 사항: 작품 번호에서 ①이 원버전이고 ②이상의 번호가 ①과 형식을 달리하는 파생버전임. 번호에 ' 또는 '' 표가 붙은 것은 해당번호에서 파생한 버전이되 형식을 달리하지 않는 작품을 가리킴. 가집 수에서 괄호 속의 숫자로 된 것은 시조창 가집 혹은 시조창으로 분류되어 있는 가집의 수를 가리키며, 괄호가 없는 것은 가곡창 혹은 주제별 분류 가집이거나 개인 문집의 숫자임. 중심 악곡에서 ×표는 해당작품의 악곡표지가 없는 경우(개인 문집·잡록류이거나 주제별 분류 가집 수록분)이고, 작자표지에서 ×표는 무명씨를 의미한다. 가창시기에서 괄호는 시기 미확정의 가집(『병가』 같은) 수록분으로 해당시기의 가능성을 배제하지 못한다는 의미임. 『시전』작품번호에 붙은 '이(異)'는 해당 텍스트의 이본형(異本型)을 가리킴. 이 표에서 작품번호로 제시한 해당 작품은 제반정보(수록가집, 악곡표지, 작자표지 등)와 함께 논문 끝에 부록으로 붙여 놓았으니 확인해 볼 수 있음. 이하의 표에서도 마찬가지임.

(2) 사설 축약에 의한 파생버전(II유형: 사설시조→평시조 또는 엇시조)

사설시조를 원버전으로 하여 그 사설을 평시조(혹은 때로 엇시조) 형식으로 축소함으로써 파생버전을 산출하는 유형은 모두 14개 묶음으로 파악된다. 이에 해당하는 개별 작품에 대한 검토 역시 별고에서 대강 다루었으므로 그쪽으로 미루고, 여기서는 그러한 텍스트 파생의 구체적 양상과 그 의미를 탐색하는 것이 중심이므로 개괄적인 상황을 알아볼 수 있게 표로 정리하는 것으로 대신하고자 한다.

<표 3>

항목	작품번호/형식	주제소	가창시기	가집수	중심악곡	작자표지
1	① 472/사설	봄날의 고상한 흥취	1.2.3.4기	24	편삭대엽	김춘택, ×
	①'1038/사설	〃 〃	2기	1	편락병초	×
	①''468/사설	〃 〃	4기	9	농가	임의직
	② 469/평	〃 〃	2.3.4기	19	이삭대엽/평거	이정보, ×
2	① 2130/사설	故事를 통한 풍류	2.3기	2	농	김수장, ×
	② 2929/평	古詩를 통한 풍류	3기	1	×	×
3	① 1840/사설	농일꾼의 하루 일상	2.3기	2	×	×
	①'654/사설	〃 〃	3기	1	농	×
	② 653/평	농일꾼의 일과 흥취	3기	1	界이삭대엽	신희문
4	① 1673/사설	酒色 가무악을 즐김	1.2.3.4기	17	낙시조	×
	①'3056/사설	〃 〃	4기	(4)	시조창	×
	② 307/평	가무악의 풍류	4기	1	羽삼삭대엽	안민영
5	① 1742/사설	취흥	2.3.4기	18+(1)	농가	×
	② 1729/평	〃	3기	1	×	×
6	① 3189/사설	술을 권함	1.2.3.4기	24	장진주곡	정철, ×
	② 3190/평	〃	4기	(1)	시조창	×

7	① 37/사설	취락(醉樂)	1.2.3.4기	21	낙시조	×
	② 89/평	〃	3기	2	×	×
8	① 2446/사설	주색(酒色)	1.2.3.4기	23	편삭대엽	×
	② 2638/평	〃	2.3기	6	이삭대엽	송이, 이정보, ×
9	① 2008/사설	님을 기다림	2.3.4기	12	편삭대엽/엇편	×
	② 1963/엇	〃 〃	4기	(2)	시조창	×
10	① 723/사설	상사병	1.2기	2	만횡	×
	② 1115/평	〃	2.3.4기	17+(3)	삼삭대엽/시조창	×
	③ 1779/평	〃	2.3.4기	11+(2)	이삭대엽/두거	×
	④ 1783/평	〃	2.3.4기	5+(3)	이삭대엽/시조창	×
11	① 752/사설	남 몰래하는 사랑	1.2.3기	10	편삭대엽	×
	①'752異/사설	〃 〃	3.4기	14	편삭대엽/엇편	×
	①''1233/사설	〃 〃	1.2.3.4기	24	만횡/엇락	×
	② 73/엇	〃 〃	2.3.4기	5	낙시조	×
12	① 1183/사설	님과의 이별	2.3.4기	28	만횡	×
	② 992/평	〃 〃	3기	4	界이삭대엽	×
13	① 1159/사설	님을 기다림	2.4기	1+(1)	낙시조/시조창	×
	② 769/평	〃 〃	3기	3	界이삭대엽	×
14	① 2893/사설	님을 그리워함	1.2.3.4기	24+(4)	만횡/시조창	×
	①'2893異/사설	〃 〃	1.2기	3	만횡	×
	①''1512/사설	〃 〃	4기	(1)	시조창	×
	② 2892/평	〃 〃	3기	1	×	×
	③ 769/평	〃 〃	3기	3	界이삭대엽	×

(3) 파생버전의 동시대적 공존(Ⅲ유형: 평시조↔사설시조)

평시조와 사설시조간의 상호텍스트성을 보이는 작품 가운데 일부는
산출 당시부터 거의 동시대에 공존하여 어느 것이 원버전이고 어느 것

이 파생버전인지 판단이 불가능할 정도인 경우가 있는데 이들을 묶어
이 유형에 속하는 것으로 일단 분류한 것이다. 물론 여기에 속하는 작
품도 하나가 원버전이고 다른 것이 파생버전인 한, 선후관계가 분명히
있고 따라서 앞에서 다룬 두 유형 중 어느 하나에 귀속될 터이지만 양
쪽이 다 가능성이 있어 그 판단이 쉽지 않을 뿐더러 원버전과 파생버전
이 출발부터 동시대에 공존했다는 독자적 의미도 가지므로 제3의 유형
으로 다루고자 하는 것이다. 이 유형에 해당하는 것은 모두 8개의 작품
묶음으로 파악되는데 정리하여 표로 제시하면 다음과 같다.

<표 4>

항목	작품번호/형식	주제소	가창시기	가집수	중심악곡	작자표지
1	① 99/평	古詩를 통한 풍류	2.3기	6	이삭대엽	이정보
	② 1279/사설	〃 〃	2.3.4기	20+(2)	편락	×
2	① 2610/평	故事를 통한 풍류	2.3.4기	18+(1)	삼삭대엽	×
	②2610異/사설	〃 〃	2기	1	×	김수장
3	① 1828異/평	붓의 眞價를 앎	1.2.3기	8	이북전	×
	② 1828/사설	〃 〃	1.2.3.4기	21	농가	×
4	① 2800/평	달라진 세태 한탄	1.2.3.4기	25	이삭대엽	이제신
	② 2440/사설	〃 〃	1.2.3.4기	19	낙시조	×
5	① 1705/평	인생무상 -유락추구	2.3.4기	16+(2)	낙시조	이정보, ×
	② 1936/사설	〃 -취락추구	2기	1	×	박문욱
6	① 550/평	떼놓을 수 없는 사랑	2.3.4기	13	이삭대엽	×
	② 733/사설	〃 〃	2.3.4기	19	만횡/우락	이정보, ×
7	① 2095/평	여색(女色)을 탐함	2.3.4기	18+(1)	이삭/삼삭대엽	송이, ×
	② 1491/사설	〃 〃	2.3.4기	16	만횡/농가	×
8	① 53/평	〃 〃	3.4기	12	편삭대엽	×
	② 51/사설	〃 〃	3기	1	계(界)락시조	×

※<표 4>에서 ①과 ②는 앞에서와 달리 원버전과 파생버전의 관계가 아니며 단지 그
형식이 평시조냐 사설시조냐로만 구분한 것임.

4. 시조의 파생버전이 갖는 의미

이제 앞에서 제시한 세 유형의 일람표가 갖는 의미를 유형별로 혹은 상호 대비하면서 살펴보기로 한다.

먼저 I유형과 II유형에 속하는 항목 수를 대비해보면 17:14로 크게 차이가 나지 않는 점이 주목된다. 여기에는 III유형에 속하는 항목들이 I과 II유형 중 어느 하나에 귀속될 것이므로 그것도 함께 고려해야 정확한 상황을 알 수 있을 터이지만, 명확하게 드러난 것만 가지고 대비해도 대체적인 비율은 짐작이 간다고 볼 때 이러한 결과는 우리의 예상을 뒤엎는 것이 된다. 평시조 사설을 확장하여 사설시조의 파생버전을 산출하는 것은 상당히 자연스러워 보이는데 거꾸로 사설시조의 긴 사설을 평시조(혹은 엇시조[29])의 형식에 맞추어 극도로 축약된 파생버전을 산출한다는 것은 그렇지 않아 보이기 때문이다.

그러나 평시조와 사설시조를 담론의 차원에서 본다면 이러한 현상이 이해된다. 우선 음악적 담론으로 볼 때 평시조는 주로 초삭대엽부터 삼삭대엽까지의 '원가곡'으로 부르므로 사설과 악곡의 길이가 일정한 기본형으로 된다. 그에 비해 사설시조는 농·낙·편의 '변주가곡'으로 부르므로 사설의 길이와 악곡적 특징을 기본형과는 달리한다. 그런데 그 달리하는 방향이 친화관계이지 거리화 혹은 개성화가 아님을 유의할 일이다. 그 이유는 두 가지다. 하나는 원가곡이든 변주가곡이든 장고장

---

29) 엇시조는 평시조 형식을 철저히 준수하되 '엇구'나 '덧구'가 붙어 파격이 일어나는 독자적 형식을 갖는데 이는 단 한번의 파격도 허용하지 않는 평시조와도, 그 이상으로 자유롭게 늘어나는 사설시조와도 변별되는 독자적 미학을 가진 것으로 보인다. 음악적으로도 가곡창에서는 주로 '언(엇)락'으로 시조창에서는 '엇시조창'으로 부르는 경우가 대부분이다. 이에 대하여는 졸고, 「사설시조의 형식과 미학적 특성」(『어문연구』116호, 한국어문교육연구회, 2002), 87~88쪽 참조. 그러나 여기서는 사설 축소의 방향에서 문제삼으므로 평시조와 통합하여 다루기로 한다.

단을 위시하여 분장법(分章法)과 그 구조, 사설배치까지 모두 동일하므
로30) 둘 사이가 차이에 의한 거리화나 개성화를 원천적으로 가질 수 없
고 , 다른 하나는 이 둘이 선율의 특징에서 차이를 보이기는 하나 '농'은
이삭대엽의 선율을 많이 차용하여 둘이 같은 계통이고, '락'은 초삭대엽
처럼 자유분방한 선율로 되어 있어 이 둘이 같은 계통이고, 소용은 삼
삭대엽 계열이고, '편'은 농과 락에서 재차 파생된 것이어서31) 선율면에
서도 원가곡과 변주가곡은 같은 계통으로 친화관계를 가진다는 것이다.

　음악적 담론으로서 원가곡과 변주가곡이 이렇게 친화관계에 있는데
거기에 실는 평시조와 사설시조의 사설이 서로 비판적 거리화를 갖거
나 비틀기나 개성화에 의한 창조로 나아가는 길이 불가능할 것은 당연
하다는 것이다. 즉 음악적 담론으로서 원가곡과 변주가곡의 관계는 시
적 담론으로서의 시조와 사설시조의 관계를 '친화관계'로 형성되도록
운명지어진 것이 된다. 평시조든 사설시조든 ① 시행(詩行)의 통일성(3
장을 갖춤), ② 길이의 통일성(평시조는 4음보, 사설시조는 4개의 통사·의
미마디를 갖춤), ③ 구조의 통일성(종장의 첫음보를 3음절로, 둘째 음보를 5
음절이상으로 하여 시상의 전환과 종결을 꾀함)을 갖춰야 하는 형식장치가
시적 담론으로서 둘 사이의 관계를 패러디로 될 수 없게 하는 형식조건
이라면 이러한 형식장치에 실린 사설 또한 그렇게 될 수밖에 없는 것이
다. 이에 반하여 패러디는 원텍스트의 권위와 규범을 문제시하여 조롱
이나 희화화를 통해 비판적으로 개작하는 경우가 흔하며, 간혹 원텍스
트의 권위와 규범을 친화적으로 계승한다 하더라도 '문맥성의 차이'와

---

30) 이러한 음악적 이유 때문에 평시조와 사설시조의 형식은 3장으로 시상을 완결하고,
　　각 장은 4개의 마디로 구성되며, 종장의 첫마디는 3음절로 한다는 거대 틀에서 일치
　　한다. 이에 대한 상론은 졸고, 「사설시조의 형식과 미학적 특성」, 83쪽 참조.
31) 황준연, 「가곡(남창) 노래 선율의 구성과 특징」, 『금하 하규일선생의 달 기념 학술
　　대회』, 월하문화재단, 2000, 19～28쪽.

'대화성'[32])을 획득하고 있느냐에 관건이 있으므로 여전히 원텍스트와의 '거리화'와 '개성화'는 강조되지 않을 수 없는 것이다.[33]) 그런 면에서 평시조와 사설시조는 어느 쪽이나 상대방에 '대응하는' 혹은 '反하는' 텍스트로 될 수 없으므로 패러디 관계로 맺어지기 어렵다고 본다.[34])

이처럼 평시조와 사설시조는 음악적으로나 시적으로 양면에 걸쳐 친화적인 관계로 맺어지는 까닭에 이것이 있으면 저것이 있고, 이것이 필요하면 저것이 필요한 상생(相生)의 문화담론이란 환경 속에 놓여 있어 텍스트 전환과 파생이 자연스럽게 이루어질 수 있었던 것이라 보인다. I유형과 II유형의 차이가 그렇게 크지 않은 이유가 여기에 있다 할 것이다. 다만 원천적으로 평시조가 기본형이고 사설시조는 그 파생형인 데다가 '가곡 한바탕' 같은 연행의 짜임 등을 고려한다면 전자에서 후자로의 파생이 그 역방향보다 우세하리라는 것(17:14 정도 혹은 그 이상으로)은 당연한 것으로 받아들여야 할 것이다.

---

32) 대화성 역시 원텍스트와의 '차이'를 강조함으로써 획득된다. 따라서 패러디는 '차이를 가진 반복'이라 규정할 수 있으며, 대응하는(counter-), 혹은 반(反)하는(against-)의 성격을 갖는다.

33) 패러디의 이러한 성격에 대하여는 Linda Hutcheon, A Theory of Parody(김상구·윤여복 역,『패러디 이론』, 문예출판사, 1992), 54쪽 및, 정끝별,『패러디 시학』(문학세계사, 1997), 69~70쪽 참조.

34) 성기옥은 고전시가에 흔히 보이는 전고(典故)·용사(用事)와 서양의 패러디의 차이를 '원텍스트의 친화관계를 통한 재문맥화'와 '비판적 거리화를 통한 재문맥화'라 규정하여 그 미학적 기저가 다름을 지적한 바 있다. 성기옥,「한국고전시 해석의 과제와 전망」(이화여대 인문과학대 발표회, 1995, 발표요지), 20쪽. 필자는 서양의 패러디를 상극관계에 의한 '극(克)의 담론'으로, 우리의 시조는 상생관계에 의한 '화(和)의 담론'으로 규정하고자 한다. 시조는 텍스트 실현 환경이 원가곡-변주가곡, 풍류객-가객, 남창(唱)-여창(和), 우조-계면조, 가곡창-시조창, 평시조-사설시조 등의 상생적 관계에서 텍스트 파생을 산출하기 때문이다. 조선후기 시조의 중심담당층인 풍류객-가객의 경우를 예로 든다면, 이정섭(마악노초)-김천택, 남원군-김성기, 심용-이세춘, 이재면-안민영 등에서 보듯 신분적 격차에도 불구하고 탈 신분적 和의 관계에 의해서 일구어낸 것이 그들의 가곡시조 활동이다.

다음 주제소 면에서 보면, 세 유형에 공통으로 전원이나 산중(山中), 강산, 신선세계 같은 '탈속(脫俗)' 취향의 풍류나 홍취와 꼭 탈속은 아니더라도 일상사나 가무악, 취미활동 등에서 얻어지는 홍취나 풍류를 당대의 풍류객이 흔히 지향하는 '일반 풍류'라는 이름으로 하나로 묶을 수 있고, 술과 관련한 '취락의 풍류'를 또 하나로, 남녀관계의 '애정 풍류'를 다른 하나로 이렇게 모두 셋으로 집중됨을 확인 할 수 있다. 그 드러나는 양상을 보면 I유형은 일반 풍류가 10개(1~10), 취락이 4개(11~14), 애정이 3개(15~17)의 순으로 빈도를 보이고, II유형은 일반이 4개(1~4), 취락이 4개(5~8), 애정이 6개(9~14)로 빈도를 보여, 평시조→사설시조로의 파생은 일반 풍류가 취락과 애정을 합한 것보다 우세하나 사설시조→평시조로의 파생은 그 반대로 애정과 취락을 합한 것이 일반 풍류보다 우세한 것으로 나타나 있다. 이러한 현상은 원버전의 측면으로 보면 평시조가 일반풍류를 노래하기에 더 적절하고 사설시조가 애정과 취락을 노래하기에 더 적절한 텍스트였음을 말해주는 것이지만, 파생버전의 측면으로 보면 사설시조로 일반 풍류를 노래하는 데, 그리고 평시조로 애정이나 사랑을 노래하는 데 별 무리가 없었다는 사실을 말해주는 것이 된다. 그만큼 평시조와 사설시조의 기능이 주제소의 면에서는 호환이 원활했다는 의미가 된다.

가창시기면에서 원버전을 보면 I유형에서는 원버전(평시조)이 1.2.3.4기의 전시기에 걸쳐 지속된 작품 묶음이 7개를 차지하고 2.3.4기(1.2.3기 포함)의 3시기에 걸쳐 지속된 것은 4개를 차지해서 합치면 전체의 11/17에 해당한다. II유형에서도 전시기에 걸친 것이 6개를, 세 시기에 걸친 것이 4개를 차지해서 합치면 10/14에 해당한다. 이는 평시조든 사설시조든 오랜 시기에 걸쳐 애창되어 담론화되는 원버전이 파생버전을 산출하는 경향이 높다는 것과, 특히 평시조보다 사설시조가 그러한 경향을 더 강하게 보여줌을 말해준다. 그런데 파생버전의 면에서 보면 I유형의 경우 전시기에 걸친 것이 2개, 3시기에 걸친 것이 3개여서 합치면 5/17를 차지하고, II유형의 경우 전시기에 걸친 것은 하나도 없고 3시기에 걸친 것이 3개여서 합치면 3/14를 차지할 뿐이다. 이로써 보면 평시조든 사설시조든 파생버전이 오랫동안 애창되어 담론화되는 경우는 드물다는 사실을 알 수 있다. 단 I유형과 II유형의 10번 항목에서 보듯 파생버전이 원버전보다 더 오래 담론화되는 경우도 보이기는 한다.

가집수의 면에서 보면 그 애창의 정도 곧 담론화의 정도를 알 수 있는데 원버전과 파생버전이 모두 10개 가집 이상에 수록된 경우는 I유형이 4개 묶음, II유형이 2개 묶음을 보일 뿐이어서 원버전과 파생버전이 함께 애창되기는 쉽지 않음을 알 수 있다. 그렇지만 원버전이 15개 이상의 가집에 수록된 경우는 I유형이 10/17, II유형이 9/14를 보여주고 있어, 원버전의 담론화가 높을수록 파생버전을 산출하는 경향이 강함을 알 수 있다.

중심악곡의 면에서 보면 원버전의 경우 I유형에서는 이삭대엽(두거 등 변주곡 포함)이 9개, 낙시조 계열이 3개, 삼삭대엽 3개, 만횡 1개로 나타나 이삭대엽의 평시조가 사설시조 파생버전을 단연 많이 산출하고, II유형에서는 만횡(변주곡 농(弄) 포함) 6개, 편삭대엽 4개, 낙시조 3개로 나타나 농 계열의 사설시조가 평시조 파생버전을 가장 많이 산출하고 편삭대엽이 그 다음임을 알 수 있다. 이에 비해 파생버전으로 보면 I유형에서는 만횡(롱 포함)이 6개, 시조창 5개, 낙시조 4개, 만횡청 1개로 나타나는 것으로 보아 만횡, 시조창, 낙시조로 고루 산출되고, II유형에서는 이삭대엽 8개, 시조창 4개, 삼삭대엽 2개, 낙시조 1개로 나타나는 것으로 보아 주로 이삭대엽으로 산출됨을 알 수 있다. 이러한 사실을 종합해 볼 때 I유형은 이삭대엽의 평시조 원버전이 농, 낙, 시조창의 사설

시조 파생버전을 고루 산출하되 농으로 되는 경우가 가장 많고, Ⅱ유형
은 농계열의 사설시조가 이삭대엽의 평시조 파생버전을 산출하는 경향
이 많음을 감지할 수 있다. 이처럼 Ⅰ유형이든 Ⅱ유형이든 이삭대엽과 농
이 호환되는 경우가 가장 많은데 이는 농이 이삭대엽의 선율과 분위기
를 이어받은 곡이라는 점에서[35] 자연스런 결과이면서 원버전과 파생버
전이 패러디와는 달리 친화관계임을 다시 확인케 한다.

　작자표지 면에서 보면 Ⅰ유형은 원버전의 경우 유명씨:무명씨=9:8의
작품 묶음수로 나타나 거의 비슷한 비율이되 유명씨가 약간 우세하지
만 유명씨로 된 것도 1.2.5번에서 보듯이 뒤에 무명씨로 되는 경향이 있
어 이것을 감안하면 유명씨의 비율은 더욱 줄어든다. 파생버전의 경우
유명씨:무명씨=1:16이어서 무명씨의 절대 우세로 나타나는데 이는 사
설시조가 본질적으로 익명을 지향하기 때문일 것이다. Ⅱ유형에서 원버
전은 유명씨:무명씨=3:11로 무명씨의 절대 우세이고, 파생버전은 유명
씨:무명씨=4:10으로 무명씨가 약간 낮아지긴 했지만 역시 절대 우세로
나타나는데 이러한 무명씨 절대 우세 현상은 사설시조가 원버전으로
된 데 기인함은 말할 것도 없다. 즉 사설시조의 익명지향이 평시조 텍
스트에 그대로 친화관계로 작용하여 유명씨로 된 작품마저도 작자가
혼동되다가 뒤에 무명씨화되는 경우까지 나오게 되는 것으로 보인다.

　이런 점에서 작자표지의 무명씨는 신분이나 지위 면에서 이름 없는
작가의 것이란 의미가 아님을 알 수 있다. 위의 일람표에서 간혹 작자
표지가 되어 있는 면면을 살펴보면 정철, 이정보 같은 풍류객이나 김수
장, 김유기 같은 가객이 대다수를 차지하는 점이 그 점을 말해준다. 결
국 시조가곡은 풍류객과 가객의 무명씨화를 지향하는 공동 문화담론이

---

35) 황준연, 앞의 논문, 26~27쪽.

었던 것이다. 그래서 특정 작가의 작품이라 할지라도 일단 이 문화권에
서 담론화된 텍스트는 특정 개인의 소유권이나 작자의 역사성이 필요
없게 되고 그리하여 작자와 지은 연대를 알 수 없거나 혼동되는 텍스트
를 양산하게 된 것이라 보인다.

5. 맺는 말

  지금까지 종래에 패러디 관계로 이해해 왔던 평시조와 사설시조의
상호텍스트성을 보이는 자료를 대상으로 그 텍스트 파생의 실제적 양
상을 세 가지 유형으로 검토하고 각 유형의 양상을 일람표를 만들어 정
리한 다음 그것이 갖는 의미가 무엇인지를 탐색해 보고자 했다. 그리하
여 시조의 텍스트 파생 양상이 평시조→사설시조의 일방적인 관계가
아니라 그 역방향도 상당수 존재함을 확인할 수 있었다. 그리고 평시조
와 사설시조의 이러한 파생 관계가 서양의 패러디처럼 원텍스트와의
'차이에 의한 반복'으로 이루어지는 대응(counter-)의 혹은 반(反)하는
(against-) 성격의 텍스트 관계가 아니라 친화관계에 의해 서로의 존재
의미를 살리는 상생의 문화담론으로서 관계를 가짐을 음악적 담론과
시적담론의 양면에서 그리고 그것을 통합하는 관점으로 살펴보았다.
  이러한 검토를 거치면서 이 글은 가집의 새로운 독법마련을 시도했
지만 아직 미흡한 구석이 많을 것이다. 앞으로 특히 관련 텍스트를 수
록한 가집의 정확한 편찬시기와 함께 가집수를 통해 담론화의 정도와
편폭을 따지는 문제, 작자 표지의 무명씨화 현상이 갖는 의미, 텍스트
파생에서 시적 형식과 음악적 형식(악곡)을 달리하는 것의 의미 등이
더욱 세밀하게 논의되어야 할 것이다. 그나마 한정된 지면에서 이 정도

의 가집 독법을 시도해본 것만으로도 의미 있는 작업이었다고 자위하
면서, 또 부족한대로 가집을 읽는 새로운 방법론을 제시해 본 것이라
생각하고 글을 맺기로 한다.

부 록

(작품에 붙여놓은 관련 정보는 가집명, 해당가집의 수록번호는 ( ) 속에 표기, 악곡명, 작자명의 순서임, 악곡명이나 작자명이 없을 때는 ×표로 표시함)

(1) 평시조 → 사설시조

1)『時全』#1083(평시조)

물 아레 그림자 지니 드리 우희 즁이 간다
져 즁아 게 서거라 너 가는듸 무러보쟈
손으로 흰구룸 フ르치고 말 아니코 간다

『靑珍』(455)樂時調, × /『松星』(72)×, 鄭澈 /『甁歌』(1001)樂戱調, × /『海一』(514)樂時調, × /『詩歌』(570)樂時調, × /『靑가』(482)三數大葉 樂戱幷抄, × /『東國』(389)樂時調, × /『靑六』(793)羽樂時調, × /『歌譜』(269)羽樂, × /『永類』(251)×, × /『源國』(588/811(147))羽樂/羽樂, ×/× /『源奎』(587/811(147))羽樂/羽樂, ×/× /『源河』(579/810)羽樂/羽樂, ×/× /『源六』(528/762(136))羽樂/羽樂, ×/× /『源佛』(530/767(136))羽樂/羽樂, ×/× /『源朴』(684(141))羽樂, × /『源皇』(670(144))羽樂, × /『海樂』(574/827(169))羽樂/羽樂, ×/× /『源一』(557)羽樂, × /『協律』(568/782(140))羽樂/羽樂, ×/× /『花樂』(584)羽樂, × /『女謠』(141)우락, × /『大東』(255)羽樂, × / *『慶大本』(247)樂時調 羽調, × / *『解我愁』(137)數大葉, ×

『時全』#1678(사설시조)

솔 아리에 구분 길노 셋 가는듸 민말지 듕아
人間離別 獨宿空房 삼기신 부쳐 어니 졀 法堂 卓子우희 坎中連ᄒ고 눈 말가ᄒ니 안ᄌ거눌 보왓는다 問노라 져 민말지 듕아
小僧은 아옵지 못ᄒ오니 上座누의야 알이다.

『甁歌』(1065)樂戱調, × /『靑珍』(481)蔓橫淸類, × /『詩歌』(589)樂時調, × /『靑가』(579)蔓大葉 樂戱幷抄, × /『靑詠』(495)蔓橫 樂時調 編數葉 弄歌, × /『靑淵』(111)×, × /『靑六』(847)編樂, × /『歌譜』(847)編樂, × /『興比』(169)界樂, × /『源國』(626)編樂, × /『源奎』(625)編樂, × /『源河』(617)編樂, × /『源六』(564)編樂, × /『源佛』(566)編樂, × /『源朴』(498)編樂, × /『源皇』(493)編樂, × /『海樂』(611)編樂, × /『源가』(290)編樂, × /『源一』(594)編樂, × /『協律』

(605)編樂, × / 『花樂』(620)瓷樂, × / 『大東』(288)編樂, × / 異1『時調』(30)×, × / 『南太』(54)×, × / 『詩餘』(40)×, × / * 『慶大本』(312)編樂時調 羽調, × / * 『解我愁』(389)蔓橫淸類, × / * 異 『芳草錄』(49)×, ×

* 『時全』#1086(사설시조)

물 알의 그리마 지니 돌의 우의 즁놈 셋 가는 즁의 민 말재 즁아 게 잇거라 말 물어보쟈

人間離別 萬事中에 獨宿空房 삼겨주시던 부쳐 어니 졀 어니 法堂 卓子우 희 坎中連ᄒ고 두 눈이 감ᄒ케 안자ᄯᄂ냐 닐러라 보쟈

그 즁이 막대를 놉피 드러 白雲을 ᄀᄅ치며 닐러 속졀업다 ᄒ더라

『槿樂』(346)蔓橫淸, ×

2) 『時全』#2495(평시조)

잘 새는 ᄂ라들고 새 돌은 도다온다

외나모 ᄃ리에 혼자 가는 뎌 듕아

네 뎔이 언머나 ᄒ관디 먼 북소리 들리ᄂ니

『松星』(77)×, 鄭澈 / 『瓶歌』(2)初中大葉, 鄭澈 / 『靑珍』(416)三數大葉, × / 『海一』(410)三數大 葉, × / 『詩歌』(522)三數大葉, × / 『樂서』(266)二數大葉, × / 『靑가』(481)三數大葉 樂戱幷抄, × / 『靑詠』(4)初中大葉, × / 『東國』(3/166)初中大葉/界面調, ×/× / 『槿樂』(142)×, × / 『靑淵』 (3)×, × / 『靑六』(6)界初中大葉, × / 『歌譜』(5)둘찌듕ᄒ엽界面우죠, × / 『興比』(68)界面二數大 葉, × / 『源國』(7/215)界初中大葉/二數大葉, ×/× / 『源奎』(7/215)界初中大葉/二數大葉, ×/× / 『源河』(7/201)界初中大葉/二數大葉, ×/× / 『源六』(7/198)界初中大葉/二數大葉, ×/× / 『源佛』 (7/198)界初中大葉/二數大葉, ×/× / 『源朴』(7/205)界初中大葉/二數大葉, ×/× / 『源皇』(7/203) 界面初中大葉/二數大葉, ×/× / 『海樂』(7/208)界初中大葉/二數大葉, ×/× / 『源가』(7)界初中大 葉, × / 『源一』(7/211)界初中大葉/界二數大葉, ×/× / 『源東』(7/196)界初中大葉/二數大葉, ×/× / 『協律』(7/204)界初中大葉/界二數大葉, ×/× / 『花樂』(7/211)界初中大葉/界二數大葉, ×/× / 『大東』(59)界初中大葉, 鄭澈 松江 / 異1『槿樂』(382)漫橫淸, × / * 『慶大本』(68)(二數 大葉(界)), × / * 『解我愁』(265)數大葉, ×

『時全』#1509(사설시조)

시달은 뒷 東山말네 덩지둥지 둥그러이 도다 쓰고

잘 시는 니만신 수풀에 풀덕풀덕 나라들 제 외나무 다리예 혼ᄌ 가는 듕아

네 져리 얼미나 멀건데 暮鐘聲니 들니는다

『孫氏隨見錄』(31)×, ×

앞의『時全』#2495의 (異)『槿樂』의 사설

잘 새는 플플 把淸樓로 회도라들고 새 둘은 漸漸 新雪樓로 볼가올 제
외나무 드리에 홀로가는 즁아 즁아
네 절이 언마나ᄒ관더 遠鍾聲만 들니ᄂ니

『槿樂』(382)蔓橫淸, ×

3)『時全』#1679(평시조)

솔 알애 ᄋ히드라 네 어룬 어더 ᄀᄂ뇨
藥키러 가시니 하무 도라 오렷마는
山中에 구룸이 깁흐니 간 곳 몰나 ᄒ노라

『孫氏見聞錄』(20)(採藥洞 立岩二十九曲)×, 朴仁老 /『蘆溪集』(44)(採藥洞)×, 朴仁老

『時全』#1677(사설시조)

솔 아레 童子더러 무르니 니르기롤 先生이 藥을 키라 갓너이다
다만 此山中잇건마는 구름이 깁퍼 곳을 아지 못게라
아희야 네 先生 오셔드란 날 왓더라 살와라

『靑六』(755)界樂時調, ×/『興比』(166)界樂, ×/『源國』(548)界樂, ×/『源奎』(547)界樂, ×/『源河』(542)界樂, ×/『源六』(571)界樂, ×/『源佛』(573)界樂, ×/『海樂』(533)弄歌, ×/『源歌』(254)界樂, ×/『源一』(521)界樂, ×/『協律』(528)界樂, ×/『花樂』(550)界樂, ×/ 異1『甁歌』(655)二數大葉, ×/ *『慶大本』(306)樂時調 界面, ×

4)『時全』#1472(평시조)

三公이 貴타흔들 이 江山과 밧골소냐
扁舟에 둘을 싯고 낙대를 훗더질 제
이 몸이 이 淸興가지고 萬戶侯ㄴ들 브르랴

『甁歌』(260)二數大葉, 金光煜 /『靑珍』(153)(二數大葉), 竹所 金光煜 /『靑가』(148)二數大葉,

竹所 金光煜

『時全』#1471(사설시조)

三公不換 此江山은 어이 니른 말이런고

나는 말 업시 슈이도 밧고 안쟈 恒産도 보쟈ㅎ니 희옴업시 이노매라 어즐
어온 鷗鷺와 數만흔 麋鹿을 내 혼쟈 거늘여 六畜을 삼아눈디 갑업슨 淸風
明月른 節노 己物이 되여시니 남과 다른 富貴눈 이 흔 몸에 가쟛세라

엇더타 이 富貴가지고 져 富貴를 불을손야

『靑가』(632)編樂幷抄, ×

5) 『時全』#640(평시조)

綠水靑山 깁흔 골에 靑藜緩步 드러가니

千峰에 白雲이오 萬壑에 煙霧ㅣ로다

이곳이 景槪됴ㅎ니 예와 늙쟈 ㅎ노라

『甁歌』(569)二數大葉, × /『詩歌』(230)×, 李宜顯 /『靑가』(214)二數大葉, 李宜顯 /『靑詠』(378)
二數大葉, × /『靑淵』(248)×, × /『靑六』(184)羽二數大葉, 李明漢 /『歌譜』(111)둘쎡자즌혼엽,
× /『永類』(86)×, × /『興比』(417)各調音, × /『東歌』(90)二數大葉, 李明漢 /『源國』(117/710
(45))羽頭擧/頭擧, ×/× /『源奎』(117/709(45))羽頭擧존자즌닙/頭擧존쟈즌한님, ×/× /『源河』
(106/703)頭擧/頭擧, ×/× /『源六』(108/668(42))頭擧/短數大葉, ×/× /『源佛』(108/673(42))短數
大葉/頭擧, ×/× /『源朴』(110/577(40))頭擧졸즈지난입/頭擧존즈진흔입, ×/× /『源皇』(109/563
(41))頭擧존즈지ᄂ입/頭擧존즈즌흔님, ×/× /『海樂』(707(49))頭擧, × /『源가』(77/345(30))羽頭
擧존즈즌흔님/羽頭擧존즈즌한님, ×/× /『源一』(115)羽頭擧, × /『源東』(107)頭擧, × /『協律』
(109/684(42))羽豆擧/頭擧존자즌한님, ×/× /『花樂』(111)羽頭擧, × /『女謠』(43)우죠존자즌한
입, × /『歌謠』(16)×, × /『大東』(181)羽平調促數大葉, × /＊『解我愁』(15)×, ×

『時全』#2654(사설시조)

죽장망혀 단표즈로 쳘이 강산 드러가니 그 곳디 골이 깁퍼 두건 졉동이 ᄂ
졔 운다

구룸은 뭉게뭉게 퓌여 낙낙쟝숑의 어르여 잇고 바람은 쏼쏼 부러 시너암샹
솟가지만 썰썰이는고ᄂ

그 곳지 별유쳐지 별거곤이니 놀고 갈가

『時調』(113)×, × / 『南太』(218)×, × / 『詩餘』(116)×, × / 異1『調詞』(43)그름, × / 異2『樂高』(883)×, ×

6) 『時全』#2506(평시조)

丈夫로 삼겨나셔 立身揚名 못홀지면

출하로 다 썰치고 일 업시 늙으리라

이밧긔 碌碌혼 榮爲에 걸니씰 줄 이시랴

『甁歌』(506)二數大葉, 金裕器 / 『靑珍』(247)(二數大葉), 金裕器 / 『海一』(277)二數大葉, 金裕器 / 『海周』(290)二數大葉, 金裕器 / 『詩歌』(273)×, 金裕器 / 『樂서』(148)二數大葉, 金裕器 / 『靑가』(264)二數大葉, 金裕器 / 『靑六』(239)羽二數大葉, 金裕器 / 『源國』(364)平擧, 金裕器 / 『源奎』(364)(平擧), 金裕器 / 『源河』(357)平擧, 金裕器 / 『源六』(345)中擧附平頭, 金裕器 字大哉 / 『源佛』(347)中擧附平頭, 金裕器 字大哉 / 『源朴』(355)平擧막너는ㅈ즌난입, 金裕器 / 『源皇』(352)平擧막너는자즌흔입, 金裕器 / 『海樂』(356)平擧막너는ㅈ는흔닙, 金裕器 / 『源가』(158)界平擧막드는ㅈ즌한닙, × / 『源一』(353)界平擧, × / 『源東』(354)平擧, 金裕器 字 號 / 『協律』(351)界平擧, 金裕器 / 『花樂』(369)界平擧, 金裕器 / 『南太』(157)×, ×

『時全』#830(사설시조)

大丈夫 되여나셔 孔孟顔曾 못ᄒ량이면

출하리 다 썰치고 太公兵法 외와너야 말만혼 大將印을 허리아리 빗기츠고 金壇에 놉히 안ㅈ 萬馬千兵을 指揮間에 너허두고 坐作進退홈이 긔 아니 쾌할소냐

아마도 尋章摘句ᄒ는 석은 션비는 나는 아니 불우리라

『甁歌』(940)蔓橫, × / 『樂서』(472)弄歌, × / 『靑가』(603)編樂幷抄, × / 『靑詠』(486)蔓橫 樂時調 編數葉 弄歌, × / 『東國』(325)界面調, × / 『槿樂』(348)蔓橫淸, × / 『靑六』(664)弄, × / 『歌譜』(216)편롱, × / 『興比』(114)蔓弄, × / 『時調』(105)×, × / 『東歌』(216)蔓興, × / 『源國』(515)弄歌, × / 『源奎』(514)弄歌, × / 『源河』(511)弄歌, × / 『源六』(490)弄, × / 『源佛』(492)弄, × / 『海樂』(503)弄歌, × / 『源가』(243)弄歌, × / 『源一』(496)弄歌, × / 『協律』(498)弄歌, × / 『花樂』(524)弄歌, × / 『南太』(205)×, × / 『詩餘』(108)×, × / ＊『慶大本』(162)蔓數大葉 界弄, × / ＊『解我愁』(409)蔓橫淸類, ×

7) 『時全』#2472(평시조)

자 나문 보라미를 엇그제 又 슨쩨혀

쎄짓체 방울 다라 夕陽에 밧고 나니
丈夫의 平生得意는 이뿐인가 ᄒ노라

『瓶歌』(346)二數大葉, 金昌業 / 『靑珍』(210)(二數大葉), 石郊 / 『海一』(249)二數大葉, 金昌業 / 『海周』(255)二數大葉, 金昌業 / 『詩歌』(226)×, 金昌業 / 『靑洪』(195)(二數大葉), 金昌業 / 『靑가』(182)二數大葉, 石郊 / 『靑詠』(247)二數大葉, 老稼子 金昌業 肅宗朝司馬 / 『靑六』(208)羽二數大葉, 金昌業 / 『源國』(433)頭擧, 金昌業 字 號老稼齋 / 『源奎』(433)頭擧존자즌한입, 金昌業 號老稼齋 / 『源河』(422)頭擧존자즌한닙, 金昌集 號老稼齋 / 『源朴』(418)頭擧존ᄌ즌난입, 金昌業 號老稼齋 / 『源皇』(416)頭擧존ᄌ즌한입, 金昌集 號老稼齋 / 『海樂』(423)頭擧존ᄌ즌한닙, 金昌業 號老稼齋 / 『源一』(420)界頭擧, × / 『源東』(428)頭擧, 金昌業 老稼子 / 『協律』(418)界頭擧, 金昌業 號老稼齋 / 『花樂』(438)界頭擧, 金昌集 / 『大東』(17)羽二中大葉, 金昌業 字大有 號老稼齋 肅宗朝司馬敎官不仕

『時全』#821(사설시조)

大雪이 滿山커놀 黑貂裘를 썰쳐 닙고
白羽長箭 허리에 씌고 千斤角弓 풀에 걸고 鐵驄馬를 빗기모라 澗壑으로
드러가니 크나흔 쫏기 쒸여 니닷거놀 輒拔矢引滿射殪ᄒ야 칼을 싸혀 다혀
노코 長串디 쎄여 구어니니 膏血이 點滴거놀 踞胡床切而啖之ᄒ고 大銀椀
에 ᄀ득 부어 飮之熏然仰看ᄒ니 壑雲이 翩翩如錦ᄒ야 醉흔 ᄂ치 飄撲홀
지 此中之味를 제 뉘 알니
아마도 男兒의 奇壯事는 이뿐인가 ᄒ노라

『瓶歌』(959)蔓橫, × / 『海一』(560)樂時調, × / 『靑六』(708)弄, × / 『東歌』(229)蔓興, ×

『時全』#2471(2472의 평시조 이형)

자 나믄 보라매를 구름 밧긔 씌워 두고
닷는 몰 채쳐셔 큰 길의 노하 가니
아마도 丈夫의 快事는 이뿐인가 ᄒ노라

『古今』(133)(隱遁)×, × / 『槿樂』(150)(隱逸)×, ×

8) 『時全』#17(평시조)

가마귀 거므나다나 히오리 희나다나
황시다리 기나다나 올히다리 져르나다나

世上에 黑白長短은 나는 몰나 ᄒ노라

『甁歌』(855)蔓橫, × / 『海一』(587)蔓數大葉, × / 『樂서』(443)栗鱸大葉, × / 『靑洪』(298)蔓橫,
× / 『靑가』(674)編樂幷抄, × / 『東國』(342)界面調, × / 『古今』(80)×, × / 『槿樂』(386)蔓橫淸,
× / 『靑淵』(163)×, × / 『靑六』(677)弄, × / ＊『慶大本』(164)蔓數大葉 界弄, ×

『時全』#22(사설시조)

가마귀를 뉘라 물드려 검짜ᄒ며 빅노를 뉘라 마젼ᄒ야 희다더냐
황시다리를 뉘라 이어 기다ᄒ며 오리다리를 뉘라 분질너 ᄌ르다ᄒ랴
아마도 검고 희고 길고 ᄌ르고 흑빅장단이야 일너무슴

『時調』(98)×, × / 『南太』(192)×, × / 『詩餘』(97)×, ×

9) 『時全』#3151(평시조)

鶴타고 져 부는 아희 너ᄃ려 말 무러 보ᄌ
瑤池宴 坐客이 누고누고 안젓더니
닉 뒤예 南極仙翁 오시니 계 가 무러 보소셔

『甁歌』(721)二數大葉, × / 『槿樂』(139)×, × / 『興比』(392)各調音, × / 『源國』(435)頭擧, × /
『源奎』(435)頭擧존자ᄌ른한입, × / 『源河』(424)頭擧존자ᄌ른한닙, × / 『源朴』(420)頭擧존ᄌ른난입,
× / 『源皇』(418)頭擧존ᄌ른한입, × / 『海樂』(425)頭擧존ᄌ른한닙, × / 『源一』(421)界頭擧, × /
『源東』(430)頭擧, × / 『協律』(420)界頭擧, × / 『花樂』(440)界頭擧, × / ＊ 파생형 『慶大本』
(102)(二數大葉(界)), × / ＊파생형 『解我愁』(439)蔓橫淸類, × / ＊파생형 『芳草錄』(25)×, ×

『時全』#3152(사설시조)

학타고 져 불이고 호로병 츠고 불노쵸 메고 쌍상토 쓰고 식등거리 입고 가
넌 아희 계 좀 셧거라 네 어듸로 가는야 말무러 보ᄌ
요지연 션관더리 누구누구 모야 계시던야
그곳의 이젹션 쇼동파 두목지 장건이 다 모아 계시더이다

『時調』(26)×, × / 『南太』(45)×, × / 『詩餘』(34)×, ×

10) 『時全』#2184(평시조)

우리집 모든 읶을 네 혼자 맛다이셔

人間의 디디마오 野樹의 걸렷다가
비오고 브람분 날이어든 自然消滅 ᄒ여라

『松星』(70)×, 鄭澈 / 『松別』(54)(俗傳紙鳶歌)×, 鄭澈 / 『甁歌』(174)二數大葉, 鄭澈 / 『詩歌』
(485)×, ×

『時全』#2357(사설시조)

이 시름 져 시름 여러 가지 시름 方牌鳶의 細書成文ᄒ여
春正月 上元日에 西風이 고이 불지 올 白絲 혼 어러를 곳ㄱ지 프러 씌울
지 큰 盞에 술을 부어 마ᄌᆞ막 餞送ᄒ시 등게등게 놉히 써셔 白龍의 구뷔ㄱ
치 구름 속에 들거고나 東海바다ᄉᆞ의 가셔 외로이 걸녓다가
風蕭蕭 雨落落홀지 自然消滅 ᄒ여라

『甁歌』(864)蔓橫, × / 『海周』(536)×, 金壽長 / 『樂서』(499)弄歌, × / 『靑洪』(310)蔓橫, × / 『靑
淵』(87)×, × / 『靑六』(671)弄, × / 『興比』(122)蔓弄, × / 『源國』(506)弄歌, × / 『源奎』(505)弄
歌, × / 『源河』(502)弄歌, × / 『源六』(483)弄, × / 『源佛』(485)弄, × / 『海樂』(495)弄歌, × / 『協
律』(489)弄歌, × / 『花樂』(515)弄歌, ×

11) 『時全』#2853(평시조)

淸明時節 雨紛紛ᄒ저 나귀 목에 돈을 걸고
酒家ㅣ 何處오 뭇노라 牧童드라
저 건너 杏花ㅣ 늘이니 게가 무러 보소셔

『甁歌』(1026)樂戲調, × / 『靑珍』(461)樂時調, × / 『海一』(534)樂時調, × / 『詩歌』(579)樂時調,
× / 『靑가』(507)三數大葉 樂戲幷抄, × / 『靑六』(777)界樂時調, × / 『永類』(261)×, × / 『興比』
(395)各調音, × / 異1 『靑六』(748)界樂時調, × / 『古今』(112)×, × / 『靑淵』(188)×, × / 『歌譜』
(255)편롱, × / 『時調』(6)×, × / 『源國』(547/834(169))界樂/界樂, ×/× / 『源奎』(546/833(169))界
樂/界樂, ×/× / 『源河』(541/830)界樂/界樂, ×/× / 『源六』(570/783(157))界樂/界樂, ×/× / 『源佛』
(572)界樂, × / 『源朴』(706(169))界樂, × / 『源皇』(693(171))界樂, × / 『海樂』(532/850(192))弄
歌/界樂, ×/× / 『源가』(253/420(105))계락/界樂, ×/× / 『源一』(520)界樂, × / 『協律』
(527/803(161))界樂/界樂, ×/× / 『花樂』(549)界樂, × / 『女謠』(162)계락, × / 『南太』(13)×, × /
『詩餘』(11)×, × / * 『慶大本』(292)樂時調 界樂, ×

『時全』#2349(사설시조)

李仙이 집을 叛ᄒ여 노시 목에 金돈을 걸고

天台山 層岩絶壁을 넘어 방울시 숏기 치고 鸞鳳孔雀이 넘ᄂ는 곳디 樵夫를 맛나 麻姑할미집이 어듸미오
저 건너 彩雲어뢴 곳디 數間茅屋 대사립 밧긔 靑습스리를 츠즈소셔

『甁歌』(1033)樂戲調, 李鼎輔 /『海周』(550)×, 金壽長 /『靑六』(784)羽樂時調, × /『興比』(143)平羽落, × /『源國』(590)羽樂, × /『源奎』(589)羽樂, × /『源河』(581)羽樂, × /『源六』(530)羽樂, × /『源佛』(532)羽樂, × /『海樂』(575)羽樂, × /『源가』(273)羽擧, × /『源一』(559)羽樂, × /『協律』(570)羽樂, × /『花樂』(586)羽樂 / 異1『南太』(194)×, × /『詩餘』(99)×, × / *『慶大本』(278)樂時調 羽調, ×

12) 『時全』#2561(평시조)

저 盞에 술이 고라시니 劉伶이 와 마시도다
두렷흔 둘이 이즈러시니 李白이 와 깃치도라
나문 술 나문 둘 가지고 翫月長醉 ᄒ오리라

『甁歌』(822)三數大葉, × /『樂서』(420)三數大葉, × /『東國』(292)界面調, × /『靑六』(584)界三數大葉, × /『歌譜』(150)셋재자존흔엽계면, × /『源國』(439)界三數大葉, × /『源奎』(439)界三數大葉, × /『源河』(433)三數大葉, × /『源六』(419)三數大葉, × /『源佛』(421)三數大葉, × /『源朴』(425)三數大葉, × /『源皇』(422)三數大葉, × /『海樂』(429)三數大葉, × /『源一』(425)界三數大葉, × /『源東』(433)三數大葉, × /『協律』(423)界三數大葉, × /『花樂』(448)界三數大葉, × /『大東』(145)界二數數葉, 失名氏 / *『慶大本』(142)三數大葉 界面調, ×

『時全』#2248(평시조)

劉伶이 嗜酒ᄒ다 술조추 가져가며
太白이 愛月ᄒ다 둘조추 가져가랴
나문 술 나문 둘 가지고 翫月長醉 ᄒ리라

『甁歌』(680)二數大葉, × /『樂서』(345)二數大葉, × /『古今』(170) ×, × /『槿樂』(193) ×, × /『永類』(139) ×, ×

『時全』#3191(사설시조)

한준을 부어라 가둑이 부어라
편포젼 왜반에 뉴리존의 가득이 부어 아모도 몰닉 뒤 쵸다(당) 문갑 우희
언졋더니 어느결을의 유령이 닉려와 반이나 다 쓰라 먹고 간ᄂ보다 반준이

로고ᄂ 벽공에 둥두렷흔 달이 반이ᄂ 여즈려지고 반이 ᄂ마더니 틱빅이 깅
싱ᄒ야 ᄂ려와셔 집혓던 쥬령막더로 에화즉ᄯ 두다려셔 반이ᄂ 여즈여지고
반이 ᄂ마ᄂ보다 반달이로고ᄂ

인졔는 허릴업고 허릴업스니 ᄂ문 달 ᄂ문 술 가지고 졍든임 더리고 부지군
쑥다 다 짜 바리고 완월장취

『時調』(77)×, × / 『南太』(152)×, × / 『詩餘』(82)×, ×

* 異 『樂高』(776)의 사설

한잔 부어라 두잔 부어라 가득이 부어라 소복이 부어라 쳘쳘 부어라 넘게
부어라

면포 잔포 유리 왜반에 안쥬를 갓츄워 뒤 쵸당 문갑 우히 언졋더니 어늬틈
에 술잘먹는 유령이가 니려와셔 반니나 너머 짜라먹고 가셔 즌 고란나 보다
벽공에 둥두렷헌 달이 반니나 여즈러졋스니 어느틈에 틱빅이 ᄂ려와 집헛
든 쥬령막더로 에와직쑥짝 반니나 너머 쩌려가셔 달 여즈러지고 반달인가
보다

이왕에 흐릴업고 할 일 업스니 나문 달 나문 술 가지고 졍든임 다리고 부지
군 손님 쑥 짜 버리고 이헌 손님만 역구리 허구리 갈빗디 쑥쩔너 더문닷고
즁문걸고 부합문닫고 방문걸고 손구락에 침뭇쳐 창구멍 쑥쑤러 녹코 고구
멍으로 완월쟝취 (역금)

13) 『時全』#1619(평시조)

世上 사름들이 다 쓰러 어리더라
죽을 줄 알면셔 놀 쥴란 모로더라
우리ᄂ 그런 줄 알모로 長日醉로 노노라

『靑珍』(157)(二數大葉), 竹所 金光煜

『時全』#1620(사설시조)

世上 사름드리 人生를 둘만 너거두고 ᄯ 두고 먹고 놀 줄 모로던고

먹고 놀 줄 모로거던 죽을 줄 알야마는 石崇이 죽어 갈 지 累鉅萬財 가져
가며 劉伶이 무덤 우희 어니 술이 이르러쩌니
허물며 靑春一場夢에 百花爛熳ᄒ니 이 ᄀ치 됴흔 쩌에 아니 놀고 어이리

『甁歌』(871)蔓橫, × / 『靑六』(725)弄, × / 異1『東國』(333)界面調, ×

14) 『時全』#1720(평시조)

술 먹고 뷔거를 저긔 먹지마쟈 盟誓ㅣ러니
盞 잡고 구버보니 盟誓홈이 虛事ㅣ로다
두어라 醉中盟誓ㅣ를 닐러 므슴 ᄒ리오

『靑珍』(409)三數大葉, × / 『詩歌』(553)三數大葉, × / 『靑가』(457)三數大葉樂戲幷抄, ×

『時全』#1727(평시조)

술 먹지 마쟈ᄒ고 큰 盟誓 ᄒ엿더니
盞 잡고 구버보니 선우음 절노 나니
아희아 盞ᄀ득 부어라 盟誓푸리 ᄒ오리라

『槿樂』(212)×, × / 『協律』(826(184))數大葉, × / 『花樂』(378)界平擧, × / 『시철가』(44)×, ×

『時全』#1721(사설시조)

술 먹고 빗둑뷔척 뷔거려 가며 먹지마자 크게 盟誓ㅣ ᄒ엿더니
春夏秋冬 好時節의 南隣北村 다 請ᄒ여 熙皡同榮ᄒ올머데 어허 盟誓ㅣ
가笑ㅣ로다
人生이 一場春夢인니 먹고 놀여 ᄒ노라

『靑六』(835)言樂, ×

15) 『時全』#2441(평시조)

日月은 하날노 돌고 수린는 박희로 돈다
山陳이 水陳이는 山峽으로 단이는디
우리는 靑樓酒肆로 돌며 늙그리라

『詩歌』(398)×, ×

『**時全**』#1079(사설시조)

물네는 줄노 돌고 수리는 박회로 돈다

山陳이 水陳이 海東蒼 보라미 두 죽지 녑희끼고 太白山 허리를 안고 도는

고나

우리도 그리던 任 만나 안고 돌까 하노라

『靑六』(736)

16) 『**時全**』#1399(평시조)

思郎思郎 긴긴 思郎 지천궂치 너니 思郎

九萬里 長空의 넌지러지고 남는 思郎

아마도 이 님의 思郎은 가 업슨가 ㅎ노라

『甁歌』(1016)樂戲調, × / 『靑珍』(457)樂時調, × / 『詩歌』(577)樂時調, × / 『靑가』(517/675)三
數大葉 樂戲幷抄/落, ×/× / 『靑詠』(551)蔓橫 樂時調 編數葉 弄歌, × / 『東國』(386)樂時調, ×
/ 『古今』(258)漫橫淸流, × / 『槿樂』(314)漫橫淸, × / 『靑淵』(126)×, × / 『靑六』(981)羽樂時調,
× / 『歌譜』(265)羽樂, × / 『永類』(255)×, × / 『興比』(266)羽樂, × / 『源國』(810(145))羽樂, × /
『源奎』(809(145))羽樂, × / 『源河』(807(150))羽樂, × / 『源六』(760(134))羽樂, × / 『源佛』
(765(134))羽樂, × / 『源朴』(682(145))羽樂, × / 『源皇』(668(146))羽樂, × / 『海樂』(825(167))羽
樂, × / 『協律』(780(138))羽樂, × / 『女謠』(139)우락, × / 『大東』(269)羽樂, × / ＊『慶大本』
(242)樂時調 羽調, ×

『**時全**』#1398(사설시조)

思郎思郎 고고이 미친 思郎 왼 바다를 두로 덥는 그물궂치 미친 思郎

往十里 踏十里라 춤외너출 슈박너출 얼거지고 트러져셔 골골이 버더가는

思郎

아마도 이 님의 思郎은 끗 간듸를 몰나 ㅎ노라

『甁歌』(948)蔓橫, × / 『靑謠』(69)×, 朴文郁 / 『東國』(403)樂時調, × / 『靑六』(636)弄, × / 『源
國』(497)弄歌, × / 『源奎』(496)弄歌, × / 『源河』(493)弄歌, × / 『源六』(474)弄, × / 『源佛』(476)
弄, × / 『海樂』(486)弄歌, × / 『源一』
(481)弄歌, × / 『協律』(480)弄歌, × / 『花樂』(506)弄歌, ×

17) 『時全』#2652(평시조)

죽어 니저야 ᄒ랴 살아 글여야 ᄒ랴

죽어 닛기도 얼엽꼬 살아 글의이도 얼여왜라

져 님아 ᄒᆫ 말씀만 ᄒ소라 死生決斷 ᄒ리라

『海一』(415)二數大葉, × / 『樂서』(360)二數大葉, × / 『靑가』(435)二數大葉, × / 『靑六』(432)界二數大葉, × / 『興比』(274)羽樂, × / 『源國』(336/817(153))平擧/羽樂, ×/× / 『源奎』(336/816(152))(平擧)/羽樂, ×/× / 『源河』(331/814)平擧/羽樂, ×/× / 『源六』(314/767(141))中擧/羽樂, ×/× / 『源佛』(316/772(141))中擧附頭擧/羽樂, ×/× / 『源朴』(323/690(153))平擧막너는ᄌ즌난입/羽樂, ×/× / 『源皇』(320/676(154))平擧막너는자즌흐입/羽樂, × / 『海樂』(325/834(176))平擧막너는ᄌ즌흐님/羽樂, ×/× / 『源가』(172/410)界平擧막드는ᄌ즌흐님/우락, ×/× / 『源一』(327)界平擧, × / 『源東』(329)平擧, × / 『協律』(323/787(145))界平擧/羽樂, ×/× / 『花樂』(344)界平擧, × / 『女謠』(147)우락, × / 『歌謠』(86)×, × / 『大東』(131)界二數大葉, 梅花 / 異1『權樂』(301)×, × / 異2.『歌譜』(331)界樂존자즌흐님계면, ×

『時全』#554(사설시조)

너가 죽어 이져야 오르랴 네가 자라 평싱에 그리워야 올타ᄒ랴

죽어 잇기도 어렵쩌니와 사라 싱니별 더욱 셜짜

차라로 니 먼뎌 죽어 도라갈쎄 네 날 그리워라

『南太』(112)×, × / 『詩謠』(79)편, ×

(2) 사설시조 → 평시조·엇시조

『時全』#472(사설시조)

洛陽城裏 方春和時에 草木群生이 皆自樂이라

冠者 五六과 童子 七八 거ᄂ리고 文殊重興으로 白雲峰 登臨ᄒ니 天門이 咫尺이라 控北三角은 鎭國無疆이오 丈夫의 胸襟에 雲夢을 숨켜는 듯 九天 銀瀑에 塵纓으 쓰슨 後에 杏花芳草 夕陽路로 踏歌行休ᄒ야 太學으로 도라오니

曾點의 詠歸高風을 미쳐본 듯 하여라

『甁歌』(1072)編數大葉, 金春澤 / 『靑珍』(570)蔓橫淸類, × / 『詩歌』(664)×, × / 『靑가』(639)編樂幷抄, × / 『靑淵』(91)×, × / 『靑六』(867)編數大葉, × / 『歌譜』(307)編數大葉, × / 『永類』

(301)×, × /『興比』(182)界樂, × /『東歌』(231)蔓興, × /『源國』(632)編數大葉, × /『源奎』(631)
編數大葉, × /『源河』(623)編數大葉, × /『源六』(596)編數大葉, × /『源佛』(598)編數大葉, ×
/『源朴』(504)編數大葉, × /『源皇』(499)編數大葉, × /『海樂』(617)編數大葉, × /『源가』(294)
編數大葉편, × /『源一』(600)編數大葉, × /『協律』(611)編數大葉, × /『花樂』(626)編數大葉, ×
/ 異1『靑詠』(584)蔓橫 樂時調 編數葉 弄歌, × / *『慶大本』(325)編數大葉 界面, ×

『時全』#1038(사설시조)

暮春 三月 節 조흔 제 春眠初成 째맛거늘

冠者 六七노 惠好相携ᄒ야 浴沂水風舞雩에 査滓를 다 씰치고 至興을 자
아내야 萬物을 精觀ᄒ려 月窟을 더위잡아 天齊를 遍踏ᄒ고 怡愉同樂ᄒ야
長者歌 小者和ᄒ며 朗吟ᄒ고 돌아오니 丈夫의 狂簡훈 志趣와 遠大훈 氣
像이 熙皥同春ᄒ야 點也와 一般니라

瀜落훈 胸中에 霽月光風과 無限淸味를 못내 계워 ᄒ노라

『靑가』(640)編樂幷抄, ×

『時全』#468(사설시조) * (1)에 있었음.

洛陽 三月時에 宮柳는 黃金枝로다

春服이 旣成커늘 小車에 술을 싯고 桃李園 차쟈 드러 東風을 洒掃ᄒ고 芳
草로 자리솜아 鸕鷀酌 鸚鵡盃로 一杯一杯 醉케 먹고 吹笙鼓簧ᄒ며 詠歌
舞蹈헐제 日已西ᄒ고 月復東이로다

兒嬉야 春風이 몃말이리 林間에 宿不歸를 ᄒ리라

『源國』(504)弄歌, 任義直 /『源奎』(503)弄歌, 任義直 /『源河』(500)弄歌, 任義直 /『源六』
(481)弄歌, 任義直 東國善琴 /『源佛』(483)弄歌, 任義直 東國善琴 /『海樂』(493)弄歌, 任義直
/『源一』(488)弄歌, 任義直 /『協律』(487)弄歌, 任義直 /『花樂』(513)弄歌, 任義直

『時全』#469(평시조)

洛陽 三月時에 處處에 花柳ㅣ로다

滿城 春光이 太平을 그렷ᄂᄃᆡ

어즈버 唐虞世界를 다시 본 듯 ᄒ여라

『甁歌』(792)二數大葉, 李鼎輔 /『海一』(286)二數大葉, 李鼎輔 /『海周』(325)二數大葉, 李鼎輔

/『樂서』(169)二數大葉, 李鼎輔 /『靑六』(498)界二數大葉, × /『興比』(252)界頭擧, × /『源國』
(345)平擧, × /『源奎』(345)(平擧), × /『源河』(341)平擧, × /『源六』(324)中擧附平頭, × /『源
佛』(326)中擧附平頭, × /『源朴』(333)平擧막닉는ㅈ즌난입, × /『源皇』(330)平擧막닉는자즌흔
입, × /『海樂』(335)平擧막닉는ㅈ즌흔닙, × /『源歌』(176)界平擧막드는ㅈ즌한닙 /『源一』
(336)界平擧, × /『源東』(337)平擧, × /『協律』(333)界平擧, × /『花樂』(352)界平擧, ×

『時全』#2130(사설시조)

臥龍岡前 草廬之中에 諸葛孔明 낫잠 들어 大夢을 誰先覺죠 平生에 我自
知라
草堂에 春睡足ᄒ니 日遲遲로다
門밧긔 性急ᄒᆫ 張翼德은 失禮홀쎤 ᄒ괘라

『海周』(534)×, 金壽長 /『靑六』(744)弄, ×

『時全』#2929(평시조)

艸堂에 春睡足ᄒ니 窓外에 日遲遲라
大夢을 誰先覺고 平生에 我自知라
두어라 이도 니 分이니 醉코 놀여 ᄒ노라

『東國』(184)界面調, ×

『時全』#1840(사설시조)

아희들아 나무가ᄌ 뵈줌방이 드님 쳐 신들메고
낫 가라 허리의 추고 독긔 벼려 드러메고 茂林山中 드러가셔 마른 셥 삭다
리를 븨거니 버히거니 지계에 질머 노코 싀음을 추ᄌ 點心도 슬부쉬오오고
곰방더 써러 입담비 푸여 믈고 노리 부르며 잠을 드니
이윽고 夕陽이 진넘거늘 엇씨를 츄우즈며 이아 동무야 어이 갈고 ᄒ노라

『詩歌』(709)×, × /『興比』(430)各調音, ×

『時全』#654(사설시조)

논밧가라 기음 미고 뵈잠방이 다임쳐 신들메고

낫가라 허리에 ᄎ고 도ᄭᅵ 벼려 두러 메고 茂林山中 드러 가셔 삭짜리 마른
셥흘 뷔거니 버히거니 지게에 질머 집팡이 밧쳐노코 시음을 ᄎᄌ가셔 點心
도 ᄉᆞᆰ부시이고 곰방ᄃᆡᄅᆞᆯ 톡톡 떠러 닙담빗 뛰여 물고 코노리 조오다가
夕陽이 지너머 갈 제 엇ᄶᅵᄅᆞᆯ 추이즈며 긴소ᄅᆡ 져른소ᄅᆡ하며 어이 갈고 하
더라

『靑六』(728)弄, ×

『時全』#653(평시조)

논밧가라 기음 믜고 돌통ᄃᆡ 기ᄉᆞ미 뛰여 물고
코노ᄅᆡ 부로면셔 팔쏙춤이 제격이라
아희는 지어ᄌ 하니 ᄒᆞᆨᄒᆞᆨ 웃고 놀니라

『靑六』(562)界二數大葉, 申喜文

『時全』#1673(사설시조)

孫約正은 點心을 ᄎ리고 李風憲은 奏效을 쟝만하소
거문고 伽倻琴 嵇琴 琵琶 笛 觱篥 長鼓 巫鼓 工人으란 禹堂掌이 ᄃᆞ려오시
글짓고 노ᄅᆡ부르기와 女妓花看으란 내 다 擔當하옴시

『甁歌』(984)樂戲調, × / 『靑珍』(525)蔓橫淸類, × / 『海一』(635)蔓數大葉, × / 『靑六』(765)界樂
時調, × / 『永類』(311)×, × / 異1『靑가』(534)蔓大葉 樂戲幷抄, × / 異2『興比』(164)界樂, × /
異3『靑六』(776)界樂時調, × / 『源國』(559)界樂, × / 『源奎』(558)界樂, × / 『源河』(553)界樂,
× / 『源六』(582)界樂, × / 『源佛』(584)界樂, × / 『海樂』(544)弄歌, × / 『源一』(530)界樂, × / 『協
律』(539)界樂, × / 『花樂』(561)界樂, ×

『時全』#3056(사설시조)

티빅이 ᄌ닐낭은 호아장츌 환미쥬하고
엄ᄌ릉 ᄌ닐낭은 동강칠이탄의 은린옥척 낙거 안쥬 담당하쇼 도연명 자니
는 무현금을 둥지덜아 둥실타고 쟝ᄌ방 ᄌ니는 계명산 츄야월의 옥통쇼만
슬피 부쇼
그늠아 글짓고 춤추고 노ᄅᆡ부르길낭 니 담당

『時調』(99)×, × /『調詞』(34)긔름, × *一作(이형) /『南太』(193)×, × /『詩餘』(98)×, ×

『時全』307(평시조)

口圃東人은 춤을 츄고 雲崖翁은 소리헌다

碧江은 鼓琴허고 千興孫은 필리로다

鄭若大 朴龍根 嵇琴 笛 소리에 和氣融濃 허더라

『金玉』(92)羽三數大葉, 安玫英

* 口圃東人 石坡大老所賜號也 余在三溪洞家時 東園後有口字圃田 故稱口圃東人 雲崖翁 弼
 雲坮朴先生號也 碧江金允錫君仲號也 千興孫 鄭若大 朴龍根 皆當世第一工人也 又石尙書
 命我以口圃東人爲頭 作三數大葉 故構成焉(구포동인(口圃東人)은 석파대노(石坡大老)께서
 내려주신 호이다. 내가 삼계동 집에 있을 때 동원(東園) 뒤편에 구자(口字) 모양의 포원(圃
 田)이 있어 구포동인(口圃東人)이라 부르신 것이다. 운애옹(雲崖翁)은 필운대 박(朴)선생의
 호이고, 벽강(碧江)은 김윤석 군중(君仲)의 호이다. 천흥손 정약대 박용근은 모두 당대 제일
 의 공인이다. 우석상서(又石尙書)께서 내게 명하여 '구포동인'을 머리로 하여 삼삭대엽(三數
 大葉)을 지어 보라 하신 까닭에 얽어본 것이다.)

『時全』#1742(사설시조)

술이라 ᄒᄂᆞᆫ 거시 어니 삼긴 거시완듸

一杯一杯復一杯ᄒᆞ면 恨者泄 憂者樂에 扼腕者 蹈舞ᄒᆞ고 呻吟者 謳歌ᄒᆞ며 伯倫은 頌德ᄒᆞ고 嗣宗은 澆胸ᄒᆞ고 淵明은 葛巾素琴으로 眄庭柯而怡顏ᄒᆞ고 太白은 接羅錦袍로 飛羽觴而翠月ᄒᆞ니

아마도 시름 풀기ᄂᆞᆫ 술만ᄒᆞᆫ 거시 업세라

『甁歌』(908)蔓橫, × /『樂서』(465)弄歌, × /『靑가』(570)蔓大葉 樂戲幷抄, × /『東國』(324)界面調, × /『靑淵』(96)×, × /『靑六』(656)弄, × /『歌譜』(210)편롱, × /『東歌』(217)蔓興, × /『源國』(535)弄歌, × /『源奎』(534)弄歌, × /『源河』(531)弄歌, × /『源六』(514)弄, × /『源佛』(516)弄, × /『海樂』(523)弄歌, × /『源一』(513)弄歌, × /『協律』(518)弄歌, × /『花樂』(541)弄歌, × /『詩餘』(169)×, × /『大東』(221)羽弄, ×

『時全』#1729(평시조)

술아 너는 어이 둘고도 쓰돗더니

먹으면 醉ᄒᆞ고 醉ᄒᆞ면 즐겁고야

人間의 繁浩흔 실음을 다 푸러 볼가 ㅎ노라(醉興)

『槿樂』(200)×, ×

『時全』#3189(사설시조, 〈將進酒辭〉)

흔 盞 먹새근여 쏘 흔 盞 먹새근여 곳것거 算노코 無盡無盡 먹새근여
이 몸 죽은 後면 지게 우희 거적 덥허 주리혀 미여 가나 流蘇寶帳의 萬人
이 우러 녜나 어욱새 속새 덥가나모 白楊속애 가기곳 가면 누론 히 흰 돌
ㄱ는 비 굴근 눈 쇼쇼리 ㅂ람 불 제 뉘 흔 盞 먹쟈 홀고
ㅎ믈며 무덤 우희 진납이 프람불제야 뉘우츤둘 엇더리

『松星』(80)將進酒辭, 鄭澈 /『松李』(52)將進酒辭, 鄭澈 /『松關』(52)將進酒辭, 鄭澈 /『松別』
(59)將進酒辭, 鄭澈 /『靑珍』(463)將進酒辭, 松李 鄭澈 /『詩歌』(674)將進酒, × /『靑가』(706)
將進酒辭, × /『槿樂』(395)將進酒/蔓橫淸, 松江 /『靑六』(998)將進酒, 鄭松江 /『興比』(292)
장진주, × /『東歌』(233)將進酒, 鄭松江 /『源國』(670(5))將進酒, 松江 鄭澈 /『源奎』(669(5))
將進酒, 鄭澈 /『源河』(662)將進酒, 鄭澈 /『源六』(631(5))將進酒, 松江 /『源佛』(636(5))將進
酒, × /『源朴』(542(5))將進酒, × /『源皇』(527(5))將進酒, × /『海樂』(663(5))將進酒, × /『源
가』(448(133))장진쥬, × /『協律』(647(5))將進酒, × /『女謠』(5)장딘쥬, × /『詩謠』(81)장진쥬,
× /『大東』(309)將進酒, ×

『時全』#3190(평시조)

한 잔을 먹사이다 쏘 한 잔 먹사니다
솟츠로 술을 비저 無窮無盡 먹사이다
童子야 잔 가득 부어라 취코 놀고

『調詞』(52)×, ×

『時全』#37(사설시조)

ㄱ올 비 긔쏭 언마치 오리 雨裝直領 니지마라
十里길 긔쏭 언마치 가리 등닷고 비알코 다리 저는 나귀를 큰나큰 唐치로
쌍쌍쳐셔 다 모지마라
가다가 酒肆의 들너면 갈쏭말쏭 ㅎ여라

『甁歌』(1052)樂戲調, × /『靑珍』(505)蔓橫淸類, × /『海一』(525)樂時調, × /『詩歌』(588)樂時

調, × / 『靑가』(550)蔓大葉 樂戱幷抄, × / 『東國』(404)樂時調, × / 『古今』(118)×, × / 『槿樂』
(135)×, × / 『靑淵』(110)×, × / 『靑六』(799)羽樂時調, × / 『歌譜』(296)산락, × / 『源國』
(558/581)界樂/羽樂, ×/× / 『源奎』(557/580)界樂/×, ×/× / 『源河』(552)界樂, × / 『源六』
(536/581)羽樂/×, ×/× / 『源佛』(538/583)羽樂/界樂, ×/× / 『海樂』(543/566)弄歌/羽樂, ×/× / 『
源一』(529)界樂, × / 『協律』(538/561)界樂/羽樂, ×/× / 『花樂』(560)界樂, × / ＊『慶大本』(255)
樂時調 羽調, ×

『時全』#89(사설시조)

ㄱ득이 저는 나귀 채주어 모지마라
西山의 힌 지다 둘 아니 도다 오랴
가다가 酒肆의 들면 갈동말동 ᄒ여라

『古今』(120)(尋訪)×, × / 『槿樂』(尋訪)×, ×

『時全』#2446(사설시조)

一定 百年 살줄 알면 酒色춤다 關係ᄒ랴
힝혀 춤은 後에 百年을 못살면 긔 아니 이돌온가
두어라 人命이 在乎天定이라 酒色 춤은들 百年살기 쉬우랴

『瓶歌』(1078)編數大葉, × / 『靑珍』(486)蔓橫淸類, × / 『靑가』(549)蔓大葉樂戱幷抄, × / 『靑詠』
(466)蔓橫 樂時調 編數葉 弄歌, × / 『古今』(276)蔓橫淸流, × / 『靑淵』(214)×, × / 『靑六』(996)
編數大葉, × / 『歌譜』(310)編數大葉, × / 『永類』(259)×, × / 『興比』(287)編, × / 『源國』(846)編
數大葉, × / 『源奎』(845/181)編數大葉, × / 『源河』(843)編數大葉, × / 『源六』(796)編數大葉,
× / 『源佛』(795/164)編數大葉, × / 『源朴』(718/181)編數大葉, × / 『源皇』(705)編數大葉, × /
『海樂』(865)編數大葉, × / 『源가』(433)편슈디엽, × / 『協律』(816)編數大葉, × / 『女謠』(174)편
자즌한입, × / 『大東』(303)編數葉, × / ＊『慶大本』(318)編數大葉 界面, ×

『時全』#2638(평시조)

酒色을 삼간 後에 一定百年 살쟉시면
西施ㅣ들 關係ᄒ며 千日酒ㅣ들 마실소냐
아마도 춤고 춤다가 兩失훌가 ᄒ노라

『瓶歌』(647)二數大葉, × / 『海一』(397)二數大葉, × / 『詩歌』(541)三數三葉, × / 『靑가』(315)二
數大葉, 松伊 / 『靑詠』(263)二數大葉, 李鼎輔 / 『靑六』(484)界二數大葉, ×

『時全』#2008(사설시조)

엇지흐야 못 오드니 무음 일노 아니 오든냐

너 오는 길에 弱水三千里와 萬里長城 둘너는디 蚕叢及魚鳥에 蜀道之難이

가리엿드냐 네 어이 아니 오드니

長相思 淚如雨터니 오날이야 만나꽤라

『詩歌』(696)×, × /『青六』(876)編數大葉, × /『源國』(661)弰編, × /『源奎』(660)弰編지르는편
즈는한님, × /『源河』(652)弰編, × /『源六』(622)弰編, × /『源佛』(624)弰編, × /『源朴』(533)弰
編지르는편, × /『海樂』(654)弰編디른는편, × /『源가』(307)弰編, × /『源一』(629)弰編, × /『
協律』(640)弰編, ×

『時全』#1963(엇시조)

어이흐야 못오던야 무슴 일노 못오던요

좀총급어부의 촉도지난이 가리웟더냐 무슴일노 못오던야

아마도 빅는지중의 디인는이 어려워라

『時調』(67)×, × /『南太』(131)×, ×

『時全』#723(시설시조)

님그려 깁히 든 病을 어이흐며 곳쳐 닐고

醫員 請흐여 命藥흐며 소경의게 푸닷그리 흐며 무당 불너 당즑긁기흔들 이

모진 病이 하릴소냐

아마도 그리던 님 만느면 고더 됴홀가 흐노라

『甁歌』(912)蔓橫, × /『青珍』(515)蔓橫淸類, ×

『時全』#1115(평시조)

ㅂ람 부러 쓰러진 남기 비오다 삭시 나며

님그려 든 病이 藥먹다 홀일소냐

져 님아 널노 든 病이니 네 곳칠가 흐노라

『樂서』(419)三數大葉, × /『甁歌』(821)三數大葉, × /『青六』(528)界二數大葉, × /『時調』
(18)×, × /『調詞』(18)×, × /『源國』(136)羽三數大葉, × /『源奎』(136)羽三數大葉, × /『源河』

(125)三數大葉, × / 『源六』(127)羽三數大葉, × / 『源佛』(127)羽三數大葉, × / 『源朴』(130)三
數大葉, × / 『源皇』(128)三數大葉, × / 『海樂』(138)三數大葉, × / 『源가』(88)羽三數大葉, × /
『源一』(134)羽三數大葉, × / 『源東』(126)三數大葉, × / 『協律』(129)羽三數大葉, × / 『花樂』
(132)羽三數大葉, × / 『南太』(31)×, × / 『大東』(27)羽二中大葉, ×

『時全』#1779(평시조)

食不甘 寢不安ᄒ니 이 어인 모지는 病고
相思 一念에 님그린 타시로다
這 님아 널노 든 病이니 네 곳칠가 ᄒ노라

『詩歌』(368)×, × / 『樂서』(286)二數大葉, × / 『靑詠』(393)二數大葉, × / 『靑六』(913)羽二數大
葉, × / 『歌譜』(356)界樂, × / 『永類』(158)×, × / 『時調』(78)×, × / 『源國』(718)頭擧, × / 『源奎』
(717(53))頭擧존자즌한님, × / 『源가』(348(33))羽頭擧존ᄌ즌한님, × / 『源一』(672)×, × / 『南太』
(156)×, × / 『大東』(183)羽平調衰數大葉

『時全』#1783(평시조)

神農氏 嘗百草홀제 萬病을 다 고치되
相思로 든 病은 百藥이 無效ㅣ로다
저 님아 널노 든 病이니 네 고칠가 ᄒ노라

『甁歌』(567)二數大葉, × / 『詩歌』(342)×, × / 『東國』(268)界面調, × / 『槿樂』(268)×, × / 『南太』
(149)×, × / 『詩餘』(143)×, × / 『詩謠』(135)편, × / 異 『永類』(157)×, ×

『時全』#752(사설시조)

님이 오마ᄒ거늘 저녁밥을 일 지어 먹고
中門나서 大門나가 地方우희 치드라 안자 以手로 加額ᄒ고 오는가 가는가
건넌 山 ᄇ라보니 거머횟들 셔 잇거늘 져야 님이로다 보션버서 품에 품고
신버서 손에 쥐고 곰븨님븨 님븨곰븨 쳔방지방 지방쳔방 즌듸 모른듸 굴희
지 말고 워렁충창 건너가셔 情엣말 ᄒ려ᄒ고 겻눈을 흘긋 보니 上年 七月
사혼날 굴가 벅긴 주추리 삼대 솔드리도 날 소겨다
모쳐라 밤일싀만졍 ᄒᆢᆼ혀 낫이런들 눔 우일번 ᄒ괘라

『靑珍』(580)蔓橫淸類, × / 『甁歌』(1096)編數大葉, × / 『詩歌』(677)×, × / 『靑가』(642)編樂幷
抄, × / 『靑詠』(500)蔓橫 樂時調 編數葉 弄歌, × / 『古今』(289)蔓橫淸流, × / 『槿樂』(333)蔓橫

淸, × / 『靑淵』(89)×, × / *『慶大本』(330)編數大葉 界面, × / *『解我愁』(401)蔓橫淸類, ×

『時全』#1233(사설시조)

碧紗窓이 어른어른거놀 님만녀겨 나가보니

님은 아니오고 碧梧桐 져즌 닙헤 鳳凰이 ᄂᆞ려와셔 긴 부리 휘여다가 짓다 듬는 그림지로다

모쳐로 밤일싀만졍 힝혀 낫이런들 남 우일번 하괘라

『甁歌』(898)蔓橫, × / 『靑珍』(502)蔓橫淸類, × / 『詩歌』(639)×, × / 『樂서』(463)弄歌, × / 『靑가』(583)蔓大葉樂戱幷抄, × / 『靑詠』(523)蔓橫樂時調編數葉弄歌, × / 『東國』(348)界面調, × / 『古今』(282)蔓橫淸流, × / 『靑六』(823)言樂, × / 『歌譜』(251)편롱, × / 『永類』(293)×, × / 『源國』(602)訟樂, × / 『源奎』(601)訟樂지르는낙시됴, × / 『源河』(593)訟樂, × / 『源六』(542)訟樂, × / 『源佛』(515)訟樂, × / 『源朴』(475)訟樂, × / 『源皇』(470)訟樂, × / 『海樂』(586)訟擧, × / 『源가』(281)訟樂지르는낙시됴, × / 『源一』(571)訟樂, × / 『協律』(582)訟樂, × / 『花樂』(598)訟樂, × / 異1 『槿樂』(350)蔓橫淸, ×

『時全』#73(엇시조)

간밤에 지게여던 ᄇᆞ람 슐드리도 날 소겨다

風紙소ᄅᆡ에 님이신가 반기온 나도 亦是 외건마ᄂᆞᆫ

힝혀나 드소곳 ᄒᆞ더면 밤이좃ᄎᆞ 우울놋다

『甁歌』(1036)樂戱調, × / 『海一』(564)樂時調, × / 『靑가』(558)蔓大葉樂戱幷抄, × / 『靑六』(808)言樂, × / 『大東』(250)羽樂, ×

『時全』#1183(사설시조)

白馬는 欲去長嘶ᄒᆞ고 靑娥는 惜別牽衣ㅣ로다

夕陽은 已傾西嶺이오 去路는 長程短程이로다

아마도 이 님의 離別은 百年三萬六千日에 오눌쑨인가 ᄒᆞ노라

『甁歌』(826)三數大葉, × / 『靑洪』(299)蔓橫, × / 『靑가』(696)樂, × / 『靑詠』(527)蔓橫 樂時調編數葉 弄歌, × / 『東國』(317)界面調, × / 『槿樂』(352)蔓橫淸, × / 『靑淵』(158)×, × / 『靑六』(591)蔓橫, × / 『歌譜』(193)散落, × / 『興比』(131)言弄, × / 『東歌』(198)三數大葉, × / 『源國』(471)蔓橫, × / 『源奎』(470)蔓橫, × / 『源河』(466)蔓橫, × / 『源六』(448)蔓橫, × / 『源佛』(450)蔓橫, × / 『源朴』(457)蔓橫, × / 『源皇』(452)蔓橫, × / 『海樂』(460)二數大葉, × / 『源가』(224)蔓橫 俗稱 訟弄, × / 『源一』(456)(訟弄)蔓橫, × / 『協律』(454)蔓橫, × / 『花樂』(480)蔓橫, × /

『大東』(239)界弄, × / 『三家樂府』(小樂府31-6)×, × / *『慶大本』(211)蔓數大葉 界弄, × / *『解我愁』(358)數大葉, × / *『芳草錄』(139)×, ×

『時全』#992(평시조)

물은 가쟈 울고 님은 잡고 울고
夕陽은 재을 넘고 갈 길은 千里로다
져 님아 가는 날 잡지 말고 지는 히를 즙아라

『古今』(212)×, × / 『槿樂』(241)×, × / 『靑六』(520)界二數大葉, × / 『永類』(133)×, ×

『時全』#1159(사설시조)

밤은 깁허 三更에 니르럿고 구진 비는 梧桐에 훗날닐졔 니리 궁글 져리 궁굴 두로 싱각다가 잠 못 니루웨라
洞房에 蟋蟀聲과 靑天에 뜬 기러기 소리 스롬의 무궁흔 심회를 짝지여 울고 가는 저 기럭아
갓득에 다 셕어 스러진 구븨 간장이 이 밤 시우기 어려워라

『詩歌』(601)樂時調, × / 『南太』(153)×, ×

『時全』#769(평시조)

달붉고 서리친 밤의 울고 가는 져 기럭아
瀟湘으로 가느냐 洞庭으로 向흐느냐
져근듯 너 말 잠간 드러다가 님겨신듸 젼흐여라

『東國』(181)界面調, × / 『靑六』(341)界二數大葉, × / 『興比』(90)界二數大葉

『時全』#2893(사설시조)

靑天에 쩌셔 울고 가는 져 기러기 너 가는 길히로다
漢陽城內 좀간 들너 웨웨쳐 불너 이로기를 月黃昏 계워갈 졔 님그려 춤아 못 슬너라ㅎ고 흔말만 傳ㅎ여주렴
우리도 西洲에 期約을 두고 밧비 가는 길히믜 傳홀동 말동 ㅎ여라

『瓶歌』(902)蔓橫, × / 『靑珍』(555)蔓橫淸類, × / 『樂서』(455)弄歌, × / 『靑가』(587)蔓大葉 樂

戱幷抄, × / 『靑詠』(485)蔓橫 樂時調 編數葉 弄歌, × / 『東國』(318)界面調, × / 『靑淵』(93)×, × / 『靑六』(605)言弄, × / 『歌譜』(194)散落, × / 『興比』(130)言弄, × / 『源國』(470)蔓橫, × / 『源奎』(469)蔓橫, × / 『源河』(465)蔓橫, × / 『源六』(447)蔓橫, × / 『源佛』(449)蔓橫, × / 『源朴』(456)蔓橫, × / 『源皇』(451)蔓橫, × / 『海樂』(459)二數大葉, × / 『源가』(223)蔓橫 俗稱蒸弄, × / 『源一』(455)(蒸弄)蔓橫, × / 『協律』(453)蔓橫, × / 『花樂』(479)蔓橫, × / 『南太』(125)×, × / 『詩餘』(69)×, × / 『詩謠』(109)편, × / 『시철가』(96)×, × / **異1** 『甁歌』(894)蔓橫, × / 『靑珍』(496)蔓橫淸類, × / 『海一』(631)蔓數大葉, × / *『慶大本』(206)蔓數大葉 界弄, × / *『解我愁』(377)蔓橫淸類, ×

『時全』#1512(사설시조)#2893의 이형, 『南太』의 사설

사벽달 셔리치고 지시는 밤에 짝을 닐코 울고 가는 기러기야

너 가는 길에 졍든 임 니별ᄒ고 참아 그리워 못살네라고 젼ᄒ야 쥬렴

쪄 단니다가 마ᄒᆷ나ᄂᆫ디로 젼ᄒ야 쥼셰

『南太』(39)×, ×

『時全』#2892(평시조)

靑天의 쩌가ᄂᆫ 기력이 님의 집을 지나 갈다

書信을 못 뎐커든 긔별이나 닐너 주렴

둘 붉고 밤이 하 기니 그리워라 ᄒ여라

『古今』(233)×, ×

『時全』#769(평시조)

달 붉고 서리친 밤의 울고 가는 져 기럭아

瀟湘으로 가ᄂᆫ냐 洞庭으로 向ᄒᄂᆫ냐

져근듯 니 말 잠간 드러다가 님겨신듸 젼ᄒ여라

『東國』(181)界面調, × / 『靑六』(341)界二數大葉, × / 『興比』(90)界二數大葉

(3) 평시조 ↔ 사설시조

『時全』#99(평시조)

江山도 됴흘시고 鳳凰臺가 쩌왓는가

三山은 半落靑天外오 二水는 中分白鷺洲ㅣ로다
李白이 이제 이셔도 이 景 밧긔는 못 쓰리라

『甁歌』(1095)編數大葉, 李鼎輔 / 『海一』(296)二數大葉, 李鼎輔 / 『海周』(340)二數大葉, 李鼎
輔 / 『樂서』(175)二數大葉, 李鼎輔 / 『靑詠』(262)二數大葉, 李鼎輔 / 『靑六』(845)言樂, ×

『時全』#1279(사설시조)

鳳凰臺上 鳳凰遊ㅣ러니 鳳去臺空江自流ㅣ라
吳宮花草는 埋幽遑이오 晋代衣冠成古邱ㅣ라 三山은 半落靑天外오 二水
中分白鷺洲로다
摠爲浮雲能蔽日 호니 長安不見使人愁로다

『甁歌』(1064)樂戲調, × / 『海一』(615)蔓數大葉, × / 『靑詠』(502)蔓橫 樂時調 編數葉 弄歌, ×
/ 『靑六』(848)編樂, × / 『歌譜』(244)편롱, × / 『永類』(325)×, × / 『興比』(168)界樂, × / 『源國』
(627)編樂, × / 『源奎』(626)編樂, × / 『源河』(618)編樂, × / 『源六』(565)編樂, × / 『源佛』(567)
編樂, × / 『源朴』(499)編樂, × / 『源皇』(494)編樂, × / 『海樂』(612)編樂, × / 『源歌』(291)編樂,
× / 『源一』(595)編樂, × / 『協律』(606)編樂, × / 『花樂』(621)箈樂, × / 『南太』(224)×, × / 『詩餘』
(119)×, × / *『慶大本』(220)箈弄, ×

『時全』#1828(異形, 『甁歌』(22) 등)(평시조)

아쟈 닌 黃毛試筆 먹을 무쳐 牕밧긔 지거고
이지 도라가면 어들법 잇것마는
아모나 어더가져서 그려보면 알니라

『甁歌』(22)二北殿, × / 『靑珍』(5)二北殿, × / 『海一』(5)二北殿, × / 『海周』(5)二北殿, × / 『詩
歌』(6)二數大葉, × / 『靑洪』(6)二北殿, × / 『靑가』(5)二北殿, × / *『慶大本』(209)蔓數大葉 界
弄, ×

『時全』#1828(사설시조)

아자 나 쓰던 黃毛試筆를 首陽梅月 흠벅 직어 窓前에 언졋더니 딕딕골 동
고러 쪽 느려 지거고
이제 도라가면 어더올법 잇건마는
아모나 어더 가져서 그려보면 알니라

『瓶歌』(885)蔓横, × / 『靑珍』(476)蔓横淸類, × / 『海一』(588)蔓數大葉, × / 『靑淵』(143)×, × /
『靑六』(967)弄, × / 『歌譜』(261)편롱, × / 『永類』(258)×, × / 『興比』(262)弄, × / 『源國』
(795(130))弄歌, × / 『源奎』(794(130))弄歌, × / 『源河』(794)弄歌, × / 『源六』(746(120))弄, × /
『源佛』(751(120))弄歌, × / 『源朴』(666(129))弄歌, × / 『源皇』(652(130))弄歌, × / 『海樂』
(809(151))弄歌, × / 『源가』(394(79))농가, × / 『協律』(766(124))弄歌, × / 『女謠』(126)존자른한
입, × / 『詩謠』(49)농, × / 『大東』(233)羽弄, ×

『時全』#2800(평시조)

天地도 唐虞쩍 天地 日月도 唐虞쩍 日月

天地 日月이 古今에 唐虞ㅣ로다

엇더타 世上人事는 나눌이 달나 가는고

『瓶歌』(111)二數大葉, 李濟臣 / 『靑珍』(449)三數大葉, × / 『海一』(95)二數大葉, 李濟臣 字夢
應 號淸江 宣廟朝參判 / 『海周』(97)二數大葉, 李濟臣 / 『詩歌』(113)×, 李濟臣 字夢應 號淸江
全義人 明宗朝登第 官至嘉善 北兵使 善書法 / 『靑洪』(124)(二數大葉), 淸江 李濟臣 字夢應
號淸江 大憲 / 『靑가』(506)三數大葉樂戱幷抄, 李濟臣 / 『靑詠』(206)二數大葉, 李濟臣 宣祖朝
大憲 / 『東國』(40)羽數大葉, 李濟臣 號淸江 宣廟朝大司憲 / 『靑六』(128)羽二數大葉, 李濟臣 號
淸江 全義人 武科 官至嘉善 北兵使 / 『興比』(301)各調音, × / 『源國』(240)二數大葉, 李濟臣
字夢應 號淸江 全義人 明宗朝登第 官至大司憲 善書法 / 『源奎』(240)二數大葉, 李濟臣 字夢
應 號淸江 全義人 明宗朝登第 官至大司憲 善書法 / 『源河』(223)二數大葉, 李濟臣 大司憲
善筆法 / 『源六』(253)中擧, 李濟臣 字夢應 號淸江 全義人 善筆法 明宗朝登第 官至大司憲 /
『源佛』(255)中擧附平頭, 李濟臣 / 『源朴』(230)二數大葉, 李濟臣 / 『源皇』(228)二數大葉, 李濟
臣 字夢應 號淸江 全義人 明宗朝登第 官至大司憲 善書法 / 『海樂』(231)二數大葉, 李濟臣
字夢應 號淸江 全義人 明宗朝登第 官至大司憲 善書法 / 『源가』(130)界二數大葉, 李濟臣 /
『源一』(235)界二數大葉, 李濟臣 明宗時大司憲 / 『源東』(231)二數大葉, 李濟臣 字夢應 號淸
江 全義人 明宗朝登第 官至大司憲 善書法 / 『協律』(229)界二數大葉, 李濟臣 號淸江 / 『花樂』
(235)界二數大葉, × / 異1『東歌』(62)二數大葉, 李濟臣 號淸江 宣祖朝大司憲

『時全』#2440(사설시조)

日月星辰도 天皇氏ㅅ적 日月星辰 山河土地도 地皇氏ㅅ적 山河土地

日月星辰 山河土地 다 天皇氏 地皇氏적과 흔가지로되

사룸은 므슴 緣故로 人皇氏적 사룸이 업는고

『靑珍』(485)蔓横淸類, × / 『瓶歌』(1042)樂戱調, × / 『海一』(530)樂時調, × / 『靑가』(562)蔓大
葉 樂戱幷抄, × / 『靑詠』(533)蔓横 樂時調 編數葉 弄調, × / 『東國』(405)樂時調, × / 『靑六』
(826)言樂, × / 『源國』(620)瓮樂, × / 『源奎』(619)瓮樂지르는낙시됴, × / 『源河』(611)瓮樂, × /
『源六』(559)瓮樂, × / 『源佛』(561)瓮樂, × / 『源朴』(493)羽樂, × / 『源皇』(488)羽樂, × / 『海樂』

(604)羽樂, × /『源一』(588)巹樂, × /『協律』(600)巹樂, × /『花樂』(613)巹樂, × /『大東』(257) 羽樂, ×

『時全』#1705(평시조)

壽夭長短 뉘 아더냐 죽은 後ㅣ면 거즛거시
天皇氏 一萬八千歲도 죽은 後ㅣ면 거즛거시
아마도 먹고 노는 거시 긔 올흔가 ᄒ노라

『瓶歌』(1018)樂戲調, × /『海周』(353)二數大葉, 李鼎輔 /『詩歌』(303)×, × /『靑六』(753)界樂 時調, × /『南太』(167)×, × /『詩餘』(146)×, × / 異1『樂서』(315)二數大葉, × / 異2『靑淵』 (212)×, × / 異3『源國』(569)界樂, × /『源奎』(568)界樂, × /『源河』(563)界樂, × /『源六』(594) 界樂, × /『源佛』(596)界樂, × /『海樂』(553)弄歌, × /『源一』(539)界樂, × /『協律』(549)界樂, × /『花樂』(572)界樂, × / 異4『樂서』(403)三數大葉, ×

『時全』#1936(사설시조)

어우화 벗님네야 壽夭長短을 恨치 마소
自古로 聖帝明과 仁賢君子라도 天命을 ᄇ라거늘 우웁다 秦始皇은 採藥童
女 못온 前에 沙丘에 魂이 되고 허믈며 漢武帝는 神仙을 求하다가 金丹에
病이 들어 漢南에 덥힌 威嚴이 武陵松柏 빗소리로다
암아도 太平聖代에 無病無憂홀졔 醉코 놀까 ᄒ노라

『靑謠』(73)×, 朴文郁

『時全』#550(평시조)

니 ᄀᆞ슴 杜冲腹板되고 님의 ᄀᆞ슴 花柚등 되여
膠緣진 부레풀노 時運지게 보쳐시니
아므리 셕둘 長霢ㅣ들 쩌러질줄 이시랴

『瓶歌』(746)二數大葉, × /『海一』(502)三數大葉, × /『靑六』(924)界二數大葉, × /『源國』 (747(82))中擧, × /『源奎』(746(82))中擧중허리드는쟈즌한닙, × /『源河』(741(84))中擧, × /『源 六』(708(82))中擧, × /『源佛』(713(82))中擧, × /『源朴』(617(80))中擧중허리드는즈진흔입, × / 『源皇』(603(81))中擧중허리드는즈즌흔입, × /『海樂』(754(96))中擧, × /『協律』(718(76))中擧, × /『女謠』(82)중허리드는긴자즌한입, ×

『時全』#733(사설시조)

님으란 淮陽金城 오리남기 되고 나는 三四月 츩너출이 되야

그 남긔 그 츩이 낙거믜 나븨 감듯 이리로 츤츤 져리로 츤츤 외오프러 올이

감아 밋부터 끗ᄀ지 흔 곳도 뷘틈업시 晝夜長常에 뒤트러져 감겨 이셔

冬셧달 ᄇ람 비 눈 셔리를 아모리 마즌들 플닐 줄이 이시랴

『瓶歌』(958)蔓橫, 李鼎輔 / 『海周』(386)二數大葉, 李鼎輔 / 『樂서』(480)弄歌, ✕ / 『靑가』(669)
編樂幷抄, ✕ / 『靑詠』(480)蔓橫 樂時調 編數葉 弄歌, ✕ / 『東國』(343)界面調, ✕ / 『靑淵』
(73)✕, ✕ / 『靑六』(630/800)弄/羽樂時調, ✕/✕ / 『源國』(586)羽樂, ✕ / 『源奎』(585)羽樂, ✕ / 『源
河』(578)羽樂, ✕ / 『源六』(526)羽樂, ✕ / 『源佛』(528)羽樂, ✕ / 『海樂』(571)羽擧, ✕ / 『源가』
(271)羽樂, ✕ / 『源一』(555)羽樂, ✕ / 『協律』(566)羽樂, ✕ / 『花樂』(583)羽樂, ✕ / ＊『慶大本』
(166)蔓數大葉 界弄, ✕

『時全』#2095(평시조)

玉ᄀ튼 漢宮女도 胡地에 塵土되고

解語花 楊貴妃도 驛路에 ᄇ렷ᄂ니

閼氏너 一時花容을 앗겨 무슴 ᄒ리오

『瓶歌』(694)二數大葉, ✕ / 『樂서』(285)二數大葉, ✕ / 『靑가』(310)二數大葉, 松伊 / 『東國』
(247)界面調, ✕ / 『靑六』(505)界二數大葉, ✕ / 『源國』(141)羽三數大葉, ✕ / 『源奎』(141)羽三
數大葉, ✕ / 『源河』(128)三數大葉, ✕ / 『源六』(131)羽三數大葉, ✕ / 『源佛』(131)羽三數大葉,
✕ / 『源朴』(135)三數大葉, ✕ / 『源皇』(133)三數大葉, ✕ / 『海樂』(136)三數大葉, ✕ / 『源가』
(91)羽三數大葉, ✕ / 『源一』(138)羽三數大葉, ✕ / 『源東』(130)三數大葉, ✕ / 『協律』(133)羽三
數大葉, ✕ / 『花樂』(135)羽三數大葉, ✕ / 『南太』(162)✕, ✕

『時全』#1491(사설시조)

三春色 자랑을 마라 花殘ᄒ면 蝶不來라

昭君玉顔 貴妃花容 胡城土 馬嵬塵되고 蒼松綠竹은 千古節이나 碧桃紅杏

一年春이라

閼氏너 一時花容을 앗겨 무슴 ᄒ리오

『瓶歌』(602)蔓橫, ✕ / 『靑가』(662)編樂幷抄, ✕ / 『靑六』(687)弄, ✕ / 『源國』(541)弄歌, ✕ / 『源
奎』(540)弄歌, ✕ / 『源河』(537)弄歌, ✕ / 『源六』(518)弄, ✕ / 『源佛』(520)弄, ✕ / 『海樂』(529)弄
歌, ✕ / 『源가』(252)弄歌, ✕ / 『源一』(516)弄歌, ✕ / 『協律』(524)弄歌, ✕ / 『花樂』(546)弄歌, ✕
/ 『大東』(215)羽弄, ✕ / ＊『解我愁』(168)數大葉, ✕ / 파생 異 ＊『芳草錄』(140)✕, ✕

『時全』#53(평시조)

閣氏네 하 어슨체 마쇼 고와로라 즈랑 마쇼
자네 집 뒷 東山에 山菊花롤 못 보신가
九十月 된셔리 마즈면 검부남기 되느니

『靑六』(878)編數大葉, × /『源國』(662)莃編, × /『源奎』(661)莃編지르는즈는한닙, × /『源河』(653)莃編, × /『源六』(625)莃編, × /『源佛』(627)莃編, × /『源朴』(534)莃編지르는편, × /『源皇』(522)莃編지르는편, × /『海樂』(655)莃編지른는편, × /『源가』(309)莃編, × /『源一』(630)莃編, × /『協律』(641)莃編, ×

『時全』#51(사설시조)

閣氏니 玉貌花容 어슨체 마쇼
東園桃李 片時春이라도 秋風이 것듯 불면 霜落頭邊 恨奈何뿐이로다
아무리 무음이 驕昻ᄒ고 나히 어려신들 니르는 말을 아니 듯나니

『靑六』(773)

『時全』#469(평시조)

洛陽 三月時에 處處에 花柳ㅣ로다
滿城 春光이 太平을 그렷는듸
어즈버 唐虞世界을 다시 본 듯 ᄒ여라

『甁歌』(792)二數大葉, 李鼎輔 /『海一』(286)二數大葉, 李鼎輔 /『海周』(325)二數大葉, 李鼎輔 /『樂서』(169)二數大葉, 李鼎輔 /『靑六』(498)界二數大葉, × /『興比』(252)界頭擧, × /『源國』(345)平擧, × /『源奎』(345)(平擧), × /『源河』(341)平擧, × /『源六』(324)中擧附平頭, × /『源佛』(326)中擧附平頭, × /『源朴』(333)平擧막너는즈즌난입, × /『源皇』(330)平擧막너는자즌ᄒ입, × /『海樂』(335)平擧막너는즈즌ᄒ닙, × /『源가』(176)界平擧막드는즈즌한닙, × /『源一』(336)界平擧, × /『源東』(337)平擧, × /『協律』(333)界平擧, × /『花樂』(352)界平擧, ×

현대시조의 좌표와 방향

1. 현대시조의 좌표

먼저 노산 선생 탄신 100주년을 맞은 뜻 깊은 기념행사에 부족한 필자를 초청해 주신 데 대해 감사를 드린다. 논의 요지는 현대시조의 발전 방향을 모색하는 데 두고자 한다. 미래의 발전을 위해서는 현대시조의 현재적 좌표에 대한 철저한 인식이 필요하고 그것을 토대로 앞으로 나아가야 할 방향을 설정해 보는 것이 중요할 것이다. 이를 위해 경남 시조단이 낳은 우리 문학사의 거봉 노산 선생의 작품과 이번에 경남시조문학상의 영광을 안은 수상작(서일옥 시인의 작품 「니나」)을 대상으로 논의를 전개해 보겠다.

현대시조는 현대+시조라는 명칭에서 드러나듯이 현대성과 시조성을 동시에 충족해야 하는 위치에 놓여 있다. 즉, 현대성을 충족해야 역사적 사명을 다하고 사라진 고시조의 빈 공간을 메울 수 있는 존재이유가 되고, 시조성을 확고히 해야 자유시와의 경쟁관계에서 미래를 보장받을 수 있다. 현대성을 무시하고 시조성만 추구한다면 현대인의 까다로운 미의식에 걸맞는 공감대를 획득하기 어려워 시대착오적인 복고주의 혹은 국수주의로 매도되어도 할말이 없고, 반대로 시조성을 무시하고 현대성으로 과도하게 기울면 자유시와 경계선이 무너져 그러려면 차라리 자유시 쪽으로 나오라는 비난에서 자유로울 수 없다. 이처럼 양쪽으로 부터 경계와 비판의 곱지 않은 시선을 받아야 하는 것이 현대시조가 위 치한 문학사적 위상이고 좌표다.

그렇지만 현대시조는 고시조가 갖지 못한 현대성을 갖기에 현대에 존립해야 할 명백한 이유를 가지며 자유시가 갖지 못한 시조성을 갖기 에 자유시와 당당하게 맞서 경쟁관계를 가지고 존립할 수 있는 기반을 가지므로 미래에 대해 비관적으로 생각할 일은 아니다. 문제는 어떤 방 향으로 나가야 고시조가 조선시대 5백년간을 그러했듯이 문학사에서 다시 꽃피울 수 있느냐다. 이의 실마리를 노산 선생의 시조론(「시조단형 추이」)에서 찾아보자.

세간(世間)에서 시조의 창작을 논할 때 그 근거를 '음창(吟唱)문제'에다 주는 것은 그 표준의 상위(相違)가 있음을 미처 깨닫지 못한 까닭이라 생각 하거니와…금일의 민중에게는 그다지 필요한 것도 아닌 이상…민중일반으 로 보아서는 '낭독구조(朗讀口調)'를 표준으로 하지 않을 수 없다.
그러므로 고시조의 가곡, 우조·평조·계면조와 중대엽·후정화·초수대 엽·이수대엽·삼수대엽·소용·편소용·만횡·낙시조·편락시조·편수대 엽·농가 기타 노래의 풍도형용(風度形容)의 구별여하도 신창작(新創作)에 있어서는 하등의 의의가 없는 것이라 할 것이니, 요컨대 거기에 실려 있는 고시조 전부를 통고(統考)하여 일반에게 필요한 '형식'만을 건안(建案)시키 면 그것으로 족하다 할 것이다.

이의 요지는 고시조의 경우 가곡의 여러 악조와 다양한 풍도형용을 가진 악곡에 실려 음창(吟唱)으로 실현되는 '노래하는 시'였지만, 오늘 날의 대중일반이 향유하는 신창작의 현대시조에서는 입으로 낭독하는 '읽는 시'여서 그러한 악곡은 아무런 의의를 갖지 못하며 다만 필요한

것은 시적 형식이라는 것이다. 이는 대단히 중요하고도 근본적인 지적
이라 아니 할 수 없다. 먼저 노래에 실은 곡목이 중요했던 고시조의 경
우를 보자.

　나비야 청산가자　　　범나비 너도가자
　가다가 저물거든　　　꽃에서나 자고가자
　꽃에서 푸대접하거든　잎에서나 자고가자

　이 작품에 얹어 부른 악곡을 무시한 채로 사설의 의미만을 놓고 보면
어느 한량이 나비에 기탁하여 꽃과도 어울려 보려하고 잎과도 어울려
보려하는 탕아적 기질을 호탕하게 노래한 것으로 이해된다. 그러나 작
품이 실린 육당본『청구영언』에 '계(界)이삭대엽'으로 악곡표지가 되어
있어 그런 의미와는 상관없음이 확인된다. 즉 계면조라는 악조에 이삭
대엽의 악곡으로 부른다는 것이므로 그런 호탕한 의미지향과는 거리가
멀다. 계면조는 슬프고 처연한 정서를 자아내는 '애원처창(哀怨悽愴)'한
악조이기 때문이다. 그러니 계면조에 여실히 부합되는 작품적 의미로
재해석되어야 한다. 그러고 보면 작품의 의미지향은 나비와 함께 가는
길이 순탄치 않은 것으로 나타나 있다. 날이 저물어 어두워지면 꽃에게
지친 몸을 의탁해야 하고 거기서 박대를 받으면 잎에라도 의탁해야 하
는, 미래의 전망이 불투명한 고단하고 암울한 행로를 노래하고 있다. 계
면조와 너무나 잘 어울리는 분위기이자 목소리인 것이다.
　그러나 작품의 중심의미는 '슬프고 원망스럽고 허무한 느낌'을 주는
계면조의 분위기에 함몰하지 않는다. '공자가 행단(杏壇)에서 제자에게
강학(講學)을 하듯, 비가 알맞게 내리고 바람이 고르게 불 듯' 노래하는
이삭대엽에 실어 부르기 때문이다. 그만큼 유장하고 안정적이며, 조화
롭고 아정(雅正)한 곡이다. 그러므로 계면조에 실리는 슬픔과 원망의 정

감은 '애이불비'(哀而不悲: 슬프지만 비참으로 치닫지 않음)와 '원이불노'
(怨而不怒: 원망하나 분노로 치닫지 않음)로 다스려 생각의 깊이와 절제된
품위를 잃지 않는다. 따라서 꽃이 푸대접하더라도 비참해 하거나 분노
하지 않고 그런 마음을 내면으로 다스린다. 이런 마음은 사물(혹은 타자)
을 점유하고 이용하려는 자아의 욕구를 버리고 빈마음으로 사물을 대
하게 된다. 그러므로 '나' 혼자 청산을 독점하려 홀로 가지 않고 나비와
더불어 가며, 또 내가 친숙한 나비만 고집하지 않고 색깔이 다른 범나
비와도 함께 간다. 가다가 저물면 자고 가고, 꽃을 만나면 그와 함께 자
고, 그가 거부하면 잎과 함께 잔다. 잠자리는 꼭 꽃이라야 하는 것이 아
니므로 꽃을 내 것으로 소유하려 하지 않음으로써 '갈등'을 야기하지 않
는다. 이렇게 자연의 운행에 순응하고 우주적 원리에 귀의함으로써 '주
객합일(主客合一)', '물아일체(物我一體)', 나아가 '천인합일(天人合一)'의
경지에 이른다.

이러한 경지에 도달하는 시인의 마음은 '우주의 마음'이 된다. 아무리
보잘 것 없는 무의미한 존재도 우주에 버금가는 가치를 내재하고 있다
는 생각에 이른다. 시인의 마음이 우주의 마음이 되는 것이다. 여기엔
시적 화자인 나와 나비, 범나비, 꽃, 잎이 모두 함께 어우러져 '청산'이
라는 '소우주'에서 조화와 질서를 이룬다. 경험세계에의 혼돈과 갈등으
로부터 상생과 화해의 세계가 창조된 것이다. 이런 세계에서 개체들은
상호소통하면서 공존하는 관계를 이룬다. 시인은 바로 이러한 관계를
꿈꾸고 이러한 세계를 창조한다. 이럴 때의 시적 자아는 개인 주체의
욕망으로 일그러진 마음이 아니라, 갈고 닦은 마음이며, 자연이나 우주
와 같은 마음이라야 가능하다. 이렇게 갈고 닦은 깊은 생각을 담은 것
이 이 시조의 궁극적 '의미'이며, 이러한 시적 의미가 '이삭대엽'이란 고
아한 품격의 아정한 악곡에 실려 완벽하게 부합된 하나의 작품으로 태

어난 것이다. 시가 '음성과 의미의 조화적 통일체'란 말이 여기서 확인
된다. 노산 선생이 언급한 중대엽과 삭대엽의 여러 변주곡도, 거기에 담
는 시조의 작품적 의미가 달라짐에 따라 그 의미 지향에 부합하는 조화
적 통일체를 이루기 위한 곡목 계발로 나타나 음악 양식화된 것임은 물
론이다.

　이처럼 고시조가 우주적 마음과 통하는 사려 깊은 '의미'를 유장하고
아정한 '악곡'에 담아 '음성과 의미의 조화적 통일체'를 이루는 데 성공
하여 수백년을 향유했다면, 현대시조는 고시조의 소멸과 함께 이러한
악곡적 음율을 모두 상실하고 노래하는 시에서 읽는 시로 전환하게 됨
에 따라 남은 것은 시조 사설이 갖는 '형식장치' 뿐이게 되었다. 앞에 인
용한 노산 선생의 언급은 바로 이러한 현대시조의 좌표에 대한 인식이
었던 것이다.

2. 현대시조의 고전적 절창 : 「가고파」

　이제 현대시조는 고시조처럼 가곡창이나 시조창의 여러 변주곡에 담
아 시적 의미와 정취를 심오하게 하는 수단을 더 이상 가질 수 없게 되
었으므로, 악곡적 음율(음창: 吟唱)이 사라진 공백을 언어의 음성적 자
질로 감당하여 음성과 의미의 조화적 통일체를 실현해야 하게 되었다.
그런 만큼 시어 하나의 선택과 배치에서도 음악적 자질을 활용해야 하
고, 듣는 시에서 읽는 시로의 전환으로 시각적 조형미까지 고려해야 한
다. 언어의 내적 질서를 바탕으로 고시조의 선율적 기능에 버금가는 율
동적 실현과 공간적 조형미를 창조해야 하는 것이다. 모든 것을 언어의
음성적 질서에서 구해야 하므로 그만큼 '언어를 대상화'하게 된 것이다.
　노래하는 시에서 읽는 시로의 전환은 음악적 율동에서 언어의 음성

자원을 통한 율동으로 바뀌게 되고 이에 따라 시적 표출에서 '언어를 대상화'하게 된 사정은 현대시조나 현대시가 동일한 좌표에 서게 된 것은 마찬가지다. 그러나 그 지향점은 정반대였으니 현대시는 이전의 전통시가였던 고시조의 엄정한 형식장치에 대한 반발과 거부의 시정신으로 나아가고, 현대시조는 그것을 적극 수용하여 창조적으로 계승하는 방향으로 나아가게 된 것이다. 현대시가 전통적 율격으로부터의 해방을 바탕이념으로 삼아 개성적 율동을 지향하면서 과격하고 극단적인 방향으로 나아가는 과정에서 주요한의 「불놀이」 같은 자유시로 나아가게 된 것은 이런 사정을 반영하게 된 것이다.

현대시의 이러한 자유율적 행로는 오늘날까지도 지속되고 또 그것이 중심장르로 군림하고 있지만 전통율격에 대한 이탈과 거부는 늘 불안하고 우리의 미의식에 어긋나는 부분이 많아 대중의 공감을 얻는 절창으로 상승되는 경우는 그렇게 많지 않았다. 소월, 만해, 영랑, 미당 등이 절창을 내었지만 그들도 전통율격을 철저히 배제하고 외면한 데서 얻어진 것이 아니라 그것을 창조적으로 수용하고 변용하는 데서 오히려 가능했다. 소월시 「진달래꽃」에 얽힌 다음의 일화가 그러한 사정을 잘 반영한다.

서울의 모대학 영문학 교수가 미국의 어떤 대학에 객원교수로 가서 8년째 지내던 어느 날, 평소 친하게 지내던 미국인 교수의 생일 초대를 받아 그 집을 방문하게 되었다. 축하 케이크를 자르기 전에 그 주인공이 생일 축하의 기도를 해달라는 부탁과 함께 당신은 한국인이니, 특별히 한국말로 하는 게 의미가 있겠다고 하는 것이었다. 그런데 그는 미국에 온 이후로 단 한번도 한국말을 해본 적이 없어 막상 기도를 하려니 단 한 마디도 떠오르지 않더라는 것이다. 그렇다고 한국말을 다 잊어 할 줄 모른다고 하면 체면이 말이 아니므로 몹시 당황하고 난감해

하다가 갑자기 떠오르는 것이 소월시「진달래꽃」이어서 눈을 감고 기
도하기를, "나 보기가 역겨워 가실 때에는 말없이 고이 보내드리우리다.
영변에 약산 진달래꽃 아름 따다 가실 길에……나 보기가 역겨워 가실
때에는 죽어도 아니 눈물 흘리오리다. 아-멘"해서 위기를 넘겼다고 한
다. 그 미국인은 한국말을 모르니 전통율조에 실린 소월시를 듣고는 한
국말이 그렇게 아름다운 줄 몰랐다고 오히려 칭찬까지 받았다는 것이다.

　여기서 주목되는 것은 한국어를 까맣게 잊은 사람이 어찌해서 소월
시는 암송할 수 있었냐는 것이다. 이미 짐작하겠지만 소월시가 4음3보
격이라는 전통율격에 바탕하고 있기 때문이다. 전통율격이란 우리 민족
의 역사와 더불어 오랜 세월에 걸쳐 우리말의 율동적 아름다움을 가꾸
어온 경험적 미의식의 결정체로서 우리 모두의 심미적 공감에 의해 공
유하던 율동형이 양식화됨으로써 이루어진 것이므로, 전통율격양식의
리듬을 타고 실현된 시는 외국인이 듣기에도 감미로운 미적 호소력을
가질 수 있고, 또 쉽게 암기되어 우리 의식의 심층에 내장될 수 있다는
사례를 이 일화에서 소월시가 실증적으로 보여준 것이다.

　소월시「진달래꽃」이 우리 민족의 대표적 전통율격양식인 4음3보격
이 낳은 빼어난 절창이라면, 또 하나의 대표양식인 4음4보격의 빼어난
절창으로 노산의「가고파」를 들 수 있다. 만약 내가 앞의 영문학 교수
와 똑같은 난감한 처지에 있었다면「가고파」몇 연을 암송하여 위기를
모면했으리라. 어릴 때 처음으로 고향을 떠나 무작정 상경해서 모진 삶
의 신산을 맛보아야 했던 시절, 낯선 서울거리를 방황하면서「가고파」
를 웅얼대며 눈물지은 적이 수없이 많았던 추억을 갖고 있기 때문이다.
이 노래가 현대 가곡에 실려 유행한 탓도 있겠지만 그 음악적 선율이
주는 호소력은 접어두고라도 4음4보격이라는 안정된 구조 위에 명상적
으로 펼쳐지는 고향에 대한 그 깊은 갈구의 염원이 그토록 심금을 울렸

던 탓일 것이다.

내고향 남쪽바다   그,파란물 눈에보이네
꿈엔들 잊으리오   그,잔잔한 고향바다
지금도 그,물새들날으리   가고파라 가고파 (첫 연)

거기 아침은오고   거기 석양은저도
찬얼음 센바람은   들지못하는 그나라로
돌아가 알몸으로살거나   깨끗이도 깨끗이 (끝 연)

일찍이 이 작품에 대해 피천득은 "영시(英詩)에서 여수(旅愁)를 읊어 절찬을 받은 바 있는 「The South Country」도 「가고파」에 비길 것이 못된다."라는 극찬을 아끼지 않았지만 괜한 말은 아닐 것이다. 우선 이 작품의 서정적 호소력은 「진달래꽃」이 '이별의 정한'이란 보편적 주제에 기반한 것처럼, '고향에의 그리움'이란 보편적 주제를 노래한 데서 일차적으로 찾을 수 있다. 동서고금을 막론하고 이런저런 이유로 고향을 떠나 뿌리뽑힌 삶을 그것도 고단하게 살아가는 사람들에게는 어릴 때 세상의 모진 풍파를 모른 채로 순진무구하게 뛰놀던 고향의 그 시절을 그리워함은 인지상정일 터이기 때문이다. 작게는 일상에서 흔하게 이루어지는 타향살이의 설움에서부터 크게는 남북분단이란 이산의 슬픔이나 나라를 빼앗기고 고국을 떠나 살아야 하는 망국의 비통함에 이르기까지 그 공감대는 무한하다.

고향에 대한 그리움의 정서는 현실의 삶이 만족스럽지 못할수록 그에 비례하여 절절해질 수밖에 없다. 그 절절한 감정이 첫연의 "가고파라 가고파"에서부터, "보고파라 보고파", "돌아갈까 돌아가" "찾아가자 찾아가" "그리워라 그리워" 등 무려 10연에 걸쳐 '갈구의 정서'를 반복적 어법으로 분출하고 있는 것이다. 이토록 절절한 그리움의 정서는 감정적 통어가 이루어지기 어려워 자칫 감상적으로 흐르거나 직정적 혹은 호소적 어조로 되기 십상이어서(이런 정감의 표출은 3보격의 율격장치가 어울림) 값싼 동정심이나 선정성을 환기할 가능성이 그만큼 커진다.

그럼에도 이 작품이 빼어난 절창이 될 수 있었음은 고향을 그리는 갈구의 정서를, 그리하여 자칫 감상적이고 직정적인 토로가 되기 쉬운 정감을 안정적이고 명상적인 4음4보격의 시조양식에 추호의 흐트러짐 없이 담아냄으로써 절제되고 엄정한 율격장치로 다스리고 있다는 것이고, 다른 하나는 시의 언어적 표현이 인간적 품격과 분리되지 않고, 나아가 인간의 全人的 완성을 추구한 작품이라는 데 있다. 5연에서 "물나면 모래판에서 가재 거이랑 다름질하고, 물들면 뱃장에 누어 별헤다 잠들었"던 그 시절을 그리워하고, 끝연의 종장을 "돌아가 알몸으로 살거나 깨끗이도 깨끗이"라고 하여 전체 작품을 총결 지음으로써 그토록 열망하는 갈구의 최종 귀착점이 '순진무구'의 동심의 세계, 곧 도덕적 순결성을 추구하는 전인적 인격의 완성에 두어져 있음이 확인되기 때문이다.

그리고 무려 10연에 걸쳐 시종일관 엄격한 시조의 정형율을 따르면서도 율동의 효과가 단조롭다거나 진부하다는 생각이 들지 않고 잔잔한 감동의 파문을 불러일으킬 수 있음은 시인의 녹녹지 않은 시적 역량에 달려 있는 것이지만, 당시로서는 참신한 시어의 선택과 언어를 구사하는 시적 조사(措辭)의 방법이 독특하고 위에 인용한 첫 연과 끝 연에서도 보듯이 한 음보의 음지속량이 5음절인 과음보와 2음절에 불과한 소음보의 적절한 사용이 생동감과 긴장감을 불어넣기 때문일 것이다. 거기다 첫 연에서 마지막 연에 이르기까지 "~고파라 ~고파"라는 어법과 유사한 어법으로 반복적으로 마무리함으로써 연 내부질서의 완결과 함께 연과 연 사이의 내밀한 긴장관계를 수수하고 결속시키는 효과를 가져와 10연이라는 적지 않은 길이에도 지속적인 탄력과 긴밀함을 유지할 수 있었던 것이다.

3. 현대시조의 방향: 수상작 「니나」를 통해

같은 근·현대라 하지만 「가고파」가 지어지던 1930년대만 해도 오늘날처럼 사회문화가 복잡성을 띠지는 않았다. 그에 따라 미감도 비교적 단조로워 유행가의 경우 '트로트' 하나로도 충분히 시대에 부응할 수 있었다. 하지만 오늘의 현실은 수시로 변하는 까탈스러운 감수성과 혼란스러울 정도의 다양한 미감의 변화를 경험하는 중이어서 트로트 하나로 만족하던 시대는 저 멀리로 가버리고 온갖 다양한 장르의 음악을 편력 중에 있음은 잘 아는 바와 같다.

이렇게 복잡하고 까다로운 미감의 변화를 경험하고 있는 오늘의 우리에게 「가고파」는 이제 하나의 고전이 되어버렸다. 이런 시점에서 「가고파」처럼 고시가의 형식과 정형율을 시종일관 엄격하게 준수하면서 현대의 까다로운 독자층의 미감을 충족하기는 지난한 일일 것이다. 시어 선택과 조사(措辭) 면에서 노산 선생과 같은 탁월한 시적 역량을 보이거나 현실의 삶을 날카롭게 투시하는 '혜안'이나 불교 같은 종교적 수양의 깊이를 담지하는 '통찰'이 뒷받침되어야 시조의 정형 형식이 불러일으키는 진부함과 단조로움을 극복하고 현대성을 충족하는 길이 열릴 것이다. 그렇지 않고서는 흘러간 노래로서 트로트의 선호 정도를 벗어나지 못할 것이다.

현대시조가 트로트 수준에 머물지 않기 위해서는 작시(作詩)면에서 '시행(詩行) 배분의 묘(妙)'와 '연(聯)의 운용방식'을 최대한 활용해야하는 것이 관건이 된다. 현대시조가 현대 서정시의 한 양식으로서 현대시에 경쟁력을 갖는 서정적 울림을 실현하기 위해서는 이 점에 특히 유의

하지 않으면 안되기 때문이다. 서정시는 '시행발화'이고, '율문의 문학적 사용'이므로 시행에서 율문을 어떻게 문학적으로 효과 있게 활용하느냐가 문제인 것이다. 시행이 '도식적인 운율화'가 아니라 '의미생산적 율동화'로 나아가야 서정적 미감을 자극할 수 있는 당위가 여기에 있다.

그런데 현대시조는 현대시와 정반대의 시작(詩作) 과정을 밟는다. 현대시는 특정한 시상이나 의미의 선택에 따라 시의 율동을 나중에 선택함에 비해 현대시조는 전통시조 양식에 따른 특정한 율동 모형(模型)이 선행되고 이에 따라 이미지나 어휘가 선택되기 때문이다. 그런 만큼 현대시는 의미생산적 율동화로 나아가기가 훨씬 자연스러우며 그래서 개성적 율동 충동과 속성에 따라 조성된 자유로운 율동현상이 중심을 이룸에 비해(그래서 자유시라 함), 현대시조는 이미 시조 양식이라는 주어진 율동모형을 따라야 하므로 자칫 도식적인 운율화로 되어 의미생산적인 율동화로 나아가기가 그만큼 어려워진다. 「가고파」처럼 시조의 주어진 모형을 그대로 따라 도식적 율격시행으로 일관한다면 복고취향 혹은 진부한 인상을 지우기 어렵게 되기 때문이다. 이를 벗어나기 위해 작품의 율격은 그대로 시조의 정형율을 따르되 시행의 배분은 시적 율동으로서의 새로운 내적 질서 곧 '의미 질서'에 따라 율동을 조성해 나감으로써 의미 생산적 율동화가 실현되도록 하는 방법을 자율적으로 모색해야 한다.

따라서 현대시조의 시작과정은 주어진 정형율을 의미율(시행 배분과 연의 짜임에 의한)로 재편하는 과정이라 할 수 있으며, 시인의 역량은 바로 이러한 의미율에 의한 시적 억양과 시어의 전경화가 얼마나 성공적으로 발현되었느냐에 달리게 된다. 이런 점에서 고시조는 정형시라 할 수 있고, 자유시는 자율시라 할 수 있으며, 현대시조는 '자율적 정형시'라 할 수 있다. 도식적 운율화가 아닌 의미생산적 율동화로 나아가기

위해 시행배분과 연의 짜임만은 자율적 운용이 가능한 것이 현대시조
의 형식적 좌표이자 방향이라는 것이다. 시행배분이나 연의 운용 면에
서 시조 양식이라는 정형적 질서에 따라 선택 배열하기보다 시상의 의
미 전개와 표출하려는 정감의 질량에 따라 자율적으로 배열·선택함으
로써 시에 활력과 긴장을 불어넣고, 시상의 흐름 속에서 미세한 감정의
추이를 생생하게 묘파해내는 것이다.

이제 경남시조문학상 수상작인 서일옥 시인의 「니나」(『경남시조』20
집)를 통해 현대시조의 나아갈 방향을 짚어 보자.

> 천근 무게의/ 신발 끌고/ 한국에 온/ 소녀 니나/
> 비스켓처럼 바스라진/ 육신보다 더 슬픈 건/
> 열 식구 생계를 위한/ 칼끝 같은 시간의 압박.//
> 축축한 지하에서 죽도록 일하고도
> ←손에 쥐는 건 몇 장의 지폐뿐/
> 그것도 몇 달을 걸러/ 인심쓰듯 던져준.//
>
> 그리움에 서러움에 야위어간 육신/
> 뼈마디 그 마디마다 피멍바람 파고들지만/
> 비명도 복에 겹다고/ 가슴깊이 묻어온 밤.//
>
> 날 세운 결핵균/ 끝내 활화산 되어/
> 생솔가지 꺾이듯 명줄 놓아버렸다/
> 길떠날/ 노자도 없이/ 유기된 죽음이여.///
> (/표는 원작에서 행 갈이를, ←표는 행 붙이기를 가리킴)

이해를 돕기 위해 원작의 시행배열을 일단 무시하고 전통시조형에
따라 필자가 환원해 본 것이다. 작품의 주제가 비정한 우리 현실에 대
한 냉엄한 고발이라는 정치적 메시지를 선명하게 담고 있는 것이어서
심미적 공감을 자아내기에 쉽지 않은 작품이다. 이러한 무겁기만 한 정

치성 짙은 주제를 위에 환원해 보인 것처럼 전통시조형에 맞춰 도식적으로 작품화했다면 얼마나 무미건조하고 숨막히는 것이었을까를 상상해 보라(자연언어의 일상적 통사 의미 구조를 깨뜨리는 명사형 종결 기법의 빈번한 사용과 5음절의 과음보를 자주 활용함이 숨통을 틔워주고 있음에도). 작품 곳곳에 내비치는 관념어와 상투적인 묘사까지 감안한다면 더욱 그러한 면을 떨칠 수 없다. 그런 점에서 이 작품이 정형율 그대로 따르지 않고 생각이나 감정의 추이를 따라 의미율로 재편함으로써 주제의 무거움과 무미건조함을 벗어난 시도는 일단 바람직하다 할 것이다. 문제는 그러한 시도가 얼마나 성공적으로 실현되었느냐가 관건이다.

정형율을 의미율(시어가 표상하는 의미와 형식이 갖는 의미를 포괄함)로 재편하는 방법은 세 가지가 있다. '따르기'와 '쪼개기', '붙이기'가 그것이다. '따르기'는 작품의 시행을 시조의 정형율에 맞춰 4음보로 실현함으로써 전통시형의 안정적 호흡을 그대로 유지하는 것이고, '쪼개기'는 4음보의 율격시행을 2개 이상으로 쪼개어(분할 단위는 구, 음보, 단어에 이름) 작품시행을 실현함으로써 짧은 호흡으로 재편하는 것이고, '붙이기'는 율격시행보다 작품시행을 크게 하기 위해 다음에 이어지는 율격시행의 일부 혹은 전부를 붙임으로써 긴 호흡으로 변화시키는 것이다. '따르기'는 낯익고 안정된 율동형에 호흡을 맞추어 나감으로써 정감의 평형을 유지하는 데 적합하고, '쪼개기'는 짧은 호흡을 통해 내면의 미묘한 감정추이를 섬세하게 드러내는 데 적합하고, '붙이기'는 긴 호흡을 통해 깊은 생각이나 쉽게 포기할 수 없는 끈끈한 감정을 장중하게 드러내는 데 적합하다.

이러한 재편의 방법은 주어진 율격모형을 따라 진행하려는 구심력과 그것에 제동을 걸어 진행의 기대를 차단함으로써 모형에서 벗어나려는 원심력 사이의 밀고 당기는 팽팽한 긴장감을 최대한 활용하는 세공의 기술이라 할 수 있다. 그러나 율격적 진행을 이탈하려는 원심력은 함부로 작동시켜서는 작품의 혼란만 가중시킬 뿐이다. 시상의 전개와 표출하려는 정서의 질량에 따라 필연적으로 수행되어야 한다. 율동 표현의 필연성은 작품적 의미와 직결되기 때문이다.

이런 기준으로 볼 때 작품 「니나」는 1연+2연을 음보 단위의 '쪼개기'에서 출발하여 초장과 중장을 '붙이기'하는 데까지 나아감으로써 짧은 호흡에서 긴 호흡으로의 상승구조를 이루게 하고, 3행+4행은 그와 반대로 '따르기'라는 비교적 안정된 긴 호흡으로 출발하여 구(句) 단위 혹은 음보 단위의 '쪼개기'로 율동적 양감을 축소해 나가는 하강구조를 이루게 함으로써 고조된 감정을 추슬러 마무리하는 연 운용의 묘를 보여주고 있다. 아울러 이러한 구도는 시각적으로도 역대칭 구조의 공간적 조형미를 구축해 보인다.

이렇게 「니나」는 '쪼개기'와 '붙이기' 및 '따르기'를 모두 구사하여 의미의 생산적 율동화를 다양하게 시도함으로써 연 운용면에서 잘 짜여진 구도를 보이고 무미건조한 주제를 참신한 시적 발화로 전환하는 데 성공한 것으로 보인다. 그러나 작품을 세부적으로 검토해 보면, 왜 그 행을 특별히 음보 단위로 쪼개어 호흡을 짧게 해야하는지, 왜 그 행은 초·중장의 경계를 넘어 강제적으로 '붙이기'해서 특별히 긴 호흡으로 끌어가야 하는지, 그리고 무엇보다 일정한 질서 아래 율동적 양감의 조정을 보이지 않고 왜 그렇게 비균형의 혼란스런 율동변화를 보여야 하는지에 대한 필연성을 찾아내기가 쉽지 않아 보인다.

이는 의미율로의 재편이 성공적으로 이루어졌다 하기 어려운 점이 아닌가 한다. 이를테면 첫 연에서 둘째 연으로 이어지는 율동적 양감의 상승적 변화는 외국인 노동자 니나가 한국에 올 때는 너무나 절박한 상황에서 어렵게 왔음에도 그에게 돌아오는 반대급부는 "인심 쓰듯 던져준 몇장의 지폐뿐"이라는, 감정의 내적 미묘함에 이은 비정한 현실의 고발이라는 쉽게 넘어갈 수 없는 끈끈한 감정과 조화를 이루어 의미의 생산적 율동화로 나아가는 데 성공하고 있지만, 셋째 연과 마지막 연으로 이어지는 율동적 양감의 하강적 변화는 니나의 "유기된 죽음"에 대한 정서적 질량과 의미의 강도에 맞는 적정한 조정을 했다고 하기 어려워 보인다.

시행의 배분은 느낌대로 자의적으로 해서는 혼란을 가져올 뿐이다. 시상 전개에 따라 '자연발화의 율동'과 '의미의 강도', '정서적 질량' 및 '시각적 공간미'라는 네 가지 요소의 적정한 조화와 질서에 의해 배분해야 한다는 점을 명심해야 할 것이다. 하나만 예를 들면 마지막 연에서 작품의 종결을 "유기된/죽음이여"라고 음보단위로 '쪼개기'를 했더라면, 첫 연의 시작과 마지막 연의 끝남이 수미쌍관을 이루어 시각적 조형미를 창출했을 터이고 "유기된"을 독자적 시행으로 배열함으로써 행말휴지에 의한 여백의 활용으로 니나의 죽음이 한국에서 "유기된" 죽음이었다는 점에 정서적 질량의 무게가 실리고 의미가 강화되어 작품의 주제가 더욱 살아났을 것이다. 그만큼 행 배열에 대한 면밀한 세공이 필요한 것이다.

그럼에도 불구하고 「니나」가 갖는 강점은 어느 외국인 노동자의 유기된 죽음— "몇 장의 지폐"로 표상된 욕망으로 일그러진 비정한 우리 현실에 대한 엄정한 고발정신과, 외국인 노동자도 우리와 다른 타자가 아님을, 그리하여 다시는 그런 비정하게 유기된 죽음이 일어나지 않기를 갈구하는 그 따뜻한 '인간애'(저승 갈 노자까지 걱정하는)에 놓여 있다. 이는 범나비를 색깔이 다르다고 배제하지 않고 청산에 함께 가고자 하는 앞의 고시조로부터 면면히 이어오는 '상생과 조화'의 미학에 바탕한 소중한 전통정신의 현대적 발현이 아니겠는가!

사설시조의 형식과 미학적 특성

1. 사설시조에 관한 선입견과 몇 가지 오해

사설시조에 관한 가장 큰 오해는 시조가 양반계층의 문학양식임에 반해 그것과 대립되는 평민문학으로 규정하는 것이다. 그 근거로는 사설시조가 평시조와 달리 일정부분 정제된 율격에서 벗어나 있어 격식이나 형식을 중시하는 양반계층과는 의식이나 태도에 있어서 판이한 차이를 보이는 서민계층의 그것을 반영한다는 점, 현실에 대한 이해에 있어서도 양반층의 사변적(思辨的) 지향과 달리 세속적 차원을 지향한다는 점, 언어적 표현에 있어서도 영탄과 경건(敬虔)이 아닌 풍자와 해학에 무게 중심을 두고 있다는 점을 든다.[1] 사설시조 텍스트를 그것이 산출된 사회 문화적 맥락과 분리시켜 이해한다면 그러한 통념들은 모두 옳은 듯이 보인다.

---

[1] 장경렬(2002), 「사설시조의 어제와 오늘」, 『2002 卍海祝典』, 만해사상실천 선양회, 89쪽 참조. 이 논문은 사설시조에 대한 여러 통념들을 가장 예리하게 그리고 모범적으로 반영하고 있어 본고를 작성하는 데 좋은 참고가 되었음을 밝힌다. 앞으로의 논의도 주로 이 논문에서 거론된 텍스트와 그에 관한 통념적 이해와 해석을 바탕으로 본고의 출발점을 삼고자 한다. 그렇게 함으로써 사설시조에 관한 여러 선입견이나 오해들이 효율적으로 풀릴 수 있을 것이라는 생각에서다. 특정인의 논문에 대한 평가절하나 비방의 의도는 추호도 없으니 양해 있으시기 바란다.

그러나 사설시조와 평시조는 각각 계층을 달리하여 산생된 문학이
아니다. 하나의 예만 들어보자.

간밤의/ 자고간 그놈/ 아마도/ 못이져라
와야(瓦冶)ㅅ놈의 아들인지 즌흙에 뿜내드시/ 사공(沙工)놈의 뎡녕인지 사
엇대로 지르드시/두더쥐 영식인지 곳곳지 두지드시/ 평생에 처음이오 흉중
이도 야롯제라
전후(前後)에/ 나도 무던히 격거시되/ 춤맹서ㅎ지 간밤 그놈은/ 참아 못니
저 ㅎ노라

이 작품은 형식과 격식을 벗어난 사설시조로서 의식이나 태도에 있
어서 양반층과는 거리가 멀어 보인다. 현실에 대한 태도에서도 유녀(遊
女)의 쾌락적 性을 다루었으니 지극히 세속적인 데다가 언어표현에서
도 비속어(卑俗語)를 섞어가며 입담 좋게 해학적으로 노래하고 있으니
앞의 논리에 따르면 양반층과는 거리가 먼 서민계층이 지은 것이라 할
수 있다.2) 그러나 실제 상황은 그렇지 않으니 문제다. 즉 이 작품은 경
화사족(京華士族)인 이정보(李鼎輔)가 지은 것이다.3) 18세기 들어 도시
유흥의 확대에 따라 농(弄), 편(編), 우락(羽樂), 계락(界樂) 같은 사설시
조를 얹어 부르는 노래를 이덕수(李德壽), 이광덕(李匡德) 같은 경화사
족이 많이 지었다는 기록으로 보아4) 이정보의 작품 또한 위작(僞作)이

---

2) 그러나 면밀히 검토해보면 이 작품의 성담론(性談論)은 소비적・말초적・유락적
   (遊樂的)인 것이어서 민중층의 생산적이고 발랄한 성담론과는 거리가 멀어 서민계
   층의 작품이라 하기 어렵다.
3) 이 작품을 수록한 4개 가집 중 3개(『樂學拾零』, 周氏本『海東歌謠』, 버클리本『해
   동가요』)에 이정보가 작자로 표기되어 있고, 후대의 가집인 六堂本『靑丘永言』1개
   만이 작자 표시를 하지 않았다.
4) 洪翰周,『智水拈筆』의 '國朝歌曲'에 기록됨. 이에 대하여는 신경숙,「18・19세기 가
   집, 그 중앙의 산물」,『한국시가연구』11집, 한국시가학회, 2002, 33쪽. 및 남정희
   (2002),「18세기 京華士族의 시조 향유와 창작 양상에 관한 연구」, 이화여대 박사논

아님을 알 수 있다.

사설시조의 창작-향유층은 결코 하층의 서민계급이 아니다. 신분적으로 상층인 사족(士族)층과 문화 예술적으로 상층인 중인(中人) 서리(胥吏) 출신 가객층(歌客層)5)이 중심인 것이다. 대부분의 사족층은 평시조를 즐긴 것이 사실이고 향촌의 규범적 사족층은 사설시조를 외면했던 것도 사실이지만, 저자거리(市井)가 있는 도시의 사족층-특히 경화사족층은 그들과는 달랐다. 이덕수, 이광덕, 이정보의 예에서 보듯 사설시조를 적극 창작-향유했던 것으로 보이기 때문이다. 이와 관련하여 주목되는 것은 사설시조는 원칙적으로 진지한 목소리가 아니고 '허튼소리'라는 점이다. 하나의 예를 들면,

---

문, 41쪽 참조.

5) 서리층이 중심이 되는 가객층의 사설시조 참여는 18세기 후반에『해동가요』를 편찬한 김수장에 와서야 비로소 처음 확인된다. 따라서 가객층이 참여하기 이전의 사설시조 작품을 만횡청류라 하여 116수를『청구영언』에 따로 수록한 작품의 존재는 적어도 중인 서리층 중심의 가객층과는 무관한 작품이라 할 수 있으며, 그 노랫말이나 악곡의 형식이 서민층의 노래와는 무관한 가곡창의 변형태(만횡 등)인 것으로 보아 경화사족 같은 도시의 풍류 사족층이 저자거리의 서민층의 노래에서 소재를 취하여 가곡창(대엽조)의 노래로 수용한 것으로 이해된다. 실제로 17세기 후반에서 18세기 전반에 이르면 서울은 행정도시에서 상업도시로 변모하게 되고 과거와 달리 자유로운 예술과 문화를 즐기는 시정(市井)의 분위기가 형성되고 있었다. 이러한 도시의 유흥 분위기와 음악적 수요에 맞물려 만횡청류가 산생된 것으로 보이며 그 유래는 오래되어 중서 가객층의 출현 이전에 이미 성립되었던 것이다. 즉 이러한 도시문화의 기류가 도시의 사족층으로 하여금 한시의 창작에서는 민요를 대거 수용하게 되고, 가곡의 창작에서는 저자거리의 노래를 天機論(만횡청류의 발문에서 말하는 '자연의 眞機')에 입각하여 수용함으로써 만횡청류와 같은 사설시조가 산생된 것으로 보인다. 중서 가객층의 사설시조 참여는 만횡청류 이후에나 볼 수 있으며, 그것도 사족층의 적극적인 후원에 힘입어 가능했다. 따라서 중서가객층의 사설시조 참여는 역사적 자아로서의 자기 계층의 고뇌나 현실 문제보다는 예술인으로서 시조활동의 일환으로 참여했기 때문에 자기 계층의 정체성보다는 그들의 후원자 위치에 있는 사족층의 취미나 기호 혹은 이념에 영합하는 경향이 강했다.

한숨아/ 셰한숨아/ 네 어느 틈으로/ 드러온다
고모장즈 셰살장즈 가로다지 여다지에 암돌져귀 수돌져귀 배목걸새 뚝닥박
고/ 용(龍)거 북 즈물쇠로 수기수기 츠엿ᄂᆞ듸/ 병풍(屛風)이라 덜걱 져븐
족자(簇子)ㅣ라 대대글 몬다 /네 어내 틈으로 드러온다
어인지/ 너 온날 밤이면/ 좀 못드러/ ᄒᆞ노라6)

에서 보듯이 삶의 고달픔과 여의치 않음에서 비롯되는 고통스러운 '한
숨'을 제재로 하면서도 그러한 한숨을 '심각하고 진지하게' 받아들이지
않고 '언어유희' 곧 '허튼소리'로 표현함으로써 한바탕 웃고 넘기는 풍
류의 현장에 걸맞는 유희적 텍스트로 향유한다. 즉, '화자 중심' 발화가
아니라 '텍스트 중심' 발화여서 작자가 진술에 책임을 지지 않아도 되는
상황에서 향유하는 것이다. 따라서 익명의 진술이 흔할 수밖에 없다. 사
설시조를 많이 짓고 향유했다는 기록이 있음에도 불구하고 작자 표기
가 되어 있는 이덕수, 이광덕의 사설시조가 단 한 편도 전하지 않는 것
은 이런 이유와 관련될 것이다. 그리고 이러한 익명성 때문에 사족층의
사설시조 창작-향유가 가능했던 것이다. 사설시조가 사변적이지 않고
경건 진지하지도 않은 것은 그것을 산생(産生)한 신분 계층의 의식이나
현실을 보는 태도의 차이 때문이라기보다 시적(詩的) 언어 사용 태도
곧 어조(語調)의 차이 때문에 야기된 것이다. 그리고 이토록 언어사용태
도가 달라짐을 용인할 수 있었던 것은 천기론(天機論)이나 성령론(性靈
論)에 바탕한 조선후기의 세계관 혹은 미의식의 변화와 밀접한 관련이
있는 것이다.

  사설시조에 대한 또 다른 오해는 평시조의 형식을 마구 일탈해도 좋

------

6) 이 작품에서 빗금(/) 친 것은 사설시조의 각 장은 4개의 통사의미단위구로 이루어
  져 있음을 나타내기 위한 표시다. 이는 사설시조의 중요한 형식틀이므로(이에 대하
  여는 다음 장에서 상론) 본고에서 인용되는 다른 모든 작품에도 같은 표시를 할 예
  정이다. 참고하기 바란다.

은— 그리하여 심지어는 '사설시조는 자유시다'[7]라고까지 선언하기에 이르는 '형식의 자율성'과 관련된 문제다. 그러나 사설시조는 시조와 별종이 아니고 어디까지나 시조텍스트로 존재한다는 사실을 잊어서는 안된다. 따라서 사설시조는 시조로서의 정체성을 견지하는 범위 내에서의 형식적 일탈이 가능한 것이지 그 이상은 결코 아니다. 이에 대한 상론은 다음 장에서 하기로 한다.

또한 사설시조를 평시조와의 변별을 강조하기 위해서 서정이 아닌 사설의 서사문학의 세계를 펼쳐 보인다거나 서양의 근대화 과정에서 생성 발전된 서사적 산문문학(시민 서사, 소설)과 견주는 것[8]도 상당한 오해를 불러일으킬 소지가 있어 보인다. 사설시조가 왕왕 시정(저자거리)의 삶의 세계(이것을 서사적 산문문학의 세계라 할 수 있을지 모르지만)에서 소재를 취해오는 것은 사실이지만 서사나 소설과는 무관하게 서정적으로 표현한 서정시인 것이다. 즉 사설시조는 비(非)서정, 탈(脫)서정이 아니라 '서정의 확장'인 것이다.[9]

마지막으로 사설시조를 이해하고 해석하는 분석 시각의 문제다. 그것은 고전시가를 고전시가 텍스트로 해석하지 않고 현대시를 분석하듯이 대한다는 것이다. 고전시가를 전문적으로 연구하는 학자들조차도 그런 경향을 상당수 보이기도 하지만 대부분의 현대시 혹은 현대시조를 논평하는 비평가들이나 창작하는 문인들의 경우 거의 예외 없이 이런 시각을 보인다. 이는 과거의 작품을 당대적 의미 중심으로 해석하거나 평가하지 않고 현재의 기대지평에 초점을 맞추어 현재적 가치 중심으로 해석하고 평가하는 것이어서 작품의 당대적 의미와는 거리가 먼 엉

---

7) 박철희(1980), 『한국시사연구』, 일조각, 70쪽 참조.
8) 장경렬, 앞의 논문, 89쪽.
9) 신은경(1988), 「사설시조의 시학 연구」, 서강대 박사논문 147쪽.

뜬한 이해로 빠지기 십상인 것이다. 텍스트의 역사성을 고려하지 않고
해석자의 역사성만 갖고 분석한다면 작품의 당대적 의미는 물론 현재
적 의의도 정확하게 짚어낼 수 없음을 명심해야 할 것이다. 과거와 현
재의 미의식의 패러다임이 엄청나게 다른 점을 고려하지 않고 현재의
미적 패러다임으로 접근해서는 작품의 온당한 해석도 의의의 발견도
불가능하다는 것이다. 작품이 놓여 있는 과거의 지평과 우리의 현재적
지평이 융합될 때 올바른 해석과 평가가 가능한 것이다.

2. 사설시조의 형식과 그 의미

사설시조의 형식은 어떠하며 그 형식이 갖는 의미는 무엇일까? 앞에
서 잠깐 언급했듯이 사설시조라면 시조 형식으로부터의 탈정형성(자율
성)만 떠올리지 그 거대틀은 시조형식을 철저히 준수하고 있다는 정형
성(비자율성)에 관하여는 애써 외면하는 경향이 있어 왔다. 거기다가 형
식의 자율성을 지나치게 강조한 나머지 심지어 자유시라는 규정까지
나오기도 하고 평시조와는 별개의 미학과 장르적 바탕을 갖는 것처럼
이해해 왔다. 그러나 사설시조는 단 한번도 독자적으로 장르수행을 갖
는 예가 없음을 주목해야 한다. 즉 시조의 연행이나 창작이 있는 곳에
사설시조가 있었지 단독으로 창작–향유된 적은 없는 것이다. 이는 사
설시조가 별종의 장르가 아니라 시조텍스트의 일환으로 존재함을 의미
한다. 따라서 그 형식이 갖는 의미도 시조로서의 존재론적 의미를 갖는
것이지 그 범위를 떠나서는 의미가 없다.

사설시조의 이러한 존재론적 위상은 그 형식적 장치에 그대로 구현
되어 있다. 즉 시조의 형식적 틀을 그대로 준수하는 측면과 일정 범위
내에서 일탈을 지향하는 측면이 동시에 존재하는 것이다. 이를 쉽게 이

해하기 위해 다음의 예를 비교해 보기로 하자.

(1) 가마귀   거므나다나   해오리   희나다나
    황새다리   기나다나   올히다리   져르나다나
    세상(世上)에   흑백장단(黑白長短)은   나는 몰나   ᄒ노라

(2) 가마귀를/뉘라 물드려/검다ᄒ며   백노를/뉘라   마젼ᄒ야/희다드냐
    황새다리를/뉘라 이어/기다ᄒ며   오리다리를/뉘라 분질너/ᄌ르다ᄒ랴
    아마도   검고^희고/길고^ᄌ르고 흑백/장단이야   일너 무슴/ᄒ리오

여기서 확인되듯 (2)의 사설시조는 (1)의 평시조를 형식적으로나 내
용적으로 그대로 준수하는 측면과 그것을 일정부분 일탈하는 측면을
동시에 갖고 있다. 즉 (2)는 (1)의 형식과 내용 모두를 전범으로 삼아
모방적으로 재현하면서 일탈을 지향하고 있는 것이다.

(1)에서 보듯 사설시조가 전범으로 삼는 '평시조의 형식적 틀'은 다음
과 같다.

① 통사의미론적 연결고리를 이루는 3개의 장(초·중·종장)으로 하나의 시
   상을 완결한다.
② 각 장은 4개의 음보(1음보는 4음격의 음량을 갖도록 함)로 구성하되, 2
   음보를 하나의 구(句)로 하여 2개의 구(앞구와 뒷구)가 병치·호응하도록
   함으로써 절제와 안정·조화의 미감을 획득하도록 한다.
③ 시상의 전환과 완결을 위해 종장의 첫 음보는 3음절로 고정시키고, 둘째
   음보는 5음절 이상으로 늘여 변화를 준다.

그런데 이러한 3가지 형식적 틀은 지나친 '억제발화'여서 절제된 감
정을 응축적으로 드러내기에는 적절한 것이지만 말수를 늘여서 재미있
게 엮어 짜려면 갑갑하기 이를 데 없는 틀이다. 작품 (1)은 억제발화에
놓여 있지만 내용은 말의 재미를 추구하는 면이 강해서 결국 억제발화

의 긴장을 풀고 작품 (2)와 같은 사설시조로 변환함으로써 보다 자연스
러운 텍스트가 된 것이다. 그리하여 사설시조는 위의 세 가지 형식틀을
대체로 유지하되 다만 ②의 틀은 변형하여 '4개의 음보'라는 제한된 틀
을 벗어나 '4개의 통사의미 단위구'라는 보다 확장된 틀로 구성하되 각
단위구는 반드시 '2보격'으로 율격을 짜나간다는 것이다. 즉 평시조의
거대틀(3장으로 완결하는 것, 각 장은 4개의 마디를 지키는 것, 종장 첫마디
를 3음절로 하는 것)은 그대로 유지하면서 미세틀(4개의 마디를 '음보' 단위
로 하지 않고 '통사의미' 단위로 하고 2음보격으로 엮어나가는 융통성을 가짐)
만 변화를 추구하는 것이다. 결국 사설시조의 형식적 틀은

① 통사의미론적 연결고리를 이루는 3개의 장(초·중·종장)으로 하나의 시
  상을 완결한다.
② 각 장은 4개의 통사의미 단위구로 구성하되 각 단위구는 2음보격으로 엮
  어 짜나감으로써 절제로 인한 긴장을 풀거나 조화와 안정을 깨뜨리는 데
  서 오는 미감, 혹은 말을 엮는 재미의 미감을 획득하도록 하며, 길이의
  융통성을 갖는다.
③ 시상의 전환과 완결을 위해 종장의 첫 음보는 3음절로 고정시키고, 둘째
  음보는 5음절 이상으로 늘여 변화를 준다.10)

라고 정리할 수 있다.11) 그밖에도 사설시조의 초장은 앞의 두 단위구와
뒤의 두 단위구를 동량(음절 지속량이 같음)으로 하려는 형식적 성향을

---

10) 사설시조는 종장도 확장될 경우가 허다한데 이 경우 종장 첫마디의 3음절 준수는
   중요한 의미를 갖지만(말이 많이 확장되는 환경 속에서도 짧은 마디를 그대로 유지
   하므로), 둘째 마디의 5음절이상 유지라는 규칙은 말이 많아지는 환경 속에 있으므
   로 별 의미를 갖지 못한다. 그 대신 둘째 마디는 2음보격으로 엮어나가는 융통성이
   허용된다.
11) 사설시조의 이러한 형식적 틀의 3가지 원칙에 대하여는 졸고(2001), 「시조의 정체
   성과 현대적 계승」, 『시조학논총』 제17집, 한국시조학회, 57쪽 전후에서 상론한 바
   있다.

강하게 보이는데 이는 5장으로 부르는 가곡창의 1장과 2장이 시조창에서 초장으로 통합되고 그 장단의 길이가 동량인 것과 관계된다. 여기에다 초·중·종장 가운데 중장이 길어지려는 경향을 갖고 있음도 사설시조의 형식적 특징으로 추가할 수 있다.

이처럼 사설시조는 평시조의 틀을 전범으로 삼아 모방적으로 재현하되 다만 평시조는 주어진 형식적 틀에 맞추어 엄격하게 음보수를 통제하는 억제발화인 데 반해, 사설시조는 거대틀만은 엄격하게 준수하고 미세틀인 음보수는 상당정도 일탈하고 자유롭게 늘여 사설을 많이 주워섬기고 소재들을 많이 엮어 짬으로써 텍스트 자체의 재미를 느끼도록하는 확장발화에 해당한다. 이 때문에 사설시조를 엮음(編)시조, 습(拾)시조, 좀는 시조, 말(사설)시조 등으로 부르기도 하는 것이다. 그러나 사설시조의 확장발화는 어디까지나 억제발화의 범위 내에서의 그것임을 명심해둘 필요가 있다. 사설시조가 아무리 평시조의 형식을 일탈한다 하더라도 ①의 규칙 즉 3장으로 시상을 완결해야 한다는 것과 ②의 규칙 즉 4개의 통사의미 단위구를 준수해야 하며, ③의 규칙에서 첫 마디를 3음절로 시작해야 하는 '삼중(三重)의 억제 장치' 내에서의 일탈이기 때문이다. 결국 사설시조는 '억제 속의 확장발화'인 것이다.

평시조와 사설시조의 이러한 형식상의 변화를 대비해 본다면 가장 큰 차이는 각 장을 4개의 마디로 구성함에 있어서 평시조는 '4음보'로 완결함에 비해 사설시조는 '2음보격의 연속'으로 엮어나간다는 것이다. 즉 율격상으로 사설시조는 평시조의 '4음보격'을 일탈하여 '2음보격 연속체'로 전환한 것이 특징이라 할 수 있다. 이는 율격미학상 커다란 차이라 할 수 있는데, 잘 알다시피 평시조의 율격양식인 4보격이 창출하는 율동은 동적(動的)이기보다는 정적(靜的)이고, 경쾌하거나 긴박하기보다는 유장(悠長)해서 차분하고 정리된 생각의 깊이나 흐트러짐이 없

는 안정된 정서를 드러내기에 적절하다. 그리하여 절제와 여유를 바탕
으로 한 깊은 생각이나 분별력을 앞세우는 감정상태의 표현에 기울어
지고 이념적이거나 교시적인 어조로 흐르는 경향성이 강한 것이다. 이
에 비해 사설시조의 율격양식인 2보격은 단순히 2개의 음보로 연속되
기 때문에 호흡이 짧고 경쾌하게 몰아가는 경향이 강해서 이러한 가벼
운 율동구조와 빠른 템포로 인하여 비교적 단순한 생각이나 시상을 직
정적으로 표상해내기에 적절한 보격이라 할 수 있다. 그리하여 생각이
나 감정을 무게 있게 엮어나가기에는 부적절하며 본질적으로 민요적
속성이 강하고 표출하는 정서는 개인적이기보다 집단적 성향이 강한
특징을 지닌다.12)

그러면서도 사설시조의 2보격은 민요의 2보격과는 차이를 갖는다는
데 주목할 필요가 있다. 즉 민요의 2보격은 앞에서 설명한 2보격의 속
성을 그대로 드러내지만, 사설시조의 2보격은 평시조의 4보격에서 태생
(胎生)해서 그것을 깨뜨리고 나온 2보격이므로 4보격적 속성도 어느 정
도 태생적으로 강하게 깔고 있는 측면도 아울러 지닐 수밖에 없는 점이
다. 그만큼 사설시조의 2보격은 4보격과 긴밀하면서도 복잡하고 미묘한
관계 속에서 실현되는 양면성 혹은 복합성을 띠는 율격이라는 점에서
차이를 보이는 것이다. 사설시조에 민요적·집단적 성향과 시조 본래의
교시적·이념적·개인적 성향이 모두 포착될 수 있음도 이러한 태생적
인 율격양식의 특수성에 기인하는 것이다. 한마디로 사설시조의 2보격
은 '민요조의 2보격'과는 변별되는 '사설조의 2보격'이라 명명(命名)할
수 있으며13), 율격상으로는 단순한 2보격이 아니라 4보격에서 태생된 2

---

12) 율격양식이 갖는 이러한 특징에 관하여는 성기옥(1986), 『한국시가 율격의 이론』,
   새문사, 165~210쪽 참조.
13) '민요조의 2보격'과 '사설조의 2보격'의 차이점에 관하여는 앞으로 더 깊은 논의를

보격이므로 '4보격성 2보격'이라 규정할 수 있다. 보다 세부적인 양상은 다음의 작품 예에서 확인해보자.

(3) 공부자(孔夫子)ㅣ / 사람이시로되/ 의연(依然)흔/ 하늘이시라/
　　의리(義理)를 프러내여 오륜(五倫)을 발키시니/ 지우(至愚)한 민맹(民氓)이 절로셔 어질거다/ 국태평(國太平) 민안락(民安樂)이/ 오로다 성덕(聖德)이로다
　　천재후(千載後)/ 이갓튼 대인군자(大仁君子)/ 또 업슬까/ 흐노라

(4) 재너머/ 막덕(莫德) 어미네/ 막덕이/ 자랑마라
　　내품에 드러서 돌겟잠 즈다가/ 니굴고 코고오고 오줌쓰고 방긔꿔니/ 참 맹서치 모진내 맛기 하 즈슬흐다/ 어셔 다려 이거라 막덕의 어마
　　막덕의/ 어미넌 내다라 발명흐여 이로되/ 우리의 아기딸이 고림증 배아리와 잇다감 제 증(症)밧긔 녀나문 잡병(雜病)은/ 어려서부터 업나니

(5) 새달은 뒷동산(東山)말네/ 덩지둥지 둥그러이 도다뜨고/ 잘새는 니만신 수풀에/ 풀덕 풀덕 나라들제
　　외나모/ 다리에/ 혼자가는/ 중아
　　네 절이/ 얼매나 멀건데/ 모종성(暮鍾聲)이/ 들리난다

위의 세 작품 모두 '사설조의 2보격' 즉 '4보격성 2보격'의 율동을 보여주고 있으므로 4보격의 이념적·교시적·개인적 성향과 2보격의 민요적·집단적 성향의 양면성을 함께 가지나 그 표출 성향의 정도는 각기 다르게 나타나 있다. 작품 (3)은 유교의 대성인(大聖人)이신 공자의

할 예정이며 여기서는 일단 문제 제기로 만족하고자 한다. 다만 현재로서는 짧은 생각을 말한다면 전자는 언어적 진술이 생각이나 감정을 길고 깊게 엮어 나가기에 부적절하며, 보다 단순 경쾌 발랄하고 직정적인 표출 성향이 강하다면, 후자는 전자보다는 상대적으로 생각이나 감정을 길고 깊게 엮어나가기에 적절하며 비극적 정감의 토로나 심각한 주제를 다룸에 있어서도 평시조보다는 가볍게 처리되지만 민요보다는 훨씬 무게 중심을 가지고 덜 직정적이라는 차이를 지적할 수 있겠다.

성덕(聖德)을 노래한 것으로 시조 본래의 성향인 이념적·교시적·개인
적 성향이 보다 강하게 표출되고, (4)는 서민적·골계적 표현을 마구 쏟
아내어 집단적·민요적 성향이 상대적으로 강하며, (5)는 초장에서 '덩
지둥지' '풀덕풀덕' 같은 생동하는 의태어를 섞어 서민적·집단적 발랄
함을 보이는가 하면, 중장은 이념적·개인적이지도 서민적·집단적이지
도 않은 중간적 표현을 하고 있고, 종장에서는 '모종성(暮鍾聲)'이라는
한문투어적 표현과 함께 점잖은 마무리를 하고 있어 양측면의 성향이
교묘하게 복합되어 있다. 만횡청류를 비롯한 모든 사설시조는 이처럼
세 가지 양상 가운데 어느 하나로 나타난다고 정리할 수 있다.

3. 사설시조의 미학적 특성

평시조의 형식적 틀의 묘미는 4음보라는 짝수의 안정된 율격으로 각
장을 이루는 반면에 3장이라는 홀수의 유동적(비안정적)인 구조로 완결
된다는 점에서 찾을 수 있다. 즉 짝수구조와 홀수구조의 교직이 주는
절묘한 '안정적 유동감'이 시조의 형식 장치가 갖는 절묘한 미학이라는
것이다. 특히 시조가 3장이라는 홀수의 동적구조로 짜여 있다는 것은
단형(短型)의 정형시로 주목되는 한시의 절구(絕句)가 기(起)·승(承)·
전(轉)·결(結)의 4행구조로 짜여 있고, 서구의 소네트가 4단구조의 14
행시로 안정된 구조로 짜여 있다는 점과 대조적이어서 주목된다. 시조
의 3장구조는 절구와 소네트 같은 안정적 4단구조를 절묘하게 응축·변
화시켜 동적인 구조로 탈바꿈한 것으로 이해된다. 즉 시조의 초장이
'기'에, 중장이 '승'에, 종장이 '전'과 '결'을 아우르는 대응을 이루는 것이
다. 종장의 이와 같은 '전'과 '결'의 통합적 기능 때문에 율격상으로도
변화를 보임은 필연적이다.

앞 장에서 언급한 평시조의 ③의 형식 조건(첫음보를 3음절로 고정시키고 둘째 음보는 5음절 이상으로 늘여 변화를 주는 것)은 이래서 생겨난 것이다. 즉 종장을 이처럼 '변형 4보격'으로 구조화함으로써 초장과 중장에서의 율격의 규칙적인 흐름은 차단되고 음보의 크기가 변화된 데 따른 긴장을 유발함과 동시에 시상의 전환과 종결을 동시에 획득하게 되는 것이다. 따라서 평시조의 미학은 이 '종장'의 전환(앞구가 3음절의 소음보＋5음절이상의 과음보로 짜여짐)과 종결(뒷구가 4음절의 평음보＋3음절의 소음보로 짜여져 마무리함)이라는 통합적 기능을 얼마나 절묘하게 살려내느냐에 관건이 달려 있는 것이다. 종장이 그러한 미학적 무게를 감당하지 못한다면 그만큼 졸작이 되는 것이다. 종장의 절묘한 전환과 멋드러진 마무리-이것이 시조의 관건이 된다.

평시조의 4음보격 3장구조는 우리문학사가 낳은 가장 절제되고 정제된 양식이어서 아무리 격앙된 생각이나 정서를 표출한다하더라도 그것을 절제없이 무한정 분출해서는 아니되며, 주어진 정형의 틀을 엄격하게 준수하여 고조된 감정을 절도 있게 다스림으로써 단아한 균제미를 담백하게 드러내는 데 그 참된 미학이 있다.[14] 시조의 절대 다수가 엄정한 정형의 틀을 철저히 준수함은 그러한 절제되고 안정된 균형의 형식을 최고의 아름다움으로 인식하고 공감하기 때문임은 말할 것도 없다. 시조는 이처럼 엄정한 형식적 틀을 철저히 준수하는 데서 아름다움의 묘미-절제와 안정·균형의 미학이라 할 수 있다-를 느끼지만 때로는 그러한 틀을 깨뜨리는 데서 미적 쾌감-파격의 미학-을 향유하기도 한다. 3장 가운데 어느 장에 '2음보격'의 구 하나를 덧붙임으로써 절제의 미감을 깨뜨리거나, 장을 구성하는 내구와 외구 중 어느 하나 혹

---

14) 拙稿(1995, 8),「時調의 詩文學的 특성」,『現代詩學』, 現代詩學社, 142쪽 참조.

은 둘 다에 파격구가 이루어지도록 음보의 크기를 구(2음보) 길이만큼 확대(1음보를 2음보의 句로 확대하므로 실제로는 1음보 늘어나는 파격에 해당)함으로써 구의 질서를 무너뜨리고 엇나가게 함으로써 파격의 미감을 즐기려는 경우가 그것인데 '엇시조'15)가 그에 해당한다.

그러나 시조는 노래로 연행되기에 소용(騷聳), 만횡(蔓橫), 농(弄), 낙(樂), 편(編), 사설시조창 같은 변조(變調)의 가락을 통해 '놀이의 홍취'를 즐길 수 있어서 반드시 '사설'의 형식적 일탈을 동반해야 파격의 미학을 향유할 수 있는 것은 아니다. 앞의 작품 예 (1)은 평시조의 형식적 틀을 철저히 준수한 편이지만 정감을 절도 있게 다스린 엄정한 표현과는 거리를 갖는 '파격의 미학'을 보여주는데 이는 어조(언어를 사용하는 태도에서 진지성이 약화되어 있음)에도 다소 드러나지만 그보다는 이 작품이 가곡창의 변격인 만횡(『악학습령』참조)이나 농(육당본 『청구영언』참조)으로 불려지기 때문에 홍취의 미학이 더해질 수 있는 것이다. 이론상으로는 그러하나 풍류마당에서 홍취가 한층 무르녹아 고조되는 상황에서는 이러한 엄격한 형식적 틀을 준수하는 '평시조'나 그것을 음보를 2음보격으로 확대하여 엇나가거나 구 하나를 덧붙이는 '엇시조'의 일탈 정도로는 파격의 미학을 '제대로' 즐길 수는 없었을 것이다. 그리하여

---

15) 趙東一(1978), 「시조의 律格과 變形 규칙」, 『국어국문학연구』 18집, 영남대 국어국문학과, 51쪽에서는 엇시조의 형식을 정의하여 "2음보가 세 번 중첩되어 6음보가 나타난 곳이 한 군데만 있는 시조"라 했다. 이러한 정의는 통설로 되고 또 타당한 면도 있지만 6음보라는 '음보' 단위의 개념 정의는 엇시조의 성격을 드러내는 데 있어서 적절하지 못하다고 생각한다. 시조의 파격 미학은 평시조의 형식을 일탈하는 데 있고, 그 일탈의 방식은 반드시 2보격으로 확대하여 서술하는 데 있으므로, 엇시조든 사설시조든 2보격을 단위로 하여 그것이 구 단위 내에서 어느 음보를 2음보의 구단위크기로 확대하거나 또는 어느 장에서 2보격의 구 하나만큼 더 늘이는 파격이 이뤄질 때는 엇시조, 그보다 더 확대하여 2보격을 단위로 자유롭게 확장하여 엮어 짜나갈 때는 사설시조로 정의하는 것이 일관되고 선명하며 효율적인 정의라 생각되어 본고에서는 이렇게 수정하기로 한다.

작품 (2)에서 보듯16) 보다 자유로운 형식적 일탈을 맘껏 향유할 수 있
는 '사설시조'의 파격적인 미학이 요청되었던 것이다.

여기서 우리는 파격의 미학을 즐기는 방법과 정도의 차이를 3단계로
느낄 수 있다. 하나는 작품 (1)처럼 엄격한 형식적 틀을 시종일관 준수
하는 가운데 어조상으로 혹은 악곡상으로 파격의 미학을 즐김에 비해,
둘은 엇시조처럼 시조의 엄격한 틀을 구(2음보) 단위 크기 내에서 단 한
번 살짝 벗어나는 선에서 파격을 즐기고, 셋은 작품 (2)처럼 이중의 형
식적 제약(3장으로 완결, 각 장은 4개의 통사의미단위구로 구성) 속에 놓여
있긴 하지만 그러한 제약 속에서도 4보격의 틀을 벗어나 '사설조의 2보
격'으로 자유롭게 형식을 일탈해나가는 가장 큰 파격적 미학의 단계를
볼 수 있는 것이다. 결국 사설시조는 일부의 시조가 추구해나가는 파격
의 미학 단계에서 그 '정점'에 위치해 있는 시조라 규정할 수 있다.

시조의 이러한 3단계의 파격의 미학을 통해 우리는 한국의 독특한
민족미학이라 할 '여유에 바탕한 일탈'17)을 확인할 수 있다. 작품 (1)에
서 보듯 기본적으로 엄정함과 절제의 미학을 추구하는 평시조의 극단
적 옹색함 속에서도 여유에 바탕한 일탈의 미학을 추구하고, 단 한번의
일탈이라는 엇시조의 단발성 파격을 통해서도 그러한 미학을 추구하고,
작품 (2)에서 보듯 아예 율격적·어조적·악곡적 일탈이라는 다면적 일
탈을 통해 그러한 미학을 적극적으로 밀어나가는 사설시조의 모습이
모두 그에 해당한다. 이로써 볼 때 사설시조는 시조가 추구하는 '이완과
엮음의 미학'을 가장 절정에서 보여주는 미학적 특성을 구현하는 양식

---

16) 이 작품은 보다 대중화된 가집인 『時調』,『南薰太平歌』,『詩餘』에 전하는 것으로
   보아 가곡창이 아닌 사설시조창으로 향유했을 것으로 짐작된다.

17) 필자는 최근의 졸저에서 우리의 구비문학 작품을 통해 민족미학의 이러한 특성을
   규명해 본 바 있다. 김학성(2002),『한국고전시가의 정체성』, 성균관대 대동문화연구
   원, 302~308쪽 참조.

이라 할 수 있다. 작품(4)는 사설시조 가운데서도 이러한 미학적 특성을
극단적으로 보여주는 하나의 예라 할 것이다.

시조의 이러한 파격적 미학을 이해할 때 맨 앞에서 인용한 이정보의
사설시조에서 "간밤에 자고간 그놈"이란 표현과 "중놈이 숭년의 머리
털 잡고……"라는 작품에 보이는 '언어폭력'이 어떻게 허용될 수 있는
지 이해가 가능하게 된다. 그것은 시조를 풍류 곧 '놀이'로서 즐기는 현
장에서 '여유에 바탕한 일탈'의 미학을 추구하는 과정에서 용인되는 익
명의 '허튼소리'이지 작자가 진술에 책임을 겨야하는 진지한 발화는 아
니었던 것이다. 여기서 우리는 시조가집인 이보상(李輔相)의『대동풍아
(大東風雅)』서문에서 시조를 두고 "내가 일찍이 우리나라 가요를 본 즉
혹 충효(忠孝)도덕을 노래한 것도 있고, 또한 음일설탕(淫佚褻蕩)한 것
을 노래한 것도 있는 즉, 충효도덕의 노래는 누가 부른 것이며 음일설
탕한 노래는 누가 부른 것인가. 이것이 있게 되면 저것이 있고 저것이
있으면 이것도 있게 되는 것이 아니겠는가?"라고 한 진술을 온전히 이
해할 수 있게 된다. 즉 충효도덕을 노래한 계층과 음일설탕한 노래를
부른 계층이 따로 있는 것이 아니라 신분계층과는 무관하게 동일 현장
(여항-시정)에서 불려짐을 말하고 있는 것이다. 대체로 작자가 실명(實
名)으로 책임을 지는 진지한 발화를 할 경우는 충효도덕을 노래하게 되
고, 익명으로 '허튼소리'를 할 경우는 음일설탕한 노래를 하게 되지만
이것도 반드시 그런 것은 아니다. 실명으로 음일설탕한 허튼소리를 할
수도 있고 익명으로 충효도덕을 얼마든지 노래할 수 있다. 다만 시조는
연행상황이나 창작-향유의 환경에 따라 진지한 발화가 요청될 경우와
허튼소리가 요청될 경우 혹은 양쪽 모두가 요청될 경우가 있을 뿐이어
서 이러한 필요에 의해 이 두 부류가 함께 공존할 수 있었던 것이다.

이와 함께 평시조는 반드시 충효도덕을 노래하고 사설시조는 반드시

음일설탕한 노래를 하는 것은 아니라는 사실도 확인해 둘 필요가 있다. 작품 (3)은 사설시조 형식으로 충효도덕을 노래하고, 작품 (1)은 평시조 형식으로 허튼소리에 가까운 어조로 노래하는 예가 그것이다. 단, 작품 (3)도 충효도덕을 노래한 것이기는 하지만 엄정하고 절제된 양식인 평시조로 노래하지 않고 사설시조로 노래했으므로 그만큼 진지성이 떨어지고 '허튼소리'[18]가 연행되는 풍류현장에 적절한 노래임은 말할 것도 없다. 작품 (3)을 김천택(金天澤)이 분류한다면 "음왜(淫哇)하여 본받을 바 못되는" 만횡청류(蔓橫淸類)에 소속시킬 것이다. 여기서 "음일설탕" 하다거나 "음왜"하다는 표현은 사설면에서 법도[19]에 어긋난 것은 당연히 포함되지만 형식상으로나 악곡상으로 법도에 어긋난 것도 포함되기 때문이다.

그리고 시조와 사설시조에 대한 당대의 미학을 바르게 이해해야 온당한 텍스트 해석이나 평가로 나아갈 수 있음을 유념해야 한다. 특히 주의를 요하는 것은 전고(典故) · 용사(用事)의 당대적 미학에 관한 이해다. 앞에서 예로 든 사설시조 작품 (2)는 (1)을 전고로 삼아 재(再)문맥화 한 것이다. (1)을 선행담화로 하여 그것을 개사(改詞)하는 수준에서 (2)를 만들었으니 평시조를 '패러디'한 사설시조로 간주하기도 한다. 그리하여 선행담화인 평시조를 그대로 부연(敷衍) 설명한 모작(模作)으로 보아 창조성이 결여되었다고 지적한다. 게다가 정보내용이 너무 명시

---

18) 사설시조의 거의 대부분이 익명의 허튼소리를 원칙으로 한다 할 때, 여기서 '허튼소리'라는 개념어에 대해 오해 없기 바란다. 허튼소리는 진지한 발화를 하지 않는 것일 뿐 그 이면에는 삶의 지혜와 비판의 시선, 적나라(赤裸裸)한 인간의 모습(자연의 眞機) 등이 담겨 있음을 유념해야 할 것이다.

19) 여기서 법도란 당대의 기준에 의하면 樂而不淫, 哀而不傷, 怨而不怒함으로써 雅正하고 조화롭고 화평하여 심신을 편안하게 하고 풍속을 교화할 수 있는 음악의 기준을 말한다.

적·객관적·설명적으로 노출되어 있고 같은 말을 중언부언(重言復言)하여 표현의 잉여성(剩餘性)을 보이며 산문의 한 토막 같은 느낌을 준다고 한다.[20] 이러한 지적은 사설시조의 미적(美的) 특수성을 고려하지 않고 본다면 다 옳은 말이다.

그러나 당대의 미적 패러다임을 고려하고 본다면 문제는 달라진다. 우리의 고전시가에서 전고·용사는 서양의 패러디와는 미학적 기저가 다르기 때문이다. 패러디가 기본적으로 원(原)텍스트와의 비판적 거리화를 통한 재문맥화라면 전고·용사는 원텍스트와의 친화관계 형성을 통한 재문맥화라 할 수 있다.[21] 이러한 미학적 차이는 동서미학의 차이에 뿌리를 두고 있으니 서구문화는 격렬한 투쟁을 통해 발전해온 변혁적 문화로 개성과 창조, 모험심과 개척력, 비판적 정신과 회의적 태도, 끊임없는 부정을 통해 발전해온 문화다. 이에 비해 중국을 중심으로 하는 동양문화는 소농경제(小農經濟)와 농업사회를 기초로 하는 문화여서 서구처럼 진취형 문화가 아니라 정치적 이상으로는 안정을, 철학적 이상으로는 중화(中和)를 추구하는 보존형 문화여서 '예(禮)의 수호'를 중시해온 문화인 것이다.[22]

따라서 작품 (1)과 (2)의 관계는 서구문화에 바탕을 둔 패러디와는 거리가 먼 것이며 전고·용사의 작시(作詩)방법에 의한 것이기에 독창성보다는 전범성(典範性)을 우위에 둔 미학을 깔고 있는 것이다. 그러기에 (2)에서 독창성을 평가의 잣대로 하는 것은 사리에 맞지 않으며, 평시조를 모방적으로 재현한 사설시조의 미학적 지향도 원텍스트와의 친

---

20) 신은경, 앞의 논문, 125쪽 참조.

21) 이러한 미학적 차이에 대하여는 성기옥(1995), 「한국고전시 해석의 과제와 전망」, 이화여대 인문과학대 발표회, 발표요지, 20쪽 참조.

22) 동서미학의 이러한 차이에 대하여는 장파(1999), 『동양과 서양 그리고 미학』, 유중하 등 번역, 푸른숲, 166쪽 참조.

화관계 속에서 그 의미를 찾을 수 있는 것이다. 또한 사설시조의 미학적 특징은 기본적으로 말을 늘여 재미있게 엮어 짜는 데 있으므로 중언부언 표현의 잉여성을 보이는 것이 오히려 '매력'이라 할 것이다.

또한 사설시조의 미학은 '자연의 진기(眞機)'에서 찾을 수 있다(만횡청류 발문에서 마악노초가 한 말). 그 좋은 예가 "붉가버슨 아해(兒孩)들리 거뮈쥴 테를 들고 개천(川)을 왕래(往來)ᄒ며……"라는 사설시조에 잘 드러나 있다 .여기서 발가숭이 아이들이 잠자리를 잡기 위해 속임수를 쓰는 모습이 소재로 쓰이고 있는데 그러나 그 속임수라는 것은 소재일 뿐 주제와는 상관이 없다. 즉 이 텍스트는 "발가숭이 아이들이 노는 모습을 통해 인간세상이란 교묘한 속임수가 지배하는 세계"임을 보여주려23) 의도한 것이 아니라 개천가에서 발가숭이로 고추를 내놓은 채 천진난만하게 고추잠자리를 잡으며 놀고 있는 어린아이의 모습에서 그 속임수마저도 속임수로 인식되지 않는 그런 동심의 세계－곧 '자연의 진기'(마악노초가 지목한 사설시조의 미학)를 그려 보여주려 한 것이다. 동심의 세계야말로 자연의 진기와 가장 잘 통하는 것으로 당대인은 생각했던 것이다.

사설시조는 또한 기본적으로 '허튼소리'여서 너무 심각하게 의미를 받아들이고 해석해서는 곤란하다. 물론 허튼소리의 이면에 삶의 세계에 대한 풍자가 있을지 모르지만 기본적으로 풍자보다는 해학 쪽으로 경사되어 있는 게 사설시조의 미학이다. "일신(一身)이 사자ᄒ니 물것계워 못살니로다……"로 시작되는 사설시조도 작품에 등장하는 각종 물것들이 서민층을 수탈·착취하는 양반지배층에 대한 저항과 풍자로 읽는다든지24) 혹은 관료주의와 결부하여 작품에 보이는 '쉬파리'를 "보잘

---

23) 장경렬, 앞의 논문, 88쪽 참조.
24) 姜明慧, 「抵抗의 미학으로서 辭說時調」, 한국시조학회 발표요지, 1993, 4쪽.

것 없는 권세임에도 불구하고 권세랍시고 휘두르는 소인배(小人輩)"의
알레고리로 지목하고 각종 해충을 "삶을 견디기 어려운 것으로 만드는
귀찮은 존재들에 비유한"25) 것으로 이해하는 것은 당대의 미학과는 거
리가 먼 지나친 천착일 수 있다. 이 텍스트에서 쉬파리의 등장은 종장
에 나타나 있어 의미의 반전을 가져오는 것으로 그려져 있는데 이는 한
유(韓愈)의 <송궁문(送窮文)>이나 구양수(歐陽修)의 <증창승부(憎蒼蠅
賦)>에 나오는 쉬파리－양반층이 독서할 때 가장 귀찮게 구는 해충－의
맥락과 연결해서 이해해야 이 작품의 묘미가 가져오는 미학을 이해할
수 있는 것이다.

4. 맺는 말

사설시조는 시조 텍스트로 존재하며 평시조와 별종이 아니라 태생적
으로 동일 근원에 속하므로 평시조와의 관련 속에서 그 본질과 특성이
해명되어야 함은 자명하다. 그럼에도 불구하고 기존의 논의에서는 평시
조와의 표면적 이질성이 지나치게 강조되어 온 탓에 그 본질이 상당부
분 왜곡되어 온 것 또한 사실이다. 심지어 사설시조는 평시조의 여러
속성이나 관습을 깨뜨리면서 '낯설게 하기'에 본질이 있는 것으로 언급
되기도 한다.26) 본고에서는 이와 같은 왜곡된 이해를 가능한 시정하기
위해서 가장 기본적인 측면이라 할 '형식'의 문제와 '미학적 특성'에 초
점을 맞추어 사설시조의 본질이 무엇인가를 재검토하고자 한 것이다.
그리하여 사설시조는 형식에 있어서 평시조의 거대틀－초·중·종장
의 3장으로 시상을 완결한다는 것, 각 장은 4개의 마디로 구성한다는

---

25) 장경렬, 앞의 논문, 87쪽 참조.
26) 대표적인 例로 李商燮, 『言語와 想像』, 문학과지성사, 1980, 56쪽을 들 수 있다.

것, 종장의 첫마디는 3음절로 한다는 것-은 그대로 준수하면서, 다만
미세틀에서 평시조의 율격인 4음보를 일탈하여 '2음보격 연속체'로 전
환하면서 상당정도 말수를 늘여 확장함으로써 '억제 속의 확장발화'로
탈바꿈한다는 점을 지적했다. 이 과정에서 구 단위의 2보격을 하나 더
붙이거나 단 한번만 일탈하는 경우 '엇시조'가 되며 그 이상으로 자유롭
게 일탈하면 사설시조가 됨을 새롭게 밝힐 수 있었다. 아울러 사설시조
의 율격적 틀로 지정된 2보격의 성격은 '민요조'의 단순한 2보격과는 달
리 '사설조'의 2보격을 지향함으로써 민요와는 그 율격 미학적 바탕을
달리함을 말했다. 즉 사설시조의 2보격은 평시조의 4보격에서 태생되어
그것을 깨뜨리고 나온 2보격이어서 4보격적 속성도 원천적으로 배면에
깔고 있기에 '4보격성 2보격'으로 규정할 수 있으며, 따라서 2보격 본래
의 민요적·집단적 성향과 4보격인 시조 본래의 교시적·이념적·개인
적 성향이 모두 가능한 폭넓은 양식적 특성을 가졌음을 지적했다.

　사설시조의 미학은 시조를 향유하는 풍류마당에서 흥취가 고조될 때
평시조의 엄정 단아한 균제의 미학을 일탈하는 '파격'을 향유하는 과정
에서 형성된 것으로 보고, 시조에서 그 파격의 미학을 즐기는 방법과
정도에 따라 (1) 평시조의 엄격한 형식적 틀을 시종일관 준수하는 가운
데 어조상으로 혹은 악곡상으로 파격을 즐기는 것, (2) 평시조의 엄격한
틀을 단 한번 살짝 벗어나는 단발성 파격을 즐기는 것, (3) 평시조로부
터 율격적·어조적·악곡적 일탈이라는 다면적 일탈을 즐기는 것의 3단
계가 있음을 살핀 뒤 사설시조는 가장 큰 파격적 미학의 단계인 (3)의
단계에서 생성된 미학적 특성을 가진 것으로 파악했다. 따라서 사설시
조는 일부의 시조가 추구해나가는 '파격의 미학' 단계에서 그 '정점'에
위치해 있는 시조라 규정하고 이는 한국의 독특한 민족미학이라 할 '여
유에 바탕한 일탈'에 기저하고 있음을 지적했다. 또한 사설시조의 미학

적 특성으로 '자연의 진기(眞機)'를 드러내려는 당대의 미학과 독창성이
나 개성보다는 옛것의 전범성을 중시하는 전고·용사의 미학을 존중했
음을 아울러 밝혔다.

서민가사의 담론기반과 미학적 특성

1. 문제 제기 - 용어의 적절성

조선후기의 우리 문학사를 기술함에 있어서 임·병 양난 이후 '서민의식의 성장'이라는 말은 문학사를 풀어 가는 핵심어(key word)이자 화두로 자리해 왔음은 주지의 사실이다. 이는 문학사의 전개가 중세의 봉건적 징후를 떨쳐내면서 근대문학을 향해 나아가는 방향으로 설정되고 그것을 추동하는 힘을 서민층에서 찾아 그들을 문학사의 새로운 담당층으로 설명하려는 데서 오는 필연적인 결과라 할 것이다. 이러한 문학사의 전개방향은 가사문학의 경우도 예외가 아니어서 조선전기의 양반사대부를 중심으로 창작·향유되어 온 가사와 세계관적으로나 미의식에 있어서 대립 혹은 차이를 보이는 조선후기 작자불명의 일련의 가사 작품에도 그대로 적용되어 왔다. 즉 이들 가사의 작자층이 중간층이하 서민층이거나, 서민의식을 반영하였다고 보아 '서민가사'로 유형을 설정하고 거기에 탈중세적 혹은 반봉건의식의 성장이라는 가치를 부여하여 작품의 의미를 찾으려는 경향이 주류를 이루어 왔던 것이다.

서민가사는 이와 같이 문학사의 전개방향에서 근대문학을 향한 새로운 담당층의 출현이라는 문학사 기술상의 요구에 부응하여 설정되었던 관계로 그 개념과 범주화에서부터 문제점을 내재하고 있었다. 이를테면 서민가사의 유형화를 본격적으로 시도하여 연구의 토대를 마련한 김문기의 다음과 같은 개념 규정을 보면 그 점이 선명하게 드러난다.

> 서민가사란 서민이 짓거나 서민적 사고방식, 즉 서민의식을 바탕으로 하여 이룩된 가사를 뜻한다. 서민에 의해서 지어진 가사나 서민의식을 바탕으로 하여 지어진 가사는 자연히 서민의 사상·감정과 서민의 생활상을 잘 반영해 주는 것이 될 것이다. ……그렇다면 서민적 사고방식이란 무엇일까? ……결국, 양반적 사고가 관념적이고 인습적인데 비해 서민적 사고는 현실적이고 경험적이며, 양반적 사고가 보수적이고 폐쇄적인데 비해 서민적 사고는 진보적이고 개혁적이며, 양반적 사고가 긍정적이고 순종적인데 비해 서민적 사고는 부정적이고 비판적이라 할 수 있다. 그러므로, 서민가사는 중인 이하 양민 및 천민들이 직접 지어 향수했거나 서민의 현실적·경험적이고 진보적·개혁적이며 부정적이고 비판적인 의식을 바탕으로 하여 지어진 가사라 할 수 있다.[1]

양반적 사고와 서민적 사고의 이와 같은 양항대립에 의한 이분법적 파악은 조선후기의 역사적 주역을 서민층 및 그들과 의식이 통하는 일부 계층에서 찾으려는 선입견이 작용한 것으로 그 실상과는 거리를 가지는 도식적 이해라는 혐의에서 자유로울 수 없다. 필자 역시 초기 연구에서 서민가사를 양반사대부가사와 대립되는 양항대립적인 구도로 파악하여 이해한 바 있는데[2] 이러한 민중사관적이고 도식적인 이해방식으로는 이른바 서민가사라고 하는 유형의 실체에 다가갈 수 없다는 사실을 근자에 깨닫게 되었다. 왜냐하면 조선후기 역사의 중심부에서

---

1) 김문기, 『서민가사연구』 형설출판사, 1983, 14~20쪽.
2) 김학성, 「조선후기 시가에 나타난 서민적 미의식」, 『한국인의 생활의식과 민중예술』, 성균관대 대동문화연구원, 1984, 271~292쪽.

선도 역할을 한 서울에 거주하는 경화사족들이나, 현실의 경험을 중시
하고 실용적 사고를 가짐으로써 관념론적 성리학에 반기를 들고 나온
실학파들은 상당수가 양반사대부층임에도 불구하고 위의 이분법적 이
해에서 나열한 양반적 사고보다는 서민적 사고에 더 가까운 존재들이
라는 점에서 벽에 부딪히기 때문이다.

그런데 김문기를 비롯한 서민가사 유형을 설정한 논자들은 실제 작
가가 신분적으로 서민이냐 아니냐는 그리 중요하지 않다고 봄으로써
이런 문제를 피해 가는 길을 터놓고 있기는 하다. 예컨대 유탁일은 조
선후기 '서민의 의향'이 투영된 일련의 가사 작품을 '서민성 가사'라 하
고, 서민들이 향유했던 가사들이 '서민 또는 서민 신분에 가깝거나 그들
을 대변하는 士들'에 의해 쓰여진 것3)이라 하여 양반사대부층 작가까
지 포괄하고 있다. 김문기도 서민가사가 서민적 사고를 드러내되, 서민
적 사고는 '사고의 주체인 인간이 서민이냐 아니냐에 구애받지 않는다.
양반도 서민적 사고를 할 수 있다'는 윤성근의 논리를 수용함으로써 양
반층까지 확대할 수 있는 길을 열어두었다. 윤석산은 여기서 한 걸음
더 나아가 <갑민가>, <노처녀가> 등을 '평민가사'로 지칭하면서 그 작
가층을 집권세력에서 제외된 한미한 양반 곧 잔반(殘班) 또는 일정한
지식 수준을 지닌 중인 또는 평민이라 보았다.4)

그러나 신분관련 용어인 서민가사라는 명칭을 사용하면서 신분계급
을 파기하고 양반사대부가사까지 모두 포괄하는 열린 개념으로 사용한
다면 용어와 맞지 않는 측면을 드러내고 있어 서민문학 이해에 오히려

---

3) 유탁일, 「조선후기가사에 나타난 서민의 의향」, 『연민 이가원박사 육질송수기념논
총』, 범학도서, 1977, 64쪽.
4) 윤석산, 「평민가사연구-작자층을 중심으로」, 『한국학논집』 16집, 한양대 한국학연
구소, 1989, 13~17쪽.

걸림돌이 될 수 있으므로5) 윤미선은 '서민화지향가사'라는 용어로 바꿔 사용하고 있다. 그러면서 그는 '작품에 드러나는 의식과 세계관이 서민 화를 지향하며, 이를 작품에서 표현과 관련하여 서민미학에 기반을 두 고 형상화하고 있는 일련의 작품들'로 범주화한다고 했는데, '서민가사' 라는 용어보다는 유연성을 가지나 이 역시 '계급지향적' 요소를 떨치지 않고 있어 이른바 서민가사라는 유형이 갖는 탈신분적 성격과는 여전 히 맞지 않는 용어라는 문제점을 지닌다. 기왕에 서민가사 혹은 서민화 지향가사로 지정된 가사는 뒤에서 밝히겠지만 대체로 신분계급과는 무 관하게 상층의 고급문화적 요소와 하층의 서민문화적 요소를 통합하여 서울을 비롯한 도시에 거주하는 불특정 다수집단인 대중에 의해 여항 -시정문화적 요소로 재창조된 성향을 갖는 것이어서6) 서민화 지향이 라는 일방통로로 그 성격을 지정할 수는 없기 때문이다.

용어개념보다 더욱 문제되는 것은 과연 서민가사라는 범주 설정이 가능한가라는 근본적인 의문을 표시하는 견해들이 속속 제출되고 있다 는 점이다. 이전까지 서민가사로 믿어 의심치 않았던 <거창가>나 <합 강정가> 같은 현실비판가사의 작자층이 당대현실에 비판적인 서민층이 아니라 '지방하층사족층'이라는 견해7)가 제출됨으로 해서 그 입지가 흔 들리기 시작했다. 이어 김대행에 의해 실제 가사 텍스트에 구현된 주제 나 언어 운용능력, 향유의 시간적·경제적 여유 등으로 볼 때 양인이나 천인 같은 '서민'이 이런 소양과 능력을 갖춘 계층이라 하기 어려우므로 '중인계층'으로 보는 것이 설득력이 있다는 견해8)가 나오기도 했다. 작

---

5) 윤미선, 「조선후기 서민화지향가사의 운율적 변주와 그 의미」, 이화여대 석사논문, 1996, 15쪽.

6) 여항-시정문화의 탈신분적 성격에 대하여는 김학성, 「18·19세기 예술사의 구도와 시가의 미학적 전환」, 『한국시가연구』 11집, 한국시가학회, 2002, 10~17쪽.

7) 고순희, 「19세기 현실비판가사 연구」, 이화여대 박사논문, 1990.

자층을 중인층으로 단일화해서 보는 것 역시 신분계층에 얽매인 견해여서 동의하기 어렵지만, 서민층이 아닐 것이라는 판단은 설득력을 갖는다 할 것이다. 설령 서민의 극히 일부가 가사를 창작하고 향유할만한 문화적 소양과 자질을 갖추어 창작−향유하는 사례가 구체적으로 발견되었다 하더라도, 그럴 경우 이미 서민의 문화취향이나 서민화 지향과는 거리가 멀어졌다고9) 할 수 있어 문제가 되기는 마찬가지다.

이런 의문점에 그치지 않고 최근에 강경호는 '서민가사'라는 용어의 개념과 범주설정의 모호성을 비판하고, 그 사상적 기반이나 내용적 특질에서 '서민성'에 근간을 둔 것이 아니라는 점, 작자성이 상실되고 다양한 이본을 파생하며 향유된 이들 텍스트가 시정−도시문화권에서 일반대중들로부터 대중성을 획득하며 향유된 '시정·대중적 성격의 가사'로 보아야한다는 점을 들어 서민가사의 실체성에 의문을 제기하는 데까지 이르렀다.10)

서민가사의 개념 문제가 흔들리고 있는 만큼 그것을 범주화하는 일도 역시 문제를 안고 있다. 김문기는 서민가사의 하위범주로 크게 음영가사와 가창가사로 나누고 가창가사는 12가사, 잡가, 판소리 허두가사로 나누어 이들에서 '4음보 연속체'라는 형식 요건을 갖춘 경우는 모두 서민가사로, '분련체'인 경우는 잡가로 처리하여 실제 잡가로 다뤄야할 많은 작품들을 가사에 포함시키는 문제점을 보였으며, 판소리 허두가(단가)도 광대라는 천민이 부르고 형식요건을 갖추었다고 보아 가창가사로 다루는 문제를 보이고 있다. 그러나 잡가와 판소리 단가는 가사와는 변별되는 각각의 장르 정체성을 갖는 별개 장르들이므로 가사의 범

---

8) 김대행, 「가사 양식의 문화적 의미」, 『한국시가연구』 3집, 1998, 409~414쪽.

9) 강경호, 「서민가사의 실체성 연구」, 성균관대 석사논문, 2002, 8쪽.

10) 강경호, 앞의 논문 참조.

주에서 당연히 제외해야 할 것이다. 이들은 사설의 조직원리나 음악적 특성에서 가사와 차이를 보이기 때문이다.

본고에서는 서민가사에 대한 이러한 의문들에 유의하면서 우선 가사의 장르적 특성과 그 문화적 기반의 변화에 따른 담론 기반을 명확히 하고 그 바탕 위에서 이런 유형의 가사가 갖는 미학적 특성을 살펴보는데 목표를 두기로 한다.

2. 서민가사의 담론 기반

주지하다시피 17세기 이후 조선 후기에 이르면 가사 장르는 그 이전 시기의 양상과는 확연히 다른 면모를 보여준다. 그러한 현상은 가사뿐이 아니라 시조를 비롯한 다른 장르에도 두루 나타나며, 문학 뿐 아니라 예술·문화 전반에 걸쳐 패러다임을 바꾸는 전면적인 변화가 일어나게 되는 것이다. 이는 18세기부터 급격하게 상업도시로 발달한 서울을 중심으로 자유롭게 예술과 문화를 즐기는 여항−시정의 분위기가 형성되고, 이에 따라 도시인의 유흥에 대한 수요를 충족시키는 서비스업의 발달, 시정인들 사이에서 신분이나 계급에 상관없이 여가생활에서 다양하게 상품화된 유흥을 즐기는 가운데 상층의 고급문화와 하층의 민속문화가 상호 교류하며 새로운 여항−시정 문화를 창조해내는 것과 관련되는 것이다. 판소리의 도시 공연과 흥행, 만횡청류 곧 사설시조의 본격적인 향유, 야담과 소설의 성행 등도 신분과 계급을 초월하는 불특정 다수집단의 취미와 기호가 반영된 것이다.

이러한 여항−시정의 대중문화적 기류는 그러한 문화 내지 문학 텍스트들을 마치 시정의 상품처럼 수요와 공급의 '유통'관계로 전환시키는 탓에 텍스트 자체를 향유하는 것이 중요한 것이지 그것을 누가 지었는지, 향유 대상은 누구여야 하는지가 중요하지는 않게 된다. 이옥(李鈺 1760~1813)의 희곡『동상기(東廂記)』의 첫머리에 부친 김신사혼기(金申賜婚記) 제사(題辭)의 다음 말을 유념해보자.

 아이 종이 저자에서 돌아와 들은 것을 이야기해 주는데, 전혀 새로운 것이었다. 나는 그것을 듣고 "기이하도다. 거룩하도다! 그리고 나의 한가로움을 물리칠 수 있겠다"라고 하고 , 몸을 일으켜 붓을 놀려 한편의 희곡을 지으니 손이 조금 풀리고 눈이 조금 맑아짐을 느꼈다. ……행여 관객이 계신다면 사건이 혹 거짓인가 묻지 말 것이며, 또한 모름지기 <u>작자가 누구인지도 묻지 말 것이다. 다만 한가함을 해소하는데 소용이 된다면</u> 또한 반나절의 도움은 될 것이다.11) (밑줄은 필자)

이에 따르면『동상기』의 작품 소재는 아이 종이 저자거리에서 들어온 이야기로, 1791년 왕명(정조)에 의해 노총각 김희집(金禧集)과 노처녀 신씨(申氏)의 혼인이 성사된 일을 듣고 사흘만에 완성했다는 것인데, 성무경에 의하면 이 작품은『삼설기』소재 <노처녀가2>의 표현을 그대로 옮겨온 곳이 상당히 발견된다는 것이다.12) 그리고 이덕무에 의해 <김신부부전>이란 전기로도 지어진 바 있는 당대 저자거리에 널리 알려진 화제거리로 이런 '화제 중심 텍스트'는 이옥의 말대로 작자가 누구

---

11) 실시학사 고전문학연구회 역주,『이옥전집』2, 소명출판, 2001, 322쪽. 여기서 작품의 제목 '동상기'에 주석을 달면서 가람본을 제외한 모든 이본에 중국의 유명한 희곡『西廂記』를 의식하여 '東廂記'라고 되어 있지만 그 말은 작품과 아무런 의미 연관이 없으므로 혼인을 의미하는 東床을 취해 '東床記로 제목을 달아놓았는데, 이는 잘못으로 보인다. 이옥의『동상기』가 4장의 한문희곡으로 되어 있고 이옥이 공감해 마지않던 김성탄의 評點 및 개작을 거친『서상기』가 4장의 한문희곡으로 되어 있어『동상기』가『서상기』의 영향을 받았다는 지적이 있었기 때문이다. 조윤제,『국문학사』, 탐구당, 1974, 326~327쪽 참조.
12) 성무경,「노처녀 담론의 형성과 문학양식들의 반향」, 2003년도 한국시가학회 전국학술대회 발표문 참조.

인지를 따져 물을 일은 아니고 다만 한가함을 해소하는 '재미거리'로 향유하면 되는 것이다.13) 여항－시정의 화제거리를 단형서사체로 엮은 야담의 작자를 알 필요가 없고, 만횡청류의 작자를 굳이 밝힐 필요가 없으며, <노처녀가> 같은 가사 작품도 작자를 드러낼 필요가 없었던 관행은, 텍스트 그 자체를 향유하면 되었던 탓이다.

굳이 이들 텍스트의 작자를 따져 들어가면 일부 중인이하 서민층의 경우도 없지는 않겠지만 대개의 경우 경화사족14) 같은 양반층으로 판명나게 되는 것으로 보인다. 만횡청류의 경우 이정보보다 한 세대 앞선 경화사족층인 이덕수(1673~1744), 이광덕(1690~1748)이 사설시조를 주로 얹어부르는 농, 낙, 편의 작품을 다수 지었다는 기록으로 보아15) 그들의 사설시조 작품이 다수 만횡청류에 실렸을 가능성이 큼에도 불구하고 우리가 사설시조 작가인 줄조차 알지 못해왔던 것도 '텍스트 중심 향유'라는 관행 탓일 터이다. 역시 18세기 전반에 활동한 김춘택(1670~1717)의 사설시조가 만횡청류의 570번과 578번 작품으로 실려 있음에도 그 작자의 정보를 후대의 가집인 『병와가곡집』에서야 확인 할 수 있는 것도 경화사족층의 만횡청류 창작－향유(익명의 방식으로)를 뒷받침해 주는 근거가 된다.

따라서 여항－시정의 저자거리에서 소재를 취해와 텍스트화한 이 시대의 많은 작품은 신분과 계급을 초월하여 향유한 것이어서 텍스트에

---

13) 물론 작가 이옥을 상정하고 텍스트를 바라보면, 거기에는 여성을 렌즈로 삼아 '眞情'에 도달하려는 이옥만의 독특한 글쓰기 방식을 맛볼 수는 있다.

14) 사족층 가운데 누대에 걸쳐 서울에 세거하면서 관료의 지위를 누리고 상업유통적으로 가장 발달된 경화의 문물을 공유하는 문화적 동질집단을 가리키며, 향촌사족과 대응되는 개념이다. 당색은 주로 노론계이며 정조대에 이들의 견제 세력으로 등장한 남인계도 포함한다.

15) 이에 대한 상론은 신경숙, 「18·19세기 가집, 그 중앙의 산물」, 『한국시가연구』 11집, 2002, 33쪽 참조.

투영되어 있는 의식이나 사고, 어법이나 표현의 특징을 가지고 그 작자의 신분계층을 추정한다는 것은 판단의 오류를 가져올 가능성이 크다할 것이다. "간밤의 자고간 그놈 아마도 못이져라…"나, "즁놈이 졈은 사당년을 얻어…", "일신(一身)이 사쟈훈이 물것계워 못 살니로다…" 같은 사설시조 작품이 『병가』, 『해일』, 『해주』 등에 역시 경화사족인 이정보의 작품으로 분명히 제시되어 있음은 차치하고, 다음의 가사 작품에서 그 점을 확인해 보자.

게 있는가 주인할멈	닉말 잠간 드러보소
어졔밤 서리후의	참도 출사 구돌이야
한멈의 아리목은	덥고 차기 엇더훈고
진 조반 마른 음식	죠셕으로 지어너니
늙으니 허물홀가	나 조금 드러가세
어져 거 뉘신고	유셩 손임 아니신가
나그니 치오시니	쥬인이 무료호오
누추흠을 어믈 말고	이리 드러 오오소셔
어허 무던호다	궁둥 뜻뜻 호여온다
밍셰치 오늘밤은	나가지 못홀노다
한멈의 쩍국사발	몃그릇 되엿는고
한멈의 웃가슴의	손 조금 너허보세
어져 놀나고야	흥악흥악 바라볼가

이 작품의 작자를 누구인지 모르는 채로 텍스트 자체만을 가지고 작자를 추정할 경우, 앞에서 거론한 양반적 사고와 서민적 사고를 양항대립으로 보는 기준에 따른다면 서민적 사고를 서민적 어법으로 표현한 영락없는 서민가사로 판정하게 될 것이다. 실제로 이상보는 이 작품의 해설에서 '서민가사'로 소개하고 있기도 하다.16) 타지에서 온 늙은 할아

범이 늙은 할멈의 옷가슴에 손을 넣어보려고 수작을 건네는 장면이나 이들의 티격태격하는 사랑싸움은 양반적 사고라고는 찾아볼 수 없는, 아니 서민적 순박성과 인정세태의 모습을 물씬 풍기고 있기 때문이다.

그러나 이 작품의 작자는 한산 이씨 명문거족의 사대부인 이운영(1722~1794)으로 한양에 거주하면서 형조정랑, 면천군수 등 내외직을 거친 경화사족층에 해당한다. 『계서야담』의 작가 이희평이 그의 조카였던 점과 경화사족층 일반의 문화취향을 감안할 때[17] 그는 여항−시정의 이야기를 풍부하게 향유했을 것이고, 앞에 인용한 <임천별곡>을 비롯하여, <순창가> <착정가> <세장가> 등 여항−시정의 생활이나 서민취향의 가사작품을 다수 남길 수 있었던 것으로 보인다. 그렇다고 이 작품을 서민가사로 지정할 수는 없을 것이다. 같은 시대에 경화사족층들은 또 민요취향의 한시 작품을 대거 창작−향유하게 되는데[18] 이들의 민요취향 한시를 서민한시라 할 수 없는 것과 마찬가지다.

그러므로 조선후기의 시조나 가사 작품을 텍스트의 언어적 표현이나 거기 나타난 의식이나 사고만 가지고 작자의 신분층을 추정한다는 것은 '판단의 오류'를 범할 가능성이 너무나 큰 것이다. 탈신분적 성향의 담론을 신분계급과 연관시켜 이해하려는 자체가 텍스트의 실체와 어긋나는 접근법이 되는 것이다. 이런 이유로 필자는 조선후기에 출현한 여항−시정 담론을 담은 일련의 탈신분적 성향의 가사를 묶어 유형화하

---

16) 이상보, 『18세기 가사전집』, 민속원, 1991, 36쪽에서 이 작품을 "지은이가 70세 때인 정조 16년(1792)에 지은 가사이니, 한 할아버지와 할머니 사이의 사랑을 희학적인 대화체로 나타낸 서민가사이다"라고 소개했다.

17) 경화사족층의 문화취향에 대한 상론은 남정희, 「18세기 경화사족의 시조향유와 창작양상에 관한 연구」, 이화여대 박사논문, 2002를 참조.

18) 이에 대한 상론은 이동환, 「조선후기 한시에 있어서의 민요취향의 대두」, 『한국한문학연구』 3집, 한국한문학연구회, 1978 참조.

고자 할 때는 신분 계급적 용어에서 자유롭지 못한 '서민가사'라는 용어
를 버리고 '여항−시정가사'라는 용어로 대치할 것을 제안하고자 한다.

　그러면 여항−시정문화 담론과 연관된 일련의 가사 작품들을 어떻게
이해해야 타당한 접근법에 이를 수 있을까? 여항−시정가사를 제대로
이해하려면 무엇보다 텍스트에 표현된 언어를 단어의 의미차원이나 순
수하게 발화상황과 관련시키는 화용론적 층위의 '담화' 차원에서가 아
니라, 사회·문화적 실천 층위의 '담론' 차원에서 이해해야 한다는 것이
다. 담론은 어떤 사물이나 사상을 지시하는 '언어'와 대비되는 '행위' 개
념으로, 담론에 참여하는 개인들이 특정한 방식으로 삶과 의식에서 의
미를 만들고 재생산하는 사회적 문화적 제도적 과정을 포괄하는 개념
으로,19) 텍스트가 생성되고 향유된 맥락 위에서 그 의미의 다양화와 역
동적인 기능을 파악하는 시각을 마련해 줄 수 있기 때문이다.

　이를 위해 그러한 담론이 가능했던 사회−문화적 기반이 먼저 파악
되어야 할 것이다. 이덕수, 이광덕, 김춘택, 이정보 같은 경화사족이 만
횡청류의 사설시조를 다수 지어 향유하고, 이운영 같은 역시 경화사족
의 관료가 서민적 취향과 어법의 가사 작품을 다수 남길 수 있었던 바
탕에는 그러한 여항−시정 담론을 가능하게 했던 담론기반이 있었을
것이기 때문이다. 이제 18세기를 전후하여 이른바 서민가사라 불러왔던
여항−시정 담론을 담은 가사 작품이 어떻게 출현할 수 있었던가, 그
담론 기반부터 살펴보기로 한다.

　첫째, 인간 성정의 자연스런 분출 혹은 인간본성의 추구가 경화사족
층을 중심으로 한 천기론(天機論)의 이론적 지원에 힘입어 가능했다는
것이다. 종래 인간본성의 추구는 조선시대 양반적 관념의 굴레에 얽매

---

19) 김학성, 「가사의 정체성과 담론 특성」, 『한국 고전시가의 정체성』, 성균관대 대동
　　문화연구원, 2002, 239쪽.

여 있던 서민층이 이 시대에 와서 의식의 각성을 통해 기존관념에 도전
하면서 이루어진 것으로 이해되었다. 그러나 그 이론적 바탕은 사족층
에서 찾을 수 있다. 예컨대 그 싹은 이미 하늘로부터 부여받은 본성인
'남녀의 정욕'이 성인의 가르침인 '분별(分別) 윤기(倫紀) 곧 예교(禮敎)
보다 우선한다는 허균의 발언(『澤堂集』 참조)에서 찾을 수 있지만, 그보
다 본격적인 논리의 뒷받침은 널리 알려진 바 있는 마악노초 이정섭(경
화사족에 해당함)의 만횡청류에 대한 옹호론에 잘 드러나 있다.

> "정(情)을 따라 발하는 것은 우리말로써 표현하여 읊조리는 사이에 유연
> 히 사람을 감동시킨다. 이항(里巷)의 노래에 이르러 강조(腔調)가 비록 바
> 르게 다듬어지지 못했으나 무릇 그 즐거움과 원망, 탄식하고 미쳐 날뛰며
> 거칠게 구는 모습과 태깔은 각각 자연의 진기(眞機)로부터 나온 것이다."
> (『靑丘永言』 後跋)

라고 한 바에 잘 드러나듯이 '자연의 진기' 곧 천기론에 입각한 가치평
가가 그것이다. 또한 정제두를 비롯한 양명학파가 옛 성인의 말씀과 틀
에 박힌 예절에 속박되어서는 안 된다는 주장과 함께 인간생활의 기본
욕구인 '식색(食色)'과 '이해(利害)' 문제도 경시하거나 외면해서는 안되
고 차원 높은 실천의 문제로 정립해야 한다는 주장[20]도 인간본성의 추
구라는 사회-문화적 분위기와 가치관에서 나온 것일 터이다.

자유분방하고 천진스런 감성의 가치 발견은 도시적 유흥풍의 풍류를
더욱 다채롭게 하는 든든한 뒷받침이 되었을 뿐 아니라[21] 이 시대에 새
로이 등장한 김천택과 김수장 같은 중간층의 시인 가객에게 영향을 미

---

20) 김길락, 「조선후기 양명학에 있어서의 근대정신」, 『동양학술회의 강연초』, 단국
    대 동양학연구소, 1993, 69~71쪽.
21) 삭대엽의 다양한 변조로의 분화와 가곡의 여러 악곡을 '엇걸어' 부르는 새로운 풍
    류양식으로 나타나는 현상을 가리킨다.

쳐 만횡청류를 가집에 넣어 편찬하거나 더 나아가 그런 유흥풍의 양식
을 직접 창작하여 향유하는 데까지 나아가지만 이러한 도시적 유흥풍
은 가사문학에도 영향을 미쳐 그러한 분위기를 애정가사에 직접 담거
나, 아니면 그 유흥의 도가 지나친 도시적 일탈군상들을 계도해보려는
의도를 드러내기에 이른다.

　둘째, 경화사족층의 민족어 노래 곧 시조·가사·민요 같은 국문시가
의 가치에 대한 인식이 뒷받침되었다는 것이다. 이에 대한 입론은 역시
경화사족층인 김만중과 홍만종을 거쳐 홍대용에게서 심화된다. 이에 대
하여도 이미 널리 알려져 있듯이 김만중이 『서포만필』에서

　　"여항간에 나무하는 아이나 물긷는 아낙네가 "아아"하면서 서로 화답하는
　　노래는 비록 천박하다고 하지만, 만약 진실과 거짓을 따진다면, 참으로 학
　　사, 대부의 이른바 시(詩)니 부(賦)니 하는 것들과 함께 논할 바가 아니다"

라고 한 발언을 필두로, 홍만종의 『순오지』에서 국문시가를 다루는 데
에서 나타나는 자주의식22)에 잘 드러나 있다. 특히 후자는 가사문학(長
歌라 지칭)을 중심 대상으로 세상에 널리 회자되고 있는 가치의 발견이
주목된다.

　그리고 홍대용의 『대동풍아(大東風雅)』 序에

　　"노래는 정(情)을 말로 한 것이다. 정이 말에서 움직이고, 말이 글을 이루
　　면 노래라고 한다. 『시경(詩經)』에 이른 풍(風)이라는 것도 본디 풍속을 노
　　래한 보통말이었다. 그렇다면 그 당시에 듣던 자도 지금사람의 노래를 듣는
　　것처럼 아니 하였으리라는 것을 어찌 알겠는가. 오직 그 입에서 부르는 대로
　　노래가 이루어진다 하더라도 말이 마음에서 우러나오고, 혹 곡조에 알맞게
　　되지 못했다 하더라도 천진(天眞)이 드러나면 초동과 농부의 노래라 할지라

---

22) 조동일, 『한국문학사상사시론』, 지식산업사, 1978, 226~227쪽 참조.

도 또한 자연에서 나온 것이니, 말은 비록 옛것이나 그 천기(天機)를 깎아
없앤 사대부로서 이것저것 주어모아 지은 것보다는 오히려 나을 것이다."

라고 한 데에서 천기론을 바탕으로 한 국문시가의 가치론이 이론적으
로 심화되어 드러난다. 즉 '가(歌)는 정(情)의 발현'이고, '가(歌)는 말로
이루어지'며, '가(歌)는 참됨을 나타낸다'라는 가요관은 국문시가에 대한
가치평가와 함께, 민족문학론의 진수를 보여준다 할 수 있다.[23] 이러한
민족문학론의 기류에서 경화사족층이 서민취향의 혹은 일상적 구어체
의 담론으로 국문시가를 창작하는 것은 자연스런 결과라 할 수 있다.
"중놈이 겹은 사당년을 얻어…" 같은 비속한 일상어를 구사하는 사설시
조를 이정보가 짓고, 앞에서 인용한 순수구어체의 <임천별곡> 같은 가
사작품을 이운영이 지은 것이 그 좋은 보기가 된다.

셋째, 실학파들과 경화사족층을 중심으로 현실적·실질적·실용적 지
향의 리얼리즘적 기풍이 팽배하게 되었다는 것이다. 경화벌열 가문인
박지원의 연암그룹 사유방식에서 잘 드러나듯이 주자주의적인 절대적
세계관과 관념적 세계관에서 벗어나 인식의 상대성과 현실주의적 사고
를 보여줌이 그러한 사례일 것이다. 그 대표격인 박지원(1737~1805)의
「영처고서(嬰處稿序)」를 보자.

산천, 풍기(風氣)의 지리가 중국과 다르고, 언어와 노래의 습속이 한당(漢
唐)의 시대가 아니다. 만약 중국의 수법을 본뜨고 한당의 문체를 답습하려
한다면, 우리는 수법이 고상할수록 뜻이 실제로 비속하게 되고, 문체가 한당
과 비슷할수록 말은 더욱 거짓이 되는 결과를 볼 뿐이다. ……… 우리나라
의 방언을 문자로 옮기고, 우리나라의 민요를 운율에 맞추기만 하면 자연히

---

23) 신동현, 「홍대용과 本居宣長 歌論의 민족문학관 비교 연구」, 서울대 석사논문,
   1994, 9~72쪽.

문장이 이루어지고 진기(眞機)가 발현된다. 답습을 일삼지 않고, 남의 것을 빌어오지 않고, 현재 있는 그대로를 가지고 온갖 것들을 표현해 낼 수 있다.

수법이 고상할수록 뜻이 실제로 비속하게 되고, 문체가 한당과 비슷할수록 말은 거짓이 되는 결과를 볼 뿐이라고 한 것은, 고상하고 비속한 것을 판단하고 진실과 허위를 평가하는 기준이 '현실'에 있기 때문이며, 현실을 나타내면 무엇이든지 고상하고, 실제로 말하고 노래부르는 대로 표현하면 진실해질 수 있다는 것이다.24) 그리하여 그는 고상한 것에서가 아니라 '하찮은 것'들을 주목하고 거기서 도(道)의 실재를 찾는다. <예덕선생전>에서 '엄항수'를 주인물로 내세워 똥을 져 나르는 천한 역부(役夫)이건만, 연암은 그를 '우도(友道)'가 타락할 대로 타락한 당세에서 진정으로 결교(結交)할만한 참다운 인간으로 제시하면서, "자신의 덕을 더러움 속에 감춘 채, 속세에 숨어사는 위대한 은자"로 칭송하는25) 가치나 인식의 상대성과 함께, '똥' 같은 하찮은 것도 주옥(珠玉)인양 소중히 모아 활용하는 이용후생(利用厚生)의 실용 정신, 나아가 리얼리즘 정신을 잘 드러내고 있다.

연암의 하찮은 것에 대한 이 같은 가치 인식은 '도'를 조야(粗野)하기 짝이 없는 민중적인 것, 토속적인 것, 시정적(市井的)인 것 등에서 찾게 되고, 그리하여 '도'는 더 이상 지고(至高)하고 정신적인 형이상학적 존재가 아니고 이러한 자질구레하고 저속하고 물질적인 것들을 통해서 비로소 발현되는 것으로 인식하게 된다. 민요와 방언, 수수께끼, 각종 민속과 서민들의 생활상 등 '비리한 데서 언어를 살피고 누추한 데서 고사를 수집한'『순패(旬稗)』라는 책을 칭송하는 서문을 써주는가 하면,

---

24) 조동일, 앞의 책, 269쪽.
25) 김명호, 『박지원 문학 연구』, 성균관대 대동문화연구원, 2001, 170~171쪽.

거지 출신의 비천한 인물이 일약 '신의(信義)의 화신(化身)'으로 명망을 얻게 되는 경위를 그린 <광문전>도 하찮은 것에서 도를 발견해 내는 좋은 예가 된다.26) 그리고 양반직도 매매되는 도가 어긋난 현실에 대하여는 날카로운 현실인식에 의한 통렬한 비판을 <양반전>에서 보여주었다.27)

현실 모순의 폭로와 비판에 의한 리얼리즘 정신은 다산 정약용의 사회시 같은 한시에서 한층 극렬하게 드러난다.28) 당시의 군정(軍政)제도에 대한 모순과 그에 따른 민(民)의 고통을 사실적으로 그려내었다고 평가되는 「애절양(哀絶陽)」을 비롯하여, 살인옥사(殺人獄死)를 트집 잡아 농민들을 괴롭히는 관리(아전)들의 횡포를 승냥이와 이리에 견주어 처절하게 묘사한 「시랑(豺狼)」 등이 대표적 사례에 해당한다. 특히 후자는 덕산(德山)의 한 나무꾼이 부르는 노래를 듣고 다산이 이를 개작한 것이라고 『목민심서』에 밝혀 놓았는데 이처럼 작품의 소재를 여항간의 노래에서 취해 오는 경우가 천기론이나 민족어문학론의 대두와 함께 일반화되었음을 알 수 있다. 여하튼 19세기에 현실비판가사가 출현될 수 있었던 문학내적 기반도 이러한 현실모순의 개선 정신과 상관될 것이다.

넷째, 18세기 이후 경화사족층을 중심으로 문학의 '세속화 경향'이 심화되어 갔다는 데 있다. 이러한 경향은 시정에서의 삶의 다양한 양태와 인간군상을 형상화하는 것으로 나타나는데 조선전기에 도심(道心)을 구현하기 위해 '아(雅)'를 추구하던 것과는 패러다임을 달리하는 심미적

---

26) 김명호, 앞의 책, 171~172쪽.
27) 이에 대한 상론은 김학성, 「양반전의 작품구조와 주제」, 『한국고시가의 거시적 탐구』, 집문당, 1997, 505~532쪽 참조.
28) 이에 대한 상론은 송재소, 『다산시 연구』, 창작사, 1986, 57~92쪽 참조.

지향으로 '속(俗)'을 추구하는 것으로 나타나게 된 것을 말한다. '속'은 직설·솔직함·비속함·참신함으로 표현되는데, 그것은 다시 광기(狂), 기이함(奇), 재미(趣)로 나눌 수 있다.29) 이 가운데 우리의 주목을 끄는 것은 '재미' 곧 '풍취'이다. 조선 후기 문학의 세속화 경향은 재미를 추구하는 것이 대종을 이루기 때문이다. 소설·야담·전·패사소품 등이 그런 경향을 농후하게 보이고, 일부의 사설시조(송실솔이 불렀다는 <황계곡 黃鷄曲> 등)·가사문학(대중취향의 가창가사)에도 그 영향이 미치게 된다.

이러한 문학적 경향은 중국의 영향이 큰데, 즉 명대 중·후기 이후 도시의 발달과 함께 시민이 성장함에 따라 본능에 대한 긍정이 대두되고, 속된 것을 미학의 최고 경계로 내세우게 되는 사조가 생겨나게 된 것이다. 여기에다 자유연애를 다룬 『서상기』와 108명의 영웅호걸들의 활약상을 흥미진진하게 담은 『수호지』, 그리고 『삼국지』, 『서유기』, 『금병매』 같은 이른바 4대기서(四大奇書)가 독서계를 풍미하는 지경까지 나아간다. 이러한 영향을 당대의 경화벌열 가문으로 유명한 홍봉한가(家)의 홍직영(1782~1842)이 쓴 『동패낙송』 발(跋)에 잘 드러나 있다.

> 나는 어려서부터 세속에 돌아다니는 패설(소설 또는 야담) 듣기를 좋아하여 객이 오면 반드시 그로 하여금 낭송을 시켜 여러 번 시작을 바꾸어 그 가진 바를 다하게 하였다. 객은 피곤하여 졸음이 쏟아졌으나 그래도 그치지 못하게 하였다.

소설뿐 아니라 한시에서도 이러한 경향이 보이는데, 이덕무의 『청장관전서』에서,

---

29) 장파(유중하 등 역), 『동양과 서양, 그리고 미학』, 푸른 숲, 1999, 359~365쪽.

> 문인 재사가 통속(通俗)을 모르면 극도로 아름다운 재주라고 이를 수 없
> 다. 여기 몇 사람들은 그 묘를 곡진히 하였으니 만약 속되다고 하여 그것을
> 배척한다면 인정이 아닐 것이다.

라고 인정물태를 형상화한 시들에 대해 언급한 바 있는데, 여기서 세속
화 경향이 문인 지식층의 당대 소통담론으로 어느 정도 평가받았는지
알 수 있게 한다.

다섯째, 텍스트의 향유문화가 개인적·국지적 수준에서 집단적 공유
의 대중화된 문화로 급격한 변화를 이루었다는 데 있다. 이는 이 시기
의 텍스트가 私的 담론에서 여항—시정문화의 영향으로 인해 '공동담
론화'하는 특성을 보여줌을 의미한다. 따라서 작자가 누구인지 알 바 아
니며, 문화의 집결·교환·뒤섞임이 이뤄지는 도시를 중심으로 텍스트
의 작자성 상실은 더욱 관례화 되고, 탈신분적·탈계급적 지향의 텍스
트가 많이 나타나게 된다. 조선후기의 가사 작품이 대부분 작자불명으
로 나타나는 현상도 이러한 공동담론으로서의 향유 관행의 변화와 연
관된다 할 것이다.

또한 텍스트 향유의 대중화는 '가창문화'의 경우, 다양한 성향의 텍스
트 혹은 레파토리의 개발을 가능하게 했고, 공급이 수요자의 문화취향
에 맞추어 이루어졌으며, 이에 따라 기존의 텍스트들은 고조(古調)의 그
것으로 밀려나고, 신조(新調)·신번(新飜)·신성(新聲)·금조(今調) 등으
로 지칭된 새로운 텍스트들이 탄력을 얻어 널리 향유되기에 이른다. 김
천택, 김수장 같은 창작과 연행을 겸한 전문가객이 등장하고 연창대본
인 가집을 만들게 된 것도 이러한 수요에 부응한 것일 터이다. 그리고
수요가 더욱 폭발함과 더불어 이세춘, 송실솔, 조옥자, 지봉서, 박세첨
같은 연행 전문가객의 수가 급격히 늘어나고 그들의 활동이 번성해 갔

음은 『해주(海周)』의 '고금창가제씨' 56인의 명단에서 확인할 수 있다.

여기에 더하여 수요의 폭발은 레파토리의 다양화를 촉진했는데, 가곡의 농·낙·편의 분화 발달과 그것들을 기존의 악곡과 '엇걸어' 부르는 방식의 개발, 악조에서 우/계면조로의 재편, 남/여창의 분화 등이 그것을 증거해 준다. 여기에다 가곡의 레파토리는 단가로만 구성되었으므로 장가를 곁들이는 방식이 채택되어 가사를 이어 부르게 되고, 가곡의 더욱 대중화된 형식인 시조창이 개발되어서는 가곡, 가사, 시조의 순으로 부르는 레파토리가 생겨나고 뒤에 잡가가 출현하여 대중의 인기를 끌게 되었을 때는 잡가도 중요한 레파토리의 일부를 차지하게 되는 현상이 각종 가집에 수록된 가집 부기 가사나 잡가를 곁들인 가집, 시조창 가집, 가곡과 시조를 함께 엮은 가집들에 반영되어 있는 것이다.

텍스트 향유의 대중화는 이와 같은 가창문화에서 뿐만 아니라 '볼 거리(읽을 거리)'로서의 필사문화에서도 찾을 수 있다. 근대적 활판 인쇄술이 발달하기 이전에는 텍스트를 필사하여 향유하는 것이 중요한 수단이 되었음은 주지하는 바와 같다. 우리가 주목하는 가사의 경우는 소설과 함께 필사문화의 대종을 이루는데, 단순히 기존 텍스트를 암기하여 그대로 옮겨 놓는 수준의 '단순 필사'에서부터, 기존 텍스트를 분석적으로, 비평적 안목을 가지고 살펴서 일부를 자기 의도에 맞게 새롭게 개작하는 수준의 '분석-비평적 필사'에 이르기까지 여러 양상을 보이며, 여기서 더 진전하여 아예 새로운 창작으로 나아가는 '창조적 필사'를 보이는 사례도 상당히 보인다.[30]

---

30) 교훈가사에 있어서 필사 향유의 구체적인 양상은 육민수, 「조선후기 교훈가사의 담론특성 연구」, 2003, 성균관대 박사논문 참조.

3. 서민가사의 미학적 특성

앞에서 든 다섯 가지의 담론 기반은 이른바 서민가사 곧 여항-시정 가사의 미학적 특징을 결정짓는 중요한 터전으로 작용한다. 이제 그러한 담론 기반을 염두에 두고 해당 가사의 미학적 특성을 살펴보기로 한다.

그런데 소위 서민가사의 표현과 미의식의 특성에 대해서는 이미 김 문기가 선편을 잡아 해석한 바 있다. 그는 표현의 특징으로 '해학성'과 '사실성', '반복성'의 세 가지를 들고, 미의식의 특징으로는 '우아미'와 '비극미', '희극미'의 세 가지를 들고 있다.[31] 필자도 미적범주론에 입각하여 우리 고전시가의 미의식이 어떻게 구현되고 있는지 살펴본 적이 있었다.[32] 그러나 미적범주론이라는 일반 미학적 접근을 통해 국문학의 미적 특징을 가늠해 보려는 이러한 작업은 서구중심의 미의식론을 세계적 보편성으로 전제하고 그러한 범주틀 안에서 국문학의 작품들을 적용해보려 한 시도여서, 그 작업 결과가 한국 고유의 미학을 특징적으로 드러내는 데는 별반 기여하는 바가 없음을 뒤늦게 각성하여, 가능한 한 작품의 본질에 맞는 미학적 특성의 발견으로 나아가야 한다는 것이 지금의 생각이다.

따라서 여항-시정가사의 미학적 특성을 규명하기 위해서는 그것의 장르적·유형적 정체성에 부응하는 접근 시각이 우선적으로 마련되어야 할 것이다. 이를 위해 먼저 가사의 정체성부터 거론해보기로 하자. 가사의 독자적인 진술 특성은 크게 두 가지 원리로 특징화 할 수 있다. 하나는 심수경이 『견한잡록(諱閑雜錄)』에서 가사를 평할 때 사용한 용

---

31) 김문기, 「서민가사의 표현과 미의식의 특성」, 『가사연구』, 국어국문학회 편, 태학사, 1998, 362~388쪽.
32) 김학성, 「한국고전시가의 미의식 체계론」, 서울대 박사논문. 1980.

어와 홍만종이『순오지(旬五志)』에서 가사의 평어(評語)로 제시한 '포서(鋪敍), 비록(備錄), 설진(說盡), 포장(鋪張), 역거(歷擧), 성론(盛論), 비술(備述), 비설(備說)' 등의 표현에서 드러나듯이 '펼쳐 서술하거나, 갖추어 기록하거나, 곡진하게 서술하거나, 펼쳐 벌이거나, 자취가 드러나도록 역력히 들거나, 풍성하게 논하거나, 빠짐없이 진술하거나, 자세히 풀어 말하거나' 하는 특징을 보이는 것이다. 이 가운데 대표성을 띠는 것으로 '역거(歷擧)'를 선택하여 이들의 의미를 총합하는 대표 용어로 사용코자 하며 이것을 일러 가사의 진술 특성의 하나인 '역거의 원리'라 칭하고자 한다.

'역거'는 하나하나 그 자취가 또렷하게 드러나도록 조목조목 들어 서술하는 것으로, 그렇게 서술하자면 펼쳐 서술하지 않을 수 없고, 갖추어 기록하지 않을 수 없고, 곡진하게 또 풍성하게 서술하지 않을 수 없을 터이기 때문이다. 이러한 '역거의 원리'는 가사의 양식적 특징인 교술(전술 혹은 주제적 양식이라고도 함)의 진술 특성과 그대로 부합된다. 성무경이 지정한 바 "노래하기라는 환기방식이 서술의 입체화를 방해하여 서술의 평면적 확장"[33]을 이루는 교술 장르의 특성으로 '역거의 원리'에 의한 진술특성을 너무도 잘 보여주기 때문이다. 즉 역거의 원리에 의해 서술언어의 구조적 의미를 통사적으로 연계하면서 한편의 완결된 가사 작품을 '평면적 확장'의 서술로 이루어내는 것이다.

가사의 진술특성으로 지정할 수 있는 다른 하나는 '계도의 원리'를 들 수 있다. 가사가 <오륜가> 계열의 교훈가사로까지 나아가든, <상춘곡>처럼 정서적 미감을 서술해 나가는 정도에 머물든, 그 어느 쪽이거나 일정한 청자를 설정하여 직접적으로 교시적 목소리를 드러내든가,

---

33) 성무경, 「가사의 존재양식 연구」, 성균관대 박사논문, 1997, 26~42쪽.

아니면 함축적 청자로서 배면에 숨기든가 하여 기본적으로 가사가 '계
도의 담론'임을 감지할 수 있게 되는 것은 바로 '계도의 원리'를 진술특
성으로 한다는 근거다. 이는 가사의 본질이 실존적 성향의 인격적 서술
자인 '나'의 목소리로 진술되므로 작가가 서술에 책임을 지며 서술의 신
빙성을 동시에 확보하는[34] 방향으로 서술되기 때문이다. 그리고 가사
는 이기경(李基慶: 1756~1819)이 <낭유사>의 창작동기를 밝히면서

> 스람의 승졍을 감발ㅎ기 소리갓튼 거시 업ㄴㄴ지라 이러므로 속담과 언문
> 으로 심진곡과 낭유ㅅ 글을 지여닉니 만일 여항간이 젼ㅎ여 보면 거의 풍화
> 의 만의 ㅎ가지 돕ㄴ 거시 되리라

라고 한 언급에서 잘 드러나듯이 '소리(시조·가사 같은 문학작품을 지칭)
가 성정(性情)을 감발시켜 풍속교화에 일조한다'는 생각을 가사 작가들
이 기본적으로 갖고 있었기 때문에 '계도의 원리'를 진술특성으로 하지
않을 수 없었던 것이다. 그것은 곧 가사 작가로 하여금 교양적 인격에
바탕한 '문화적 자부심'을 갖게 하는 것이기도 했다. 그러나 가사가 문
학인 한, 일정한 미감을 드러내려는 문학적 형상화를 본질적 지향으로
하므로, 교훈가사 같은 목적성을 갖는 유형을 제외하고 나머지는 성정
의 감발이나 풍속교화의 목소리를 직접적으로 텍스트 표면에 드러내기
보다 텍스트 내면에 잠복해둔다고 이해해야 할 것이다.

이러한 가사의 두 가지 서술 원리는 '4음4보격 연속체'라는 가사의
율격 미학과 너무도 잘 부합된다. 성기옥이 4음4보격의 율격 양식적 특
성으로 지정한 "4보격 특유의 유장한 율동감을 가장 자연스럽게 조성
할 수 있어 차분하고 정리된 생각이나 흐트러짐이 없는 안정된 정서 혹

---

34) 성무경, 앞의 논문, 139~140쪽.

은 분별력을 앞세우는 감정상태나 교시적인 토운의 두드러짐"35)을 가사의 진술이 잘 보여주기 때문이다. 즉, 안정된 정서나 유장한 율동감은 '역거의 원리'를 통해 잘 드러나고, 흐트러짐 없는 분별력이나 교시적 토운은 '계도의 원리'를 통해 잘 드러나는 것이다.

그런데, 조선후기에 오면 사회-문화의 패러다임이 바뀌어 가사의 담론기반이 앞에서 언급한 대로 다섯 가지 측면에서 달라짐에 따라 가사의 서술원리도 상당한 변화를 보이게 된다. 그 가운데 가장 주목할 변화는 가사의 향유문화가 개인적·국지적 범위에 머물던 것이 불특정 다수의 공동문화담론으로서 크게 확대됨에 따라 여항-시정의 대중미학적 특질을 반영하는 담론으로 바뀌게 된 것이다. 이에 따라 가사의 서술원리도 '역거의 원리'와 '계도의 원리'로만 일관되지 않고 여기에 대중미학의 특질인 '재미(멋스러움, 풍취)의 원리'가 결합되는 변화를 보인다. 이에 따라 율격미학에서도 변화를 보여 '4음4보격'의 단순한 연속으로는 여항-시정인의 미감을 자극하지 못하므로 율격이 조성하는 멋스러움, 즉 율격의 파격적 미(美: 재미)를 위해 여러 다양한 모습의 '율격적 변주'를 시도하게 되는 것이다.36)

이러한 서술원리와 율격미학의 변화를 염두에 두고 이제 여항-시정 가사의 미학적 특징을 살펴보기로 하자. 필자는 여항-시정문화의 변화상을 상업도시의 발달규모와 문화의 성숙과정에 따라 (1) 제1단계: 17세기에서 18세기 중반까지-여항가요기, (2) 제2단계: 18세기 후반에서 19세기 중반까지-시정가요기, (3) 제3단계: 19세기 후반에서 20세기 초반까지-도시가요기로 나누어 조선후기 시가사의 변화 구도를 제시한 바 있는데37) 이에 따라 그 변화의 특징적 국면을 살펴보는 것이 효

---

35) 성기옥, 『한국시가 율격의 이론』, 새문사, 1986, 215쪽.
36) 그 구체적 양상은 윤미선, 앞의 논문, 24~112쪽 참조.

율적이라 생각된다. 아울러 가사의 제시형식과 관련된 두 가지 실현태인 '들을 거리(可聽)'와 '볼 거리(可觀)'로서의 텍스트 실현 양상38)과도 연관지어 이해하면 이 문제에 좀더 선명한 접근이 가능하리라 본다. 가사의 본질적 제시형식은 '음영'이지만 상황에 따라 언제든 '가창'(들을 거리)으로, 혹은 완독물(볼 거리)로 실현되기도 하기 때문이다.

제1단계(17세기~18세기 전반)에서 가사의 변모 양상을 보면 '볼 거리'로서는 경화사족층의 천기론과 민족어문학론에 힘입어 시정의 일상어를 주로 구사하여 인간의 본성을 자연스럽게 드러내는 작품을 산출한다는 데 있다. 이는 박인로의 <누항사>에 보이는 '소 빌리는 대목'에서 그 싹을 엿볼 수 있지만 본격적인 것은 앞장에서 인용한 바 있는 이운영의 작품 <임천별곡>에 잘 드러나 있음은 이미 살펴본 바와 같다. 대부분의 경화사족이 그러하듯이, 이운영은 유람하고 시 짓고 노래를 즐기는 풍류생활에 익숙한 인물로 그 주위에 풍류와 잡담을 즐기려는 인사들로 들끓은 것 같고 그런 모임을 통해 여항간에 떠도는 이야기들과 자신이 겪었던 일들을 모아 <영미편(穎尾編)>이란 잡기류의 책을 2권 펴내기도 했다.39)

이같이 여항담론에 익숙한 이운영은 여항의 상여노래를 끌어와 임진왜란 때 죽은 칠백의총의 혼을 달래는 <초혼사(招魂詞)>를 짓는가 하면, 민간의 뱃노래를 끌어와 명나라 사행길을 상상적으로 서술한 <수로

---

37) 김학성, 「잡가의 생성기반과 사설엮음의 원리」, 『세종학연구』 12·13집, 세종대왕 기념사업회, 1998 참조.

38) 가사의 본질태는 음영이어서 그것이 중심이 되고, 그 구체적 실현태는 경우에 따라 볼 거리로서 완독물이 되기도 하고, 들을거리로서 가창물이 되기도 한다. 이에 대한 상론은 김학성, 「가사의 정체성과 담론특성」, 앞의 책 참조.

39) 고순희, 「引喩와 해학의 미학-이운영의 가사 5편-」, 『이화어문논집』 15집, 이화어문학회, 1997, 353~362쪽.

조천행선곡(水路朝天行船曲)>을 짓고, 아이 어를 때 부르는 민요를 끌어와 <세장가(說場歌)>를 짓기도 하고, 서울의 서대문 지역에 새로 판 우물에 얽힌 서민의 생활을 읊은 <찬정가(鑿井歌)>를 짓기도 했는데 이 모두가 여항의 서민 정취를 담은 것이라 할 것이다. 이는 특히 앞에서 담론기반으로 거론한 다섯 번째의 세속화 경향과 관련되는 것으로 그의 작품 가운데 <임천별곡>은 81세의 서민 할머니와 70세의 양반 할아범과의 티격태격하는 사랑싸움의 우스개 일화를 다루고 있어 사대부 작가로서는 '속'의 미학―특히 해학미―의 절정을 보여준 것으로 이해된다.40)

　여기서 인간의 본성을 자연스럽게 추구하며 서민의 어법으로 서술한 <임천별곡>에 대해 지방의 군수를 몇 차례 지낸 관료로서 민간의 풍속을 살피고 교화의 자료로 삼고자 하는 관풍(觀風) 차원으로 볼 수도 있으나 작자가 이 작품을 관직에서 물러난 뒤 노년에 지었다는 점을 감안한다면 관풍 차원이라기보다 앞서 이옥의 언급처럼 그저 노년의 웃음거리로 파적이나 하자고 지은 것일 터이다. 그만큼 경화사족들은 여항의 담론에 익숙해 있으며 그것을 적극 향유하는 '세속화 경향'을 보이게 된 것이다. 따라서 이 작품은 여항간의 담론을 기반으로 세속화된 '볼거리'로서 향유했을 것이며 그 때문에 '계도'의 목소리는 찾아볼 수 없고 대신 '재미의 원리'가 중심을 이루게 된 것이다. 거기다 재미스러움

---

40) 고순희는 앞의 논문 381쪽에서 "작자의 궁극적으로 의도하는 바는 서민을 해꼬지 하는 양반할아범의 행위를 풍자하는 데 있는 것이 아니라 늙은이들 사이에 있었던 하룻밤에 일어난 재미난 사건을 해학적으로 전달하는 데 있다고 보여진다. 사건의 해학적 표출을 통해 해학과 풍자를 즐긴다"라고 하여 해학과 함께 '풍자'와의 관련도 배제하지 않고 있는데, 풍자와는 무관하다고 보는 것이 옳을 것이다. 허세부리는 양반 할아범의 행위를 풍자로 이해하기에는 그가 이미 너무나 늙은 약자이기 때문에 연민 어린 따스한 시선이 느껴질 뿐, 약자의 위치에 있는 인물에 대한 싸늘한 시선의 풍자를 느낄 수는 없겠기 때문이다.

을 두드러지게 하기 위해 할멈과 할아범의 '대화'라는 보다 리얼하고 재미스러운 '역거'의 서술기법을 구사하여 조선후기 특유의 서술미학을 선보인 것이라 할 것이다.

한편 제1단계에서 가사는 '들을 거리'로서 향유되기도 하는데 그 중심에 경화사족이 있었다. 홍만종이 당대에 세간에 성행한 가사를 중심으로 한 14작품의 장가를 통칭하여 '가곡'이라 칭한 것이 그것을 짐작케 한다. 가곡은 들을 거리로서 가창물로 향유하는 것이고 그것이 세간에 성행한다 함은 사대부 문화권에서 널리 향유되었음을 의미하기 때문이다. 나아가 이 시대에 서울을 중심으로 사대부 풍류방문화권이 형성되어 단가인 가곡과 함께 장가인 가사를 향유하는 관습이 생겨난 것으로 보이기도 한다. 그러나 당대에 성행한 가사 작품 모두가 풍류방문화권에서 가곡과 함께 성창된 것으로 보이지는 않는다. 『청진(靑珍)』에 단가인 가곡과 함께 가집 부기(附記) 장가로 올라있는 것이 14작품 가운데 <장진주사>와 <맹상군가>에 그치고, 그것도 온전한 가사 텍스트가 아니라 사설시조 텍스트를 장가 향유의 레파토리로 선택하고 있음에서 눈치챌 수 있기 때문이다. 나머지 12작품은 단가 가곡을 주로 즐기는 풍류방문화권에서 향유하기에는 너무 길이가 길어 부적절했을 것이다.

이 시대 가창문화권에서 주목되는 것은 <춘면곡>이다. 처음에 이 작품도 작자미상의 서민가사로 이해되어 오다가41) 근자에 밝혀진 대로 강진의 진사 이희징(1587~1673)이 지은 것으로 밝혀진 바 있다. 처음에

---

41) 송재소, 「조선후기가사의 한 특징」, 『백영 정병욱선생 환갑기념논총』, 신구문화사, 1982, 595쪽에서 "<춘면곡>은 어떤 남자가 춘면에서 깨어 녹의홍상의 미인을 만나 雲雨의 정을 나누고 이별한 후 그 미인을 그리워하는 내용인데, 묘사가 육감적이고 선정적이다. 전통적 윤리관으로 볼 때 이 사랑은 전혀 이치에 닿지 않는 邪戀이며, 애정의 표현 또한 그 시대로서는 모험적이고 혁신적이다"라고 하면서 이런 노래가 나온 것은 통치체제의 이완과 민중의식의 성장이란 측면에서 이해해야 한다며 서민가사로 다룬 바 있다.

이 작품은 가사의 본질태인 음영으로 향유되었을 것이나, 그 내용이 대중의 통속적 미학(선정성과 감상성)에 감응을 갖는 남녀의 사련(邪戀)을 담은 '丈夫의 애끓는 비창곡'이었으므로 점차 작자를 떠나 가창문화권의 공유담론으로 향유되어 작자미상으로 되면서 장흥, 남원 등 남도에서 '시조별곡'⁴²⁾으로 부르던 것이 빠른 속도로 서울 가창문화계에 진입하여 서울의 조강 나루터 색주가에서 불려지는 단계까지 된⁴³⁾ 것으로 보인다.

또한 이 시대에는 <강촌별곡>, <환산별곡>, <낙빈가> 등 애초에 사대부층 작자에 의해 '사대부적 담론'으로 지어진 작품들이 작자를 상실한 채로 혹은 퇴계 같은 인물로 작자가 擬名되어 초기 사대부 풍류방문화권에서 향유되었음을 알 수 있는데, 이 때 강촌에서의 은둔적 삶이나 낙빈의 삶이라는 텍스트 내용은 더 이상 정치적으로 혹은 이념적으로 진지하거나 심중한 의미를 갖는 것이 아니라 그저 '멋스러운 풍류'로서 고상하게 즐기는 '언술의 재미' 그 자체를 향유하는 것일 따름이다. 따라서 이런 텍스트는 노랫말을 가창으로 멋스럽게 엮어나가는 '역거의 원리'와 고상한 풍류로서의 '재미의 원리'가 결합한 서술 미학을 보인다 할 것이다.

이상에서 보듯이 제1단계는 볼 거리로서든 들을 거리로서든 인간본성의 자연스런 추구라는 면에서는 여항−시정 담론에 근접해간 것이지만 아직도 사대부 담론의 '고상한 풍류'에서 벗어나지 못한 면이 강하게

---

42) <춘면곡>이 '시조별곡'으로 불리었다는 것은 그만큼 탈신분 지향의 대중의 기호에 맞는 빠르고 자극적인 시(용)조의 새로운 악곡에 얹혀 불리었음을 의미하며, 이는 이 노래가 남도라는 지역성을 넘어 대중화의 요건을 갖추어 널리 유행될 수 있는 계기가 되었음을 말해준다.

43) 이에 대한 상론은 성무경, 「18・19세기 음악환경의 변화와 가사의 가창전승」, 『한국시가연구』 11집, 한국시가학회, 2002, 55~56쪽 참조.

남아 있으므로 다음의 여항-시정담론으로 나아가는 예비단계로 규정할 수 있을 것이다.

제2단계인(18세기 후반~19세기 전반)인 시정문화기에 이르면 서울을 중심으로 시정인의 생활문화 욕구가 증대되고 이에 따라 잡가라는 새로운 장르의 출현과 판소리의 본격화로 여러 가창문화권이 활발하게 경쟁을 벌이며 그 성격이 상업적으로 변화함에 따라 시정문화에 걸맞는 다양한 음악 환경을 누리게 되었다는 것이다. 이와 관련한 위백규(1727~1789)의 다음 발언을 주목해 보자.

> 근년에 들어 중대엽 이하의 곡들은 모두 없어지고 나이든 노인들도 세상을 떠나 그것을 말하는 사람조차 사라져서, 세상에 쓰이는 바는 '등등곡(登登曲)'이 더욱 심할 뿐이다. 중년에는 나무꾼이나 목동, 장사꾼이나 걸인의 '수혼조(隨魂調)'라는 것이 있었는데 장례식에서 죽음을 애도하는 ㉠ 소리가 처절하게 슬프고 처량하여 듣는 이들이 눈물을 흘렸다. 또한 '국가(鞠歌)'라는 곡이 있어 머리를 흔들고 부채를 치면서 ㉡빠른 절주와 지나친 세성(細聲)으로 노래하여 차마 바로 듣기 어려운 것이다. 그럼에도 지금 온 나라에서는 상하 가릴 것 없이 입을 열면 이 밖의 다른 노래는 부르지 않으며 이 밖의 다른 소리에는 칭찬의 말을 주지도 않는다. 이 소리에 맞추어 춤추는 자는 술 취한 듯 미친 듯하여, 비록 축흠명(祝欽明)의 팔풍무(八風舞)에 비하더라도 이만큼 추하지는 않을 것이다. 더욱이 정재인(呈才人)들의 '걸조(乞調: 우리 말로 덕담이라 함)에 이르러 서랴. 옛날에 영산조(靈山調)는 길게 끌면서 느리게 춤추듯 소리가 맑아서 들을만 했다. 무당들이 신을 맞이하고 보낼 때 부르는 '해살조(解殺調)'라는 것이 있는데, 맑고 고운 소리로 길게 빼어 불러 또한 거칠지만 들을만 했는데 기녀들이 부르는 '5장단창(五章短唱)'과 오히려 많이 닮았다. 그러나 지금은 ㉢하나같이 빠르고 번거로와 마치 천개의 몽둥이와 백개의 지팽이로 그릇점의 옹기나 동이를 어지럽게 부수는 듯하다. 또한 모두가 '수혼조'로서 끝마무리를 한다. 조금이라도 심성을 본분대로 지니고 있는 사람이면 들을만 하지 않을 뿐만 아니라 단연

코 차마 들어서도 안될 것이다. 그러나 사람들은 모두 아름답고 좋다고 하
니, ㉣여항의 저 무지한 백성들이야 책할 바 아니지만 관공서의 우두머리까지
모두가 그것을 장려하며 노래채를 내는 데 돈을 아끼지 않으니, 아 심하구나.
만일 옛날 풍요를 채집하던 분들이 본다면 이를 일러 어떻다 하리오.44)

　도시의 시정문화에서 멀리 떨어진 지방의 향촌노래문화(위백규는 전
남 장흥에 세거함)가 이 정도의 변화상(위백규가 개탄해 마지않는)을 보인
다면 18세기 후반에 노래 취향이 얼마나 급속도로 변화되고 있었는가
를 이 자료를 통해 쉽게 짐작할 수 있다. 그 변화의 방향은 밑줄친 데에
서 잘 드러나듯이 ㉠처럼 슬프고 처량하여 눈물을 흘리게 하는 '감상성
(感傷性)'에 빠지게 하거나, ㉡처럼 빠른 절주와 지나친 세성(細聲)을 씀
으로 해서 '선정성(煽情性)'을 돋우거나 그 어느 쪽이든 '아(雅)의 미학'
과는 거리가 먼 '속(俗)의 미학'으로 물들고 있음을 알 수 있다. 그것은
㉢에서 잘 드러나는 바대로 '빠르고 번거롭고 어지럽게 부수는 듯한' 통
속 미학으로서의 '자극성'에 기저하고 있는 것이다. 그리고 ㉣에서 드러
나듯이 그러한 속(俗)의 미학에 상·하 모두가 신분과 계급을 초월하여
빠져듦으로써 탈신분적으로 '대중화'되고 있다는 점이다.

　그런데 앞의 인용에서 보듯 이 시대의 향촌사족인 위백규는 그러한
세태를 크게 개탄하고 있다. 이에 그치지 않고 일부 지방관료나 향촌사
족들은 그러한 풍속을 교정하기 위해 '계도의 목소리'를 표면에 직접 드
러내는 교훈가사를 짓는다. 곽시징(1644~1713)의 <오륜가>, 정치업(1692
~1768)의 <경몽가>, 배이도(1706~1786)의 <훈가이담>, 이상계(1758~1822)
의 <인일가>, 황립의 <오륜가>(1882) 같은 오륜가 계통 가사가 이 시
대를 전후하여 출현함은 이런 사정을 반영한 것이다. 당대의 지배이념

---

44) 『存齋先生文集』 권 13, 景印文化社

인 오륜을 중심 주제로 하여 '계도의 목소리'로 향촌의 사족 가문 후손이나 백성들을 계도해야 할 필요성이 그만큼 심각하게 대두되었던 것이다. 그러나 이러한 오륜가사류의 엄정하고 '숭고'한 계도의 목소리는 급격한 사회 – 문화적 변동을 겪는 서울에서보다 중세적 위계질서가 강하게 유지되는 향촌에서나 통하는 것이었을 터이다.

이러한 환경에서 가사의 노래문화에 상당한 변화가 있었음을 가창문화권에서 감지할 수 있다. 우선 남도에서 당시로서는 새롭고 빠른 시조별곡으로 불렸던 <춘면곡>이 서울의 가창문화권에 진입한 이래 어느새 고조(古調)가 되어 부르지 않게 되고45), 그보다 더 빠르고 새로운 자극을 줄 수 있는 신조(新調)로 변화되어 갔음이 그것이다. <춘면곡>의 신조의 모습이 구체적으로 어떠했는지는 자세히 알 수 없으나, 18세기 후반 가집인 『청영(靑詠)』에는 60행(4음보 1행)으로 나타나 있는데, 19세기 전반 가집인 『청육(靑六)』에 오면 13행으로 축약되어 있어 이 차이로 고조는 주로 사설이 길고, 신조는 고조의 사설이 잘려나가 길이가 짧아지는 특징을 보인다는 것을 알 수 있다.46) 강이천(1769~1801)의 <한경사(漢京詞)>라는 시에 청루의 호사스런 술자리에서 <춘면곡>이 선창(先唱)된다고 한 것도 신조를 부른 정황을 읊은 것일 터이다. 신조는 사설만 짧아진 것이 아니라 리듬이 빠르고 음악적 곡태가 고조에 비해 훨씬 자극적이어서 호사스런 술자리에 어울렸을 것이다. 그러한 사정을 이시대에 들을거리로 함께 향유한 바 있는 <상사별곡>과 더불어 생각해 보자.

---

45) 유만공의 「세시풍요」(1843)에 "古調의 춘면곡은 지금 부르지 않으니 황계타령 오열하고, 백구사 토해내네"라는 구절에 그 증언이 보인다.

46) 이에 대한 상론은 김은희, 『십이가사의 문화적 기반과 양식적 특성』, 성균관대 박사논문, 2001, 67~74쪽 참조.

<상사별곡> 역시 『청영(靑詠)』에는 42행으로 나타나다가 『청육(靑六)』에 오면 15행으로 축약되는데, 이처럼 길이가 크게 줄어듦은 그만큼 사설이 대중성을 타기에 용이하게 되고, 사설 대신 악곡이 더욱 대중의 미감을 자극하는 방향으로 이루어졌음을 의미하는 것이겠다. 신조 <상사별곡>의 모습은 19세기 초반 계면조 창에 능했던 가동(歌童) 공득이가 가창을 전문으로 하는 명원(名院)과 청루주문(靑樓朱門)의 기생들의 넋까지 빼어 놓았다는 유한집의 『취초유고』라는 자료에 나타나는 것으로 추정된다. 공득이가 불렀던 그 '애절한' <상사별곡>이 '애원처창'한 계면조 창법으로 불려졌을 것이라는 견해47)가 타당성이 있어 보이기 때문이다.

십이가사의 대표격으로 자리잡은 <상사별곡>, <춘면곡> 외에 술 권하는 노래인 <권주가>도 호사스런 술자리에서 이 시대에 향유된 것으로 보인다. 심능숙(1782~1840)의 <서호곡(西湖曲)-명파파사병서(名把把詞幷序)>에서 그 향유 양상을 알 수 있는데 음악적으로 처절하고 슬픈 곡조에 박자가 정해져 있지 않고 분위기에 따라 부를 수 있어 대중 취향이 농후함으로 여항-시정의 가창가사로 애호되었음을 알 수 있다. 이 작품 역시 고조가 『청영』에 33행의 길이로 실려 있으며(18행짜리의 신조도 함께 실려 있음), 『청육』에는 20행짜리가 실려 있어 신조임을 짐작케 한다. 사설 내용이 인생의 유한함과 무상함에 대한 애상과 상사(相思)의 정까지 함께 담고 있어 슬프고 처절한 곡조와 잘 어울린다.48)

이밖에 유만공의 『세시풍요』에 언급된 <황계타령>과 <백구사> 등 잡가에 한층 다가간 십이가사계 가창가사도 이 시대에 들을 거리로서 대중의 애호를 받았는데, 둘 다 아악(정악)의 요성법과 민속악의 요성법

---

47) 성무경, 「18·19세기 음악환경의 변화와 가사의 가창전승」, 68쪽 참조.
48) 김은희, 앞의 논문, 80~84쪽.

을 섞어 쓴다는 점에서 상·하층에 두루 통하는 즉 대중취향에 맞는 향
유의 조건을 갖추었다 할 것이다. 또한 <관등가>, <월거리>, <금보가>
등 당대에 유행하던 사설시조나 민요 등에서 끌어와 노랫말을 엮은 편
사형 가사들은 서울 시정의 문화적 공감대를 바탕으로 하는 즐거운 웃
음과 흥이 묻어나는 들을 거리로서, 시정의 풍류방문화권에서 '형성된
가사'들[49]이라는 점에서 역시 대중의 애호를 받아 가집 부기 가사로 오
르게 된 것으로 보인다.

이들 들을 거리로서의 가창가사는 서술에서 '역거의 원리'를 기본으
로 하되, 향유자들에 흥미와 자극을 유발하면서 쉽게 수용될 수 있도록
음악적으로는 아악과 민속악을 섞어 쓰며, 노랫말이나 사설 내용으로는
상사·연정·인생무상 같은 보편적이고 애상적인 '가벼운' 주제를 지향
함으로써 대중의 애호를 획득한다. 특히 <상사별곡> <춘면곡> <백구
사> 같은 십이가사 계통의 경우 고조에서 신조로의 빠른 전환은 사설
의 길이가 줄어든 만큼 '서술의 억제'가 일어나 가사의 내용을 역력히
보여줘야 할 '역거의 원리'가 경시되고 대신 음악적 기교화에 의한 풍류
의 흥취를 자극하는 '재미의 원리'가 중심원리로 되어 대중화 요건을 더
욱 잘 갖추게 됨으로써 이 시대에 새로이 출현한 신종 장르인 '잡가'의
경계선까지 다가가는 지경까지 이른다. 즉, 잡가는 서정 양식이고 이들
가창가사는 교술장르여서 서로 본질을 달리함에도 이 시대 도시 대중
의 본격적인 가창장르로 부상한 이들 십이가사계의 신조는 사설 길이
의 대폭적인 축약에 따른 '서술의 억제'(서정 양식의 본질적 특성임)가 저
절로 이루어져 서정장르의 경계지점(잡가와의 접점)까지 나아가게 된 것
이다.[50]

---

49) 성무경, 「18·19세기 음악환경의 변화와 가사의 가창전승」, 59~64쪽.
50) 『남훈태평가』(1863)의 잡가편에 십이가사계인 <매화가>와 <백구사>가 잡가인

한편 이 시대의 대표적인 '볼 거리'로는 <노처녀가2>와 1843년경에
지은 것으로 추정되는 <승가(僧歌)> 4편을 들 수 있다. 잘 아는 바와 같
이 <노처녀가2>는 국문단편소설집 『삼설기(三說記)』(최고본 방각본은
1848년에 출간)에 <서초패왕기>, <황주목사기> 등 몇 편의 다른 소설과
함께 실려있으며, 가사로 되어 있지만(서두와 말미에는 편집자적 목소리
의 산문진술이 덧붙여져 있음) 이들 소설과 담론의 성격을 같이 한다. 즉
『삼설기』의 단편소설들이 "서울의 시정적인 위트나 유머를 지니고"[51]
있는 것처럼 <노처녀가2>도 노처녀 형상의 희화화[52]로 역시 시정적
유머가 도처에 묻어난다. 이러한 서술 특성은 수사학적으로는 '과장된
나열법'으로 나타나는데 과장에 의한 희화화는 '재미의 원리'에, 나열법
은 '역거의 원리'에 바탕한 것이어서 이 작품 역시 여항—시정가사의
특성인 '역거'와 '재미'라는 두 서술원리의 결합으로 나타남을 확인할
수 있다.

그런데, 작품의 전개가 상당히 길고(서두와 말미의 산문진술 제외하고
도 총 265행), 노처녀의 소망과 갈등 그리고 해결이 자세히 묘출되고 있
어 종래에 가사의 서사화(혹은 서사가사)나 가사의 소설화 단계와 연관
하여 논의되어 왔으나,[53] 이 작품에 나타나는 서사적 성격의 서술은 장
르적 차원의 '양식서사'가 아니라 다른 장르에도 보이는 '기초서사'의
층위에서 다뤄져야함이 밝혀진 바 있다.[54] <노처녀가2>에 보이는 서사

<소춘향가>와 함께 묶여져 있다는 사실에서 이들이 같은 장르 명칭으로 불려질 정
도로 접점지대에 있음을 확인할 수 있다.

51) 김동욱, 삼설기, 『한국민족문화대백과사전』 11, 한국정신문화연구원, 1989, 336쪽.

52) 노처녀 형상의 희화화에 대하여는 최규수, 「<삼설기본 노처녀가>의 갈등 형상화
    방식과 그 의미」, 『한국시가연구』 5집, 한국시가학회, 1999, 405~410쪽 참조.

53) 대표적인 논의로 서영숙, 「서사적 여성가사의 연구; 노처녀가를 중심으로」, 『어문
    연구』 25집, 어문연구학회, 1991 및 서인석, 「가사와 소설의 갈래 교섭에 대한 연구」,
    서울대 박사논문, 1994를 들 수 있다.

화는 다름 아닌 '시정담론화'였던 것이며, 거기에는 이 시정담론화로 인해 '역거의 원리' 외에 '재미의 원리'가 작동하고 있었으며 이것이 서사화로 오인하게 된 요인이 되었던 것이다.

<승가>는 <송여승가(送女僧歌)>, <답승사(僧答詞)>, <재송여승가(再送女僧歌)>, <승재답사(僧再答詞)>의 4편으로 구성되었는데, 서신 교환 형식이 극적 재미를 더해주고 있어 형식 그 자체로 '재미의 원리'가 서술원리로 작동되어 있는 데다가 남·여승간의 애정담론을 담았다는 데서 대중의 흥미를 자극하는 볼 거리로 역할을 충분히 했던 것으로 보인다. 이 작품이 잡가류 가집에는 보이지 않고 고대본 『악부』에 실려 있으며, 그밖에 필사본들에 실려 있는 점이 볼 거리로 향유되었음을 짐작케 한다.

제3단계(19세기 후반~20세기 초반)인 도시문화기에 이르면, 여항―시정가사는 제1단계시기의 '예비단계'와 제2단계시기의 '대두단계'를 거쳐 그것이 본격화되어 성숙되는 '본격단계'에 이르게 된다. 이 시대에는 도시 규모의 더욱 큰 발달과 함께 경제적 능력을 중심으로 사회구성원의 역할과 신분이 재편되면서, 기존의 계급중심의 신분 질서가 해체되고 이에 따라 문자언어의 사용과 문화적 교양에의 욕구가 거의 전계층으로 확산되는 중대한 변화를 맞는 시기라 할 수 있다. 그리하여 어느 때보다 '문화에 대한 욕구'가 팽배해 있어서 상·하층을 두루 만족시키는 고급문화예술과 기층문화 예술의 혼효에 의한 대중취향문화가 발달했으니 이러한 추세에 힘입어 "뿌리없는 잡요(雜謠)가 판을 치는"(『가곡원류』 발문) 잡가 전성시대를 맞게 되고 이에 따라 가사, 특히 들을 거리로서의 가사에 심대한 영향을 미치게 된다.

---

54) 최진형, 「가사의 소설화 재론」, 『성균어문연구』 32집, 성균관대 국어국문학회, 1997, 219~222쪽 참조.

이 시대에 '고조'와 '신조'의 교체가 계속 진행되는 것도 이러한 사정을 반영한 것이다. 앞 시기에 불려지던 가사가 새로운 도시적 미감과 취향에 맞추다보니 대중의 기호에 맞지 않는 가사들이 도태되고 변형되는 과정을 밟게 되는 것이다. 그리고 앞 시대에 들을 거리로서 가집 부기 가사의 흐름 속에 하나 둘 나타나던 십이가사계는 19세기 후반에 이르러 그 수록 빈도수가 늘어나게 되고, 20세기 초(정악유지회가 활동한 1910년대)에 이르면 십이가사의 틀이 완성되어 향유되고 전창(傳唱)되기에 이른다.55)

가사 가운데 들을 거리의 중심부에 있는 십이가사는 <어부사>, <춘면곡>, <상사별곡>, <권주가> 등에서 보듯 경화사족의 풍류방문화권에서 출발하여 여항―시정의 문화취향을 반영하면서 당대의 '시(용)조' 혹은 '신조'로 교체되어 시정의 저변에까지 유행되는 과정을 밟게 되고, <백구사> <죽지사> <황계사> <길군악> <수양산가> <매화가>는 시정의 저변에서 만들어져 마침내 십이가사로 레파토리를 이루게 된 것이다. 그리하여 이러한 시정문화의 통속화 과정에서 텍스트의 유기성(작자의 진지한 발화로서의 메시지 전달)에는 관심이 없고, 필자가 '잡가'의 담론 특성이자 시학적 원리로 지목한 바 있는 '낯익음을 자극하기'가 들을 거리의 가사에도 침투하게 되어 텍스트의 변화를 가져오게 된다. 즉, 시정에서 대중적으로 유행하여 익숙한 시조, 사설시조, 민요, 판소리, 고소설 등 기존 텍스트의 단위 사설들, 다시 말하면 기억 속에 유형화되어 암기된 사설들(낯익은 것)을 짜맞추어 대중적 기호를 만족(자극하기)시키기 위해 끊임없이 노랫말을 재편하는 통속성을 보여주게 된다.56)

---

55) 성무경, 「18·19세기 음악환경의 변화와 가사의 가창전승」, 71쪽.
56) 김은희, 앞의 논문, 151쪽.

이런 연유로 가사 가운데 대표적 들을 거리로서의 십이가사는 한시 (漢詩)적인 것(어부사, 양양가, 죽지사), 가사체와 한시체의 혼합적인 것 (권주가), 시조의 노랫말과 관련된 것(백구사, 매화사), 판소리의 일부를 수용한 것(상사별곡, 황계사), 군악(軍樂)에서 유입된 것(길군악) 등 다양 한 양상을 보이게 되었으며, 이런 과정에서 텍스트의 유기성은 극도로 해체되고 마침내 '역거의 원리'마저 통속미학 지향의 '재미의 원리'에 눌려 일부는 분장체 형식(분장으로 인해 서술이 더욱 억제되어 역거의 원리 를 제어하는 기능 가짐)을 보이기까지 이르게 된 것이다. 여기서 눈에 띄 는 것은 한시나 한시체 어구, 시조 등 상층 문화권적 취향을 거부하지 않고 끌어와 향유한다는 점이다. 이는 대중의 통속미학적 욕구의 하나 인 '문화욕'이 가져온 결과라 할 수 있다.

대중의 이러한 문화욕은 앞시대의 볼 거리 텍스트인 <노처녀가2>에 도 작동하여 주인물 노처녀의 인물형상에서 희화화된 병신적인 요소와 과장적 표현을 거세함으로써 시정인의 해학적 기질이나 과장 취향이 사라지고 대신 진지하고 우아한 미적 취향이 자리잡게 됨으로써 이 시 대에 <노처녀가1>로 재편되기도 한다. 이렇게 재창작된 <노처녀가1> 이 사설의 고정성을 보이며 20세기 초의 각종 잡가집에 수록되는 현상 이 잡가문화권에서 들을 거리로 향유되었음을 말해준다. 그리고 <노처 녀가1>의 이러한 미적취향의 변화는 양반부녀층이 중심이 되는 규방문 화권의 미적 취향에도 부합하여 안동, 영주 등에서 규방가사와 함께 향 유되는 양상을 보이기도 한다. <노처녀가2>에서 <노처녀가1>로의 미 적취향의 변화는 볼 거리와 들을 거리의 미학적 지향의 차이를 드러내 준다. 즉 볼 거리로 향유될 경우 읽는 재미를 유발하기 위해 해학적 과 장법이 중요한 '재미의 원리'로 작동하지만, 들을 거리로 향유될 경우는 악곡에 싣는 풍류적 흥취가 '재미의 원리'로 작동하여 문화욕을 더욱 충족시키는 방향으로 나아간다는 것이다.

또한 이 시대의 여항―시정가사 가운데 들을 거리로는 <노처녀가1>과 함께 사설의 고정성을 보이며 각종 잡가집에 수록되어 있는 <과부가>, <거사가>, <규수상사곡>, <상사진정몽가>, <상사회답가> 등을 들 수 있다.57) 이들 작품이 공통으로 보이는 미적 지향은 역시 대중의 통속적 취향에 부합하는 남녀의 연정과 상사 등 가벼운 주제를 바탕으로 한 감상성과 선정성이 중심을 이룬다.

이 시대의 여항―시정가사로서 대표적인 볼 거리로는 『초당문답가』의 작품들을 들 수 있다. 이 텍스트는 볼 거리로 향유된 만큼 향유자가 필사하는 과정에서 서술에 적극 개입하여 서술의 유기성을 허물고 작자성을 상실하게 하는 여러 이본을 산출하는 양상을 보이는데 무려 22종의 이본이 그것을 말해준다.58) 이 많은 이본들이 모두 동일한 향유기반을 갖는 것은 아니라는 점은 우선 『여자계행』(1917) 같은 이본은 규방문화권에서 향유되고 『오륜행록』은 공주의 유생 이기원(1809~1890)이 필사자라는 점에서 사대부 문화권과 관련됨을 금방 알 수 있다. 그러나 『편편기담경세가』(1908), 『만고기담처세가』(1914) 같은 활자본이 간행된 것으로 보아 여항―시정문화권에서 널리 향유되었음을 확인할 수 있다. 특히 후자의 경우 대중담론의 대표격이라 할 수 있는 소설의 진술기법이 보인다는 점이 주목된다.

그 외에도 <백발편>에 시정의 문화공간에서 향유된 대표적 가창 텍스트인 십이가사의 가창현장을 여실하게 보여주는 대목이 있다는 점, <낙지편>에 가창문화권에서 널리 유행된 것으로 보이는 시조와 유사한

---

57) 이들 작품의 텍스트 전승 양상에 대하여는 강경호, 앞의 논문, 63~69쪽 참조.
58) 이본의 다양한 산출에 따른 작자성 상실의 구체적 양상은 육민수, 앞의 논문, 131~158쪽 참조.

대목이 보인다는 점, <지기편>과 <낙지편>에 당시 시정의 대중단편소설인 <삼사횡입황천기>(삼설기에 수록)와 내용 및 표현면에서 공통되는 부분이 있다는 점 등에서 이들 작품이 여항—시정문화권을 기반으로 산출된 작품임을 확인할 수 있다.59) 따라서 이 작품들, 그 가운데서도 특히 <우부가>, <용부가>, <백발가> 같은 작품을 종래 서민가사의 대표격으로 본 것은 수정되어야 할 것으로 본다.

『초당문답가』 작품들은 이처럼 여항—시정가사로 산출된 작품이므로, 그것이 오륜을 포함하고 있는 교훈가사임에도 불구하고 향촌의 사족이나 지방관료의 오륜가사와는 근본적으로 미적 지향을 달리 한다. 후자의 경우 정통 교훈가사인 만큼 '역거의 원리'와 '계도의 원리'가 서술의 중심원리로 작동하지만 이 작품들은 여항—시정인을 교훈 대상으로 삼는 탓으로 볼 거리로서의 '재미의 원리'—특히 시정인물 형상의 과장적 회화화를 통한—가 두 서술원리와 결합하거나 <우부가>, <용부가>에서 보듯 오히려 그것을 압도하는 차이를 보이기 때문이다. 그리하여 여항—시정의 통속화된 미적 취향에 물들어 있는 시정의 대중에게 정중한 권위의 목소리로 훈계하는 것보다 훨씬 효과적인 설득과 향유가 가능했던 것이라 생각된다. 이들 텍스트에 드러나는 과장이나 희화화에 의한 골계스런 미적지향도 시정인의 통속미학을 반영한 것임은 말할 것도 없다.

4. 맺는 말

지금까지 조선후기에 소위 서민가사라 불려졌던 작자불명의 가사를 중심으로 우선 그 개념과 범주화의 문제점을 살펴보고 이에 따라 이들

---

59) 이에 대한 상론은 육민수, 앞의 논문, 99~100쪽 참조.

작품들이 일방적으로 서민층이 짓거나 서민의식이 반영되거나 서민화
지향을 보이는 것이 아니라, 상층의 고급문화적 요소와 하층의 민속문
화적 요소를 포괄·통합하여 새로이 산출된 것임을 밝혔다. 그리고 이
들 가사의 상당수가 여항—시정인의 의식과 미적 취향을 반영한 것으
로 보아 '여항—시정가사'라는 이름으로 범주화해야 함을 제안했다.

이어서 그러한 담론이 가능했던 기반을 다섯 가지로 정리했다. 천기
론 등의 이론적 지원에 힘입은 인간 성정의 자유로운 분출, 민족어문학
론의 뒷받침에 의한 국문시가의 가치발견, 현실적·실질적·실용적 가
치 지향에 따른 리얼리즘 기풍의 팽배, 경화사족층을 중심으로 문학의
세속화 경향, 집단적 공유의 공동담론으로 변화한 텍스트 향유문화의
대중화가 그것이다. 이 시대에 많은 가사 텍스트가 작자성을 상실하면
서 실명, 의명, 익명, 무명화되고 그에 따라 많은 이본들이 파생된 것도
이러한 담론기반과 상관된다 할 것이다.

또한 이러한 담론기반은 여항—시정가사의 미학적 특징을 결정짓는
요인으로 작용하는데 그것은 가사의 본질적 서술원리로 작동하는 두
가지—'역거의 원리'와 '계도의 원리'에 새로 '재미의 원리'가 결합되는
것으로 나타나되, 후자가 두 본질적 원리를 압도하는 지경까지 나아가
기도 함을 살폈다. 즉, 이 '재미의 원리'가 여항—시정가사의 미학적 특
징을 결정짓는 중심원리로 작용한다는 것이다. 이에 따라 조선후기에
작자성 상실을 보이는 여항—시정가사는 볼 거리와 들을 거리의 텍스
트로 구체화되는데 그 실현 양상은 세 단계의 변화를 보이며 대중적 속
(俗)의 미학을 구현해 나간 것으로 보고 그 구도의 체계화를 시도해 보
았다.

그리하여 제1단계는 볼 거리로서든 들을 거리로서든 인간본성의 자
연스런 추구라는 면에서는 여항—시정 담론에 근접해간 것이지만 아직

도 사대부 담론의 '고상한 풍류'에서 벗어나지 못한 면이 강하게 남아 있어 다음의 여항—시정담론으로 나아가는 예비단계 정도임을 알았다. 제2단계에 이르면 잡가의 출현과 판소리의 본격화 등 여러 가창 장르의 경쟁과 상업화로 여항—시정가사의 본격적인 대두단계를 보이는데 신분적으로 상·하층을 두루 만족케 하는 대중의 통속적 미감을 자극하는 '선정성'과 '감상성'이 서술미학의 주류를 이룸을 살폈다. 그리고 이 시기의 가창가사는 향유자들에 흥미와 자극을 유발하면서 쉽게 수용될 수 있도록 음악적으로는 아악과 민속악을 섞어 쓰며, 노랫말이나 사설 내용으로는 상사·연정·인생무상 같은 보편적이고 애상적인 '가벼운' 주제를 지향함으로써 대중의 애호를 획득한다는 것을 알았다. 제3단계에는 잡가의 전성시대를 맞아 여항—시정가사의 본격화 단계를 보이는데, 들을 거리로서는 가창문화권에서 십이가사의 레파토리화가 완성되고, 볼 거리로서는 교훈가사마저도 인물형상의 과장적 회화화에 의한 골계스런 미적 지향을 드러냄으로써 시정인에게 더욱 효과적인 설득과 향유가 가능했음을 살폈다.

논의를 끝내려니 전체적인 흐름의 파악에만 전심하느라 미처 개별 작품에 대한 구체적인 미학적 분석으로까지 나가지 못한 것이 못내 유감이다. 여기서는 큰 틀을 짜보았다는 것으로 자위하고 그러한 세부 작업은 다음 기회로 미루고자 한다.

가사 장르의 개관과 사적 전개 양상

1. 가사의 개념

고려말에 발생하고 조선 초기 사대부 계층에 의해 확고한 문학 양식으로 자리잡아 조선조를 관통하며 지속성을 보인 문학의 한 갈래로서 4음 4보격을 규준 율격으로 할 뿐, 행(行)에 제한을 두지 않는 연속체 율문(律文)형식을 갖고 있다. 주 담당층은 사대부계층이며, 장르 자체가 지닌 폭넓은 개방성으로 인하여 양반가(兩班家)의 부녀자, 승려, 중·서민(中·庶民) 등 기술(記述) 능력을 갖춘 모든 계층이 참여하였던 관습적 문학 양식이다. 그 내용 또한 까다로운 장르적 제한 요건이 없어 다채롭게 전개되었다. 명칭은 '가사(歌詞)·가사(歌辭)·가ᄉᆞ' 등이 관습적으로 통용되었으나, 오늘날에는 문학 장르 명칭으로 '가사(歌辭)'가 일반적으로 사용된다.

2. 가사의 장르론 개관

국문학의 장르규정에 있어서 가사(歌辭)만큼 많은 논의를 불러일으킨 문학 양식도 찾기 어렵다. 이는 가사의 장르적 속성 규명이 결코 쉽지 않다는 것을 의미하는데, 그 근본적인 이유는 장르론 자체가 지향하는 이중적 목적 달성의 어려움 때문이라고 생각된다. 장르론은 문학 전체의 유기적 질서를 수립하는 이론적 체계여야 하며, 동시에 개별 장르의 역사적 운동성까지 투시하는 실질적 수단이 될 때 유효한 방법론이되는 까닭이다. 결국 가사의 장르적 성격에 관한 논의는 가사 자체의 성격 파악에 그치는 문제가 아니며, 전체 국문학의 질서 체계라는 거시적 구도 아래 해명되어야 하기 때문에 그만큼 어려움이 따른다고 하겠다. 그러나 그 동안 축적된 성과 또한 두터워서 이를 검토하면 가사의 장르적 특성은 대체로 파악될 수 있을 것이다.

기왕의 연구 성과는 크게 두 방향에서 정리될 수 있다. 그 하나는 질서와 규범의 체계로서의 장르론이며, 다른 하나는 개별 양식들의 속성 파악에 중점을 두는 다원적 질서로서의 양식론이다. 국문학의 여러 방면에서 두루 업적을 남긴 도남(陶南) 조윤제(趙潤濟)[1]는 몇 차례의 수정·보완을 거치면서 가사와 국문학의 유형과 체계에 대한 논의를 벌였다. 처음에 가사를 '운율적 생활의 일부'라는 '시가(詩歌)' 개념으로 다루었으나, 이후 종래의 태도를 자기 비판하면서 '시가는 운문이지만 운문은 시가가 아닐 수도 있다'고 전제하고, '가사는 형식상 시가이지만 내용상 문필'이기 때문에 시가와 문필 중에 어디에도 귀속될 수 없다고보아 '시가, 가사, 문필'이라는 3분 체계를 세운다. 그 뒤 다시 '문필'이라는 개념의 모호성을 탈피하여 '시가, 가사, 소설, 희곡'이라는 4대 부문을 제시하는데, 이는 서구의 고전적 문학 3분 체계인 서정, 서사, 희곡을 의식하면서 동시에 국문학의 특수성도 함께 고려한 것이다. 연구 초기 조윤제가 국문학의 체계를 세우는 과정에서 2분법, 3분법, 4분법으

---

1) 조윤제, 「가사문학론」, 『조선시가의 연구』, 1948, 122쪽.

로의 수정과정을 보이게 된 근본적인 이유가 '가사' 장르 때문이었음을 알 수 있는데, 이는 다른 한편으로 가사의 장르론은 곧바로 전체 국문학 체계에 직결된다는 점을 시사해 준다.

조동일(趙東一)[2]은 이러한 조윤제의 논의를 바탕으로 이론적으로 체계화된 획기적인 장르 이론을 세운다. 그는 '장르론의 원리는 장르 상호간의 관계론에 그치지 않고 각 장르 내부의 논리로 심화되어야 한다'고 하면서 분류론과 범주론의 차원에 머물고 있던 장르적 인식을 극복하는 포괄적 장르의 이론을 정립한다. 그러한 인식의 출발은 '가사의 장르 규정'으로부터 시작되는데, '가사'는 서구의 전통적 장르 구분법인 3분법으로 정리될 수 없는 복합적이고 특수한 성격을 지닌 것이라고 하면서 가사의 장르문제를 공시적·대비적·통시적 측면에서 다각적으로 검토한 후, '가사'는 '있었던 일을 확장적 문체로, 일회적으로, 평면적으로 서술해 알려주어서 주장한다'는 '교술' 장르류에 속한다고 했다. 여기서 '교(教)'란 알려주어서 주장한다는 뜻이요, '술(術)'은 어떤 사실이나 경험을 서술한다는 뜻이라고 했다. 나아가 그는 교술은 '비전환표현'이며, 자아와 세계의 대립적 양상에 따른 거시적 4분 체계에서는 그것이 '작품외적 세계의 개입으로 이루어지는 자아의 세계화'라는 장르적 특성을 지닌다고 했다. 조동일의 이론은 '가사' 장르는 물론 여러 방면에 걸친 문학 이해에 많은 영향을 주고 있다. 조윤제와 조동일의 장르론이 규범성에 중점을 두어 질서로서의 문학의 체계를 세우려는 데 목적이 놓여 있었다면, 이러한 방법론 자체가 지니는 '지나친 규범성'을 극복하기 위한 대안으로 문학의 역동성을 중시하는 '다원적 양식론'이 논의되기에 이른다.

---

2) 조동일, 「가사의 장르규정」, 『어문학』 22집, 한국어문학회. 1969.

가사 문학 논의에서 내적 형식으로서 문학의 본질을 가리킨 '양식' 개념의 도입은 장덕순(張德順)[3]에 의해 시작된다. 장덕순은 형태라는 용어와 대비하여 '양식'이란 용어를 '인간 정신이 문화적 생활을 형성해 가는 방식'이란 개념으로 사용하면서 이러한 양식 개념에 의해 문학을 '서정적 양식, 서사적 양식, 극적 양식'으로 구분하고 '가사'는 주관적이고 서정적인 가사와 객관적이고 서사적인 가사로 분별된다고 설명했다. 주종연(朱鍾演)[4] 역시 가사를 유개념으로 서정적인 것과 서사적인 것으로 2분하고 종개념에서 수필로 규정했다가 뒤에 이를 다시 '서정적인 것, 서사적인 것, 교시적인 것'으로 3분하고 있다. 그러나 이들 논의 한계는 '양식론'의 속성에 주목했음에도 불구하고 그것의 실제 운용에서 유개념과 하위 개념 사이를 분별 적용하지 못함으로써 하나의 역사적 장르인 가사를 2분 또는 3분해 놓는 결과를 가져왔다는 데 있다. 가사에 양식론적 사고를 원용하여 '문학적 진술 방식'을 양식 개념으로 보아 이것을 기술적(記述的) 차원에서 수단화해야 한다는 실례는 김병국(金炳國)[5]에 의해 시도되기도 하였다.

가사를 역사적인 관습 장르로 보아 가사의 '진술 양식'의 복합성에 주목하여 양식론을 구체적으로 운용하는 실제는 필자가 특히 주목한 바 있다. 즉 필자는 공시적 관점에서 관습적 장르로서의 가사와 통시적 관점에서 역사적 장르로서의 가사라는 두 측면을 중시하고 가사는 서정적 지향(서정성), 서사적 지향(서사성), 교술적 지향(교술성)이라는 문학적 '정신'을 동시에 보이는 장르적 속성의 '혼합성' 내지는 '복합성'을

---

3) 장덕순, 『국문학통론』, 신구문화사, 1963, 41쪽.

4) 주종연, 「가사의 장르고」(서울대 교양학부, 『논문집』3집, 1971, 「가사의 장르고 II」, 『국어국문학』62·63집, 1973, 「가사의 장르고 III, 국민대, 『논문집』12집, 1978.

5) 김병국, 「장르론적 관심과 가사의 문학성」, 『현상과 인식』겨울호, 현상과 인식사, 1977.

갖고 있으며, 4음 4보격이라는 율격 장치의 손쉬움과 낯익음으로 계층을 초월하여 모든 계층에 개방되어 있는 '개방성'을 갖고 있다고 설명했다. 역사적 장르로서의 가사는 전·후기 가사의 동태적 변화에 주목하여 전기 가사는 서정·서사·교술성의 장르적 성격 가운데 어느 하나를 중심적 정신으로 삼고, 다른 둘을 보조적 장치로 포용하는 장르적 지향을 보이며, 이러한 장르적 복합성은 임·병 양란 이후 사회의 전면적 개편이 요구되면서 각 지향간의 불균형으로 인해 그 서정성·서사성·교술성이 각각 극대화되는 방향으로 전개된다는 논의를 폈다.6)

필자는 다른 논고에서 역사적 장르인 가사를 중심에 두고 그 가사를 포괄할 수 있는 원리를 '주제적 양식'이라는 진술 방식에 있다고 보면서, '서정적·서사적·극적 양식'들은 그 주제적 양식이 실현되는 양태들로 파악하기도 했다.7) 서구 장르론자인 헤르나디가 사용한 'Thematic mode'의 개념을 원용한 이 '주제적 양식'이란 용어는 조동일의 '교술' 개념이 주는 부담감을 덜어준다는 측면에서 김병국, 김대행(金大幸), 성기옥(成基玉), 김준오(金埈五) 등 여러 학자에 의해 사용되기도 했다.

한편 김흥규(金興圭)8)는 '가사작품들의 다양한 성향에 주목하여 그것을 여러 종류의 경험, 사고 및 표현 욕구에 대하여 폭넓게 열려있는 혼합갈래의 일종으로 파악하고자 한다'는 의견을 내놓기도 했다. 이 논의는 '서정, 서사, 교술, 희곡'의 여러 성격이 가사에 복합·혼효되어 있다는 주장이라는 측면에서 양식론적 사고에 포함되기는 하지만 제5의 장르류인 그 '중간·혼합 갈래들'의 장르 설정의 기준이 다른 네 가지 장

6) 김학성, 「가사의 장르성격 재론」, 『백영 정병욱선생 환갑기념논총』, 신구문화사, 1982.

7) 김학성, 「가사의 실현화과정과 근대적 지향」, 『근대문학의 형성과정』, 문학과지성사, 1983.

8) 김흥규, 『한국문학의 이해』, 민음사, 1986.

르류와 동질성을 갖지 못한 까닭에 논리적 설득력이 약하고, 실제로 구체적 문학 작품의 대개가 어느 정도는 혼합성과 복합성을 지닌다는 점에서 그 혼합성의 정도가 주관적인 기준에 의해 판별될 가능성이 높다고 하겠다.

최근에 성무경(成武慶)9)은 기존 장르론을 재검토하면서 새로운 장르론적 구도를 제시했는데, 그 구도는 문학의 다원적 질서를 중시하는 양식론적 사고에 서되, 네 가지 일원적 추상을 규범적으로 체계화하는 방향에서 정리하여 놓았다. 즉 그는 가사의 존재양식은 '노래하기라는 환기 방식이 서술의 입체화를 방해하여 서술의 평면적 확장'을 이루는 '전술(傳述) 양식'이라고 하고, 그 '전술 양식'은 서술언어의 통사적 의미를 구조적으로 연계하는 특성을 보이며, 또 '나'라는 '인격적 서술주체의 목소리'로 진술되는 까닭에 서술의 신빙성을 확보하는 문학양식이라고 했다. 일반적 서술자 목소리의 신빙성은 소설적 세계관의 성립에 의해 그 신빙성이 의심받게 되고, 신빙성 있는 서술자 '나'로 진술되는 문학적 진술방식이 요청되었는데, 이것이 가사 문학을 발생시킨 근본적 동인이라 보았다. 이 '나'에 의한 서술은 근대 소설이 '1인칭 서사'를 실험하면서 소설의 서술 방식으로 자리잡자 그 신빙성을 보장받을 수 없게 되어, 근대 1인칭 소설의 등장과 함께 가사 장르의 양식적 존재 가치가 소멸된 것으로 설명했다. 이 논의는 기존의 가사 장르 논의가 안고 있던 몇 가지 모순을 해결하고 있다는 점에서 주목되는 논의 구도를 지니고 있으나 이론과 역사적 장르인 가사 사이의 실제 적용이 두루 검증되지 않아 앞으로 이에 대한 검증이 요구된다.

이밖에도 가사의 담론 특성을 통한 장르 논의나 향유 방식을 포괄하

---

9) 성무경, 「가사의 존재양식 연구」, 성균관대 박사학위 논문, 1997.

는 역사적 장르로서의 가사에 대한 성격을 파악하고자 하는 논의들이 활발하게 진행되고 있다. 한편 전체 국문학의 질서 체계와 연관된 논의는 아니라 할지라도 가사가 지닌 '서정'의 문제는 가사 문학 연구 초기부터 줄곧 논의되어 왔는데, '가사는 시가인 이상 엄연한 시(詩)'라고 하거나 '가사는 비연시(非聯詩)로서의 정형시'라고 할 때의 '시가' 또는 '시'는 가사가 '서정 장르'에 속한다는 표현이거나 적어도 '서정성'이 가사의 중심적 표현 원리라는 주장을 함축하고 있는 의견이라 하겠다. 또한 가사를 산문적인 '수필'이라고 보자는 견해와 가사의 독자성을 인정하여 '가사는 가사일 뿐'이라는 주장도 있는데, 이러한 의견은 가사 내용의 다양성 또는 독자적 특성을 살리려는 의도이기는 하나 체계적인 장르론에 입각한 것이 아니므로 재고의 여지가 있다. 가사의 장르적 성격은 이처럼 여러 각도에서 조망되고 있어, 앞으로 계속되는 연구들을 통해 더욱 정확한 실체로 드러날 것이다.

3. 가사의 내용 및 유형 개관

가사 문학에는 다양한 삶의 모습들과 다층적 세계관 및 이념들이 총체적으로 투영되어 있다. 기존에 가사의 유형을 내용별로 분류한 것을 보면 적게는 5종으로부터 많게는 32종류(139개 항목으로 나눈 경우마저 있다)에 이르기까지 유형 분류의 진폭이 아주 크다. 가사는 한 작품 안에서도 복합적인 성격을 지니는 작품이 많아, 단순 구분하면 가사의 전모를 구체적으로 이해하기 어렵고, 세분하면 유형의 가닥이 잡히지 않아 복잡성만 가중된다. 그러므로 학계에 일반적으로 통용되는 유형적 범주들을 토대로 교차 분류를 피하는 방향에서 몇 가지 유형을 묶어 그 내용을 살펴보는 것이 바람직한데, 현재로선 일정한 범주적 교차를 인정할 수밖에 없다.

가사의 주 담당층이 양반 사대부계층이고, 작품의 양과 질에서, 또 작품세계에서도 양반 사대부의 세계관 투영이 지배적이라는 판단아래 사대부가사(士大夫歌辭)를 중심으로 기술(記述)하고, 규방가사(閨房歌 辭)와 서민가사(庶民歌辭)를 부가적 항목으로 하여 각각의 내용별 유형 을 살피기로 한다. 이밖에 특정시대를 배경으로 하고 주제적 기준에 의 한 것이기는 하나, 종교가사·개화가사를 하나의 항목아래 간략히 기술 해 보기로 한다.

(1) 사대부 가사

① 강호생활(江湖生活)

가사가 문학적 세련성을 획득하며 구체적인 유형으로 자리잡을 때 형성된 내용 유형으로, 자연과의 합일을 표방하면서 강호지락(江湖之 樂)을 읊은 작품들이 있다. 강호한정(江湖閑情)과 안빈낙도(安貧樂道)가 주된 주제이다. 이런 가사로는 정극인(丁克仁)의 <상춘곡 賞春曲>, 송순 (宋純)의 <면앙정가 俛仰亭歌>, 정철(鄭澈)의 <성산별곡 星山別曲>, 차천 로(車天輅)의 <강촌별곡 江村別曲>, 이양오(李養五)의 <강촌만조가 江村 晩釣歌>, 박인로(朴仁老)의 <사제곡 莎堤曲>·<노계가 蘆溪歌>, 허강(許 橿)의 <서호별곡 西湖別曲>, 정훈(鄭勳)의 <수남방옹가 水南放翁歌>, 작 자 미상의 <낙민가 樂民歌)>, <창랑곡 滄浪曲)>, <안빈낙도가 安貧樂道 歌)>, <은사가 隱士歌)> 등이 있다.

② 연군(戀君)과 유배(流配)

사대부란 관료로서의 '대부(大夫)'와 독서인으로서의 '사(士)'가 복합된 명칭으로 정치적인 진퇴(進退)를 숙명적으로 반복한 계층이다. 이러한 정치 현실을 배경으로 사대부적 갈등을 읊은 가사에는 임금에 대한 그리움을 나타낸 연군가사(戀君歌辭)와 정치적 패배로 인해 유배를 당해 유배지에서 겪는 고난의 생활상을 기술하면서 우국지정(憂國之情)을 토로한 유배가사(流配歌辭)가 있다. 전자에는 정철의 <사미인곡 思美人曲>·<속미인곡 續美人曲>, 조우인(曺友仁)의 <자도사 自悼詞>, 김춘택(金春澤)의 <별사미인곡 別思美人曲>, 이진유(李眞儒)의 <속사미인곡 續思美人曲>, 이긍익(李肯翊)의 <죽창곡 竹窓曲> 등이 있고, 후자에는 조위(曺偉)의 <만분가 萬憤歌>, 송주석(宋疇錫)의 <北關曲>, 이방익(李邦翊)의 <홍리가 鴻罹歌>, 안조환(安肇煥)의 <만언사 萬言詞>, 김진형(金鎭衡)의 <북천가 北遷歌> 등이 있다.

③유교 이념과 교훈

유교적 실천 윤리를 규범적으로 제시하거나 경세적(警世的) 교훈을 주제로 한 작품들은 특히 봉건적 사회 질서가 흔들리던 조선 중·후기에 지배질서의 유지나 이념 강화를 목적으로 많이 지어졌다. 이 유형에는 이름 높은 유학자가 지은 것이라면서 진술의 권위를 강조하는 <권선지로가 勸善指路歌>(조식 曺植), <도덕가 道德歌>·<금보가 琴譜歌>·<상저가 相杵歌>(이황 李滉), <자경별곡 自警別曲>·<낙지가 樂志歌>(이이 李珥) 등과 허전(許墺)의 <고공가 雇工歌> 및 이원익의 <고공답주인가 雇工答主人歌>, 정훈의 <성주중흥가 聖主中興歌>, 이기경(李基慶)의 <심진곡 尋眞曲>, 정인찬(鄭寅燦)의 <삼강오륜자경가 三綱五倫自警歌>, 유영무(柳榮茂)의 <오륜가 五倫歌>, 작자미상의 <오륜가 五倫歌>, 김경흠(金景欽)의 <삼재도가 三才道歌> 등이 있다. 넓게는 조선 후기에 여러 편의 경세류(警世類) 가사를 편집해 묶은 <초당문답가 草堂問答歌>나

규방가사의 한 유형인 <계녀가>류(誡女歌類) 등도 이 유형에 교차적 범
주를 갖는다.

④ 기행(紀行)

일상적 주거 환경을 벗어나 명승지나 사행지(使行地)를 기행하고 여
정(旅程)을 중심으로 견문과 감회를 읊은 가사들로서, 이 유형은 국내
기행가사와 국외 기행가사로 나누어진다. 전자는 주로 관료들이 부임지
(赴任地)에 이르는 과정을 기록하거나 임지(任地) 주변의 명승지를 유람
하면서 경관을 읊은 것이고, 후자는 중국이나 일본에 사행을 다녀온 것
으로 견문의 기록성이 높다. 국내 기행가사로는 백광홍(白光弘)의 <관
서별곡 關西別曲>, 정철의 <관동별곡 關東別曲>, 이현(李俔)의 <백상루
별곡 百祥樓別曲>, 조우인의 <관동속별곡 關東續別曲>·<출새곡 出塞
曲>, 박순우(朴淳愚)의 <금강별곡 金剛別曲>, 위백규(魏伯珪)의 <금당별
곡 金塘別曲>, 작자미상의 <금강산유람록 金剛山遊覽錄> 등이 있으며,
국외 기행가사로는 박권(朴權)의 <서정별곡 西征別曲>, 김인겸(金仁謙)
의 <일동장유가 日東壯遊歌>, 유인목(柳寅睦)의 <북행가 北行歌>, 홍순
학(洪淳學)의 <연행가 燕行歌>, 작자미상의 <연행별곡 燕行別曲> 등이
있다. 이방익(李邦翼)의 <표해가 漂海歌>는 예기치 않은 표류로 인한 해
외 경험을 읊은 것이다.

⑤ 전란의 현실과 비분강개

국내·외적 전란의 피해와 처참한 정상, 거기로부터 오는 비애와 의
분(義奮)을 토로한 작품들도 적지 않다. 전란을 배경으로 한 작품으로는
양사준(楊士俊)의 <남정가 南征歌>, 박인로의 <태평사 太平詞>·<선상
탄 船上嘆>, 최현(崔晛)의 <용사음 龍蛇吟> 등이 있고, 전란 후 곤궁한

현실을 드러낸 작품으로 박인로의 <누항사 陋巷詞>, 정훈의 <우활가 迂
闊歌>·<탄궁가 嘆窮歌>등이 있다. 애국 계몽기의 의병가사도 이 유형
에 포함될 수 있다.

⑥ 영사(詠史)·풍속(風俗)·세덕(世德)

우리 나라의 역사나 가문(家門)의 전통을 노래한 것, 중국 역사나 고
사(故事)를 읊은 것, 또 지리(地理)·풍물(風物)·풍속(風俗)·인사(人事)
등 신변적 관심을 표현한 것들로, 신득청(申得淸)의 <역대전리가 歷代轉
理歌>, 작자미상의 <해동만고가 海東萬古歌>, 박리화(朴履和)의 <만고
가 萬古歌>·<낭호신사 朗湖新詞>, 여러 종류의 <역대가 歷代歌>, <한양
가 漢陽歌>, <농가월령가 農家月令歌>, <팔도읍지가 八道邑誌歌>, <팔역
가 八域歌>, <광산김씨세덕가 光山金氏世德歌>, <전의이씨세덕가 全義李
氏世德歌>, 김충선(金忠善)의 <모하당술회가 慕夏堂述懷歌>, 정습명(鄭
襲明)의 <정처사술회가 鄭處士述懷歌> 등이 있다.

(2) 규방가사

규방가사는 부녀자들에 의해 향유된 가사로 내방가사(內房歌辭)라고
도 불린다. 규방가사의 내용별 유형 구분 역시 논자에 따라 진폭이 있
으나 크게 '교훈가사'와 '생활체험가사'로 나눌 수 있고, 전자는 다시 '계
녀가류'와 '도덕가류'로, 후자는 '탄식류'와 '송축류', 그리고 '풍류류'로
나누어 진다. '교훈가사'의 주류는 '계녀가류'로 시집가는 딸에게 시집살
이에 필요한 생활 규범을 가르칠 목적에서 ≪소학 小學≫등의 유교적
규범을 전달하는 것이며, 그 내용이 13개 항목으로 전형화되어 구성된
다는 특징이 있다. <계녀가>라는 제목의 많은 작품들이 여기에 속한다.
또한 규범서에 바탕을 두지만 화자의 구체적 체험을 서술해 훈계하는

유형이 있는데, <김씨계녀사>, <복선화음가> 등이 여기에 해당한다.

한편 '도덕가류'는 특정인에게 주는 교훈이 아니라 일반 부녀자들이 지켜야 할 도리를 서술한 것으로 부덕(婦德)을 강조하는 <도덕가>, <오륜가>, <나부가 懶婦歌> 등이 있다. 그러나 교훈가사의 '계녀가류'와 '도덕가류'는 한 권의 책에 같이 필사되거나 여러 장의 '두루말이'에서 같이 발견되므로 내용을 분석하여 세분할 때 구분되는 유형이지 엄밀한 유형구분은 힘들다.

'생활체험가사'는 <화전가>류 가사가 많으며, 시집살이의 괴로움과 신세한탄이 주류를 이룬다. '탄식류'는 시집살이의 어려움을 토로하거나 인생의 무상감을 읊은 것으로 <사친가>, <사향가 思鄕歌>, <여자자탄가> 등이 있고, 남편의 사별, 노처녀의 한을 노래한 것으로 <한별곡 恨別曲>, <원별가 怨別曲>, <청상가 靑孀歌>, <노처녀가>, <춘규자탄별곡> 등이 있다. '송축류'는 자녀의 장래를 축복해 주는 <귀녀가>, <재롱가>, <농장가> 등이나, 부모의 회갑이나 회혼을 맞아 장수를 송축하는 <수연가 壽宴歌>, <헌수가 獻壽歌>, <회혼참경가 回婚參景歌> 등이 있다. '풍류류'는 <화전가 花煎歌>가 대표되며, 여행의 즐거움을 노래한 <관동팔경유람기>, <경주관람기> 등이 포함된다.

(3) 서민가사

임·병 양난 이후 서민의식의 성장은 문학사뿐만 아니라 여러 분야에서 두루 확인되는데, 가사작품에서도 그러한 지향을 보이는 작품들이 적지 않다. 서민가사는 서민에 의해 지어졌거나 서민의식이 투영된 가사를 말하는데, 담당층에 대한 개념이 모호해서 유형 성립에 문제점을 안고 있다. 서민가사의 주류는 '현실적 모순의 폭로와 비판'을 특징으로 하는 작품들인데, <갑민가 甲民歌>, <기음노래>, <거창가 居昌歌>, <정

읍군민란시여항청요井邑郡民亂時閭巷聽謠>, <민원가 民怨歌>, <합강
정가 合江亭歌> 등이 그것이다. 그러나 작품의 내용이 봉건적 지배 질
서에 순응하지 않는 태도를 보인다고 해서 곧바로 이들을 '서민가사'라
할 수 있을지는 의문이다. 이 유형에 속한 작품의 대다수는 작자를 알
수 없는 것들로서 유교적 정신세계를 바탕에 깔고 있는 작품이 많기 때
문에 오히려 탄력성을 두어 '현실비판가사'라는 유형으로 따로 묶어 다
루는 것이 편리할 수 있다.10) 이들은 대개 조선 후기 신분제의 동요가
심화되던 시기에 산출된 작품들로 생각되는데, 주지하듯 이 시기는 양
반 계급이 수적 증가를 보인 반면 실질적인 권리는 상대적으로 약화되
어, 양반층 내부에서도 체제 비판적이거나 현실 비판의 목소리가 커지
고 있었던 때이다. 이렇게 현실 사안에 대해 제한적 비판을 보이는 작
품들보다는 기존 관념에의 도전과 인간 본능의 표출을 주제의식으로
하여 세계관적 변화를 보이는 작품들에서 서민들의 개방적 세계관을
읽을 수 있지 않을까 한다. 이 유형에는 <청춘과부곡>, <규수상사곡>,
<상사회답곡>, <양신회답가>, <단장사>, <송녀승가>, <재송녀승가>,
<거사가> 등을 들 수 있다.

(4) 종교가사 · 개화가사

① 종교가사

종교의 교리를 세상에 널리 펴는 것을 주제로 한 가사로 경전의 교리
를 가사체로 서술한 것, 신앙 정신에 입각하여 창작한 것, 전도를 목적
으로 지은 것 모두 포함된다. 종교가사에는 불교가사, 천주교가사, 동학
가사 등이 있다. 불교가사는 가사의 발생문제에 쟁점이 되어온 나옹화

---

10) 고순희, 「19세기 현실비판가사 연구」, 이화여대 박사학위 논문, 1990에서 이들 작
    품의 작자층을 서민계층이 아니라 향촌의 몰락 사족층으로 논증한 바 있다.

상(懶翁和尙)의 <서왕가 西往歌>·<승원가 僧元歌> 등에 이어 휴정(休靜?)의 <회심곡>과 회심곡의 이본들, 침굉(枕肱)의 <귀산곡 歸山曲>·<태평곡>, 지영(智瑩)의 <전설인과곡 奠設因果曲>·<수선곡 修善曲> 등이 있다. 천주교가사는 정약전(丁若銓) 등이 지은 <십계명가 十誡命歌>, 이벽(李檗)이 지은 <천주공경가>, 도마 최양업(崔良業)의 <사향가>·<삼세대의> 외 20편, 김기호(金起浩)의 <성당가 聖堂歌> 등이 있다.

동학가사는 천도교가사라고도 하는데, 후천 개벽의 도래를 주창하면서 동학을 창시한 최제우(崔濟愚)의 ≪용담유사≫9편은 가사가 곧 동학의 경전이 된 작품이며, 김주희(金周熙)가 설립한 상주동학본부에서 수집 정리하여 간행한 동학가사 100여 편이 있다. 동학가사는 민중적 힘을 결집시킨 구국과 개혁의 사회적 이념이 자생적 근대 지향을 보인다는 점에서 그 의의가 크다. 종교가사는 세계관적 전환을 모색하면서 유교적 이념과 마찰을 빚기도 했는데, 근대로의 이행기(移行期)에 이들이 가사를 매체로 이념논쟁을 벌였다는 점이 특히 주목된다.

② 개화가사

갑오경장(1894) 이후, 한일병합(1910)에 이르는 소위 '개화기'를 배경으로 개화 문제를 중심화제로 삼은 가사들을 말한다. 이 유형은 개화 문제를 놓고 찬·반의 입장이 분명하게 갈리면서 치열한 논쟁을 벌였다. 서구와 일본을 문명 개화의 모범으로 삼고 위로부터의 개혁을 내걸면서 계몽적 개화사상을 주장한 것으로는 <애국가>, <동심가>, <성몽가> 등이 있고, 반제구국(反帝救國)을 주장하면서 밑으로부터의 개혁을 의식하고, 신문화 수용을 비판한 것으로는 <문일지십 聞一知十>, <일망타진 一網打盡>, <육축쟁공 六畜爭功> 등이 있다.

4. 가사의 역사적 전개 양상

가사의 역사적 전개과정은 내용·형식·작가의식의 변모에 따라 대략 5기로 구분하여 살필 수 있다.

(1) 제1기 : 고려말엽부터 조선 성종(成宗)조까지

가사가 발생하여 하나의 장르로 형성되는 시기이다. 가사의 기원과 발생시기에 대한 견해는 다양하나 이두문(吏讀文)으로 표기된 나옹화상(1320~1376)의 <승원가 僧元歌>와 신득청(申得淸, 1332~1392)의 <역대 전리가 歷代轉理歌>가 발굴되었고, <서왕가> 등 나옹화상의 작품이 여럿 되는 것으로 보아, 가사의 발생시기는 고려말로 보는 것이 온당하다. 가사의 기원 문제는 경기체가로부터의 발생설, 시조로부터의 발생설, 악장체로부터의 발생설, 한시현토체로부터의 발생설, 교술 민요로부터의 발생설, 불교계 가요로부터의 발생설 등 여러 의견이 있지만, 4음보 민요의 율격적 낯익음과 대구(對句)형식인 사부(辭賦)의 영향, 그리고 불교 의식에 쓰이던 화청(和淸) 등으로부터 가사의 관습적이고 개방적인 형식이 나타났다고 볼 수 있다. 이에 제1기 가사문학의 전개양상은 승려계층에 의해 발생된 가사가 몇몇 관료에 의해 수용되고 차츰 그들의 기호에 맞는 형식으로 자리잡아 조선 초기에 정극인의 <상춘곡>과 같이 세련된 작품으로 나타나게 되었다고 정리될 수 있다.

(2) 제2기 : 성종조 이후 임란(壬亂) 전까지

가사가 본격적인 문학양식으로 성장한 시기로 사대부 가사의 절정기라 할 만하다. 이 시기는 역사적으로 퇴계, 율곡과 같은 대학자들에 의해 성리학 이론이 완결되고 이를 바탕으로 유교적 세계관에 의해 사회가 안정되던 시기였던 만큼, 사대부의 이념을 바탕으로 강호자연을 관조하고 유유자적하게 자연미(自然美)를 완상(玩賞)한 작품들이 많이 창작되었고, 한편으로 정치적 패배에 따른 울분을 토로하면서 자신의 결백을 주장하는 가사들도 창작되는데, 뛰어난 형상성을 지닌 작품이 많다. 사대부적 삶의 즐거움을 노래한 이서(李緖)의 <낙지가>, 송순의 <면앙정가>, 허강의 <서호별곡>, 정철의 <성산별곡> 등과 임지(任地)를 여행하면서 얻은 감흥과 관료 생활의 즐거움을 읊은 백광홍의 <관서별곡>, 정철의 <관동별곡> 등이 대표적이다.

또한 정계에서 밀려난 후 사랑하는 님에 의탁하여 연군(戀君)을 드러낸 정철의 <사미인곡>·<속미인곡>과 적객(謫客)의 쓰라린 회포와 충의심(忠義心)을 토로한 조위의 <만분가> 등은 연군 및 유배가사의 전형이 되었다. 이 시기 가사의 형식적 특징이 가사 형식의 전형으로 인정되는데, 그것은 율동 실현이라는 범위 내에서 4음 4보격의 안정적 율격을 비교적 온전히 지키고 있으며, 결구(結句)를 시조의 종장 형식으로 마감하는 형식적 완결성을 확보하고 있다. 이러한 가사의 형식적 특징은 가창(歌唱)과 음영(吟詠) 및 율독(律讀)이라는 향유방식을 동시에 갖는 사대부가사의 관습적 장르 수행으로부터 형성된 것으로 볼 수 있다.

(3) 제3기 : 임란(壬亂) 이후 숙종(肅宗)조 전까지

사대부가사가 변모를 보이기·시작한 시기로 작가의 시선이 자연에 대한 관심으로부터 현실의 문제로 이동하는 특징을 보인다. 박인로의 <누항사>와 정훈의 <우활가>·<탄궁가>는 안빈낙도를 표방하지만 생활고가 사실적으로 묘사되어 있으며, 박인로의 <태평사>·<선상탄>, 채득기(蔡得沂)의 <봉산곡 鳳山曲>, 최현의 <용사음> 등에서는 임·병양란을 배경으로 왜(倭)나 청(淸)에 대한 적개심을 표현하면서 전쟁의

비참함이나 전쟁으로 인한 사회의 피폐상을 읊었고, 파당과 분쟁을 일
삼으며 수탈을 자행하는 위정자들을 신랄하게 비판하기도 했다. 전쟁
포로로 일본에 끌려갔던 백수회(白受繪)는 <도대마도가 到對馬島歌>·
<재일본장가 在日本長歌> 등에서 울분을 토로했고, 허전의 <고공가>와
이원익의 <고공답주인가>는 임란 이후 위정자의 부패상과 무력감을 은
유적 수법으로 꼬집기도 했다. 불교가사도 여말 나옹화상의 작품을 잇
는 휴정의 <회심곡>, 침굉선사의 <귀산곡> 등이 나왔다.

물론 이 시기에도 전기의 강호가사, 연군가사, 유배가사, 기행가사의
계통을 잇는 작품들이 지속적으로 창작된다. 강호가사로 고응척(高應
陟)의 <도산가 陶山歌>, 박인로의 <사제곡>, 윤이후(尹爾厚)의 <일민가
逸民歌> 조우인의 <매호별곡 梅湖別曲>이, 연군가사로 조우인의 <자도
사 自悼詞>가, 유배가사로 송주석의 <북관곡> 등이 이어졌으며, 기행가
사는 조우인의 <출새곡>·<관동속별곡>, 이현의 <백상루별곡>, 박권
의 <서정별곡> 등이 창작되었다.

이 시기의 가사 형식은 4음 4보격 율격을 이탈하면서 2음보를 기저
율격으로 하는 6음보 실현의 빈도가 다소 높아지는 현상을 보인다. 이
는 가사 향유방식의 변모와 관계가 있어 보이는데, 내용의 전달에 관심
이 높아지면서 가창보다는 음영이나 율독 쪽의 비중이 높아지는 현상
을 반영한 것이라 생각된다.

(4) 제4기 : 숙종조 이후 동학 창도 이전까지

가사의 담당층과 향유층이 크게 확대되어, 가사의 성격이 크게 변모
하는 시기이다. 사대부가사의 영향을 받아 규방에서의 가사 창작과 유
통이 활발해졌고, 시정(市井)문화가 확산되면서 계층을 넘어서 향유될
수 있는 서민적 취향의 가사가 생성된다. 규방가사는 허난설헌이 지었

다는 <규원가 閨怨歌>나 연안 이씨의 <쌍벽가 雙璧歌>, 그리고 1802년
에 지어진 <부여노정기> 등으로 미루어 적어도 18세기 후반에는 규방
가사가 등장한다고 볼 수 있다.

또한 이 시기는 전통적 질서가 흔들리던 상황이어서 유교적 이념 강
화를 주장하는 가사가 많이 지어졌는데, 이기경의 <심진곡>, 권섭의
<도통가> 등으로 전기 교훈가사를 잇고 있다. 새로 들어온 천주교 측에
서 교리와 포교를 내용으로 하는 천주가사를 내놓았다. 정약전의 <십계
명가>, 이벽의 <천주공경가>, 이가환의 <경세가>, 최도마 신부의 <지옥
가> 등으로 이들은 18세기 말엽부터 교리의 전달과 포교에 사용되었다.

사대부가사도 지속적으로 창작되어, 남도진(南道振)의 <낙은별곡 樂
隱別曲>, 박리화의 <낭호신사>, 조성신(趙星臣)의 <개암가 皆岩歌> 등
이 강호가사의 맥을 이었고, 김인겸의 <일동장유가>, 이용의 <북정가>,
정재문의 <화양별곡> 등도 전기 기행가사를 잇고 있다. 연군가사로는
김춘택의 <별사미인곡>, 이진유의 <속사미인곡> 등이, 유배가사로는
안조환의 <만언사>, 김진형의 <북천가> 등이 창작되었다.

이 시기 가사 변모의 특징은 작품의 장편화 현상과 4·4조의 음수적
규칙을 고수하는 율격적 경직성을 들 수 있다. 장편 가사의 등장은 가
사의 향유방식 가운데 율독의 비중이 높아져 가사가 독서물로 전환되
기도 했다는 사실을 말해 준다. 율격 경직의 원인은 주 담당층인 양반
사대부 계층의 이념적 경직성으로부터 말미암은 현상이 아닌가 한다.

한편 시정 음악문화의 성행으로 가창 위주의 가사가 나타난 것도 이
시기 가사 변모의 한 특징인데, 오늘날 '12가사(歌詞)'라는 형태로 남아
있는 이 가창가사는 시정 음악문화권을 통해 '형성'된 작품들로써 가사
의 외연을 넓히면서 잡가 장르 형성에 주요 동인이 되기도 했다. 기실
통속적 애정을 주요 주제로 삼는 서민적 취향의 작품들이란 대부분 이

러한 시정 음악문화권을 통해 형성된 것이다.

(5) 제5기 : 동학의 창도와 개화기를 거쳐 1920년대까지

개화기의 격동하는 시대정신을 담아낸 작품들이 주로 창작되는 시기
이다. 규방가사의 창작 및 유통이 활발해지고, 의병가사와 개화가사가
나타나기도 하지만, 이 시기는 가사의 쇠퇴기이기도 했다. 1860년 동학
을 창도한 최제우의 <용담유사>가 창작되어 만민 평등사상과 외세에
대한 저항의식을 고취하였으며, 홍순학은 <연행가>에서 급변하는 동아
시아 정세를 표현하기도 했다. 이어 뜨거운 항일 구국의식(救國意識)을
담아낸 유홍석(柳弘錫)의 <고병정가사 告兵丁歌辭>, 신태식(申泰植)의
<창의가 倡義歌>가 지어졌다. 이러한 의병가사에서는 역사에 대응하는
사대부 정신을 읽을 수 있다.

독립신문에 실린 개화가사는 개화기 지식인의 입장에서 자주독립과
개화사상을 고취했고, 대한매일신보에 실린 가사들은 무비판적인 신문
화 수용을 반대하였다. 이들 개화가사는 <우국가>·<애국가>란 제목이
유독 많으며, 대부분 애국·계몽적 성격을 지닌다. 또 출판 매체를 활용
하고 있다는 점이 특징이다. 이 밖에 유영무(柳榮茂)의 <오륜가>, 김경
흔의 <삼재도가> 등 사대부가사들이 지속적으로 창작되고 있었다. 그
러나 개화기의 근대교육과 1910·20년대 신문학의 확산, 그리고 일본
제국주의의 침탈로 말미암은 표현의 억압 등은 가사의 창작을 급속하
게 위축시켰으며, 비교적 제약을 덜 받은 규방문화권에서 규방가사의
유통을 끝으로 가사는 쇠퇴하고 말았다.

제3부

민요의 장르본질과 향유미학

시집살이 노래의 서술구조와 장르적 본질

— 동아시아 미학에 기초하여 —

1. 문제 제기

시집살이 노래는 시집살이의 경험을 토대로 거기서 우러나는 서러운 사연을 노래한 부녀자들의 민요로서 여인들의 비극적 삶이나 신세를 한탄하는 내용이 중심을 이루는데, 그 분포가 거의 전국적이고 여성 민요의 대표적 위치를 차지한다는 점에서 민요 연구에서 주목의 대상이 되어왔으며, 그 중요성 또한 널리 인지되어 그에 상응한 연구 성과가 상당량 축적되어 있다.

그럼에도 불구하고 여기서 시집살이 노래를 재검토하려는 이유는 이 노래에 대한 거시적 접근 틀에서부터 근본적인 문제를 안고 있다는 생각에서다. 문제의 시작은 이 방면에 선구적 업적을 낸 조동일이 이 노래를 포함해서 우리 민요 가운데 일정한 인물과 사건의 전개를 지닌 작품들을 일괄해서 서사민요라는 이름으로 규정한[1] 데 있었다. 그의 이러한 장르 규정은 너무도 영향력이 커서 뒤에 그에 대한 비판적 시각을 가진 논의가 잇달아 제출되었음에도 서사민요라는 장르의 테두리에서 완전히 자유롭지 못했던 것이다.

---

1) 조동일, 『서사민요연구』(계명대 출판부, 1970), 43쪽.

이를테면 서영숙은 시집살이 노래에서 시집살이가 '사건화'되어 나타
나는 경우와 '심상화'되어 나타나는 경우가 엄격하게 구별되지 않기 때
문에 서사와 서정 중 어느 장르에 속하느냐는 '주된 경향'으로 파악할
수밖에 없고 따라서 '서사적' 노래와 '서정적' 노래 정도의 구분이 합리
적이라 함으로써[2] 한편에 서사민요의 존재를 인정하고 있다. 그는 또
뒤에 서사민요에 보이는 서정적 성격은 주인물의 심리나 사건의 정황
을 효과적으로 드러내기 위한 '부수적' 경향이지 '본질적' 경향은 아니
라고 말함으로써 서사민요에 무게중심을 두기도 했다.[3] 고혜경 역시
서사민요 작품이 지닌 서정적 성격을 병렬적 구조, 사건윤곽의 모호성,
현재형 서술, 주객합일의 주제 등을 근거로 부각시키면서도 이야기를
담고 있다는 점에서 '서사적'이라 함으로써 끝내 그 서사성을 부정하는
지점까지는 나아가지 않고 있다.[4] 이정아도 인물설정의 단순화, 서술자
의 기능 약화 등 일반 서사물과 다른 서정성을 지적하면서 그러한 서정
성은 항상 서사적인 골격과 공존하고 있어서 서사적인 골격 없이는 서
사민요의 서정성은 형성되지 않는다고 보았다.[5]

한편 서사민요가 서사장르로서의 취약성을 드러내고 있음을 보다 적
극적으로 문제삼아 혼합장르로서의 복합적 성격을 부각하는 일군의 논

---

2) 서영숙, 「시집살이노래의 존재양상과 작품세계」(석사학위논문, 정신문화연구원 한
   국학대학원, 1983), 45~46쪽.
3) 서영숙, 『우리 민요의 세계』(역락, 2002), 145쪽.
4) 고혜경, 「서사민요의 일유형연구-부부결합형을 중심으로-」(석사학위논문, 이화여
   대, 1983), 70~78쪽. 그는 다시 「서사민요의 장르적 성격」, 『민요논집』제4호(민요학
   회, 1995)에서 장르 문제를 재론하면서 서사민요가 작품외적 자아의 개입을 분명하
   게 드러내지 않고 독백 또는 대화 등의 발화 위주로 구성되어 서사문학으로서의 성
   격이 약하다는 점에서도 서정적 지향을 엿볼 수 있다는 지적을 하지만 여전히 서사
   민요라는 범위 내에서 서정적 지향을 말하고 있을 뿐이다. 45쪽 참조.
5) 이정아, 「서사민요연구」(석사학위논문, 이화여대, 1993), 31~43쪽 및 79쪽.

의가 있었다. 이를테면 최철은 우리민족의 전통적 서사요는 거의 다 서
정서사요에 속한다고 전제하고 서사민요가 장르 복합적이거나 전이형
(轉移型)의 갈래적 속성을 지니고 있다고 했다.6) 그리고 허남춘은 제주
도 시집살이 노래를 중심대상으로 하여 서정적인 요소와 서사적인 요
소가 주제적인 양식으로 통합되어 표출된다고 하여 보다 복잡한 장르
성향을 말했으며7), 박경수는 시집살이 노래의 하나인 <중노래>를 중심
으로 인물, 사건, 작품세계 등 다각적 측면에서 분석하고 서사민요를 서
정과 서사가 결합된 혼합장르로 보면서 그 실존적 양상에 따라 서사적
서정이거나 서정적 서사일 수 있다고 했다.8)

이처럼 기존 논의에서 서사민요의 장르 성격을 재론하면서 어느 누
구도 서사장르적 성격에서 완전히 자유롭지 못했던 것이 확인된다. 대
체로 서사장르로서의 성격을 본질적 경향으로 보거나 서정성과의 공존
혹은 혼합을 말하는 데 그치고 있는 것이다. 그러면서도 한 가지 공통
점은 서사적 본질이나 골격을 말하면서도 한결같이 서정성과의 친연성
을 배제하지는 못하고 있다는 것이다. 이런 점은 애초에 서사민요론을
선도한 조동일마저 "일군의 서사민요는 자아의 우위를 설정해 때로는
세계의 자아화 같은 느낌조차 준다"9)라거나 "서사민요가 서사문학으로
서의 요소인 작품내적 자아와 작품내적 세계의 대결을 보여주면서도
작품내적 자아와 작품외적 자아가 성격에서는 뚜렷한 차이점이 없으며
둘의 감정이 일치하면서 작품이 전개되기 때문에 서사민요가 서정민요

---

6) 최철,『한국민요학』, 연세대 출판부, 1992, 102~108쪽.
7) 허남춘,「서사민요란 장르규정에 대한 이견」,『제주문화연구』, 도서출판 제주문화,
   1993, 79쪽.
8) 박경수,「민요의 서술성과 구성원리」,『한국 서술시의 시학』, 태학사, 1998, 225~
   257쪽.
9) 조동일,『한국소설의 이론』, 지식산업사, 1977, 124쪽.

처럼 느껴지는 것이다"[10]라고 거듭 말하는 데서도 확인된다. 그의 장르론에서 '세계의 자아화'는 서정이기 때문이다.

그렇다면 시집살이 노래를 비롯한 서사민요의 장르적 본질은 무엇일까? 서정일까, 서사일까, 혹은 그 양자의 공존 혹은 혼합일까? 이는 그냥 지나칠 일이 아니라 반드시 짚고 넘어가야 할 문제다. 여기서 새삼스레 장르 문제를 거론하려는 것은 단순히 작품의 분류나 귀속 문제를 따지자는 범주론으로서 시집살이 노래의 장르론을 펴자는 것이 아니다. 시가 작품에서 시어(詩語) 하나마저도 그 선택에 있어 어떤 어휘를 선택하는지가 작자의 생각이나 체험적 특질을 이해하는 데 있어 매우 중요한 관건이 되는데, 하물며 어떤 소재를 어떤 장르와 서술구조로 형상화했느냐의 문제는 작품을 이해하는 데 있어 가장 중요하고도 본질적인 문제가 될 것이라는 점은 명백하기 때문이다. 작품이 어떤 장르를 선택했느냐 하는 것은 경험의 내용이나 생각 혹은 느낌을 어떤 장르로 텍스트화했느냐의 문제로 이는 작자(민요의 경우는 창자집단)의 세계에 대한 태도나 시선을 결정짓는 것에 해당한다. 같은 경험내용을 서정으로 드러내느냐 서사로 드러내느냐는 삶에 대한 태도나 시선의 차이를 드러내는 것이다. 장르란 현실을 이해하고 파악하는 수단이자 방법이기 때문이다. 따라서 장르론은 작품의 본질과 속성을 읽어내는 길잡이로서 유효한 것이다.

장르의 결정이 이처럼 중요함에도 불구하고 지금까지 시집살이 연구에서는 작품의 이해와 분석방법을 한결같이 서사장르적 시각과 태도로 접근해 왔던 것이 사실이다. 따라서 만약 이 노래가 서사장르가 아니라면 기존의 논의와 해석들은 작품의 본질과 속성에 맞는 적합한 이해를

---

10) 조동일, 『인물전설의 의미와 기능』, 영남대 출판부, 1979, 394쪽.

했다고 말하기 어렵다. 서사장르가 아닌 것을 서사적 분석 틀로 접근하고 해석한 것이 타당성을 갖기가 어렵기 때문이다. 서정과 서사의 혼합을 주장한 논자 역시 그에 맞는 접근법으로 시집살이 노래를 이해했다고 말하기 어렵다. 실제의 방법론이 서정성의 혼합 혹은 공존에 바탕한 분석 틀로 작품 해석에 임했다 하기 어렵기 때문이다. 따라서 본고에서는 시집살이 노래의 장르적 본질에 맞는 해석으로 나아가고자 한다.

또한 장르의 본질이 바르게 파악된다 하여 작품의 이해가 온전히 달성될 수 있는 것도 아니다. 같은 장르라 하더라도 그것이 기반하는 미학의 차이에 따라 작품의 질과 성향을 상당히 달리하기 때문이다. 이를테면 같은 서정이나 서사장르라 하더라도 서구의 그것과 동아시아의 그것은 기저 미학이 상당히 다르기 때문에 그 시학적 원리를 달리하게 되는 것이다. 따라서 본고에서는 시집살이 노래의 작품 이해와 장르적 본질을 파악함에 있어 그것이 기반하고 있는 동아시아의 미학에 근거하여 장르적 본질과 시학적 원리를 규명해 나갈 것이다.

시집살이 노래의 장르적 본질이 서정인지 서사인지 아니면 그 혼합이나 공존인지를 파악하기 전에는 객관성을 유지하기 위하여 본고에서는 그들 노래 유형을 일단 서사민요라는 명칭 대신 잠정적으로 '서술민요'라는 명칭을 사용하기로 한다. 진술방법으로서의 '서술'은 서정, 서사, 교술 장르에 모두 해당하기 때문에 선입견을 버리고 객관적으로 사용이 가능한 까닭이다.

2. 시집살이 노래의 서술구조와 장르적 본질

시집살이 노래 같은 서술민요의 장르적 본질이 '서사'로 규정된 것은 본격적인 장르론적 관점의 검증을 거쳐서 나온 것이 아니라, 민요연구

의 선구적 업적을 남긴 조동일의 소박한 생각에서 시작되었다. 이미 앞
에서 언급한 바와 같이 그는 '일정한 성격을 가진 인물과 일정한 질서
를 지닌 사건을 갖춘 있을 수 있는 이야기'라는 조건을 근거로 서사장
르로 단정했던 것이다. 그러나 인물과 사건, 이야기라는 세 가지 조건은
서사 장르의 전유물이 아니라 서정과 교술장르에서도 얼마든지 발견될
수 있는 요소들이어서 그것으로 장르 판별의 기준으로 삼을 수는 없다.
문제는 그러한 세 가지 요소들이 어떤 장르의 '진술양식'으로 서술되었
느냐에 달린 것이다. 뒤에 그는 본격적인 장르론을 펴면서 '자아와 세계
의 관계' 구도를 통해 장르 체계를 수립하고 그 이론에 따라 서술민요
의 장르 문제를 다시 언급한 바 있는데 거기서도 '세계의 자아화 같은
느낌조차 준다'라고 함으로써 미심쩍은 구석을 남겨두고 있음은 앞에서
살펴본 바와 같다. 그의 장르론이 갖는 문제점이 이론의 골간을 이루는
자아와 세계라는 개념의 모호성에 놓여있음은 후속 논고들에 의해 지
적된 바 있다.11) 따라서 장르론은 성기옥의 제안대로 자아와 세계의 대
립상에 주목하는 문학적 삶의 양식에서 찾는 입장에서부터 문학의 언
어적 특성에 주목하는 '문학적 담화양식'에서 찾는 입장으로 전환할 필
요가 있다.12) 그래야 개념의 모호성으로 인한 혼란에서 벗어날 수 있을
것이며 개별 장르의 미학적 해명으로 나아갈 수 있을 것이기 때문이다.
그런 점에서 언어적 국면의 짜임을 바탕으로 문학적 진술양식의 차이
에 따라 장르론의 구도를 새롭게 마련한 성무경의 업적은 좋은 참고가
될 것이다.

---

11) 대표적인 것으로 이상택, 「당위와 현상의 거리」, 『창작과 비평』(1977년 가을호, 창
   작과비평사) 및 성무경, 「가사의 존재양식 연구」(박사학위논문, 성균관대, 1997), 1
   1~15쪽을 들 수 있다.
12) 성기옥, 「국문학 이해의 방향과 과제」, 『한국문학개론』(새문사, 1992), 34쪽.

이제 시집살이 노래의 장르적 본질을 규명해 내기 위해 먼저 작품의 서술구조를 검토하여 그 문학적 진술양식의 특징을 알아보도록 한다.

모든 민요가 그러하듯이 시집살이 노래는 제목 없이 불린다. 그래서 채록자와 연구자마다 임의적으로 제목을 붙이는 경우가 흔해서 혼란스러운 경우도 없지 않다. 이를테면 시집살이 노래 가운데 가장 많은 각편이 채록되어 있는 <중이 된 며느리>의 경우 <밭매기 노래>, <호미노래>, <시집살이 노래>, <중노래>, <애처요> 등 다양한 명칭이 더 있다. 이 중에서 해당 노래의 특징이 가장 잘 드러나는 <중이 된 며느리>를 택하여 사용하기로 한다. 시집살이 노래는 이외에도 <형님 형님 사촌형님>이나 <신세한탄>노래 같은 짧은 것에서부터 <양동가마 깬 며느리>, <둥당애타령>, <능금 훔친 며느리>, <친정엄마 죽은 소식> 노래 등 비교적 긴 노래 등 여러 유형이 있으나 본고에서는 짧은 '서정노래'는 별 논란이 없으니 제외하고 긴 '서술노래'를 대상으로 하되 그 가운데 대표적인 노래라 할 수 있는 <중이 된 며느리>를 집중적으로 다루기로 한다.

<중이 된 며느리> 유형은 조동일 『서사민요연구』, 한국정신문화연구원 『한국구비문학대계』, 서영숙 『시집살이 노래 연구』, 문화방송 『한국민요대전』 등에 두루 채록되어 있는데, 본고에서는 이 가운데 전국적인 분포를 보이며 가장 많은 자료가 실려 있는 『한국구비문학대계』의 각편을 중심 대상으로 삼는다. 그리고 이 책에는 영남권 자료는 비교적 풍부한 편이므로, 같은 영남권 자료가 수록된 조동일의 것은 제외하고 호남을 비롯한 다른 지역 자료는 서영숙의 것과 문화방송 자료로써 보충하기로 한다.

이제 문학적 진술양식의 특징을 알아보기 위해 작품의 서술구조를 이루는 '단락소'[13]들이 어떻게 짜여지는지 그 실현 양상을 살펴보기로 한다. 이를 위해 먼저 이 노래 유형의 각편을 이루는 데 유용하게 활용되

고 있는 단락소들을 총괄하여 일련 번호를 붙여 정리하면 다음과 같다.

(가) ①-㉠ 친정 곳에 가고 싶지만 내색도 못함.
     　-㉡ 애써 시집식구 밥상 차리니 타박만 함
　　② 더운 날 지슨 밭을 매러 감
　　③ 점심 찾아 집에 가니 시집식구들이 꾸중함
　　④ 형편없는 음식을 줌
　　⑤ 이웃할머니의 조언(집 나가 중이 되는 것이 낫다 함)
(나) ⑥ 치마 뜯어 중의 복색을 마련함
　　⑦ 머리를 깎음(슬픔으로 눈물 강을 이룸)
　　⑧ 남편이 같이 살자고 만류하나 뿌리침
　　⑨ 친정으로 동냥감(친정 식구가 정체를 알아보나 부인함)
　　⑩ 밑 빠진 자루에 시주 받아 그 날 밤 친정에서 잠(친정 어머니와
　　　눈물의 상봉)
　　⑪ 시집에 동냥 가보니 쑥대밭이 되고 시집식구는 모두 죽음
(다) ⑫ 시집식구 묘에 꽃이 피어 있음
　　⑬ 신랑 묘가 갈라져 저승부부가 됨

이렇게 13개의 단락소로 정리되는데 실제 각편마다 텍스트화되는 양
상은 상당히 다양하게 나타난다. 각편의 서술구조를 이루는 단락소의
실현 양상을 해당 번호로 제시하면 다음과 같다(각편의 일부는 노래가 아

---

13) 조동일이 서술민요를 연구할 때 사용한 용어이나 본고에서는 그것과는 전혀 다른
개념으로 사용코자 한다. 즉 조동일은 "여러 구체적인 단락들 사이에 존재하는 공통
적인 의미"라고 정의하고 서사민요가 '고난-해결의 시도-좌절-(해결)'의 단락소에
의한 구조를 이루고 있다는 의미로 사용했지만 여기서는 '작품의 전체 의미를 생산
하고 형성해 가는 서술구조의 단락을 이루는 요소'라는 의미로 사용한다. 서사 장르
에서 흔히 사용하는 화소(모티프)와 유사한 개념어이나 화소가 이야기의 플롯을 형
성하는 데 긴요한 요소라면, 단락소는 극(희곡)장르를 제외한 모든 장르가 취하는
서술언어의 짜임이 작품의 의미를 추상적 혹은 상징적으로 직조하는 기초적 요소로
서 상대적으로 덜 긴요하다는 점에서 차이가 있다.

닌 '말'로써 실현된 부분이 더러 있는데 그에 해당하는 각편 번호에 ∗표를 하
고 해당 단락소에는 밑줄을 그어 표시함).

『한국구비문학대계』 소재 자료

(1)∗ 경기도 여주군 북내면 민요 15(대계 1-2: 283-286)[14] :
　②+③+④+⑧+⑥+⑦+⑨+⑩+⑪+⑫+⑬(신선과 선녀가 되어 하늘로 올라감)

(2) 경기도 양평군 강상면 민요 4(대계 1-3: 523-524):
　②+③+⑥+동냥하러 내려옴+얼씨구 지화자 좋네

(3) 경기도 의정부시 가능동 민요 5(대계 1-4: 204-208):
　①-ⓛ+②+③+④+⑦+⑨+⑩

(4) 전남 화순군 이서면 민요 2(대계 6-9: 634-636): ②+④+⑥+⑦+⑨

(5) 경북 성주군 대가면 민요 19(대계 7-4: 289-292):
　②+③+④+⑥+⑦+⑧(서울 갔던 남편이 돌아옴)

(6) 경북 성주군 대가면 민요 20(대계 7-4: 292-299):
　②+③+④+⑥+⑦+⑧(남편이 집에 돌아와 아내 찾음)+⑪(시집식구 홍수로
　모두 죽음)

(7) 경북 성주군 대가면 민요 82(대계 7-4: 349-356):
　②+③+④+⑦+⑥+⑨+⑩+⑪+⑫+⑬(남편묘 갈라져 칡과 끈이 되어 칭칭감
　고 살아보자 함)

(8) 경북 성주군 대가면 민요 211(대계 7-4: 482-486):
　②+③+④+⑥+⑦+⑧+남편이 새장가 가는 날 동냥감+⑩+남편이 잘 살
　기를 기원

(9) 경북 성주군 대가면 민요 222(대계 7-4: 505-512):①-ⓐ+②+③+④+
　⑥+⑧+⑦+⑨+⑪+⑫

(10)∗ 경북 성주군 초전면 민요 30(대계 7-5: 225-230):
　①-ⓐ+②+③+④+⑥+⑦+⑨+⑩+⑪+⑫+⑬

(11) 경북 성주군 벽진면 민요 40(대계 7-5: 363-371):
　②+③+④+⑥+⑧+⑦+⑨+⑩+⑪+⑫+⑬(남편묘가 갈라져 속적삼 넣어줌)

---

14) 괄호 안의 숫자는 한국구비문학대계('대계'로 약칭)의 권수와 쪽수를 나타냄. 이하
　모두 같음.

(12)* 경북 상주군 낙동면 민요 25(대계 7-8: 248-256):

①-ⓛ+②+③+④+⑤+⑥+⑧+⑦+⑨+⑩+⑪+⑫+⑬(남편묘가 갈라져 아내 데리고 들어감)

(13)* 경북 상주군 청리면 민요 15(대계 7-8: 871-880):

②+③+④+⑤+⑦+⑥+⑧+⑨+⑩+친정 올케가 시집살이시킨 것에 대해 한풀이로 대듦

(14) 경북 안동군 서후면 민요 18(대계 7-9: 606-610):

①-ⓛ+⑥+⑨+⑧(시댁에 동냥가니 남편이 다시 살아보자 하나 뿌리침)+②+⑫

(15) 경북 선산군 무을면 민요 6(대계 7-15: 635-640): ②+③+④+⑥+⑦+⑨+⑩

(16) 경북 선산군 고아면 민요 31(대계 7-16: 218-222): ②+③+④+⑥+⑨

(17)* 경북 군위군 의흥면 민요 20(대계 7-12: 584-587): ②+③+④+⑥+⑦+⑨+⑩

(18) 경북 예천군 풍양면 민요 34(대계 7-18: 256-259): ②+③+⑦+⑪(시댁 패망은 없음)+⑩(시댁에서 자다가 남편과 상봉 후 절간으로 돌아감)

(19) 경남 거창군 거창읍 민요 20(대계 8-5: 454-463): ②+④+⑤+⑥+⑦+⑧+⑪

(20) 경남 거창군 웅양면 민요 34(대계 8-5: 754-758):

②+③+⑥+⑧+⑦+⑪+⑫+⑬(벙글벙글 웃는 남편꽃이 내 품안에 다시 들어옴)

(21) 경남 거창군 마리면 민요 32(대계 8-6: 1018-1021):

②+③+④+⑥+⑦+시댁에 동냥 가지만 패망은 없고 남편과 만나나 결합은 없음

(22) 경남 거창군 북상면 민요 1(대계 8-6: 224-229): ②+④+⑥+⑨+⑪+⑫+⑬ 서영숙, 『시집살이 민요 연구』소재 자료

(23) 전남 곡성군 오곡면 옥갓 21(139-141)[15]: ①-ⓛ+⑦+⑥+⑧+⑪+⑫

(24) 전남 곡성군 오곡면 옥갓 38(142-143): ②+③+⑦+⑪

(25) 전남 곡성군 곡성읍 새터 8(147-151): ②+③+⑦+⑥+⑪+⑫

(26) 전남 곡성군 곡성읍 새터 9(152-154): ②+④+⑥+⑫+⑨

(27) 전남 곡성군 곡성읍 새터 80(158-160): ②+③+④+⑥+⑦+⑪+⑫+⑨

(28) 전남 곡성군 고달면 먹굴 20(167-169): ②+④+⑤+⑥+⑦+⑧

(29)* 전남 곡성군 고달면 먹굴 100(170-174): ②+③+④+⑥+⑦+⑨+⑪+⑫

---

15) 괄호 안의 숫자는 해당 책의 쪽수를 나타냄. 이하 같음.

+⑬+⑧

(30)* 전남 곡성군 고달면 먹굴 114(175-177): ②+④+⑥+⑦+⑨+⑧+⑪+⑫+⑬
  문화방송, 『한국민요대전』 소재 자료(전남, 제주는 제외)

(31) 충북 영동군 용산면(2-20: 114-115)[16]:
  ②+③+④+⑥+⑦+⑪+⑫+⑬(남편묘가 갈라져 신선, 선녀가 되어 하늘로
  올라가 잘삶)

(32)* 강원 영월군 수주면(6-2: 272-273):
  ①-ⓛ+⑥+⑨+⑩+⑪+⑫(다른 식구는 구렁이가 되고 출가를 만류하던 도련
  님만 꽃핌)

위의 자료들에 구현되어 있는 서술구조(단락소 짜임)의 특징적 양상
을 살펴보면 다음과 같은 몇 가지 사실을 읽어낼 수 있다.

첫째, 시작과 마무리가 일정하지 않다. 노래의 시작은 ①아니면 ②로
되어 비교적 일치하지만 마무리의 경우는 실로 다양하다. ⑬으로 실현
되는 경우가 가장 많지만 총 32편 중 9편(28.1%)에 불과해 1/3에도 약간
못 미치는 수준이다. 그밖에 ⑫로 마무리하는 작품이 5편, ⑩과 ⑨가 각
4편, ⑪과 ⑧이 각 3편이고, 이러한 단락소를 벗어나 자유로이 작품을
마무리하는 것도 4편이나 된다. (2) (8) (13) (21)이 자유롭게 마무리한
작품이다. 시작의 경우도 ①은 두 가지 다른 단락소(㉠과 ⓛ) 중 하나를
선택하는 것이어서 그만큼 다양한 셈이 된다.

둘째, 서술의 순서가 일정하지 않다. 시작과 마무리의 다름으로 인해
서술의 순서가 달라짐은 말할 것도 없고, 그 사이의 단락소 순서도 일
정하게 순차적으로 서술구조의 짜임을 이루면서 실현되는 경우가 발견
되지 않는다는 것이다. 이러한 사실은 일정한 순서를 이루는 '단락소의
덩어리'가 상당히 많은 각편에 두루 실현되는 경우를 찾아 볼 수 없음
에서 확인된다. 이를테면 ②+③+④+⑥+⑦의 덩어리가 비교적 많이 눈

_____

16) 괄호 안의 숫자는 CD 번호와 쪽수를 나타냄. 이하 같음.

에 띄는 편이나 ⑦과 ⑥의 순서가 뒤바뀌는 경우도 있고, 그들 덩어리
사이에 다른 단락소가 끼어 드는 경우도 있으며, 다섯 중의 어느 하나
혹은 두세 개가 빠지는 경우 등으로 인해 견고한 순차적 구조의 덩어리
를 이루지 못하는 경우가 많아 단락소의 덩어리로 보기 어려운 것이다.

셋째, 단락소의 위치도 일정하지 않는 경우가 흔하다. 그것은 특히
⑧의 경우가 가장 심한데 작품의 중간 앞부분에 오기도 하고, 중간에
오기도 하고, 중간 뒷부분에 오기도 하고 아예 끝마무리로 가거나 빠지
기도 한다. ⑨의 경우도 그와 비슷해서 작품의 중간이나 후반 혹은 끝
마무리에 위치하거나 아예 빠지기도 한다. ⑦도 작품의 전반, 중간, 후
반, 끝마무리 등 위치가 일정치 않기는 마찬가지다.

넷째, 모든 각편에 반드시 실현되는 필수 단락소는 거의 발견되지 않
는다. 시집살이 노래의 내용적 특성상 그러한 특성을 가장 잘 보여줄
수 있는 ②, ③, ④, ⑥, ⑦ 같은 단락소는 모든 작품에 두루 실현될 수
있는 성질의 것임에도 그것들이 빠져 있는 각편이 상당히 발견된다. 이
는 어떠한 단락소도 특별히 긴요하거나 필수적인 단락소가 아님을 의
미한다.

다섯째, 단락소의 수가 일정하지 않다. (12)처럼 최대 13개의 단락소
로 짜여지는 것에서부터 (2)처럼 3개의 단락소에다 일탈의 마무리를 하
는 최소의 것에 이르기까지 하나의 각편을 이루는 단락소의 수는 자유
롭다. 그런 만큼 4~7개의 단락소로 짜여지는 비교적 단형으로 된 것도
(단락소의 수가 작품의 길이와 반드시 비례관계는 아니지만) 무려 18편이나
되어 여기에 최소 단락소 수로 실현된 (2)까지 포함하면 총 32편 중 19
편이나 차지해 59.4%로 과반수를 넘어선다. 조동일은 단락소를 제대로
갖추지 않은 단형의 각편들을 창자가 노래를 다 부르지 못한 '중단편'으
로 보았지만 이 정도의 많은 비중을 차지한다면 박경수가(그 근거는 밝

히지 않았지만) 정당하게 지적했듯이 이들 각편도 독립된 노래로 개별적
인 의의를 지니며 그 자체 완성된 노래로 인정해야 할 것이다.17) 따라
서 13개의 단락소를 모두 갖춘 (12)만이 유일한 완성형(이것도 끝마무리
는 노래가 아닌 말로 구연해 불완전형임)이라거나, 2개의 단락소만 빠지고
실현된 (1), (10), (11)이나, 3개만 빠지고 실현된 (7), (9), (29) 같은 각
편을 완성형에 가깝다고 보는 것은 문제다. 이들 완성형(?)에 가까운 각
편의 수가 총 7편뿐이어서 7/32로 21.9%를 차지할 정도로 빈약하다는
사실이 그 점을 뒷받침해준다.

　이상의 다섯 가지 단락소 짜임의 특징은 서술구조와 장르적 본질에
비추어 볼 때 어떤 의미를 갖는 것일까? 왜 시집살이 노래의 대표 유형
인 <중이 된 며느리>는 고정된 서술구조의 틀이 없이 시작과 마무리가
제멋대로이고, 반드시 실현되어야하는 필수적 단락소도 없으며, 일정한
구성적 질서도 없이 순서나 단락소의 짜임도 제멋대로일까? 그리고 작
품을 이루는 단락소 수도 제멋대로이고, 이야기 구조를 이루는 서술의
단락소 덩어리조차도 제대로 형성되지 못하는 것일까? 이 모든 것을
단순히 창자의 기억력 부족으로 돌리거나 노래로 구연된다는 '구비적
특성' 탓으로 보는 것은 과연 옳은 것일까? 그렇다면 주제소(theme)와
공식어구(formula)를 활용하여 수천 행의 구비서사시를 구연하는 패리
와 로드 및 피네간의 보고는 어떻게 가능하며, 우리의 경우 서사무가나
판소리의 구연은 어떻게 가능하다는 말인가? 이는 창자의 능력이나 구
비적 특성 탓으로 돌릴 것이 아니라, 이들 구비서사의 노래들과 시집살
이 노래는 근본적으로 장르적 본질을 달리하기 때문으로 보아야 할 것
이다.

　시집살이 노래 가운데 <중이 된 며느리>는 사건의 발단(밭을 매고 오

---

17) 박경수, 앞의 논문, 238쪽.

니 시집식구가 구박하고 냉대함)-전개(시집살이를 견디지 못해 중살이 나
감)-절정(친정에도, 시가에도 살 수 없는 막다른 처지가 됨)-결말(시집이
패망하고 저승부부가 됨)이라는 스토리-線을 고루 갖추고 있어 서사 장
르로서의 여건은 충분히 갖추고 있다. 그럼에도 그 스토리-선은 각편
으로 텍스트화될 때 제각기 여러 개의 독립적인 단락소로 해체·결락·
순서의 엇바뀜 등으로 되어 사건의 서사적 진행으로 나아가지 못함으
로써 플롯을 형성해내지 못하고 있다. 그 이유는 각 단락소를 이루는
사건들이 '행동'을 동기화하는 '인과'가 결여되어 있어 '심층서사구조'
(플롯)를 형성하는 행동의 동기로 직접 작용하지 못하고 있기 때문이
다.18) 이렇게 단락소의 짜임이 인과율로부터 자유롭다는 사실은 이 작
품이 서사의 장르적 본질과는 거리가 멀다는 것을 의미한다. 결국 앞에
서 지적한 다섯 가지 서술특성도 이들 작품이 그 장르적 본질을 서사에
두지 않는다는 데서 비롯된 것이지, 창자의 능력부족이나 '구비적 특성'
과 관련 있는 것19)이 아님을 말해준다. 서사장르가 아니므로 13개의 단
락소가 몇 개의 조합을 이루어 인과의 고리로 연결될 필요가 없으며,
따라서 시작과 결말도 자유롭고, 단락소의 위치나 수, 순서, 필수적 단
락소, 단락소의 덩어리, 완성형에의 요구(사건의 진행을 끝까지 서술해야
할 의무) 등 모든 점에서 자유로울 수 있었던 것이다. 이 현상을 요약하
자면 '모티브는 일상의 서사(시집살이)에서 취했지만, 문학 향유자(담당
층 포함)는 그것을 문학적 서사로 양식화하지 않았다'는 말과 같다.

---

18) 성무경, 앞의 논문, 98쪽. 그는 여기서 이러한 인과율의 지배를 받는 서사를 '양식서
　　사'라 하고, 인과율에 관심을 두지 않는 서사를 '기초서사'라 하여 전자는 서사양식
　　에, 후자는 서정이나 교술(전술) 등 다른 양식에 실현되는 것으로 명쾌하게 구분한
　　바 있다.
19) 박경수, 앞의 논문, 245쪽에서 "단락들이 가변성을 보이고 인과관계가 불분명한 서사
　　단락의 연쇄로 되어 있음은 근본적으로 구비적 특성에서 비롯된 것이다"라고 했다.

이 노래의 서술구조가 인과율에 관심을 두지 않고 느슨한 구조로 되어 있음은 이미 선학들이 직접 혹은 간접으로 논의한 바 있다. 이를테면 조동일은 "서사민요는 사건이 가장 중요한데, 사건 역시 일상적이고 현실적이되 '구성적 질서가 없이' 단순한 단일 사건에 집중한다"[20]라고 했다. 고혜경은 서사민요의 핵심이 '서사구조에 있는 것이 아니라 추상적 의미를 전달'하는 데 있다[21]라고 하면서 서정성과의 친연성을 말했다. 박경수는 이 노래의 단락들 사이의 연결이 가변적이기 때문에 다양한 변형유형을 이룰 수 있다고 하고, 이는 텍스트를 이루는 서술체의 각 단락이 '인과관계가 불분명한 서사단락의 연쇄'를 보여주고 있어 상대적으로 '서사성의 정도가 낮다'고[22] 했다. 이정아는 일반 서사물이 사건의 전개를 인과관계를 형성해가면서 이야기를 구성해나가는 데 비해 서사민요는 '사건의 진행에 있어 비약이 심하다'[23]라고 했다.

선학들의 이와 같은 지적은 모두 서술민요의 단락소 짜임새가 인과관계와 거리가 멀다는 점을 지적한 것이며, 이는 '양식서사'의 진술이 아니므로 마땅히 서사장르가 아니라는 결론에 도달해야 함에도 불구하고, 앞에서 보듯이 '서사성의 약화' 혹은 '서정성과의 친연성' 정도로 이해하거나 혹은 그것과 연결선상에서 서정성과 서사성의 혼합이나 공존으로 처리해버렸던 것이다. 서사가 아니라면 시집살이 노래를 비롯한 서술민요의 장르적 본질은 무엇일까? 모든 선학들이 한결같이 서정성과의 관련성을 논함에서 엿볼 수 있듯이 '서정'에서 장르적 본질을 찾는 것이 온당하지 않을까? 그렇다면 서정의 본질은 무엇일까?

---

20) 조동일, 앞의 책, 47~48쪽.

21) 고혜경, 앞의 석사학위 논문, 144쪽.

22) 박경수, 앞의 논문, 244~245쪽.

23) 이정아, 앞의 논문, 48~50쪽.

일반적으로 서정시의 본질을 주관적 성향(세계의 자아화)과 동일화 지향(자아와 세계의 동일성)에서 찾지만 람핑은 그러한 개념의 모호성을 벗어나 시행을 통한 발화 곧 '시행발화'라고 간명하게 개념 규정한 바 있다.24) 그러나 서정성은 시행보다 작은 단위에서도, 더 큰 단위에서도 기능한다는 점에서 성무경은 '노래하기라는 환기방식에 이끌린 서술의 억제'라는 좀더 포괄성을 갖는 개념 지정을 내 놓은 바 있어25) 좋은 참고가 된다.

이제 성무경의 개념 규정에 유의하면서 <중이 된 며느리> 유형의 장르적 본질을 규명해 보도록 하자. 검토 자료는 유일하게 완성형(?)으로 실현되었으면서 장르적 본질을 잘 드러내 주는 각편 (12)를 선정하되 이해를 위해 단락소 번호를 붙이기로 한다.(괄호 안의 것은 말로 구연한 부분임. 작품이 너무 길므로 지면 관계상 의미 맥락이 통하는 한도 내에서 반복 부분 중심으로 대폭 생략하기로 함)

①-ⓛ (새댁이 시집을 왔는데 사할(사흘)만에 지가, 첫새북에 일어나서)
　　　참살서대 밉살서대　　두서대로 밥을해놓고
　　　뒷밭에라 치치달라　　호박밭에 가가주고
　　　……(이하 일부 생략)……
　　　(그래, 밥을 해놓고)
　　　큰방이라 아버님요　　아즉진지 잡으시오
　　　시수하고 아즉진지　　잡으시오
　　　(그칸께 시아바이가)
　　　우리들랑 나여두고　　니나먹고 밭매로나 가라무나
　　　(그래 또)
　　　건너방에 동시　　아즉진지 잡으시라

24) 디이터 람핑(장영태 역), 『서정시 : 이론과 역사』(문학과지성사, 1994), 104쪽.
25) 성무경, 앞의 논문, 45쪽.

......(이하 일부 생략)......

② (그래 가가주고)

반골을 매고나도　　　다른일꾼 다나와도　　우리일꾼 안나오네

(또 저저)

골반을 매고나도　　　다른점슴 다나와도　　우리점슴 안나와네

두불반을 매고　　　　집에라고 들어간께　　바깥마당 들어간께

③ (머슴들이)

고걸사나 일이라고　　나절점슴 찾아왔나

(또 앞마당에 들어간께, 시아바이가)

아가아가 미늘아가　　고걸사나 일이라고　　나절점슴 찾아왔나

정지에라 들어간께

(동시가)

고걸사나 일이라고　　나절점슴 찾아오는가

④ (그래)

삼년묵은 보리밥을　　사발국에 붙이주고

쟁이라고 주는거는　　삼년묵은 꼬랑장을　　종지국에 붙이주고

⑤ (그래 이웃 할마이가 부르러 들와가 디다보고)

이구 이사람아　　어데가마 그밥없겠는가　　어데가마 그장없겠는가

⑥ 한폭뜯어 행전짓고　　두폭뜯어 행전짓고　　한폭뜯어 고깔짓고

(그래) 다섯폭에 장삼하고

......(이하 일부 생략)......

⑧ (그래 (남편을) 오라 캤어)

까막까신 짤짤끌고　　까막책은 옆에쩌고　　까막책대 입에물고

(오디마는)

가지말게 가지말게　　울아부지 맹사는가　　우리둘이 매앵살지

⑦ (못 가그러 하는 걸 그래 다 지이 놓고 그래서 고만 가가주고)

한모리이 돌아간께

(절이 있더래여)

중아중아 대사중아   내머리좀 깎아주게
(칸께, '머리사 깎아주집마는 뒷말이나 없겠습니까?' '내 머리 깎는다
고 누가 뒷말있어? 뒷말 없다'카미 깎아 돌라 카이)
한기때기 깎고나께   어마이생각 절로나고

⑨   (그래 깎고)
동냥가세 동냥가세   친정곳에 동냥가세   친정곳이 동냥가니
(어마이가 비(베)를 매더래여)
이집에라 중호동냥   왔습니다
……(이하 일부 생략)……

⑩   (그래 좁쌀을 한 오쿰(주먹) 주는데 밑없는 잘게다다(자루에다가) 부
우가주고)
우리절에 부처님은   모찌랑비로 씬것도   운감을 안하시고
……(이하 일부 생략)……
우리딸이 이리될줄   내몰랐네

⑪   (이카미 어마이가 그키 울고 그래 또 미칠 있다가)
동냥가세 동냥가세   시접곳이 동냥가세
(사람을 그래 배빈(배반)해서 그렇던동 온 기식이 몰땅 다 죽었더래
여. 시어마이도 죽고 시아바이도 죽고, 동시도 죽고, 뭐 신랑도 죽고
다 죽었어.)

⑫   시아바이 미(묘)앞에는   호랑꽃이 넘나들고
시어마이 미앞에는   앙살꽃이 넘나들고
동시   미앞에는   개살꽃이 넘나들고
신랑   미앞에는   희롱꽃이 넘나들고
꽃아꽃아 희롱마라   나도죽어 저승간다

⑬   (그칸께 미가 딱 갈라져서 신랭이 고마 나와가주고 저어 마느래를 디
리고 드가더래. 미 속으로. 그래 고마 디리고 드갔지 뭐.)

텍스트에 나타난 바와 같이 이 각편에는 말로 구연한 부분이 유난히
많다. 왜 그럴까? 괄호 친 부분을 제거하고 노래부분만 살펴보면 인물

과 사건의 진행이 어떻게 되는지, 누구의 발화이고 누구의 행동인지, 왜
그러한 행동과 발화를 하는지, 시간과 공간의 변화는 어떤지, 단락소 연
결은 또 얼마나 부자연스러운지, 그 애매모호함과 서술연결의 불편함은
이루 말할 수 없을 지경이다. 노래부분의 이 모든 애매모호성이 말을
아껴서 발화(노래)한 데 기인함은 말할 것도 없다. 그리하여 사건의 추
이를 최소한으로 알아듣도록 정상적인 발화로 만들어 주기 위해 창자
는 말 아끼기와 사건의 비약이 심한 부분에다 보완하고, 해명하고, 채워
넣고 있는 것이다. 단락의 연결을 위한 간단한 접속사에서부터 행위의
주체, 시간 혹은 공간의 지정, 사건의 경과 등 사건 진행의 필수 요소에
이르기까지 보충하고 있는 것이다. 그러나 말로 보충하고 상황을 설명
하는 이런 구연방식은 특이한 텍스트이고 보편적으로는 그런 보충 없
이 '말-아끼기'로 실현되기 때문에 사건이나 행동의 추이가 불분명하다.
   이처럼 서술의 '말-아끼기'와 그로 인한 '애매모호성'이 이 노래의 중
요한 서술 특성인 바 이는 다름 아닌 '노래하기라는 환기방식에 이끌린
서술의 억제'에 해당하며 따라서 서정장르의 본질을 가진 텍스트임을
말해준다. 시집살이 노래를 대표하는 <중이 된 며느리> 유형의 장르적
본질은 '서술의 억제'를 진술 특성으로 하는 '서정'이었던 것이다.
   람핑은 서정시의 이러한 특징을 발화방식에 초점을 맞춰 "서정발화
는 서사문학의 발화처럼 사건 진행의 서술에 대해서 의무를 짊어진 것
도 아니며 극문학의 발화에서처럼 상황변화의 의무를 지는 것도 아니
다. 서정발화는 의무로 느낄만한 어떠한 발화대상을 근본적으로 지니고
있지 않다. 다른 문학장르와 견주어볼 때 서정시는 우선 '애매한' 발화
방식에의 자유를 더 많이 요구할 수 있다. 언어적 기호의 애매모호한
사용은 역사적으로 볼 때 주로 서정시와 관련되어 있다. 애매모호성은
많은 경우 서정적 발화의 각별한 특징으로 평가된다. 어떤 시적 발화도

이보다 더 애매할 수는 없다."[26]라고 한 바 있다. 시집살이 노래가 사건 진행의 서술에 대해 의무를 지지 않는 서정발화이므로 완성형(?)이 드물고 중단형(?)이 더 많게 된 것이라 할 수 있다. 따라서 완성형이든 중단형이든 어떤 텍스트도 사건의 추이를 말하는 데 있지 않으므로 다 그 나름의 완결성을 가진 완성형인 것이다. 즉 이른바 '중단형'이라는 것도 이 노래의 장르적 본질이 사건 진행에 의무를 가진 '서사'라면 중단형이 될 터인데 그런 의무에서 자유로운 '서정'이기에 완성형이 되는 것이다.

3. 동아시아 미학으로 본 시집살이 노래의 서술시학

이제 시집살이 노래를 대표하는 <중이 된 며느리> 유형의 장르적 본질이 '서술의 억제'를 특성으로 하는 '서정'임이 밝혀졌다. 이러한 서술 특성은 비단 이 노래 유형에만 적용되는 것이 아니라 다른 시집살이 노래―나아가 서술민요를 포함한 민요 전체의 표현 특성일 터이므로 민요는 예외 없이 서정장르로 이해하는 것이 온당할 것이다. 이로써 보면 민중들은 서정장르로서 '민요'를, 서사 장르로서 '민담'을 초역사적 장르로 양식화하여 오랜 전통으로 향유해 왔다고 이해된다. 여하튼 시집살이 노래의 장르적 본질이 서정으로 판명 난 이상 이제 해당 텍스트들을 서정 장르의 본질에 걸맞게 접근하고 이해해야 하는 의무를 갖게 된다.

그런데 시집살이 노래의 연구 경향을 보면 서사장르적 시각이나 이론 틀로 접근하는 경우가 주종을 이루어 왔다. 조동일이 서술민요가 '고난―해결의 시도―좌절―(해결)'의 구조를 이루고 있다[27]고 파악한 것이나, 서영숙이 시집살이 노래의 구조를 '갈등의 발생―해소의 시도―

---

26) 디이터 람핑(장영태 역), 앞의 책 119~120쪽.
27) 조동일, 앞의 책, 86~94쪽.

좌절-(갈등의 해소)'로 본 것28), 그리고 이정아가 서술민요의 구조를
'불행한 상황-극복의 시도-시도의 좌절-죽음'이거나 '기대-기대의
좌절-불행의 상황'으로 나타난다고 하면서 '사건 전개상의 비약'을 말
한 것은 모두 사건의 진행이나 변화에 초점을 맞춘, 서사장르에 맞는
접근법이라 할 것이다. 또한 고혜경이 시집살이의 고난과 관련된 노래
유형을 '부부 결합형'이라 부르면서 그 구성을 '분리의 징후-만류-분리
-이탈-이동-이탈-이동-결합'이라는 6개의 '기능'이 작품에 따라 다르
게 나타난다고 본 것29)도 프로프가 민담의 구조를 설명할 때 유용하게
사용한 '기능'의 개념을 적용한 것이라 할 수 있다.

한편 강진옥이 <중이 된 며느리>(그는 작품 모티프 측면에서의 명칭이
아닌 기능요의 측면에서 <밭매는 소리>라 칭함)의 서술시점이나 화자의 의
식, 인물의 행동방식 등을 논하면서 "여성들의 눈에 비친 시집살이 및
시집식구의 경직되고 고정된 사고의 틀을 비판적으로 보여줄 뿐 아니
라 그 같은 상황에 반발하는 '여성들의 분노와 저항'을 보여준다"거나
"여성의 입장에서 발해지는 여성적 현실에 대한 해석과 비판에 초점이
두어져 있다"라고 다분히 페미니즘 시각으로 접근했는데,30) 이 역시 사
건의 '서사적 갈등'에 초점을 맞춘 것이라 할 수 있고, 서영숙이 시집살
이 노래 등 여성민요를 분석하면서 "여성의 이러한 자존의식이 억압적
현실을 타파하기 위한 개혁의식이나 같은 여성끼리의 연대의식으로까
지 나아가지는 못하고 있다"31)라고 아쉬움을 표한 것 또한 대립과 갈
등을 중심 축으로 하는 서사문학에서나 기대할 수 있는 이해방법이라

---

28) 서영숙, 앞의 책, 50~51쪽.
29) 고혜경, 앞의 석사학위 논문, 15~16쪽.
30) 강진옥, 「서사민요에 나타나는 여성인물의 현실대응양상과 그 의미」, 『구비문학과
    여성』(한국구비문학회 편, 박이정, 2000), 95~96쪽.
31) 서영숙, 앞의 책, 215쪽.

할 것이다. 이러한 논의들은 일련의 서사 장르의 기대치를 작품에 투사한 결과라 할 것이다.

그러나 시집살이 노래는 서사 아닌 서정으로 읽어야 그것이 표상하는 문학성과 고유한 미학을 제대로 해명할 수 있을 것이다. 서정시에는 행동이나 사건은 있되, 어떠한 행동도 '전개'되지는 않으며 갈등 비슷한 것은 있되 서사문학에서와 같은 진정한 의미의 심층적 갈등은 어떠한 것도 존재하지 않는다는 점에서 서사적 사건의 추이나 갈등에 초점을 맞춘 이해방식은 재고해야 할 것이다. 서정시는 행동이나 사건이 있는 작중 상황의 영역에서 '감정'과 '기분'의 층위로 직접 솟아오르기 때문에 서술의 초점화가 감정 층위에 있지 갈등 영역에 있지 않다. 따라서 서정의 텍스트를 제대로 이해하려면 사건의 진행이나 변화에 주목해야 된다기 보다 작자(창자)가 드러내고자하는 '감정'이 어떠한 서술 수단에 의해 더 극명하게 부각되어 상승 효과를 일으키는가에 관심을 집중해야 한다.

<중이 된 며느리>에서 감정을 촉발하는 서술수단은 '사건의 층위'와 '인물의 층위'에서 이루어진다. 전자는 ①~⑬에 이르는 단락소 가운데 창자가 시집살이의 고난과 슬픔의 정서를 환기시키기에 효과적이라고 생각되는 것들(사건)을 '선택적으로 조합'함으로써 이루어지고, 후자는 단락소 내부에서 인물을 내세워 주로 '반복'과 '병렬'이라는 진술기법으로 시집살이의 고난과 거기 따른 슬픔의 정서를 '보여주는 것'(묘사)으로 이루어진다. 그런데 사건의 층위는 서사문학의 발화처럼 사건 진행에 대해 의무를 지는 것이 아니기 때문에 ①~⑬의 서술 순서가 바뀔 수 있고, 몇 개가 결락될 수도 있으며, 장소나 시간의 변화, 행위 주체의 변화 등이 명시되어야 할 필요도 없다.(앞에서 인용한 각편 (12)의 말로 된 부분이 그것을 입증함) 서사 텍스트에선 이런 요소들이 텍스트 응집의 기

제로 작용하지만·이 노래는 서정 텍스트이기에 그런 응집을 풀어 자유로운 것이다. 여기서 사건은 묘사되고, 또 묘사된 정경을 평면적으로 양태화 곧 전경화(前景化)하면서 고난이나 슬픔의 정서를 고조시킬 뿐인 것이다. 인물의 층위도 마찬가지다. 인물이 서사문학에서처럼 '성격화'하여 갈등을 일으키지 않으며, 고난과 슬픔의 정서를 추상적·상징적으로 '의미화'하는 데 기여할 뿐이다. 이제 이 두 가지 층위를 통합하여 작품의 전체를 세부적으로 살펴보기로 하자.

이 노래의 생성 메커니즘은 '독하디 독한 시집살이'에 얽힌 애끓는 서러운 사연32)을 풀어내고자 하는 데 있다. 그것은 크게 3부분(앞에서 13개의 단락소를 제시할 때 (가) (나) (다)의 기호로 표시함)으로 나눠지는데, (가) 독한 '시집살이'를 견디지 못하여 (나) '중살이'를 나가 더욱 비탄과 절망을 맛보고 결국은 (다) '죽음'(저승부부로 됨)에 이르는 과정으로 되어 있다.

작품의 전반부를 이루는 (가)는 단락소 ①~⑤의 선택적 조합에 의해 서술구조를 이루는데 ①→④로 나아갈수록 '독한 시집살이'의 모습이 상승적으로 고조되면서 그 고난으로 인한 슬픔의 정서가 사건의 층위에서 양태화된다. 거기에 더하여 단락소에 따라서는 그 내부에 시집식구의 여러 인물들을 내세워 '반복'과 '병렬'의 서술기법으로 인물의 층위에서 시집살이가 얼마나 독하디 독한가를 효과적으로 보여준다. 인물 층위의 서술은 주로 ①과 ③에서 집중적으로 이루어지는데 우선 ①의 예를 들어보자.

---

32) 시집살이 노래를 부르는 사연에 대해서 현지 제보자에 의하면 "옛날에 옛날에 시집을 가이 하도 시집살이가 독해가주고 시집간 사흘만에 밭을 매로 가라 카거던. 그래이 하도 가여 덥은데 밭을 매이 하도 속이 끓어가주고 혼차(혼자) 소리를 한다"고 말한다. 『대계』7-12, 경북 군위군편(2), 1984, 584쪽.

시집온지 사흘만에 아침진지 지어놓고/ 방방이 들어가서 아직조석 늦었니더
아직조석 잡우시소/ 시금시금 시아바님 아직조석 늦었니더 아즉조석 잡우
시소
이미늘아 저미늘아 너나먹고 개나조라/ 시금시금 시어마님 아즉진지 늦
었니더
아즉진지 잡우시소/ 이미늘아 저미늘아 너나먹고 개나조라/ 사랑문 열어
치고
중머심아 상머심아 아즉진지 늦었는데 어서먹고 들로가자
요쥔네야 조쥔네야 너나먹고 개나조라 (이하 생략)33)

이렇게 갓 시집온 며느리가 애써 아침밥상을 차려 시집식구에게 올
리지만 수고했다는 말은커녕 '너나먹고 개나주라'는 비인간적 모욕만
당하고 만다. 여기서 등장인물은 시집살이를 독하게 시키는 인물이면
누구나 가능하다. 서술의 초점화가 등장인물과 며느리의 갈등에 있지
않고 그들에게 일방적으로 당하는 며느리의 시집살이 고난에 두어져
있기 때문이다. 따라서 등장인물의 수나 순서는 관심 밖이다. 예로 든
작품은 시아버지→시어머니→머슴의 순으로 3명이 등장하지만 각편에
따라 그보다 많기도 적기도 하며 순서도 다양하다. 먼저 예로 든 각편
(12)는 시아버지→동서→머슴의 순으로 며느리 구박에 등장한다. 그리
고 인물이 등장할 때마다 똑같은 구박과 모욕이 '반복'과 '병렬'의 서술
로 현재화되고 전경화된다. 이렇게 인물의 층위에서 '반복'과 '병렬'에
의해 중첩될수록 정서적 측면에서 독한 시집살이라는 의미가 고조되면
서 의미 생산적 율동을 이루는 것이다.

①에서 보인 시집살이의 독함은 ②에서 '은가락지 끼던손에 호맹이
꼭지' 들고 '불겉이라 더운날에 미겉이라 지슨 밭을' 힘들게 매는 장면

33) 『대계』7-9, 경북 안동군편, 1982, 606~607쪽.

에서, 거기다 다른 집 점심은 다 나와도 자기 점심은 끝내 나오지 않는데서 더욱 암담한 장면으로 다가오지만, ③에서 며느리가 점심 찾아 집(시댁)에 들어서면서 시집식구들로부터 받는 구박은 그 독함을 더욱 배가한다. 각편 (12)에서는 머슴→시아버지→동서의 순으로 시집식구의 구박이 끝나지만, 작품에 따라 시어머니, 시누이, 시아주범, 시동생까지 가세하는 경우도 많아 그 독함의 정도는 더욱 고조된다. 거기다 ④에 이르러 '밥이라고 주는 것은 삼년묵은 보리밥을 사발끝에 붙이주고, 장이라고 주는것은 삼년묵은 꼬랑장을 종지국에 붙이주고 숟가락을 주는 것은 통시울(변소울타리)을 꺾어주고'라는 서술에서 시집살이의 독함은 극치를 이룬다. ⑤(이웃할머니가 그런 시집살이보다 중살이 하는 것이 낫다고 조언함)는 (가)에서 (나)로 넘어가는 고리 역할을 하지만 인과적 고리로서가 아니라 독한 시집살이를 보여주는 정서적 감응의 한 유발 장치로 작동할 뿐이어서 필수적 단락소가 아님은 물론이다.

여하튼 이렇게 독한 시집살이는 더 이상 시집살이를 살 수 없게 만든다. 그래서 택할 수 있는 것이라곤 '중살이'를 나가는 수밖에 달리 도리가 없다. "시집에도 갈 수 없고 친정에도 갈 수 없고 중질밖에 못하겠네"[34]라는 서술에 그러한 사정이 잘 드러난다. 그러기에 "나는 가오 나는 가오 시집살이 못하고 나는 간다구"(자료 (1))라는 넋두리나, "나는나는 시집살이 도저히 못하겠소"(자료 (13))라는 발언을 시집식구들에게 직접하지 못하고 제 3자인 중에게 삭발을 간청할 때의 발화로 나타나는 것도 그러한 사정에서 벗어나지 않는다.

이런 사정을 감안해 본다면 며느리가 시집살이를 그만두고 중살이로 나감은 "시집식구들이 보여주던 비인간적 태도를 철저하게 거부하려는

---

34) 『대계』7-2, 경북 월성군편, 1980, 450쪽.

결연함이 자리한다"35)라든지, "중이 된다는 것을 패배나 좌절로 보기보다는 주인물의 말없는 항의로 읽을 수 있다"36)라고 한 것은 며느리가 부정적 현실에 저항하고 거부하는 투사로 행동하기를 바라는 기대가 작용한 과도한 이해라 할 것이다. 중살이는 독한 시집살이를 견디지 못한 며느리가 시집에 눌러 있을 수도, 친정에 갈 수도 없는 막다른 상황에서 유일하게 택할 수 있는 마지막 대안이었던 것이다.

이런 상황에서 택한 (나)의 '중살이'는 단락소 ⑥~⑪로 양태화 된다. 그런데 중살이는 시집살이에의 결연한 저항의지로 선택한 것이 아니었기에 그저 한없이 슬프기만 하다. 더욱이 중살이는 삶에 회의를 느끼고 깨달음을 얻고자 하는 종교적인 행위와는 전혀 무관하기에 슬프디 슬픈 것이다. 열두(혹은 아홉) 폭 치마를 따서 중의 복색을 지어 입고 나서는 ⑥에서부터, 삭발하면서 흘리는 눈물(⑦), 친정에 동냥가서도 자신의 정체를 밝히지 못하는 처절한 정황(⑨), 일부러(혹은 공식구적 표현) 밑 빠진 자루에 시주를 받아 그날 밤 친정어머니와 대성통곡하며 눈물의 상봉을 하는 장면(⑩)에 이르기까지 중살이는 ⑥→⑩으로 양태화되면서 '중살이'의 슬프디 슬픈 모습이 '사건의 층위'에서 상승적으로 고조되면서 '설움'이라는 정서적 측면의 의미 생산이 (나)에서 이루어진다. 이와 더불어 '인물 층위'의 감정 촉발은 ⑨에서 ⑩으로 이어지면서 극점을 이룬다. 출가외인의 몸으로, 그것도 시집살이를 살아내지 못하고 중의 복색으로 찾아간 자신의 정체를 드러내지도 못하는 눈물겨움이 친정식구의 인물(친정 아버지, 친정 어머니, 올케 등)이 등장할 때마다 '반복'과 '병렬'의 서술로 현재화되고 전경화되면서 '서러움'의 정감적 상승을 이루는 것이다.

---

35) 강진옥, 앞의 논문, 95쪽.
36) 서영숙, 『우리 민요의 세계』(역락, 2002), 96쪽.

슬픈 중살이의 행로는 ⑪에서 극단을 이룬다. 시댁으로 동냥을 가보니 패망하여 쑥대밭이 되어 있고 자신의 마지막 의지처였던 남편(⑧에서 중이 되는 것을 만류하며 같이 살자던)마저 죽어 있었기 때문이다. 출가외인의 몸으로 더 이상 자신의 본색을 밝히고 살 수 없는 친정은 이제 대성통곡만 가능한 '비탄'의 장소일 뿐이고, 시집식구 가운데 유일하게 마음의 의지처가 되어주던 남편마저 죽음은 '절망'의 나락일 뿐이다. 독한 시집살이를 피하려고 어쩔 수 없이 택했던 중살이는 비탄과 절망의 극단에서 막을 내리게 되는 것이다. 이제 비탄과 절망의 끝자락에 서있는 며느리는 살아 있으되 살아 있는 것이 아닌, 비극적 삶의 절정에 있게 된 것이다.

그러나 이 작품은 비극의 극단으로 끝나지 않는다. 작품의 요체는 오히려 결말부 (다)에 있다. 독하디 독한 시집살이의 양태를 보여주고자 했던 (가)도, 슬프디 슬픈 중살이의 양태를 보여주고자 했던 (나)도 이 작품이 궁극적으로 지향하고자 했던 것은 아니다. 만약 그러했다면 (가)나, (나)로서 마무리했을 것이고 (다)는 생겨나지도 않았을 것이다. 물론 (가)로서 독한 시집살이의 모습을 보이는 것으로 작품을 완결할 수도 있고, (나)의 중살이 나가는 부분에서 완결할 수는 있다. 작품의 장르적 본질이 서정이기에 가능하다는 것이다. 그것은 그것대로 완결된 작품적 의미와 미학적 의미를 가질 수도 있기 때문이다. 그렇다고 그것이 시집살이 노래를 대표하는 <중이 된 며느리>가 추구하는 바 궁극적 미학은 아닌 것이다. 그것의 궁극적 미학은 (다)에 있기에 이 노래의 유형이 (가)와 (나)로 끝나지 않고 (다)까지 이끌어 온 것이라 할 수 있기 때문이다.

이 작품의 끝마무리인 (다)를 제대로 이해하기 위해서는 그냥 서정시 일반의 미학으로 접근해서는 안 되며 동아시아인들의 심정에 기초한 미학적 관점이어야 가능하다고 본다. 그래야 ⑫에서 시집식구의 무덤에 꽃이 핀 것을 이해할 수 있고 ⑬에서 저승부부로 혹은 신선과 선녀로 표현됨을 이해할 수 있기 때문이다.

각편 (12)의 ⑫에서 보듯이 시집은 패망하여 쑥대밭이 되었음에도 시집식구들의 무덤에 꽃이 피어 있는 형상을 '반복'과 '병렬'의 서술로 양태화해 놓음으로써 이 부분이 정감적 측면의 의미생산에 포인트를 두고 있음을 감지할 수 있다. 그런데 그 꽃의 모습이 시집식구가 살아 있을 때의 본색을 그대로 드러내고 있어 회화적으로 느껴지기도 한다. 꽃의 형상은 각편에 따라 시아버지는 며느리에게 호령을 잘 한다고 '호령꽃', 시어머니는 심하게 깽가를 친다고 '깽그리꽃' 혹은 앙살(시살)을 잘 부린다고 '아사리꽃'이나 '앙알꽃', '시살꽃', 시누이는 꼬치꼬치 힘들게 한다고 '꼬치꽃' 혹은 여우같이 간교한 짓을 잘 한다고 '여시꽃' 등으로 서술되어 있어[37] 모두 부정적 함의를 지니고 있다. 다만 남편만은 함박웃음을 가져다주는 존재라 하여 '함박꽃', 혹은 모든 흉허물을 덮어준다 하여 '덮을꽃'으로 서술되고 있어 유일하게 긍정적 함의를 지닌다.

그러나 남편은 말할 것도 없고 위악적(僞惡的) 인물인 시집식구들마저 그 모든 흉허물이나 독한 시집살이를 시키던 그 독함을 넘어서 그들이 모두 꽃으로 승화되어 있기에 그러한 흉허물이나 독함을 감싸 안아주는 형상임을 주목해야 할 것이다. 죽음을 의미하는 '묘' 위에 생명체의 극치를 의미하는 '꽃'으로 피어나 있는 모습은, 시집식구의 죽음과 흉허물·독함 같은 어둡고 추한 이미지를 말끔히 씻어버리고 꽃이라는 생명의 아름다움으로 다시 태어나는 형상이기 때문이다. 시집식구가 죽어 무덤 위의 꽃으로 피어났다는 발상은 자연을 서구처럼 목적론이나

---

37) 시집식구 무덤의 꽃에 부여된 다양한 명칭은 서영숙의 수집 자료에 잘 나타나 있다.

기계론적 시각으로 보지 않고 순환하는 생명의 근원으로 보았던 동아
시아적 사유에 토대를 둔 것이다. 이러한 미감의 추구는 자연을 인간과
분리시키거나 단절시키지 않았다는 점에서 서구적 사유와는 크게 다른
것이다.

　이러한 사유는 ⑬으로 확장되어 더욱 완전한 종결을 이룬다. 이 부분
은 각편에 따라 남편의 묘가 갈라져 며느리가 그 안으로 들어가 결합하
여 저승부부가 된다든지, 나비가 되어 들어간다든지, 속적삼을 넣어준
다든지, 남편은 신선이 되고 며느리는 선녀가 되어 하늘로 올라간다든
지, 무덤이 열려서 살아 나온 남편과 다시 산다든지 등으로 다양하게
서술되어 있다. 이런 다양한 종결은 그 어느 것이든 삶과 죽음, 인간과
자연, 사물(속적삼 같은)과 인간, 현실과 초현실이 분리 혹은 단절되어
있는 것이 아니라, 유기적으로 연결되면서 전체성을 이루고 생명적 역
동성을 가지며 궁극적으로는 양자의 '조화'와 '합일'에 이른다는 '동아시
아의 미적 사유'에 기초하고 있다는 공통점을 보인다. 이는 자아와 세계
의 대결이나 갈등구도로 설명되는 서사양식이 아니라, 세계와 자아의
화해와 합일을 추구하는 서정의 양식임을 확인해줄 뿐 아니라, 서정 가
운데서도 동아시아 미적 사유에 기초한 '제유적 시학'에 놓여 있음을 의
미한다.38) 이러한 특성은 〈중이 된 며느리〉 유형에 국한되지 않으며,
〈양동 가마 깬 며느리〉와 같은 시집살이 노래나 〈진주낭군〉과 같은 서
술민요 등에서도 발견된다. '독하디 독한 시집살이'에 '서럽디 서러운
며느리'들의 탄식을 주조로 하는 이러한 작품들에 전혀 어울릴 것 같지

---

38) 〈중이 된 며느리〉의 제반 위악적 인물을 제거하고, 그것을 일제하의 고통스런 시
　대상으로 치환해서 읽도록 유도하는 백석의 〈여승〉에서도 이러한 '제유의 시학'은
　여실히 계승된다. "여승은 합장을 하고 절을 했다. / 가지취의 내음새가 났다. / (중
　략) / 지아비는 돌아오지 않고 / 어린 딸은 도라지꽃이 좋아 돌무덤으로 갔다. / (하
　략)" 그것은 서정장르가 취하는 '문학적 초극'의 방식이다.

않은 "지화자 좋다"(각편 (2) 참조) 등의 표현이 개입되어 희극적 승화를 추구하거나, <진주낭군> 등의 종결부에 '중살이 모티프'가 첨입되어 <중이 된 며느리>의 종결부(다)와 동일한 지향을 보이는 것은 결코 이질적 표현의 개입이 아니며, '조화'와 '화합', 그리고 '상생'을 지향하는 동아시아 미학의 심의(心意)가 투영된 결과인 것이다.

제유적 시학은 자연과 인간은 둘이면서 하나가 되어 생명전체는 서로 융화하고 교섭한다는 동양의 유기론적 생명시학에 기초한 것으로, 시는 자기 표현이고 세계의 자아화라는 자아중심주의나 혹은 타자에게 폭력적이며 모든 것을 자아로 환원하는 동일성의 시학(은유의 시학에 해당), 그리고 대상과 대상을 강제적으로 연결함으로써 어느 하나가 다른 하나를 억압하는(환유의 시학에 해당) 서구의 기계론이나 목적론적 시학과는 근본적으로 다른 것이다.[39] 이런 점에서 이 노래의 서술원리를 환유에서 찾은 논의[40]나 "자신을 억압했던 시집식구들이 무덤 위에 꽃으로 피어 있는 형상을 '비판적'으로 바라본다. 스스로 버린 시집이므로 되돌아갈 수도 없는 상태에서 시집식구들의 죽음과 패가는 여성인물이 그려낼 수 있는 최고의 '보복'이다"[41]라고 타자에 대해 폭력적인 대응으로 해석하는 논의는 재고를 요한다. (다)에서 ⑫의 꽃으로, ⑬의 부부합일로 마무리를 이룸은 동아시아 미학의 원리에 기초한 '제유의 시학'에서 그 서술원리를 찾아야 온당할 것이다.

요컨대 시집살이 노래를 대표하는 <중이 된 며느리>는 '독하디 독한

---

39) 동아시아 미학에서 제유의 원리를 찾는 관점은 구모룡, 『제유의 시학』(좋은날, 2000), 39~56쪽 참조. 여기서 제유는 은유, 환유와 함께 단순한 수사학으로 보지 않고 세계를 인식하는 사유형태이자 삶의 터전으로서 문화적 의미의 구성양상으로 본다.

40) 박경수, 앞의 논문, 247~253쪽.

41) 강진옥, 「여성서사민요에 나타난 관계양상과 향유층 의식」, 『한국 고전 여성작가 연구』(태학사, 1999), 467쪽.

시집살이'에 얽힌 애끓는 서러운 사연을 절망의 끝자락에서 절절하게 읊어낸 슬픔과 비탄의 넋두리 혹은 죽음을 앞에 둔 일종의 절명시(絶命詩) 같은 것이라 할 수 있다. 죽음을 앞둔 절명시들에는 화해와 초월이 있다. 남편의 무덤 속으로 나비가 되어 들어간다든지, 신선과 선녀가 되어 하늘로 올라가는 화합과 초월이 그것을 잘 보여준다. 전통시대 여성들의 '인종(忍從)'이 남성성에의 '굴복'으로 해석되는 현대 페미니즘적 시각의 단초도 자연을 '갈등'과 '투쟁'의 대상으로 바라보는 서구미학에 기대어 있다. 물론 전통시대 여성들의 '인고(忍苦)'가 폭압적 가부장제도의 산물이라는 점은 두 말할 나위가 없다. 그러나 우리 민요에 나타난 여성들의 목소리가 '인고'를 지향하고 있었다는 점은 억압적 제도에 대한 여성들의 문학적 대응이 '대립'과 '투쟁'이 아닌 한 차원 더 높은 '상생'을 추구한 결과라 보아야 할 것이다. 그러한 '인고'를 한갓 '굴종'으로 해석할 때, 과거를 바라보는 현대인은 지적 우월성을 구가할지 모르지만, 전통시대 우리의 어머니는 한결같은 '바보'로 비쳐지고 말 것이기 때문이다.42)

4. 맺는 말

이상에서 살펴보았듯이 시집살이 노래를 비롯한 서술민요의 연구는 출발부터 잘못되었다. 인물과 사건이 있는 이야기라 하여 서사민요라는 명칭을 붙이고 서사의 장르적 본질에 맞추어 사건의 진행이나 해결의 구도를 통해 서술구조를 이해하고 서사적 이론틀로 설명하려 했다. 여

---

42) 화합적 화해의 미학, 즉 '상생'에 기초한 구비문학의 동아시아 미학 또는 민족미학에 관한 기본 구도는 졸고, 「구비문학의 민족미학적 정체성」, 『한국 고전시가의 정체성』(성균관대학교 대동문화연구원, 2002)을 참고하기 바란다.

기에 페미니즘적 시각까지 가세하여 세계와의 대결이나 갈등구도에 초
점을 두어 해석함으로써 노래의 화자가 부당한 현실에 대항하는 투사
(여성전사)이길 바라는 데까지 이르렀다.

그러나 시집살이 노래 유형 가운데 비교적 이야기-선을 잘 갖춘 <중
이 된 며느리>의 서술구조와 진술방식을 검토해 본 결과 인물의 행동
이나 사건은 있되 어떠한 행동도 '전개'되지는 않으며 진정한 의미의
'갈등'도 존재하지 않는 특징을 보여 그러한 이해의 적절성에 의문을 달
지 않을 수 없었다. 거기다 서술구조를 이루는 단락소(모두 13개)의 짜
임이 고정된 틀을 갖지 못하고, 일정한 구성적 질서도 없이 제멋대로임
을 확인할 수 있었다. 이는 작품의 서술구조가 인과율의 지배를 받아
플롯 형성으로 나아가지 못함을 의미하며 따라서 이 노래가 '서사'가 아
니라는 근거가 된다.

아울러 이 작품들은 '서술의 억제'에 의한 '말-아끼기'로 인해 '애매모
호성'을 의도하는 두드러진 서술 특성을 보이고 있었다. '말-아끼기'는
단락소를 연결해주는 간단한 접속사에서부터 행위의 주체, 시간과 공간
의 지정, 사건의 경과 등 사건진행의 필수요소에 이르기까지 두루 실현
되는데, 이는 이 노래의 장르적 본질이 '서술의 억제'를 양식적 특성으
로 하는 '서정'임을 확정짓게 해준다.

이 노래의 구성은 (가) 독한 시집살이를 견디지 못하여, (나) '중살이'
를 나가 더욱 비탄과 절망을 맛보고 결국은 (다) '죽음'(저승부부로 됨)에
이르는 3단계로 되어 있으나 각편 실현은 자유로워 (가)와 (나)에서 마
무리할 수도 있음이 또한 사건의 추이에 관심이 없는 서정의 특질을 보
여준다. 그러나 이 노래가 궁극적으로는 (다)로 미학적 종결을 이룬다
는 점에서 동아시아 미학에 바탕한 '제유의 시학'에 서술원리를 두고 있
음을 지적해 보았다. 이 원리가 동아시아 역사 속에 나타난 삶과 그 표

현에 지속적인 후경(後景)을 이루고 있었던 것이다. 이처럼 민요의 서술 세계는 '서사적 대결'이 아닌 '서정적 울림'이란 각도에서 읽을 때, 민요의 장르적 본질과 미학의 체감에 온전히 이르게 될 것이다.

정선아리랑 가창자의 가창 선호도와 향유미학

1. 머리말

잘 알다시피 <아리랑>은 우리 민족을 대표하는 민요다. 그런 만큼 아리랑에 대한 자료조사와 연구는 그 자체로 우리 민족의 정체성과 미학을 밝혀내는 지름길로서 의의를 갖는다. <아리랑>은 오랜 세월동안 우리 민족 정서의 응결체로서 넓고 깊은 감동의 울림으로 자리해 왔기 때문이다. <아리랑> 가운데서도 <정선아리랑>[1]은 다른 어떤 지역의 아리랑—이를 테면 경기아리랑, 남도아리랑, 본조아리랑, 밀양아리랑, 진도아리랑, 성천아리랑, 온성아리랑 등—보다도 원조의 위치에 있으며 그것들의 근원을 이루어 온 것으로 지목된 바 있어[2] 그 중요성은 더욱 커진다. 즉, <정선아리랑>을 바탕으로 해서 많은 종류의 <아리랑>이 파생되었고 변형 생성되었다는 것이다. 따라서 <정선아리랑>의 연구는 근대민요 <아리랑>의 제반문제를 해명하기 위해서도 선결되어야 하는

---

[1] 민요의 현장인 강원도 정선지역에서는 <정선아라리>라고 지칭하지만 타지역에서는 모두 아리랑으로 지칭하는 것이 대부분이어서 '근대민요 아리랑'으로서의 보편성을 강조하기 위해 <정선아리랑>이란 명칭을 사용하기로 한다.

[2] 이보형, 「아리랑 소리의 근원과 변천에 관한 음악적 연구」, 『한국민요학』 제5집, 1997 참조.

과제가 된다.

<정선아리랑>의 이러한 중요성에도 불구하고 그 연구는 아직 영성한 단계를 벗어나지 못하고 있는 것이 현재의 실정이다. 더욱이 본격적인 연구가 이루어지기 위해서는 민요는 구비문학인 만큼 생생한 현장 조사 자료를 바탕으로 해야 하는데 그 동안의 연구는 원자료의 자의적 변개가 많은 문헌자료에 대부분 의존하고 있어서 문제가 많았다. 그러던 것이 강등학에 의해『정선아라리의 장르 수행에 관한 연구』3)가 현장자료를 바탕으로 제출됨으로써 구비문학 텍스트로서의 본질에 맞는 연구 성과를 거두게 되고 이 방면 연구에 기폭제 역할을 하게 되었으며, 그 이후의 연구들에서도 현장 조사 자료를 중심으로 하는 바람직한 방향을 갖게 되었다.4) 그러나 이러한 연구들도 아직 현장 자료 조사가 충분히 이루어진 상태에서 제출된 것들이 아니어서 그 성과에 있어서는 어느 정도 한계를 가질 수밖에 없는 것이라 해야 할 것이다.

다행히 <정선아리랑>의 현장 조사 자료는 성균관대 국어국문학과의 민요조사반이 1982년 1월부터 1994년 2월까지 13년에 걸쳐 이루어진 성과가 김시업에 의해 보고된 바 있어5) 방대한 자료를 손쉽게 활용할 수 있게 되었고, <정선아리랑>의 본격적 연구에 초석이 되는 역할을 하게 되었다. 이 보고서는 조사된 총 7366편의 각편들을 '가나다'순에 따라 배열하여 노랫말 사전을 만들고, 각편의 노래들은 노래번호, 노래판 번호, 노래판에서 불린 순서로 체계화했으며, 제보자에 대한 정보도 실어 놓음으로써 명실공히 현장조사 자료로서의 생생한 모습을 보여주고

---

3) 강등학,『정선아라리의 장르 수행에 관한 연구』, 성균관대 박사논문, 1986 참조.
4) 뒤에 나온 중요한 작업으로는 구영주,「정선아라리 가창자에 대한 현장론적 연구」 강릉대 석사논문, 1997을 들 수 있다. 여기서는 현지 조사 자료 1,098편을 대상으로 하고 있다.
5) 김시업,『정선아라리 조사연구-답사자료보고서-』성균관대 대동문화연구원, 1997.

있다. 그리고 여기서 한 걸음 더 나아가 김시업에 의해 이 7천 여편의 노래를 유형별로 집합화하여 각편을 새롭게 정리하는 작업이 2차 보고서로 이루어져 곧 마무리 단계에 들어서고 있는데 이 보고서가 출간되면 <정선아리랑>이 집합적으로 분류되어 각 노래의 대표적 유형과 그 변형인 각편의 연행 실상이 확연하게 드러나게 된다. 아직 작업이 마무리가 되지 않은 상태에서 필자에게 보고서 내용을 활용할 수 있게 편의를 제공해주어 본 연구에 더없는 힘이 되었음을 이 자리를 빌어 밝힌다.

여기서는 이 2차 보고서를 바탕으로 정선아리랑 노래문화 권역의 가창자들이 어떠한 유형의 각편을 선호하는가를 계량화하여 드러내고 그러한 선호 경향이 갖는 특성과 의미를 규명함으로써 정선아리랑의 본질과 성격을 드러내는 데 기여하고자 하며, 이 작업을 통해 한민족의 공동체적 삶 속에 밀착되어 민중들과 호흡을 같이 해온 민요의 보편적 정서특질을 밝히는 결과를 가져오게 될 것이고, 우리 시가문학의 미학적 근원인 민요의 미학적 특질 발견으로 나아가게 될 것으로 기대된다.

2. 정선아리랑 가창자의 각편 선호 양상

현재 발간을 준비중인 김시업의 2차 보고서는 <정선아리랑> 가창자들이 자신들의 노래문화 권역에서 어떠한 내용의 각편을 어떤 전승 양상을 띠며 연행하는가를 층위별로 유형화하되, 대표적인 유형과 그 변형인 각편을 체계적으로 재배열하여 정리해 보여주고 있다. 그 정리 방법은 4음보격 2행으로 되어 있는 <정선아리랑>의 노랫말의 의미 내용 중 각편의 실사(實辭)가 1/4 이상 달리 실현되면 일단 '독립노래'(상위 각편)로 인정하고, 이 정도의 독립성을 갖지 못하고 어떤 독립노래와 노랫말이 거의 유사하여 1/4 미만의 범위에서만 변형을 보일 때에는 '딸

림노래'(하위 각편)로 하여 2,600여 편의 독립노래와 그에 종속되는 딸림
노래를 묶어 체계화하고 있다.

그리고 독립노래는 '가나다'순에 따라 순차적으로 일련번호를 부여하
여 배열하고, 각 독립노래와 그에 종속되는 딸림노래는 노랫말을 제시
하되, 가창자와 노래판이 달라져도 노랫말이 거의 동일하게 연행된 경
우는 해당 독립노래와 딸림노래의 바로 곁에 노래판 번호와 그것이 불
린 순서 번호를 달아두어 어떤 각편이 어떤 노래판에서 어떤 가창자에
의해 구연되어 불리었으며 딸림 노래를 어느 정도 거느리고 있는지를
파악할 수 있게 해 놓았다. 뿐 아니라 어떤 독립노래와 노랫말의 의미
내용에 있어서 상당히 유사한 다른 독립노래가 있을 경우는 화살표를
하고 해당 노래번호를 제시함으로써 유사 각편이 몇 편 정도 있는지도
알 수 있게 했다.

따라서 <정선아리랑> 가창자의 가창 선호도를 파악하려면 김시업의
2차 보고서를 활용하여 통계를 내면 확연하게 드러난다. 즉 특정의 독
립노래가 얼마나 많이 각 노래판에서 불려지고 딸림노래를 얼마나 많
이 거느리고 있는지를 계산해 보면 그 선호도가 쉽게 드러나는 것이다.
다만 이를 계량화함에 있어서 이 보고서의 독립노래를 그대로 다 독립
노래로 인정할 것이 아니라 '파생노래'라는 개념을 하나 추가해야 가창
의 선호도를 파악하는 데 있어서 보다 합리적인 결론에 도달할 수 있다
고 생각한다. 즉, 어떤 각편 a와 어떤 각편 b가 유사 관계에 있는 노래
일 경우 노랫말의 실사가 1/4이상의 다름을 보여 각각 독립노래로 인정
된다 하더라도 노랫말의 조사(措辭 poetic diction)가 확연하게 유사하여
'유사노래'로 인정된다면 의미 지향이나 주제에서 상당한 변화를 보인
다 하더라도 가창자의 개성이 작용한 창조적 활용의 전승일 터이므로
이것도 특정 대표독립노래에서 갈라져 나온 '파생노래'로 간주하여 대

표노래에 포괄되는 유형노래로 계량화해야 할 것이다. 구체적인 예를
하나만 들어 보자.

0213 공동묘지 쇠스랑 귀신아 니 뭘 먹고 사느냐 21 181 →0661
　　　우리집에 본남편 꼭 집어 가거라

　　　공동묘지 소시랑 귀신은 뭘 먹구 사는지　 25 014
　　　우리집에 조 망나니는 왜 안 잡아가나

　　　공동묘지야 쇠스랑 귀신아 너 뭘 먹구사나　15 067
　　　우리집 저 멍텅구리를 꼭 찍어가거라

　　　공동묘지야 쇠스랑 귀신아 뭐 먹고사나　 17 015
　　　우리 같은에 고믈으는 왜 아니 데려가나

　　　공동묘지야 쇠스랑 귀신아 뭘 먹고사나　 12 042, 18 090
　　　우리 집의 본남편으는 왜 안 잡아가나

　　　공동묘지의 장승백이야 니 뭐 먹구사나　 09 152
　　　내 앞에 몹씰 사람을 콕 찍어 가거라

0218 공동묘지야 쇠스랑 귀신아 니 뭘 먹구사나 04 022, 41 175, 49 147→0251
　　　이북의 김일성이란 놈을 톡 잡어나 가거라

　　　공동묘지 쇠스랑 귀신아 너 뭘 먹고사느냐　06 016
　　　이북의 김일성장군을 톡 잡아만 오너라

　　　공동묘지 쇠스랑 귀신아 뭐를 먹구사느냐　52 163
　　　이북에 김일성이를 왜 안 잡아오나

　　　공동묘지 쇠시랑 귀신아 니 뭐 먹고사나　 18 309
　　　이북에 중공놈들을 다 잡아 먹게

　　　공동묘지야 쇠스랑 귀신아 니 무얼 먹구사나 58 119

이북에 공산군들을 왜 안 잡아가나

공동묘지에 쇠스랑 귀신아 무엇을 먹고서 사느냐   24 021
삼팔 이북에 김일성이는 왜 안 잡아 가느냐

여기서 작품의 왼쪽에 제시된 숫자는 노래번호이고, 오른쪽에 제시된 숫자는 노래판 번호(큰 글자)와 그 노래판에서 불린 순서번호(작은 글자)다. 노래판 번호와 불린 순서 번호가 다수일 경우는 같은 텍스트(노랫말의 실사가 동일함을 의미)가 복수로 연행되었음을 말한다. 화살표 다음의 숫자는 관련 유사각편의 노래번호를 의미한다. 이 보고서에 나타난 대로라면 0213과 0218번 노래는 각기 다른 독립노래로서 각각의 딸림노래를 갖고 있고 또 유사노래도 하나씩 갖고 있다. 즉 0213번 노래는 대표노래가 1회, 딸림노래가 5편에 6회 실현되었고, 유사노래가 1편(이것도 1회 실현된 것임)이 있어, 모두 8편[6]의 각편으로 집합되는 유형노래라 할 수 있다. 이에 비해 0218번 노래는 대표노래가 3회(3편으로 계산), 딸림노래가 5편, 유사노래가 1편이 있어 모두 9편의 각편으로 군집화되는 유형노래라 할 수 있다.

그러나 앞에서 언급한 바와 같이 파생노래라는 개념을 활용한다면 이 두 유형의 노래는 별개의 독립유형노래라기 보다 0218번 노래의 유형이야말로 0213 유형의 전승노래를 시대현실의 문제와 관련하여 창조적으로 활용하여 번개시킨 파생노래임이 확실하므로 이 둘을 한데 묶어 동일 유형을 이루는 노래로 보아야 할 것이다. 또한 0213 유형이 8편인데 비해, 0218 유형은 9편으로 오히려 후자의 선호도가 약간 우세하

---

6) 엄밀히 말하면 8편이 아니라 8회 실현되었다고 해야 하나 가창 선호도의 합리적인 계량화를 하는 것이 본고의 목표이므로 동일 각편도 개별 편수로 환산하여 다루기로 한다. 이하 모두 마찬가지다.

나 그렇다고 후자가 이 유형노래의 대표노래가 될 수는 없다. 왜냐하면 후자는 전자의 파생노래로 보이기 때문이다. 그런데 이 둘을 동일 유형의 노래로 묶는 외에 파생노래는 더 발견된다. 0212, 0214, 0215, 0217번 노래도 이 유형의 파생노래임이 확실시되기 때문이다. 이 노래들은 0212(2회 실현)를 제외하고는 모두 1회씩 실현된 것이므로 모두 5편으로 간주하여 계산해 보면, 0213을 대표노래[7]로 하는 유형은 총합계가 22편이 되는 셈이다. 결국 이 유형은 대표노래가 1편(1회밖에 실현되지 않았으므로), 그것의 딸림노래가 6편, 파생노래가 15편(유사노래[8] 2편 포함)으로 계산되어 모두 22편의 노래로 집합되어 있는 유형노래라 할 수 있다.

이런 방식으로 2차 보고서에 실린 노래들을 계량화하여 가창 선호도

---

7) 유형노래의 군집 가운데 어떤 특정 각편을 대표노래로 내세우기는 쉽지 않다. 0213 과 0218의 노래 관계처럼 어느 한 쪽이 원천과 파생관계로 추정되는 경우는 대표노래를 결정하기가 쉽지만, 그렇지 않은 경우가 상당히 많다. 그럴 경우 1) 동일노래의 편수가 더 많은 것, 2) 딸림노래를 더 많이 갖고 있는 것, 3) 동일노래 편수와 딸림노래 편수를 합했을 때 더 많은 것, 4) 보다 보편성을 띠는 사설내용이나 주제를 갖고 있는 것(예를 들면 0218은 시대적 특수성을 담은 것이어서 대표노래가 될 수 없지만, 0213은 보편성을 띠는 것이어서 이에 해당함), 5)시대 현실을 담을 경우 역사적으로 더 오래된 상황을 담은 것 등으로 종합 판단하여 대표노래를 결정하는 수밖에 없다. 여기서 각 개념어를 종합 정리한다면, 이런 기준으로 선정된 '대표노래'와 그것과 노랫말에서 거의 동일하되 허사(虛辭: 토씨와 어미, 어법) 정도의 변이를 보일 때는 '동일노래'로, 1/4 미만의 범위에서 실사의 변이를 보일 때는 '딸림노래'로, 1/4 이상의 실사 변이를 보이지만 노랫말의 조사(措辭)가 일치하여 별개의 독립노래로 볼 수 없을 때는 '파생노래'로 본다. 어떤 노래에 동일노래나 딸림노래가 많으면 텍스트의 고정성을 얻어 널리 유행화 되어간다는 증거이고, 파생노래가 많으면 그만큼 창조적 전승이 활발하게 일어나고 있음을 의미한다.

8) 유사노래는 김시업의 2차 보고서에 화살표를 하고 노래번호가 제시되어 있는 독립노래는 물론이고, 그밖에 노랫말의 措辭가 거의 일치하는 독립노래를 포함하여 지칭하는 것으로 이 명칭은 결국 파생노래에 해당하면서 텍스트의 상호관계를 드러내지 못하는 별로 적절치 못한 명칭이므로 이후로는 파생노래라는 말로 통일하여 함께 다루기로 한다.

를 살펴보기로 한다. 보고서에 조사된 노래판이 총 61판이므로 61편 이상의 각편으로 집합되는, 다시 말해 61회 이상의 연행빈도수를 갖는 유형노래는 노래 한 판에 평균 1회 이상 연행되었음을 의미하므로 가창선호도가 대중가요에 못지않은 인기도를 가졌다 하겠는데 이들을 A군이라 하고, 그 다음 50편 이상의 각편으로 집합되는 유형노래는 B군, 40편 이상의 유형노래는 C군, 30편 이상(전체 노래판의 1/2에 해당, 즉 두 판에 1회꼴로 실현됨)은 D군으로 등급을 매겨 서열화하여 가창자의 가창선호도 양상을 살펴보기로 한다.

1) A군 유형노래

A군은 총 61판의 노래판에서 61회 이상 연행된 텍스트이므로 판이 벌어질 때마다 1편 이상 연행된 것으로 보아도 되는 가창 선호도가 가장 높은 유형노래들로서 <정선아리랑> 가창자의 가창 선호도를 파악할 수 있는 가장 유력한 텍스트임은 말할 것도 없다. 이제 그 실현 빈도의 많음에 따라 순서대로 실상을 살펴보면 <표 1>과 같다. (여기 도표에서는 김시업, 앞의 책에 수록된 작품번호만을 제시하고 해당 작품을 번호순으로 배열하여 이 글의 끝에 <부록>으로 달아 확인할 수 있도록 한다.)

<표 1>

순위	대표노래 번호	동일노래 편수	딸림노래 편수	파생노래 편수	총편수	주제(중심내용)
1	1587	39	65	0	104	애정추구
2	2502	21	62	12	94	가난 해소
3	0865	76	3	4	83	시사적→불안수심 해소
4	0533	48	31	1	80	시사적→불안·수심
5	1761	50	14	3	67	안정된 삶·사랑추구
6	2241	21	7	38	66	현실비판(시사적)→애욕
7	1037	24	11	27	62	봄을 맞은 마음

이 표에서 보듯이 <정선아리랑> 가창자들에게 가장 선호되는 대표 유형노래는 1) 애정을 추구하는 것이거나, 2) 시대상황이나 현실비판에 관련된 것(시사적인 것)이거나 3) 정선민중의 일상적 삶 곧 인생살이에 관련된 것의 셋으로 집중되어 있다. 그 가운데서도 애정에 관련된 것이 1, 5, 6위를, 시사적인 것이 3, 4, 6위를, 인생살이가 2, 3, 4, 5, 7위를 점하고 있어, 개별순위로 보면 애정에 관련된 노래가 1위를 점하고 있으나 A군 전체의 누적 편수로 본다면 단연 인생살이에 관련된 노래가 가장 우위를 점하고 있음을 굳이 계산하지 않더라도 알 수 있다. 그리고 이들 세 주제는 <정선아리랑>에서 가장 선호되는 보편적인 주제여서 서로 겹쳐 중의적으로 드러나기도 하고, 현실 상황이 바뀌면서 의미지향이 달라져 주제의 이동을 보이면서 다른 텍스트를 파생시키기도 한다. 중의적으로 겹치거나 주제의 이동을 보이는 각편이 가창선호도가 높은 것은 가창자의 '특수한 욕구'(역사적 혹은 현실적 생활현장에서의 절실한 욕구, 단 개별적 욕구가 아닌 집단의 공동 욕구)나 '보편적 욕구'(인간이면 누구나 느끼는 공통적 욕구)의 어느 쪽도 충족할 수 있는 유연성을 갖는 텍스트여서 그만큼 노래의 공감적 폭이 커질 수 있기 때문일 것이다. <표 1>에서 선호도 5위로 나타나 있는 노래를 보면

1761   오늘 갈런지 내일 갈런지 정수정망 없는데
        맨드라미 줄봉숭아는 왜 심어 났나

이 작품은 우선 토질이 나빠지면 다른 곳을 찾아 떠나야 하는 정선 특유의 생활현장에서 화전민의 떠돌이 삶을 바탕으로 노래한 것으로 보이는데, 그런 정착할 수 없는 삶에도 불구하고 맨드라미 줄봉숭아를 울안에 심어 놓는 심정을 노래함으로써 생활현장의 '특별한 욕구' 즉, 정착해서 안정된 삶을 바라는 마음을 담은 것으로 보인다. 그러면서도

한편에서는 오늘 죽을지 내일 죽을지 모르는 노년에 든 삶을 사는 사람
이라면 그런 기약 없는 삶에도 울안에 화초를 심어 놓는 정황을 노래함
으로써 삶에의 애착이라는 인간의 '보편적 욕구'가 담긴 의미지향을 가
질 수 있다. 뿐 아니라 곧 떠나버릴 님인 것을 알면서도 그가 다시 와줄
것을 기대하면서 화초를 심어놓고 기다리겠다는 애틋한 사랑을 노래한
것으로도 볼 수 있어 '보편적 욕구'가 갖는 공감의 폭은 더욱 확대되는
것으로 보인다. 이런 겹침의 의미가 가능하기에 가창을 선호하는 이유
가 될 것이다. 이처럼 하나의 텍스트가 특별한 욕구와 보편적 욕구를
모두 감당하는 경우 주제의 겹침으로 나타나지만, 각각의 욕구를 따로
반영할 경우 주제의 이동으로 나타난다. 이를테면 <표 1>에 6위로 나타
나 있는 노래와 그에 속한 파생노래를 보면 다음과 같다.

> 2240　정선읍내 일백 오십호 몽땅 잠들어라
> 　　　꽁지갈보 옆에 찌구서 성마령을 넘자
> 　　　(동일노래 : 22편, 딸림노래 : 13편, 파생노래 : 1편, 합계 : 36편)

> 2241　정선읍내 일백 오십호 몽땅 잠들여 놓고서
> 　　　임호장네 맏며느리 데리고 성마령을 넘자
> 　　　(동일노래 : 21편, 딸림노래 : 7편, 파생노래 : 2편, 합계 : 30편)

　이 두 유형은 노랫말의 조사(措辭)로 볼 때 별개의 독립유형노래라기
보다 한 쪽이 다른 쪽에서 파생된 것으로 보아야 할 것이다. 그러나 어
느 쪽이 근원(원형)이고 어느 쪽이 파생(변이형)인지 판단하기 쉽지 않
다. 정선읍의 규모가 일백 오십호인 것도 같고, '꽁지갈보'나 '임호장'의
역사적 선후관계도 쉽게 속단할 일이 아니다. 그러나 후자에서 '임호장
네 맏며느리'는 절실한 시대적 의미를 갖지만, 전자에서 '꽁지갈보'9)는
애욕의 보편적 대상이라는 차이를 갖는다. 즉 후자가 조선 말기에 호장

같은 지방아전의 횡포와 가혹한 수탈에 대한 저항과 경고를 담은 것이라는 역사적 문맥을 담고 있다면[10] 그 며느리를 데리고 야반도주하는 것은 단순한 애욕의 욕구 충족을 넘어 그 가문을 망하게 하는 의미를 담는다. 이에 비해 댕기꼬리를 해 달고 처녀 행세하는 갈보를 데리고 야반도주하는 것은 '애욕'이라는 보편적 욕구 충족 이상의 의미를 갖는다고 보기 어렵다. 따라서 구한말에서부터의 역사적 의미를 갖는 후자가 원형으로 추정되고, 근자에까지 존재했던 갈보와의 애욕을 담은 전자가 파생형으로 추정되는 것이다(이 둘은 둘째 행의 첫마디를 호환했을 뿐임). 이로써 본다면 역사적 문맥을 바탕으로 시사적 의미를 갖는 후자가 그 시대의 '특수한 욕구'를 담은 것이라면, 그러한 시사적 의미가 시대의 흐름에 따라 점차 퇴색해감에 따라 인간의 '보편적 욕구'에 기대어 새로운 현실의 요구에 부응하는 주제의 유연성을 보임으로써 더욱 폭넓은 공감대를 얻을 수 있었던 것으로 보인다. 이처럼 현실의 요구에 따라 주제의 이동(시사적→보편적)을 보임으로써 시대의 변화에도 지속적으로 가창이 선호될 수 있었을 것이다.

2) B군 유형노래

이는 A군 다음으로 선호되는 유형으로서 50~59편의 각편이 군집을 이루는 유형노래다. 이 유형을 A군에 이어 순위를 정해 표로 제시하면 다음과 같이 정리된다.[11]

---

9) 수십년 전만 해도 정선의 나룻터에서 뗏목군, 벌채군, 木商 등을 상대로 술과 性을 팔아 돈을 벌든 갈보들이 다수 있었으며, 이들과 관련하여 이 노래가 파생 전승되었을 것으로 보인다.(이에 대하여는 손종흠교수의 조언이 있었음)

10) 정우택, 「정선아라리의 구조적 특성과 역사적 전개」, 성균관대 석사논문, 1985, 63쪽.

11) 표에서는 김시업, 앞의 책에 수록된 작품번호만을 제시하고 해당 작품은 이 글의 끝에 <부록>으로 제시하여 참고에 이바지하고자 한다.

<표 2>

순위	대표노래 번호	동일노래 편수	딸림노래 편수	파생노래 편수	총편수	주제(중심내용)
8	0135	14	35	10	59	봄나물을 캐는 마음
9	0143	16	26	16	58	갑갑한 삶 일탈 또는 애욕 추구
10	2165	50	6	0	56	시집가고 싶은 마음
11	0388	7	32	16	55	남녀의 춘정
12	1257	12	26	15	53	현실비판(시사적)→자존심

B군에서도 노랫말의 함의가 몇 겹으로 겹쳐 중의적 지향을 보임으로써 높은 가창 선호도를 보이는 텍스트가 쉽게 눈에 띈다. 선호도 9위의 작품을 보자.

0143   개구장가이 포름포름에 날 가자구 하더니
        온 산천이 어우러저두야 종무소식이라

우선 이 작품은 남녀의 애정을 노래한 것으로 쉽게 그 의미지향이 드러난다. 개울가에 풀빛이 푸릇푸릇 돋아나는 이른봄에 애정을 나누자고 밀애를 약속한 님이, 여름이 되어 온 산천이 다 우거지도록 아무 소식이 없자 안달하는 심정을 드러낸 것으로 다가오기 때문이다. 그러나 한편으로는 이러한 남녀의 애정문제를 넘어서, 정선이라는 산골짝의 갑갑한 삶으로부터 님과 함께 일탈하고자 하는 정선민중의 보편적 정서를 노래한 것으로 다가오기도 하므로 주제의 겹침에 의한 유연성을 갖는 텍스트로 이해된다.

다음의 작품은 B군에서 주제의 이동을 보이는 예에 해당한다.

1257   석세배 도랑치마는 입었을망정
        네까짓 하이칼라는 내 눈 알루 돈다.

근대민요에서 '하이칼라'는 일제시대에 민족을 팔아 자기 배만 불리고 잘난 척하는 반민족적이고 반민중적인 존재의 전형적 상징이다.[12] 이 작품에서도 그런 부정적 인물에 대한 통렬한 비판의 시선이 담겨 있다. 그러나 이러한 역사적 의미를 갖는 하이칼라족은 사라진지 오래되어 더 이상 현재적 의미를 갖지 못함에도 지속적인 선호를 보이는 것은 정선에서 살아가는 민중들의 현재적 삶에도 여전히 유효하기 때문일 것이다. 즉 베옷 중에서도 가장 엉성한 '석세베'을 입고 어렵게 살아가는 삶이지만 겉멋의 화려함이나 거들먹거리는 지위에 끌리지 않는 정선 민중의 꿋꿋한 자존심을 노래한 것으로 의미가 전환되어 주제의 이동을 보인 것으로 이해해야 할 것이다.

B군에서는 A군에 비해서 남녀의 애정에 관련된 노래가 9, 10, 11위를 차지하면서 두드러지게 많아진 것이 특징이다. 물론 정선 민중의 일상적 삶과 관련된 노래도 8, 9, 12위를 차지하고 있어 애정관련 노래보다 여전히 우위를 점하고는 있다. 다만 시대 상황과 관련된 시사적인 주제의 유형노래가 현저하게 줄어들었는데, 이런 노래는 역사적 기반을 상실하면 의미가 퇴색되는 까닭에 그 노랫말의 의미가 현재적 의미로 전환한다 하더라도 한계가 있어 가창의 선호도가 줄어들게 마련이라는 사실을 B군에서 마지막 순위인 12위를 유지하며 명맥을 이어가는 현상에서 확인할 수 있다.

---

12) 정우택, 앞의 논문, 73쪽에서 "하이칼라는 신작로 닦는 일에 앞장서서 공치사하고 신작로를 왕래하며 좋아하는 일본놈 앞잡이다. 이들은 일제의 침략을 개화라고 미화하며 개화바람에 편승해 날뛰는 반민족적·반민중적 잡놈이다."라고 하이칼라를 이해했다. 진용선은 이 노래를 "나라를 빼앗기고 비록 비천하게 억눌려 살지만 민족의 어려움은 뒤로하고 일제의 앞잡이가 되어 날뛰는 사람은 사람으로 보지 않는다는 抗日을 노래한 것"으로 설명했다.(진용선, 『정선아라리』, 집문당, 1993, 17쪽)

3) C군 유형노래

이 그룹은 40편 이상 50편 미만의 군집을 이루는 유형노래로서 상당한 인기도를 유지하는 노래라 할 것이다. 이에 속하는 유형을 B군에 이어 순위를 매겨 정리하면 <표 3>과 같다.

<표 3>

순위	대표노래 번호	동일노래 편수	딸림노래 편수	파생노래 편수	총편수	주제(중심내용)
13	2228	32	33	2	48	무능 남편에 대한 성적욕구 불만
14	2230	18	11	18	47	어린 낭군에 대한 성적욕구 불만
15	2497	10	35	1	46	고향 떠나야 하는 슬픔(시사적)
16(1)	0335	11	30	4	45	남녀 애정에 대한 욕구
16(2)	1008	11	21	13	45	늙음의 한탄
16(3)	2167	38	7	0	45	다른세상에 대한 기대(현실일탈)
19(1)	1243	14	15	14	43	타의에 의해 이별해야 하는 상황
19(2)	1426	19	9	15	43	애정욕구
19(3)	1455	12	5	26	43	시어머니에 대한 애증(시집살이)
22	1481	25	7	10	42	돈 있어야 술 먹는 야박한 세태
23(1)	0836	16	7	17	40	산골에서의 안정된 삶과 행복
23(2)	2381	23	15	2	40	애인 두고 중매로 결혼하는 상황

C군에서 가장 현저한 변화를 보이는 현상은 순위에 있어서 남녀의 애정 관련 노래가 민중의 일상적 삶과 관련된 노래를 누르고 가장 많이 가창되는 유형노래로 올라서고 있다는 점이다. 즉 애정관련 노래가 13, 14, 16(1), 19(2), 23(2)위를 점하고 있음에 비해, 일상적 삶 관련노래는 16(2), 16(3), 19(1), 19(3), 22, 23(1)위를 점하고 있음에서 그런 사정이 드러난다. 그러나 전체적인 편수에 있어서는 전자나 후자나 대등한 비

중을 차지한다 할 것이다. 이에 반해 시사적인 노래는 15위 하나를 차지하고 있어 여전히 약세를 면치 못하고 있다.

C군에서 두드러지게 주제의 겹침 현상을 보이는 유형노래로는 다음을 들 수 있다.

1243   서산에 지는 해는 지고 싶어 지나
        날 버리고 가시는 그대가 가고 싶어 가나

이 작품을 텍스트 그대로만 본다면 남녀의 애정과 관련하여 님과 이별하는 상황을 노래한 것으로 일방적으로 이해하기 쉽다. 그러나 이 노래는 단순히 애정과 관련한 이별의 문제만을 담은 것이 아니라 외부의 강압에 의해, 이를테면 군대나 부역 등 징발에 의해 타의에 의해 동원되어 떠나가는 님 또는 낭군에 대해 여성화자가 발화하는 것으로 이해될 수도 있다. 따라서 이 작품은 단순히 사랑하는 남녀간의 이별이 담긴 관습적 노래로서만이 아니라 구체적인 사회 역사적 맥락 속에서 강제 소집·동원되어가는 님(낭군)과의 이별을 절박한 자기 상황으로 어쩔 수 없이 받아들여야 하는 심정을 풀어낸 노래로 다가오는 것이다. 뿐 아니라 이 작품은 나이 많은 가창자가 노래하는 경우도 흔한데[13] 그럴 때는 단순히 이 세상에서의 이별이 아니라 이승과 저승을 갈라놓는 사별을 의미를 갖는 것으로, 그리하여 그러한 사별을 감당하고 견뎌내는 정서를 노래한 것으로 받아들여지는 것이다. 이처럼 이 각편은 중심주제가 현장에 따라 중층성을 갖게 되는 것이다. 즉, 이 작품에서의 '가

---

13) 실제로 이 노래의 제보자의 연령층을 보면, 여자의 경우 40대가 4명, 50대가 12명, 60대가 8명, 70대가 3명으로 되어 있고, 남자도 40대가 1명, 50대가 5명, 60대가 2명, 70대가 2명으로 분포되어 있어 50대 이상에 집중되어 있음을 알 수 있다.(김시업, 앞의 책에서 필자가 산출한 통계임)

다'라는 의미는 혹은 '남녀간의 이별'로, 혹은 이승에서 저승으로 가는 '사별'로, 혹은 사회역사적 상황 속에서 '소집 동원'의 의미로, 여러 중의적 의미를 가지고 역동적으로 활용됨으로써 하나의 각편이 노래 불리는 현장마다 그 중심주제는 유동성을 갖게 된다.

다음으로 시사적인 것을 담은 대표유형노래를 들면,

> 2497　한짝다리를 덜렁 들어서 부산연락에 얹구요
> 　　　　고향산천을 돌아보니는 눈물이 펑펑돈다.

이 작품은 부산연락선을 타고 고향산천을 떠나야 했던 즉, 일제시대에 내 땅을 버리고 일본의 동경(東京) 혹은 대판(大阪)으로 떠나야 했던 역사적 문맥을 담은 노래여서 시사적인 주제를 담은 것이다.[14] 그러면서도 앞서의 '하이칼라'와는 달리 '부산연락'선은 역사문맥에 강하게 연루되어 있어, 현재적 삶의 문맥으로 주제의 이동이 가능하지는 않다. 그럼에도 이 노래의 가창 선호도가 높은 것은 그러한 역사적 사실과 정보를 확인하는 것만으로도 흥미소를 충분히 자극할 수 있기 때문일 것이다. 따라서 시사적인 노래라 해서 반드시 역사적 문맥을 벗어나 현실문맥으로 주제의 이동을 가져오는 것은 아니라는 사례를 이 작품에서 볼 수 있다.

4) D군 유형노래

이 그룹은 30편 이상 40편 미만의 군집을 이루는 유형노래로서 가창빈도가 평균 두 판에 1회의 비율로 출현하는 수준이므로 어느 정도 인기도를 가지는 노래라 할 것이다. 이에 속하는 유형을 C군에 이어 순위

---

14) 이 작품의 역사적 문맥에 대하여는 정우택, 앞의 논문, 81쪽 참조.

를 매겨 정리하면 <표 4>와 같다.

표에 나타난 바와 같이 이 그룹에서도 남녀애정 관련 노래는 26(1), 26(2), 29(4), 29(5), 34(1), 36(1), 36(2), 39(1)위를 차지하고 있어 여전히 강세이긴 하지만, 민중의 일상적 삶과 관련한 노래의 경우 25, 26(3), 29(2), 29(3), 34(2), 36(3), 39(2), 39(3), 42(1), 42(2), 44위를 차지하고 있어 순위를 차지하는 비중으로 보나 노래 편수로 보나 전자를 압도하는 것으로 나타남이 다시 주목된다. 그만큼 <정선아리랑>은 일상적 삶과 긴밀하게 연관되어 있음을 보여준다 할 것이다.

시사적인 노래는 단 1 개의 유형에 불과한데 작품을 보이면 다음과 같다.

1100　사발그릇은 깨어지면은 두세쪽이 나건만
　　　삼팔선은 깨어지면은 한덩어리가 된다

남북 분단은 아직도 해결되지 않은 현실적 과제이면서 역사성에 강하게 연루되어 있는 시사적인 노래이다. 전쟁과 분단으로 인한 민중들의 고통은 영원히 지워지지 않는 상처로 남았고, 그 상처가 깊을수록 통일에의 염원은 그만큼 강렬한 것이 되며, 따라서 통일의 그날까지 이 텍스트는 가창의 선호도가 높을 수밖에 없는 것이다.[15)]

D군에서 중의에 의한 주제의 겹침은 1052번 노래로 "부령청진에 가신 낭군은 돈이나 벌면 오시지/ 북망산천에 가신 낭군은 언제나 오나"인데, 화자가 죽은 낭군을 둔 여인네(당사자)일 경우의 주제는 제2행에 무게를 두지만, 제3자일 경우는 제1행과 제2행에 거의 대등한 무게를

---

15) 김시업, 「근대민요 아리랑의 성격형성」, 『전환기의 동아시아 문학』, 창작과비평사, 1985, 257쪽에서 이 작품을 들어 "민중의 체험적 예지가 숨어 있는 민족의 '참말(眞言)'이라" 극찬했다.

두는 것으로 볼 수 있어 주제의 겹침 현상을 보인다 하겠다.

<표 4>

순위	대표노래 번호	동일노래 편수	딸림노래 편수	파생노래 편수	총편수	주제(중심내용)
25	1127	27	12	0	39	속 앓은 여자 마음(자기성찰)
26(1)	1052	7	5	26	38	죽은 낭군 그리워 함
26(2)	1852	16	17	5	38	총각의 끈질긴 구애
26(3)	2251	20	13	5	38	허명 뿐인 정선(고난의 삶)
29(1)	1100	13	18	5	36	통일에 대한 염원(시대현실)
29(2)	1383	15	21	0	36	술 대신 찬물 먹어야 하는 상황
29(3)	1468	6	22	8	36	술 담배를 안 먹고는 못사는 삶
29(4)	1800	18	16	2	36	시집 보내 달라는 요구
29(5)	2279	34	2	0	36	구애자와 거절자에 대한 대화
34(1)	0762	23	10	1	34	총각 처녀의 춘정
34(2)	1325	14	11	9	34	늙음에 대한 원망
36(1)	0482	5	24	4	33	어린 낭군에 대한 성적욕구불만
36(2)	1107	6	7	20	33	버리고 떠나려는 님에 속끓임
36(3)	1397	3	12	18	33	박정한 세태 인심
39(1)	0476	7	24	1	32	샛서방과의 불륜
39(2)	0487	7	18	7	32	부모가 정한대로 시집가는 변명
39(3)	2210	20	11	1	32	정선에 대한 자부심과 자랑
42(1)	1222	9	7	15	31	늙음의 한탄
42(2)	1305	5	12	14	31	청상과부 수절도리에 대한 원망
44	1624	19	11	0	30	나이 먹어 자기 존재를 돌아봄

D군에서 특이한 텍스트는 대화체로 된 것인데 그것을 들면 다음과 같다.

2279   죽었는지야 살았는지야 문 좀 열어 봅시다.
        죽지는 아니 하여도 숨 떨어졌네

이 작품에서 제1행의 화자는 어떤 이유로 완전히 토라져버린 상대방
에게 구애자로서 사랑을 받아주길 간청하지만 상대방은 문을 걸어 잠
그고 죽은 듯이 전혀 반응을 보이지 않으니 답답한 심경을 이렇게 털어
놓았을 법하다. 이런 상황에서 제2행 화자의 응대는 숨떨어졌다는 것과
죽었다는 것은 같은 말인데 이런 동어반복의 말장난으로 심각한 상황
(상대의 마음을 어쨌든 돌려보려는 안타깝고 애타는 절박한 상황)을 여유와
웃음의 장으로 역전시킴으로써 민요 공동체의 해학적 시선이 깔리는
발화로 대화적 응대를 한 것으로 이해된다. 이렇듯 민요에서는 공동체
의 해학적 시선이 개입되는 발화가 종종 눈에 띄는데, 이 또한 가창의
선호도를 높이는 요인으로 작용하는 것으로 보인다. 다중의 참여가 보
장되기 때문이다.

3. 가창 선호 유형노래의 특성과 향유미학

앞장에서 대강 살핀 바와 같이 <정선아리랑>의 가창자가 가장 선호
하는 노래의 주제 혹은 중심내용은 정선민중의 일상생활과 관련한 노
래이며, 그에 버금가게 남녀애정에 관련한 노래도 높은 선호도를 보이
고 있어 이 둘이 양대 축을 형성하고 있음을 알 수 있었다.16) 그리고 여

---

16) 정선아리랑의 주제에 관한 연구 논문으로 서병하, 「관동지방의 민요에 관한 연구」,
『관동향토문화연구』 제1집, 춘천교대 향토문화연구소, 1977 및 「정선아리랑의 謠詞
에 관한 연구」, 같은 책, 제2집, 1978과 구영주, 앞의 논문이 있지만 전자는 주제의
분포를 살핌에 있어서 지나치게 세분화하여(인정, 해학, 빈곤, 자연, 無常, 고독, 酒
遊, 이별, 연정, 애정, 性愛, 사별, 조혼, 시류 등으로 세분) 살핌으로써 같은 텍스트
가 여러 군데 중복 분류될 수밖에 없는 문제를 보이고 있고, 후자는 주제를 인생, 시

기에 더하여 일상생활과 관련되는 노래를 선호하다보니 때로는 역사현
실과 관련한 문제에도 민감하여 시사적인 노래를 즐기는 경우도 허다
하게 된 것이다. 그런 점에서 역사적 정치적 문맥을 갖는 노래도 결국
은 민중들의 현실적 삶에 통합되는 것들이라 할 수 있다. 따라서 <정선
아리랑>은 애정에 관련한 노래와 일상 현실의 삶과 관련한 노래가 양
대 축을 형성하면서 선호되어 왔으되, 정선민중의 일상적 삶(인생살이)
에 관련된 노래가 가장 선호되고, 그 다음이 남녀 애정에 관련된 노래
가 선호되었음을 알 수 있었다.

　그런데 주제 분류에 있어서 남녀 애정의 경우 더 세분화하여 연애관
계, 부부관계, 유흥관계로 나눈다든지. 일상적 삶과 관련한 경우 가정,
자연, 노동, 인생 등으로 세분하여 각각을 따로 계량화해서 백분율을 따
져 선호도를 비교하는 작업이 흔히 보이는데 이는 큰 의미를 갖지 못한
다.17) 왜냐하면 상당수의 텍스트가 주제의 겹침 현상을 보이거나 주제
의 이동을 보여서 어느 한 쪽에 귀속시켜 통계를 낼 경우 신빙성이 없
어지기 때문이다. 뿐만 아니라 자연이니 가정이니 노동이니 하는 것도
인생살이와 직결되는 것이어서 일상생활관련(인생)과 구분하여 주제를
비교할 성질의 것이 아니기 때문이다. 하나의 예를 들어보기로 하자.

　대상, 가정, 자연, 노동, 이성, 기타로 분류하여 훨씬 명료화했으나 이 역시 가정, 자
연, 노동에 해당하는 텍스트가 인생에 해당하는 것과 변별력을 갖기가 어려우며, 또
분류결과 총 1098편중에서 57.2%가 이성(애정)문제를 다룬 것이고, 나머지는 인생이
19.0%, 자연이 7.7%, 가정문제가 5.3%, 시대상이 5.2%, 노동에 관한 것이 1.9%, 기타
가 3.7%로 나타난다 함으로써 애정이 다른 모든 것을 합친 것보다 더 많은 비중을
차지하는 것으로 결과를 내고 있어 본고와는 차이를 보인다. 그렇게 된 연유는 이성
문제로 분류된 것 중 상당수가 남녀 애정에 관련한 것이라기보다 인생살이에 관련
된 것이 상당수 포함된 것으로 추정된다. 이를테면 본고에서 예로 든 1243번 같은
노래도 인생살이와는 무관한 이성문제로만 계산되었을 공산이 크다. 그렇지 않고서
는 그런 비율이 나올 수가 없는 것이다.
17) 주 12)에서 보인 바와 같이 구영주, 앞의 논문에서 이런 방식을 택했다.

1624   앞남산 뻐꾸기는 초성도 좋다
        세 살 적 듣던 목소리 변치도 않았네

이 노래(선호도 44위 작품)도 표면적 의미로만 보면 주제를 자연예찬
으로 보아 '자연'으로 귀속시켜 계량화할 수 있는 것이다. 그러나 이 노
래의 함의는 정선이라는 깊은 산촌의 삶에서 여름철의 적막함과 나른
함 속에서 뻐꾸기 소리를 들으면서 느끼는 정서를 표백한 것이지 단순
히 자연물(뻐꾸기)을 예찬한 것은 아니라는 것이다. 민요를 향유하는 민
중들은 사대부 혹은 유식계층처럼 자연을 관조하거나 상찬할 한가로움
이 있는 것이 아니기 때문이다. 일상생활 속의 자연을 통해 자기 삶을
느끼고 되돌아 볼 뿐인 것이다. 그리하여 뻐꾸기 소리는 변치 않고 그
대로인데 화자는 세월이 흘러 나이 들어 시집오기 전 어렸을 적 친정
동네의 그때 그 사람들을 그리워하고 생각하는, 그래서 현재의 자기 삶
과 연결할 때 시간적 거리를 더욱 느끼는 그런 정서를 노래한 것이라는
점에서 일상적 삶 혹은 인생살이와 관련한 각편으로 보아야지 자연을
주제로 한 것으로 보아서는 안 될 것이다.[18]

이처럼 <정선아리랑>의 주제를 세분화하여 그럴듯한 통계를 내어
백분율로 제시하는 작업은 겉보기엔 그럴듯한 연구작업으로 보이나 오

---

18) 가령 선호도에서 23위를 차지하고 있는 0836번 노래의 경우를 본다면 "맨드라미
줄봉숭아는 토담이 붉어 좋구요/ 앞남산 철쭉꽃은 강산이 붉어 좋다"로 되어 있는데
이를 구영주는 맨드라미, 봉숭아, 철쭉꽃이 만들어낸 아름다운 풍경을 묘사한 것으
로 보아 산수경개나 고향 등 자연을 노래한 것으로 주제를 보고 통계에 활용하고 있
다(구영주, 앞의 논문, 15쪽 참조). 그러나 이 작품은 자연을 노래한 것이 아니라 산
촌의 삶에서 토담을 치고 줄봉숭아를 심어놓고 이제는 떠돌지 않아도 된다는 그런
안정되고 흡족해하는 민중(정선사람들은 대부분 화전민이기에 지력이 떨어지면 다
른 곳으로 옮겨가 화전을 일구며 살아야하는 떠돌이 삶을 고려할 것)들의 소박한 행
복감을 노래한 것으로 보아야 실상에 맞는 이해일 것이다. 그래서 앞남산에 핀 철쭉
꽃이 더욱 아름다워 보인다는 구절이 이해가 될 것이다.

히려 <정선아리랑>의 실상과는 거리가 멀거나 왜곡된 결과에 이를 가
능성을 배제할 수 없는 것이다. 주제에 관한 한 <정선아리랑>은 남녀애
정에 관련되거나 아니면 민중의 일상적 삶과 관련된 내용을 양대 축으
로 하여 노래되고 있다 해야 할 것이다. 이는 다른 민요 또한 그러할 것
이므로 주제를 분류하거나 계량화하는 작업은 사실상 민요에서 큰 의
미를 갖지 못한다고 보아도 좋을 것이다.

<정선아리랑>의 이러한 양대 축을 이루는 주제는 그것이 어떤 필요
에 의해 어떻게 불려왔는가를 생각해보면 쉽게 이해된다.

> 1572　　아리랑 타령을 마자고 했더니
> 　　　　신세소리로 또 하는구나
>
> 1559　　아라린지 지랄인지 섣달의 열흘을 하다가 보니
> 　　　　십여명 식구가 몽땅 다 굶어 죽었어

<정선아리랑>은 신세타령을 하는 것이라는 가창자들의 인식과 그것
을 하다보면 거기에서 빠져나오지 못하는 놀이적 매력이 있음을 말해
주는 텍스트다. 즉 1572번은 풀이기능을, 1559번은 놀이기능을 말해준
다. 이처럼 <정선아리랑>은 신세타령으로서 자신의 삶의 응어리를 풀
어내는 '풀이'의 기능으로, 혹은 일의 지루함이나 힘겨움, 생활의 따분
함을 덜어내기 위한 '놀이'의 기능으로 불려왔기 때문에,[19] 노래의 주제
가 일상적 삶의 응어리나 고단함, 답답함, 막막함, 슬픔, 기쁨들과 집중

---

19) 강등학, 「정선아라리의 기능」, 『역사민속학』 제2호, 이론과실천사, 1992, 115쪽에서
　　는 정선아리랑의 기능을 "<아라리>는 표출기능을 중심으로 하여 상황에 따라 놀이
　　기능이 어울려 장르적 기능을 형성한다"라고 했다. 여기서 표출기능은 풀이기능에
　　해당하는 것이지만 구비문학에서 마음 속의 응어리나 답답함을 풀어내는 기능으로
　　는 '풀이'라는 말이 더 적절한 명칭이라 생각되기에 이 말을 사용한다. 표출은 기록
　　문학에 더 어울리는 말이기 때문이다.

적으로 연결되게 된 것이다. 게다가 <정선아리랑>은 음악적으로 다른
아리랑보다 느리고 길게 불려짐으로써 울분과 비애를 풀어내는 데 더
욱 적절하게 되어 있다.[20]

이제 주제와 기능면에서의 이러한 특성을 염두에 두면서 앞장에서의
계량화 작업을 통해 드러난 가창의 선호도를 살펴 그것이 갖는 특성과
의미를 규명해 보도록 한다.

우선 수집된 <정선아리랑> 2천6백여 편의 독립노래 가운데 전체 1위
를 차지하는 가장 선호도가 높은 노래로부터 차례로 검토해 보자.

1587   아우라지 뱃사공아 배 좀 건네주게
        싸릿골 올동박이 다 떨어진다

이 작품이 최고의 선호도를 갖는 이유는 여러 가지가 있겠지만 우선
노래의 내력[21]에서 서사적 사건과 극적인 정황을 깔고 있을 뿐 아니라
서술도 극적독백체로 되어 있어 흥미와 공감적 호소력을 극대화하고
있다는 점과, 노래의 배경 또한 아우라지라는 정선의 구체적이고 친숙
한 공간에 놓여 있으면서도 국지적 향토성에 매몰되지 않고 누구나 그
러한 공간의 체험에 참여할 수 있는 보편적 의미 공간(남녀의 애틋한 사
랑의 공간이기에)으로 열려 있다 는 점을 들 수 있을 것이다.[22] 즉, 노래

---

20) 고숙경, 「정선아리랑에 관한 연구」, 경희대 석사논문, 1980, 34쪽에서 정선아리랑은
   울분과 비애를 그리기에 알맞은 가락인 미솔라도레의 5음으로 구성되어 있고, 동일
   한 부분의 반복이 많고 불안한데서 오는 신비한 느낌과 독특한 멋이 있고 종지에 있
   어서는 높은 소리에서 차차로 느려지면서 하강한다고 음악적 특성을 밝힌 바 있다.
21) 잘 알다시피 이 노래는 정선의 임계 골지천과 북면의 송천이 합류되는 아우라지라
   는 강을 사이에 두고 여량리의 처녀와 유천리의 총각이 주위사람의 눈을 피해 산 속
   에서 사랑을 속삭이고 동백 따는 핑계로 서로 만나곤 했는데 싸릿골에서 만나기로
   약속한 날 밤 갑자기 내린 폭우로 강물이 불어 나룻배를 건널 수 없게 되자 강 양편
   에서 서로가 건너다 보면서 그리움을 달랜 노래라 한다.(진용선, 앞의 책, 24쪽 참조)

의 내력이 작품의 비극적 정감을 더욱 강렬하게 하여 서정적 정황을 조
성하는 데 도와주고 있으며, 이러한 극적 정황을 전제로 제1행과 제2행
의 극적독백체 진술을 통해서 시의 경험에 생생하게 참여하는 독특한
진술 방식을 택하여 남녀 애정이라는 공동의 관심사를 공동의 경험양
식에 기대어 노래하게 되어 있어 선호도에서 1위를 차지한 것으로 보인
다. 다시 말해 누구든 이 노래를 부르는 이는 극적 정황의 주인공이 되
어 애절한 사랑의 공동 경험에 참여하게 되는 것이므로 폭넓은 공감을
얻을 수 있는 것이다.23) 또한 이 노래는 워낙 유명한 까닭에 노랫말에
서 1/4 미만의 자잘한 변화를 보이는 딸림노래는 상당히 있어도, 그 이상
의 큰 변화를 보이는 파생노래는 단 한 편도 보이지 않음이 특징이다.

다음으로 선호도에서 2위 노래를 들면,

2502   한치 뒷산에 곤드레 딱주기 나지미 맛만 같다면
        고것만 뜯어 먹어도 봄 살어나네

이 노래에서 '나지미'는 일본어로서 '님'(연인)에 해당하는 말인데, 이
때문에 이 작품의 주제를 임의 사랑으로 보는 견해도 있다.24) 그러나

22) 이 노래를 열악한 주위 환경에서 오는 자연에 대한 원망, 강 양편에서 서로를 그리
    워하며 만나지 못하는 恨을 달래고 있는 사랑에 대한 한의 노래로 이해하는 경우가
    있으나(고자영, 「정선아리랑에 나타난 恨의 이해와 解寃」, 협성대 신학대학원 석사
    논문, 2000, 19쪽), 이렇게 한의 의미로 축소시켜 이해하면 선호도 1위의 광범한 공
    감대 형성을 설명하기가 곤란하다. 이 노래의 극적정황에 누구나 참여할 수 있는 폭
    넓은 공동체적 정서에 기반하고 있는 노래로 보아야 할 것이다.
23) 이 노래를 제보한 가창자의 성별, 연령별 분포를 보면, 여자의 경우 30대 3명, 40대
    5명, 50대 22명, 60대 18명, 70대 8명, 80대 1명이고, 남자의 경우 20대 이하 5명, 30대
    4명, 40대 5명, 50대 10명, 60대 8명, 70대 3명으로 되어 있다(김시업, 앞의 책을 참고
    하여 필자가 산출한 통계임). 이처럼 노래의 선호도가 높을수록 성별과 연령이 고루
    분포된다 할 것이다.
24) 장관진, 「정선아리랑 考」, 『한국문학논총』 제3집, 한국문학회, 1980, 274쪽에서 임

여기서 문제삼는 것은 척박한 산속에서 살아가야 하는 정선 민중들이 춘궁기를 맞아 봄나물로 겨우 연명해가는 고난의 삶을 노래한 것으로 보아야 실상에 맞다. 그런데 이 작품이 널리 공감대를 획득하여 높은 선호도를 보일 수 있었던 것25)은 산나물로 연명해야 하는 가난(춘궁기)이라는 공동체의 쓰디쓴 집단적 체험을 연인(나지미) 사이에 생겨나는 달콤한 체험으로 치환하여 극복하려는 삶의 지혜와 여유로 풀어내고 있기 때문일 것이다. 고난 속에서 여유를 갖는 삶의 지혜야말로 살맛 없는 세상을 살맛나게 하는 동력이 아니겠는가. 민중들은 이런 노래를 통해 삶의 고난을 헤쳐나가고 맺힌 응어리를 풀어낼 수 있는 것이다.

다음으로 선호도 3위와 4위 노래를 보면,

0865   명사십리가 아니라며는 해당화는 왜 피며
         모춘삼월이 아니라며는 두견새는 왜 우나

0533   눈이 올라나 비가 올라나 억수장마 질라나
         만수산 검은 구름이 막 모여든다

이 두 편도 역사적 맥락에 공고히 결부되어 과거 사실과 정보를 아는 것만으로도 정선 민중들의 흥미와 관심을 충족할 수 있어 널리 선호되는 노래다. 즉, 두 노래 가운데 후자는 흔히 정선아리랑의 시원을 말해

의 마음만 같다면 그 어려운 봄을 살아나겠다는 의미를 담았다고 보고 이 작품의 취의를 '임의 사랑'으로 보았다.

25) 이 노래를 제보한 가창자의 성별, 연령별 분포를 보면, 여자의 경우 20대 이하 1명, 40대 10명, 50대 22명, 60대 16명, 70대 1명, 80대 3명이고, 남자의 경우 20대 1명, 30대 2명, 40대 3명, 50대 10명, 60대 10명, 70대 3명, 80대 1명으로 역시 성별과 연령에서 두루 보인다. 여기서 성별에서는 남자보다는 여자가, 연령에서는 50대와 60대가 중심을 이루는데 이러한 현상은 다른 노래도 마찬가지일 터이므로 더 이상의 통계 작업은 하지 않기로 한다. 더욱이 정선아리랑뿐 아니라 다른 아리랑, 나아가 대부분의 민요에도 동일 현상으로 나타날 것임은 충분히 예상된다.

주는 노래로 알려져 있어 가창자들이 그 역사적 문맥을 모르는 이가 없을 정도다. 그리고 전자 역시 후자와 한데 묶어 같이 불려졌던 노래로 알려지고 있는데 확실치는 않다. 즉 고려가 망하자 불사이군(不事二君)의 충절을 다짐하던 신하 72명이 송도(松都)의 두문동에 모여 살며 조선 건국의 부당함을 항변하다가 이들 중 全五倫 등 7명이 정선군 남면 낙동리 지금의 거칠현동으로 옮겨와 은거하면서 고려 몰락에 대한 비탄과 자신들의 쓰라린 회포를 노래한 것이라 한다.26) 따라서 뒤의 노래를 이러한 역사적 문맥에 결부시킨다면 눈이나 비, 억수장마 같은 어휘들은 고려멸망 직후의 불안한 정세를 비유한 것으로 이해되고, 만수산 검은 구름은 시대상황(時代狀況)의 암울함을 빗댄 것이라 하겠다. 그리고 앞의 노래는 이러한 시대적 분위기와는 관계없이 은둔처인 정선 거칠현동은 명사십리가 아니라도 해당화가 피고 춘삼월이 아니라도 두견새 소리가 있는 별천지라 하면서 돌아가는 세상 분위기와 은신처의 어긋남을 탄식의 어조로 부른 것으로 이해된다.

　　그러나 이러한 역사적 맥락과는 상관없이27) 이 두 노래는 정선민중의 일상적 삶과 관련하여 널리 애창되어 온 것으로도 이해될 수 있는데 그런 측면에서 재해석한다면, 전자는 명사십리가 아닌 데도 해당화가 피고, 모춘삼월이 아닌 데도 두견새가 우는, 즉 화자가 이해할 수 없고 제대로 되어가지 않는 불가항력적인 어떤 것에 대한 불안과 수심을 스스로 지적함으로써 자기연민을 드러내어 그러한 불안을 해소하는 일종의 카타르시스가 작용함으로써 이 노래가 선호되었을 것이다. 그리고

---

26) 정선군지 편찬위원회, 『정선군지』, 1978, 339~340쪽 참조.

27) 이 두 노래(특히 0865번 노래)가 과연 거칠현동의 고려 유신들과 관련되는 역사적 맥락을 갖는지, 아니면 후대의 부회인지는 알 길이 없으나 후자일 가능성이 더 높은 것으로 보인다. 고려 유신들이 민요를 불렀을 가능성은 희박하고 한시(漢詩)의 율창(律唱)을 했을 가능성이 크기 때문이다.

후자 역시 농사일하다가 기후의 변화(눈비, 장마)를 몸으로 체험하면서 일상적 삶에서 느끼는 불안과 수심의 정서를 풀어냄으로써 정화를 맛보는 노래로 널리 애창되었을 것이다. 요컨대 이 두 노래는 시사적 의미 내용에서 보편적 생활체험으로 주제의 이동을 보임으로써 높은 선호도를 갖게 되었을 것이다. 그리하여 만수산은 역사적 문맥과 결부된 특정의 산이 아니라 정선처럼 궁벽한 산간에 겹겹으로 둘러싸여 멀리 까마득히 보이는 산으로 되어 정서적(카타르시스적)·생활적 현장의 산이 되며, 명사십리 역시 특정의 공간이 아니라 정선 민중의 마음 속에 자리하는 공간이 되는 것이다.

그밖에 동일노래편수가 많은 것은 가창자가 전승되는 노래를 '단순 수용'한 사례로서 텍스트 고정성을 얻으며 널리 애창되는 유형노래라 할 수 있고, 딸림노래수가 많은 것은 가창자의 '분석 수용'의 사례로 텍스트에 약간의 유동성이 드러난 유형노래로 파악되며, 파생노래편수가 두드러진 것은 가창자의 능동적 참여에 의한 '창조적 수용'으로 이해될 수 있을 것이다.

4. 결론

<정선아리랑>의 2600여 수의 독립노래를 대상으로 가창자들의 가창 선호도를 파악하여 대표 독립노래를 설정하고 그것과 동일하게 텍스트가 실현되는 동일노래편수와 그에 부속되는 딸림노래편수, 그리고 그것과 노랫말의 조사(措辭)에 있어서 유사관계를 가지는 파생노래편수를 계량화하여 그것을 모두 합한 총편수에 따라 순위를 매겨 선호도를 살펴 본 결과 다음과 같은 향유미학을 얻어낼 수 있었다.

1) <정선아리랑>의 가창자가 선호하는 주제 혹은 중심 내용은 ① 정선민중의 일상적 삶(인생살이)과 관련된 것이 가장 선호되고, ② 그 다음이 남녀 애정에 관련한 것이며, ③ 그 다음이 현실비판과 관련된 시사적인 것이었다. 이런 현상은 '신세타령조'로 '아라리'를 부른다고 말하는 현지 가창자들의 한결같은 발언에서도 잘 확인된다. 이러한 연구 결과는 <정선아리랑>의 50% 이상이 남녀 애정과 관련이 있다는 기존의 통설을 뒤바꾸는 것으로 연구 의의를 가진다 할 것이다. 이로써 볼 때 우리 시가문학의 미학적 특질 혹은 정서적 동력이 '인생살이'에 그 기반을 두고 있다는 것도 음미해야 할 사항이다.

2) 이 세 가지 중심 주제는 각각의 독립유형노래로 나타나기도 하지만 경우에 따라서는 서로 복합되어 겹치거나 한 쪽에서 다른 쪽으로 주제의 이동을 보이는 경우도 있어서 이런 텍스트 유동성이 오히려 가창자에게 선호되는 요인이 될 수 있는 것으로 파악된다.

3) 이들 선호되는 노래를 등급화하여 총 61판의 노래판에서 평균 1회 이상 불려진 것으로 간주되는 61편이상의 군집으로 이루어진 유형노래를 A군으로, 50편이상의 군집으로 집합되는 유형노래를 B군으로, 40편이상의 유형노래를 C군으로, 30편이상의 유형노래를 D군으로 범주화할 때, A군은 모두 7개, B군은 5개, C군은 12개, D군은 20개로 정리됨을 알 수 있었다.

4) <정선아리랑>의 가장 선호되는 주제는 결국 정선민중의 일상적 삶과 관련되는 것과 남녀애정에 관련되는 것을 양대 축으로 하여 생성되며 이는 '풀이'의 기능과 '놀이'의 기능으로 애호되면서 전승된 것과 긴밀하게 연관됨을 알 수 있었다.

5) <정선아리랑> 가운데 역사적 맥락과 긴밀하게 연관되는 텍스트는 고정성을 얻어 '단순수용'에 머무르는 경향을 보이며, 현실맥락에 연관

되는 것일수록 '창조적 수용'을 보여 텍스트의 유동성을 보이는 경향이
강함을 알 수 있었다.

　이 연구는 특히 구비문학으로서의 <정선아리랑>은 현장성을 생명으
로 하기 때문에 중심주제에 있어서 텍스트가 실현되는 현장에 따라 중
층성을 갖는다는 점에 역점을 두어 이 점을 간과한 단순한 계량화 연구
는 경계해야 한다는 태도를 일관되게 유지하고자 했다. 그리하여 본고
는 계량화와 맥락의 현장성 사이에 가로놓여 있는 긴장을 놓치지 않기
위해 노력함으로써 구비문학을 살아있는 텍스트로 연구하고자 했다.

부 록

0135 갈철이지 봄철인지 나는 몰랐더니 /
뒷동산 행화춘절이 나를 알려주네

0143 갈철인지 봄철인지 나는 몰랐더니 /
뒷동산에 행화초가 날 알려주네

0251 갖은 족찝게 세발 색경은 내가 사다 줄거니 /
이마 눈썹에 여더레 팔자로 잘만 가꿔주게

0335 도랑가이 거무노리는 무슨에 죄를 졌길래 /
큰 아기 손길에 칼침을 맞나

0388 개구장가이 포름포름에 날가자구 하더니 /
산천초목이 아우레 들어도 종무소식 없더라

0476 고향을 등진 지 이십여년인데 /
살기좋고 인심좋아 나는 못 가겠네

0482 곤니찌와 곰방와는 민나혼또 데쓰요 /
사요나라 이끼마스는 나는 도라 갑니다

0487 곤드래 만드래 쓰러진 골로 /
우리집 삼동세 봄나물 하러 갑시다

0533 공동묘지야 장승백이들 말 좀 물어보자 /
님그리워 죽은 무덤이 몇몇이더냐

0661 그대 당신은 수천리다 세워 놓구서 /
똥단지 속으로 님 소식을 듣는다

0762 꼴두바우에 중석허가는 나날이 달마둥 나는데 /
시골에 나지미 허가는 왜고다지 안나나

0836 꽃은 커서 화초강산 되고 /
　　　잎은 커서 청산만 되어라

0865 나무도 늙어서 고목이 되면 /
　　　오던에야 새짐승두야 되돌아가네

1008 날 좀 보서요 날 좀 보서요 날 조금 보서요 /
　　　동지섣달 꽃 보듯이 날 조금 보서요

1037 남으집 낭군은 기차 전차를 타는데 /
　　　우르집에 저여버리는 콩밭골만 타네

1052 남의 집의 서방님으는 사향내만 나는데 /
　　　우리집에 서방님으는 땀내만 나네

1100 내 시집 간다구 가마채 잡구서 울지 말고 /
　　　내 시집 가는 동네루 달머슴오게

1107 냇가에 흐르는 물이 소주 약주만 같다면 /
　　　오시는 손님 가시는 손님에 푸대접 안하지

1127 너섭산 한중허리에 실안개 감실 돌거든 /
　　　봉정리 윤주사 가슴에 수심찬줄 알게

1222 노랑 저고리 오실 앞에 줄줄이 맺힌 눈물이 /
　　　니 탓인가 내 탓인가 중신 애비 탓인가

1243 노랑 저구리 연분홍 치매를 받구 싶어 받았나 /
　　　우리 부모님 말 한 마디에 울민불민 받았지

1257 노류장화 꽃을 꺾어 들고 /
　　　강릉 경포대로 달마중을 가세
1305 노다 가세요 자다 가세요 /
　　　저 달이 떴다지마 동안 노다 가세요

1325 놀다가 죽어도 지혼이 원통타는데 /
　　　일하다 죽어야진다면 할말이 있나

1383 눈이 올라나 비가 올라나 억수장마 질라나 /
만수산 검으내 구름이 다 모여든다

1397 눈이 올라나 비가 올라나 억수장마 질라나 /
만수산 검은 구름이 막 모여든다

1426 비가 올라나 눈이 올라나 억수장마 질라나 /
만수산 검은 구름이 막 모여든다

1455 니 잘났느니 내 잘났느니 인물다툼을 말아 /
양지화 텁석부리가 젤 잘났다 하네

1468 니 잘났더니 내 잘났더니 인물 탓을 말어라 /
백원짜리 양지박에 텁석부리가 질 잘났단다

1481 니가 죽던지 내가 살던지 사생결단을 해야지 /
한 오백년 사자는데도 웬 성화냐

1587 당신도 두 눈이 있거든 내 얼굴 보서요 /
도화거치 일던 얼굴이 철골이로구나

1624 당신은 고게 있고 나는 요게 있어도 /
두 눈만 맞으면 백년언약이 아니냐

1761 돈 쓰던 남아가 돈 덜어지니 /
구시월 시단풍에 서리 맞은 낙화라

1800 동박나무 몇 가지에다 추천줄을 매고서 /
임하고 나하고 매 건너뛰세

1852 둥글레 팥떡에 수수무설미 아무 별 맛 없어도 /
뜻뜻하고 무른 재미로 한그릇 잡숫고 가세요

2165 멀구 다래를 따시려면은 청서덜구로 들구요 /
내 낭군을 만나시려면은 잔솔밭으로 드러라

2167 멀구나 다래를 딸래거든 정선에 들고 /
임상봉 할려거든 잔솔밭에 들러라

2210 명사십리가 아니라면은 해당화는 왜 피나 /
　　　모춘삼월이 아니라면은 두견새는 왜 울어

2228 명사십리가 아니라면은 해당화는 왜 피며 /
　　　모춘 삼월이 아니라면은 두견새는 왜우나

2230 명사십리가 아니라면은 해당화는 왜 피며 /
　　　모춘 삼월이 아니라면은 두견새는 왜 우나

2241 명사십리가 아니라면 해당화는 왜 피고 /
　　　모춘삼월이 아니라면은 두견새는 왜 우나

2251 명사십리가 아니라면은 해당화가 왜 피어 /
　　　모춘삼월이 아니라면은 두견새는 왜 우나

2279 못먹는 소주약주 날 권하지 말구야 /
　　　후원별당 있느네 큰아기 날만 권해 줘요

2381 문전옥답을 어데다 두고 /
　　　수천리 타향에 나 여기 왔나

2497 바람이 불러거든 양치마 바람이 불고 /
　　　풍년이 드시러거든 처녀 풍년 들라

2502 바람이 불어서 쓰러지는 남기 /
　　　눈비가 오신다면은 일어날수 있겠소

근대민요[정선아라리]의 데이터베이스 구축과 활용 방안

1. 데이터베이스 구축(構築) 목적

아리랑은 한민족의 동질성과 정체성을 대표하는 민요로서 세계성을 획득하며 전승·전파되고 있다. 국내뿐만 아니라 국외에 있는 한민족 동포에게 아리랑은 민족의 실존적 정체성을 확인하는 노래이며, 나아가 민족의 최대과제인 남북 화합의 상징으로서 그 역할이 확대되고 있다.

아리랑은 현재까지 다양한 형태로 채록되어 각종 민요집에 실려 있다. 김지연(1930)은 「조선민요 아리랑」에서 신아리랑, 별조아리랑, 정선 아리랑 등 20여 종의 아리랑을 언급하고 있으며[1], 임동권은 『한국민요집 I 』에서 서울아리랑, 정선아리랑 등 14종류의 아리랑을 수집하여 소개했다.[2] 특히, 이보형은 음악적 접근을 통해 아리랑의 근원이 정선아리랑으로부터 유래하였다는 점을 밝혔다.[3] 그러나 정선아리랑에 대한 기존의 조사분석은 원(原) 자료의 변개가 많은 문헌조사에 거의 한정되

---

1) 김지연(1930. 6), 「조선민요 아리랑」, <조선>
2) 임동권(1961), 『한국민요집 I 』, 집문당.
3) 이보형(1997), 「아리랑소리의 근원과 변천에 관한 음악적 연구」, <한국 민요학> 제 5집, 120쪽.

어 있는 실정이다. 때문에 근대민요 아리랑 연구의 심화와 확대를 위해
서는 정선아라리에 대한 현장론적 조사와 분석 연구가 시급하다 하겠다.

　성균관대학교 국어국문학과 민요조사반에서는 1982년 1월부터 1994
년 1월까지 13년 동안 정선 지역을 중심으로 정선아라리를 조사하여,
10,000여 편의 정선아라리 노랫말을 정리하였다.4) ‘가나다’ 순에 따라
노랫말 사전을 만들어, 각각의 노랫말을 노래 번호, 노래판 번호, 노래
판에서 불린 순서로 체계화하였으며 제보자에 대한 정보를 첨가하였다.
또한 정리된 노랫말은 다시 대표성을 지닌 ‘각편’의 노랫말과 그 하위
유형인 ‘딸림노래’로 분류하였다.

　그러나 노랫말 사전은 파일처리 방식으로 구성되어 자료의 검색 및
통합이 어렵고, 노랫말과 제보자, 노래판의 유기적 인식에 한계가 있었
다. “데이터베이스 시스템이 사용되기 이전의 데이터 관리는 주로 응용
프로그램에서 파일을 연 후, 파일에 대한 레코드의 저장, 삭제, 수정 및
조회를 통해 이루어져 왔다. 이러한 파일 처리 방식을 통한 데이터 관
리의 문제는 동일한 데이터가 여러 파일에 중복 존재하여 저장 공간의
낭비와 불필요한 프로그래밍 작업이 발생한다는 점이다.”5)

　이에 따라 조사 정리한 정선아라리의 파일처리 방식의 구조적 문제
를 해결하기 위해 데이터베이스 시스템을 구축하기로 하였다. 데이터베
이스는 간단히 “서로 연관된 데이터들의 집합”6)으로 정의할 수 있다.
정보화사회가 성숙해짐에 따라 일상생활에서 데이터베이스는 사회 모
든 부분에서 중요한 정보를 저장 관리하며 필요한 정보를 제공하는 역
할을 담당하게 되었다.

---

4) 김시업 편(2001), 『정선아라리의 현장론적 연구』, 성균관대학교 대동문화연구원.
5) 이석균·정철용(2003), 『데이터베이스 시스템』, 사이텍 미디어, 8~9쪽.
6) 이석균·정철용(2003), 위의 책. 3쪽.

데이터베이스 구축 방식은 Bottom-up 방식이 아닌, Top-down 방식
으로 구축하였다. 이와 같이 Top-down 방식으로 데이터베이스를 구성
할 경우 DB table간의 연계성 및 호환성을 최대화할 수 있어 데이터베
이스 구축 후 발생하는 다양한 데이터의 추가 및 수정이 용이하고, 궁
극적으로 데이터베이스의 최신성 및 활용성을 강화시킬 수 있다. 데이
터베이스 구조는 관계형 데이터베이스(RDB, Relational Database) 시스
템으로 구성하여, DB table간의 연계성을 높였다. "관계형 데이터베이
스는 모든 데이터를 테이블들의 집합으로 구성하고 각 테이블마다 고
유한 이름을 나타내고, 관계 대수와 관계 해석에 의해 데이터 상호간의
상관관계로 표현된 정보 사이의 연결되는 데이터의 표현방법을 말한
다."7) RDB 구조로 데이터베이스를 구성할 경우 연구자의 용도에 따른
자료의 검색 및 통합력을 강화하므로 데이터베이스의 활용성을 배가시
킬 수 있게 된다.

또한 민요는 그 장르의 본질이 노래에 있어서, 문자 및 녹취(錄取)만
으로 구축한 데이터베이스 방식으로는 민요의 생생한 현장감을 살리기
가 어려운 점이 있다. 따라서 1980년대의 기술적인 한계로 인해 녹취로
조사·기록한 데이터를 보완하기 위해, 정선아라리의 살아있는 모습을
동영상(動映像)으로 기록하여 보존할 필요성이 제기된다. 특히, 지난 20
년 간 정선의 지역적 환경이 빠르게 변화하면서 정선아라리의 현장성
과 전승력이 급속하게 위축되고 있었다. 이에 더하여 삶의 주요한 표현
양식으로서 정선아라리를 부르던 가창자들이 점차 세상을 떠나거나, 고
령화되어 더 이상 노래를 부르기 어려운 상황으로 변해가고 있었다. 이
러한 현실적인 조건을 감안하여, 데이터베이스를 구성하는 데이터의 형

---

7) 김영선(2003), 『엑세스를 활용한 데이터베이스』, 글로벌, 52쪽.

태를 문자, 음성, 영상 등 멀티미디어로 구성하여 데이터베이스의 기록성을 더욱 높이는 방향으로 구축하고자 했다.

이 논문은 정선아라리의 노랫말과 관련 자료를 데이터베이스로 구축하는 방법과 그 활용방안에 대해서 서술하였다. 먼저 데이터베이스로 구축된 자료의 조사방법과 그 내용에 대해서 서술하고, 데이터베이스의 구축방법을 요약한 뒤, 실제로 데이터베이스를 활용하여 자료를 분석하고 의미화하는 방법에 대해서 몇 가지의 실례를 들어 설명하였다. 이를 통해 정선아라리 데이터베이스에 대한 안내 역할을 하는 것이 이 논문의 목적이다.

2. 데이터베이스 구축 방법

1) 기술(記述) 자료의 조사방법 및 내용

성균관대학교 국어국문학과 민요조사반이 정선아라리에 주목하게 된 것은 다른 아리랑에 비해 정선아라리는 현장성이 잘 보존되어 있고 전승력과 기능성을 왕성하게 발휘하고 있었기 때문이다. 아리랑에는 본조(本調) 아리랑, 긴 아리랑, 정선아라리, 진도아리랑, 밀양아리랑 등의 여러 종류가 있다. 그런데 1982년 당시에 정선아라리를 제외한 아리랑이 대부분 고정된 상태로 전승될 뿐, 구비문학적인 현장성과 전승력을 상실한 상태였다. 이와 달리 정선아라리의 경우 현장성이 잘 보존되고 그 기능성을 계속 유지할 수 있었는데 그 이유로는 정선의 지역적 조건을 먼저 꼽을 수 있다. 정선은 험준한 산과 굽이도는 강으로 둘러싸여 있어서 교통이 매우 불편하고 인적이 미치기 힘든 외진 곳이었다. 또한 전기, 전화, 텔레비전 등의 근대적인 문명이 늦게 보급된 까닭에 이전의 공동체적인 생활 양식이 파괴되지 않은 채 남아 있었으며, 그 결과 구비문학적인 유산이 계속하여 생명력을 발휘할 수 있었던 것이다.

정선아라리의 현지조사에는 성균관대학교 국어국문학과의 학부생과 대학원생, 교수 등이 조사팀을 구성하여 총 69명이 참여하였다. 현지조사를 통하여 채록된 노래는 60분짜리와 90분짜리 녹음테이프를 합하여 140개 분량이었다. 현지조사 활동은, 1982년부터 1987년까지 60개의 지역에서 진행되어 총 60개의 노래판이 구성되었다. 이후 1988년부터 1994년은 자료의 보충·보완 조사가 이루어졌다.

조사는 면(面) 단위로 나누어, 1982년에 동면(東面), 1983년에 북면(北面), 1985년 1월에 정선읍과 남면(南面), 1985년 8월에 신동면(新東面)과 임계면(臨溪面), 1987년에 임계면과 고한읍(高汗邑) 등의 순으로 심층조사 방식으로 수행하였다. 그러나 1983년 당시 정선군의 총 인구와 가구 수의 40%를 차지하였던 사북읍(舍北邑)은 조사 지역에서 제외하였는데, 그 이유는 사북읍의 주민들이 정선의 토착민이라기보다 광산을 찾아 외지(外地)에서 유입된 사람들이 대부분이었기 때문이다. 정선군의 다른 지역 주민들이 대부분 농업에 종사하는 것과 달리 사북읍은 광업에 종사하는 사람들로 구성되어 있었다. 이러한 지역적·직업적 조건을 고려하여 사북읍이 조사 대상에서 제외된 것이었다.

또한 각 노래판에서의 조사 인원은 3인으로 구성되었다. 노래판의 진행을 담당하는 조사자 1인, 녹음과 접대 및 제보자의 신상 기록을 담당하는 조사자 1인, 가사(歌詞)를 기록하는 방법으로 조사자 1인으로 역할을 나누어 분담하였다.

각 지역에 대한 현지조사는 마을 이장(里長)이나 동네 가겟집을 통해 주선을 부탁하여, 주선을 받은 마을 사람들이 모여서 노래판이 벌어지는 방식으로 진행되었다. 이와 같이 조사 장소는 대부분 일정한 집에서 이루어졌으나, 상황에 따라 이동 중인 버스 정류장, 식당, 여인숙, 길 위에서 판이 벌어지기도 하였다.

노래판은 제보자들이 편안한 분위기에서 노래를 부를 수 있도록 성별에 따라 남자들과 여자들 판, 연령에 따라 장년층과 노년층의 판을 따로 구성하여 조사를 수행하였다. 노래판은 앞사람이 부른 노래에서 힌트를 얻어서 다음 사람이 이어 부르는 경우가 많았으며, 그 결과 주제별 혹은 제재별로 노래가 묶이는 현상이 나타났다. 하지만 노래판이 무르익으면서 卽興的인 노래와 재창작되는 노래가 만들어지기도 하였다.

이러한 노래판을 통하여 채록된 자료 중 데이터베이스 구축에 참여한 제보자는 총 416명(보충 조사 제보자는 제외)이었는데, '정선아리랑 기능보유자'들도 다수 포함되어 있지만 무명의 일반 정선 사람들에게 더욱 주목하였다. 이것은, 세련된 가락보다 삶의 숨결이 축적된 생활현장의 노래를 채록하는 데 조사의 중심을 두었기 때문이다. 이러한 방법으로 조사한 정선아라리는 만여(萬餘) 편이 되었다. 그 중에서 중복되거나 가사의 완결성이 떨어지는 노랫말을 제외하고 총 7,000여 편의 노랫말을 엄선하여 데이터베이스 구축의 기초 자료로 사용하였다.

정선아라리의 형식은 일반적으로 불리는 아라리(단형 노래)와 엮음아라리로 나누어진다. 엮음아라리는 앞부분과 뒷부분으로 구성되는데, 앞부분은 사설을 빠르게 엮어나가다가 뒷부분에서는 정선아라리의 가락으로 되돌아온다. 엮음아라리는 가사와 음악적인 면에서 보통의 정선아라리보다 길고 복잡하기 때문에, 아라리를 특별히 잘 부르는 사람들이 부를 수 있는 노래이다. 노래판에서 여럿이 모여서 아라리를 부르다가 홍이 고조되고 분위기가 무르익어 제보자들 간에 경쟁심이 유발되었을 때 주로 엮음아라리가 불려졌다. 엮음아라리만을 거듭해서 부르는 제보자는 없었다. 보통의 아라리에 비해 그 수가 적었지만 노래판에서 불려졌던 엮음아라리 노랫말 150개를 단형(單形) 아라리와 구분하여 데이터베이스의 자료에 포함하였다.

2) 영상(映像) 자료의 조사방법 및 내용

데이터베이스의 활용성을 높이기 위해 2002년 1월과 8월간 영상자료에 대한 사전 조사를 실시하였다. 당시 조사내용을 바탕으로 2003년 1월과 5월에 6개의 노래판을 구성하고 촬영하였다. 조사에 참여한 인원은 조사자 5인, 촬영자 2인, 음향장비 기사 1인이다. 전체 촬영분량은 60분짜리 6m 비디오테이프 36개였다.

노래판에 참여한 사람은 전체 35명으로, 그 중 영상자료로 기록된 제보자는 총 28명(여자 22人, 남자 6人)이다. 노래판에서 불려진 노랫말은 단형 아라리가 700여 개, 엮음아라리는 24개이다. 그 중에서 중복되지 않고 대표성을 갖는 노랫말로 단형 아라리 140개, 엮음아라리 17개를 선정하여 데이터베이스에 필요한 영상자료 파일로 구축하였다.

영상자료를 촬영할 때는, 데이터베이스의 기초자료를 수집하던 1982년으로부터 이십 년의 시간이 흘러서 정선의 모습도 많이 변해 있었다. 예전에 외부와의 접촉이 어렵던 궁벽한 시골을 벗어나 정선군내는 외지인의 발길이 끊이지 않는 새로운 관광지로 변화하는 중이었다. 그에 따라 정선에 살고 있는 사람들의 생활양식도 많이 변하였다.

그동안 정선아라리도 많이 변화하였다. 1980년대까지 유지하고 있었던 현장성과 구비 전승력, 기능성이 심각하게 위축되고 있었다. 대표적인 예로 정선 지역의 학교에서 특별활동 시간을 이용하여 학생들에게 '정선아리랑'을 가르치고 있으며, 정선군에서도 1976년부터 정선아리랑제(祭), 정선아리랑 경창(競唱)대회를 개최하여 '정선아리랑'의 보급과 새로운 명창(名唱)들을 발굴하는 데 힘을 기울여 왔다. 이러한 노력들은 '정선아리랑'을 대중화시킨다는 장점에도 불구하고, 정선아라리를 몇 개의 유형으로 고정화시키는 문제를 안고 있었다. 정선아라리는 점차 구연자들의 생활과 노동 현장에서 분리되어, 고정된 가사와 세련된 가락으로 부르는 노래가 됨으로써 구비문학으로서의 본질적인 가치를 잃어가고 있었다. 실제로 중·장년층에서도 특별한 경우가 아니면 정선아라리는 잘 부르지 않는다고 하였다. 생활현장에서 분리되고, 대중가요의 위력에 밀린 정선아라리는 하나의 관광문화상품이 되어가고 있었다.

그리고 데이터베이스의 기초자료를 수집하던 당시에 만났던 제보자들의 상당수가 세상을 떠났으며, 남아 있는 분들도 이미 연로(年老)하여 정선아라리를 부를 때 힘들어하는 기색이 역력하였다. 하지만 많은 노랫말들을 또렷하게 기억하고 있어서, 정선아라리가 생활 속에서 뿌리내린 노래라는 사실을 확인케 해주었다. 영상자료를 촬영·조사하는 과정에서도 1980년대의 조사 원칙을 바탕으로 하였다. 즉, 세련된 가락보다 삶의 숨결이 축적된 생활현장의 노래를 영상으로 담는 데 중심을 두었다. 1980년대 정선아라리를 조사할 당시에 만났던 제보자들을 수소문하여 그들이 부르는 노래를 영상으로 담았으며, '정선아리랑 기능보유자' 들도 조사하는 한편, 이름이 나 있지 않은 정선 사람들이 부르는 정선아라리를 영상자료로 확보하기 위해 노력하였다. 특히 고령의 제보자들이 불러준 노래는, 대중적으로 세련화·고정화되기 전의 정선아라리의 옛 모습을 잘 보여주고 있다는 점에서 그 가치가 높다.

데이터베이스의 영상자료 파일로 구축된 노래판의 구성과 제보자의 특징을 정리하면 아래와 같다.

〈제1판〉
* 일시 : 2003년 1월 12일 20:00~24:00
* 장소 : 정선군 남면 무릉 3리 증산경로당

* 노래판의 특징 : 70~80대 고령의 제보자들로서, 오랫동안 부르지 않아
　　　노랫말을 많이 잊어버렸다고 하면서도 예전의 정선아라리를 많이
　　　불러 주었다. 시집온 뒤 길쌈하고 산에 나물 뜯으러 갈 때 정선아라
　　　리를 많이 불렀다고 회고하였다.
* 제보자 :
- 김인순(76세, 여) : 정선군 임계면 출생. 여량으로 시집와서 살다가 23세
　　　에 무릉리로 이사와서 살고 있다.
- 문병녀(73세, 여) : 증산에서 태어나서 계속 살고 있다. 결혼한 직후 남편
　　　과 몇 년간 떨어져 있을 때 동네 아주머니들과 길쌈을 하면서 정선
　　　아라리를 많이 불렀다고 한다.
- 윤옥(71세, 여) : 정선군 동면 석곡리 출생. 18세에 무릉리로 시집와서 계
　　　속 살고 있다. 옛날에 불리던 노랫말을 많이 기억하고 있었다.
- 박원녀(80세, 여) : 경상북도 춘양 출생. 14세에 증산으로 이사와서 계속
　　　살고 있다. 1980년대 조사할 당시에 많은 노래를 불렀으나 고령(高
　　　齡)으로 예전의 목소리와 음정을 내지 못했다.

<제 2 판>
* 일시 : 2003년 1월 13일 1:00~14:00
* 장소 : 정선군 사북읍 사북 6리 노인회관
* 노래판의 특징 : 제보자들이 모두 고령이어서 음성이 떨리고 숨이 차서
　　　세련된 가락을 뽑지는 못 했지만 정선아라리의 옛 모습을 볼 수가
　　　있다.
* 제보자
- 최봉출(85세, 남) : 정선군 남면 문곡리 출생. 정선에서 나고 자라면서 아
　　　라리를 자연스럽게 배워서 부르게 되었다. 1971년 정선아라리 기능
　　　보유자 1호로 지정되었다. 각종 민요 경창대회에 참가하였고 정선
　　　아리랑의 시연·전수 활동을 하였다.
- 이귀봉(79세, 여) : 15세에 사북으로 시집와서 계속 살고 있다. 농사를 짓
　　　고 삼베 길쌈을 하면서 정선아라리를 많이 불렀다고 하였다. 소리
　　　가 떨렸지만 기억력이 좋아서 많은 노래를 불렀으며, 분위기가 무

르익자 박수를 치면서 흥겹게 노래를 불렀다.

- 유명옥(72세, 여) : 비로봉 밑의 소마평에서 살다가 22세에 사북으로 시집을 왔다. 이귀봉 할머니가 노래를 부르면 추임새를 넣으며 흥을 북돋아 주었다.

<제3판>

* 일시 : 2003년 1월 14일 19:55~24:00
* 장소 : 정선군 북면 여량리 절골(노구마니) 김남기씨 댁
* 노래판의 특징 : 정선군에서 아라리 명창으로 이름난 분들을 모아서 장시간 동안 노래판을 벌였다. 대표적인 노랫말이 거의 불려졌으며, 제보자들이 모두 세련된 가락과 맑은 음색, 안정된 음정으로 노래를 불렀다.
* 제보자
- 김남기(67세, 남) : 정선군 북면 여량리 출생. 할아버지로부터 아라리를 배워서 불렀다. 1977년 정선아리랑 경창대회에서 입선하면서 각종 민요 경창대회와 민속대회에 참가하여 두각을 나타내었다. 2003년 정선아리랑 기능보유자로 지정되었다.
- 배귀연(63세, 여) : 임계면 반천 출생. 1992년 정선아리랑제 경창대회에 참가하여 우수상을 받았다. 정선아리랑 전수자이다.
- 김형녀(68세, 여) : 옥계 출생. 15세에 임계로 와서 살고 있다.
- 윤태선(69세, 여) : 옥계 출생. 21세에 임계로 시집와서 살고 있다.
- 홍동주(56세, 남) : 정선군 남면 유평리 출생. 어려서부터 어머니 박원녀에게 아라리를 배워서 부르다가 최봉출씨에게서 본격적으로 정선아리랑을 전수받았다. 현재 여량리에 위치한 아리랑전수관을 지키면서 정선아리랑을 가르치고 있다.

<제4판>

* 일시 : 2003년 5월 13일 21:00 ~23:00
* 장소 : 정선읍 봉양 3리 12반 전옥녀씨 댁
* 노래판의 특징 : 정선 시장에서 아라리를 잘한다는 사람들이 모여서 노래판

을 벌였다. 나중에 김원배가 합류하여 노래판이 흥겹고 다양해졌다.

* 제보자
- 최은허(56세, 여) : 경상도 마산 출신. 13세에 정선읍으로 시집왔다. 귀동
  냥으로 아라리를 배워서 부른다고 했다.
- 최향옥(59세, 여) : 정선군 북실리가 고향인 정선 토박이. 어릴 때 할머니,
  어머니, 아버지께 아라리를 배워서 처녀 적부터 많이 불렀다고 한
  다. 청이 맑고 노랫말을 많이 알고 있었다.
- 송춘옥(58세, 여) : 정선군 동면 백전리(머그릉)출생. 역둔에서 자라서 합
  수거리로 시집을 왔다.
- 현순옥(77세, 여) : 정선읍 고성리(예미) 출생. 시집와서 정선읍내에서 살
  았다.
- 전옥녀(70세, 여) : 평창 동무지(비행기재) 출생. 18세에 결혼해서 22세에
  정선읍 관암동으로 이사를 했다. 나물 뜯으러 다니면서 아라리를
  배웠다. 지금은 정선시장에서 산나물과 더덕 같은 것을 팔고 있는
  데, 시장에서 아라리 잘하는 할머니로 유명하다.
- 김원배(69세, 남) : 정선군 동면 백전 출생. 어려서부터 학교를 못하고 나
  무하러, 꼴 베러 가서 어른들이 소리하는 것을 보고 배워서 불렀다.
  약초장사를 시작해서 24세부터 전북 이리, 황기, 태백 등지를 다니
  며 소장수도 하고 술집도 하다가 다시 정선에 와서 살고 있다. 흥이
  무르익으면서 아라리 노랫말을 즉흥적으로 변형하거나 곡조를 바
  꾸어서 부르기도 했다.

<제 5 판>
* 일시 : 2003년 5월 23일 20:20 ~ 23:00
* 장소 : 정선읍 가수리 이장 유대영씨 댁
* 노래판의 특징 : 많은 제보자들이 참가하여 노래판이 집중되지 못했던 문
  제가 있지만, 정선의 보통 사람들이 부르는 아라리를 채록할 수 있
  는 좋은 기회였다.
* 제보자
- 권순례(87세, 여) : 귤암리 출생. 17세에 가수리에 시집와서 살고 있다. 고

령에도 불구하고 청이 맑고 음정이 정확하였으며, 노래판에 적극적
으로 참여하였다.
- 전정란(82세, 여) : 남면 소마평 출생. 18세에 가수리로 시집와서 살고 있
다. 숨이 차서 노래 부르기를 힘들어 하였다.
- 유옥자(75세, 여) : 가탄 출생. 40년전부터 가수리에서 살고 있다. 1980년
대 조사했을 때에도 노래판에 참가했으며, 차분한 목소리로 많은
노래를 불렀다.
- 유옥순(미상, 여) : 유옥자의 동생. 흥이 많고 청이 맑았으며, 정선아라리
를 대중가요 풍으로 부르기를 즐겨 하였다.
- 이승녀(73세, 여) : 이장 유대영씨의 모친. 엮음아라리를 부르는 것으로
보아 예전에는 아라리를 많이 불렀던 것으로 보이지만, 고령으로
귀를 듣지 못해서 음정이 불안하였다.
- 오옥자(59세, 여) : 강원도 평창 출생. 18세에 가수리로 시집와서 살고 있다.
- 유현상(77세, 남) : 가수리에서 태어나 지금까지 살고 있는 본토박이.
- 유연선(72세, 남) : 가수리에서 태어나 지금까지 살고 있는 본토박이.

<제 6 판>
* 일시 : 2003년 5월 24일 14:30~16:30
* 장소 : 정선군 북면 구절리 절골 정옥출씨 댁
* 노래판의 특징 : 절골에 아라리를 잘하는 무당이 살고 있다는 이야기를
듣고 여러 차례 수소문하여 노래판을 벌였다. 활달한 성격의 제보
자가 적극적으로 참여해서 많은 노래를 채록할 수 있었다.
* 제보자
- 정옥출(70세, 여) : 북평면 나전 장열리 출생. 15세에 북평면 숙암으로 시
집을 갔다. 타지를 떠돌다가 구절리로 들어와 남편이 광부일을 하
면서 살았다. 남편이 세상을 떠나고 10년 전에 신이 들어서, 그때부
터 노추산 산신을 모시고 있다.
- 손복순(65세, 여) : 임계면 반천 출생. 20세에 임계 달탄으로 시집갔다. 농
사를 지으며 살다가 1975년에 남편이 광부로 취직하여 구절리로 옮
겨 왔다. 노추산에서 산나물이나 약초를 캐서 내다팔았다. 숨이 차
서 노래를 많이 부르지 못했지만 흥이 오르자 어깨춤을 추면서 즐

거워 하였다.

3) 구축 방법

2001年 5月부터 약 1년 간 정선아라리의 데이터 모델링 작업을 시작
으로 데이터 관리 표준화, 데이터마트 아키텍쳐(Data Mart Architecture)
평가 및 부문별 단계적 구축계획 수립 등의 준비작업을 마쳤다. 2002년
6월부터 노랫말 분야 구축을 필두로 노래판 분야, 제보자상황 분야 등
3개 부문을 구축하기 시작하여 2003年 5月에 완료하였다.

본 데이터베이스는 최종 사용자의 컴퓨팅 환경 하에서 통합된 정보
를 제공하여야 함으로 데이터를 통합관리하고 사용자 컴퓨팅을 위한
정보기술 하부구조를 완비하여 다양한 분석기능 및 정확하고 신속한
자료를 제공하기 위해 데이터마트 방식으로 구축하였다. 정선아라리의
데이터마트 아키텍쳐는 데이터 규모가 크지 않으나 상세 데이터 및 요
약 데이터의 접근 용이성이 중시될 때 많이 이용되는 구조로서, 데이터
의 검색 및 통합능력이 탁월하다.

데이터베이스 구축을 위해 사용된 요소 기술별 소프트웨어 및 하드
웨어 솔루션을 살펴보면 다음과 같다. 데이터 테이블(Data table) 구성을
위한 ER-Win, 데이터 추출 도구에 Access[8], 데이터 분석에 OLAP 등
의 소프트웨어 솔루션으로 사용되었으며, 하드웨어 플랫폼으로는
DBMS 구성을 위한 서버에 IBM RS/6000SP, 현업분석가용 PC 펜티엄
급이 사용되었다.

---

8) "엑세스는(Access)는 관계형 데이터베이스 관리 시스템으로 일반 텍스트문자 뿐만
  아니라 그림, 이미지, 소리 같은 멀티미디어 데이터를 테이블로 구축할 수 있다. 또
  한 강력한 쿼리와 연결 기능을 갖고 있어 데이터의 형태나 위치에 상관없이 정보를
  빠르게 검색할 수 있게 하고, 다른 데이터베이스 형태나 네트워크 상의 위치에 저장
  할 수 있게 한다는 장점이 있다."(김영선(2003), 앞의 책, 14쪽.)

데이터베이스 구축에서 가장 중요하게 고려되는 사항은, 데이터의 처리 성능 및 복잡한 데이터의 병렬 조회 요청에 대한 신속한 처리이다. 이를 위해서는 데이터마트를 구성하는 데이터 테이블이 효과적으로 구조화되어야 한다. 이를 위해 데이터 테이블 구성 시 정선아라리의 전문 연구자 4명, 데이터베이스 Planner 2명, 데이터베이스 프로그래머 2명이 공조하여 데이터 테이블의 구조를 RDB형태로 구성하였다. 데이터 테이블의 대분류는 노랫말, 노래판, 제보자 상황의 3개 유형으로 나누었으며, 데이터 테이블을 연계하는 Source data를 노랫말로 구성하여 데이터 추출할 때의 처리 시간을 최소화하였다.

데이터베이스의 효용성을 높이기 위해서는 연구자가 데이터베이스에 대한 접근 및 활용이 용이하여야만 한다. 따라서 본 데이터베이스 내 데이터의 추출 및 통합이 편리하도록 CS 기반의 분석 어플리케이션(Application) 기반이 반드시 필요하다. 연구자는 이러한 분석 어플리케이션을 컴퓨팅 환경 하에 사용함으로써, 분석하기 어려웠던 방대한 데이터를 연구적 아이디어를 추가하여 다양하게 분석할 수 있게 되는 것이다. 본 데이터베이스의 분석 어플리케이션은 연구자들이 효과적으로 데이터를 활용하여 연구과정에서 다양한 시너지 효과를 가져올 수 있도록 병렬검색 기능 및 데이터의 통합기능을 강화하였다. <그림 1>에서 <그림 4>는 CS 기반의 분석용 어플리케이션 화면의 일부이다.

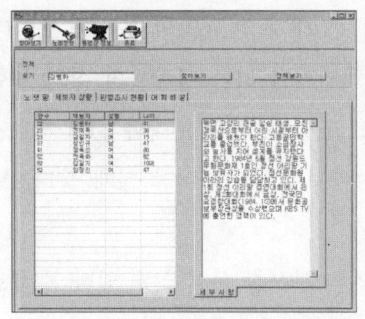

<그림 1> 제보자 검색 화면

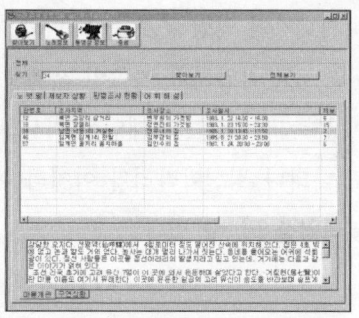

<그림 2> 지역상황 검색 화면

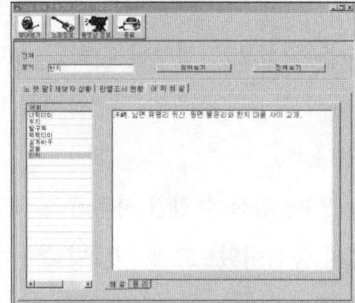

<그림 3> 노래판 검색 화면

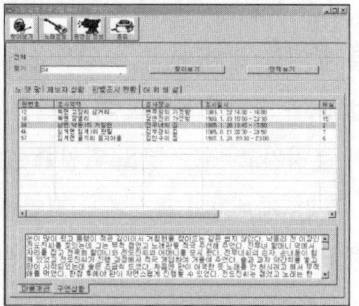

<그림 4> 어휘 검색 화면

3. 데이터베이스 내용 분석과 활용

1) 데이터의 내용 및 분석

본 데이터베이스를 구성하고 있는 정선아라리의 데이터를 분석하여 아래의 <표 1> 정선아라리 제보자의 사회인구학적 특성에 의해 정리하였다. 그 내용을 보면 다음과 같다.

먼저 정선아라리를 제보한 제보자의 성별 분포를 보면, 남녀의 비율이 비교적 유사한 분포를 보여 정선아라리가 여자만의 한정된 노래가 아니라 남자들 사이에서도 널리 불리던 노래라는 것을 보여주고 있다.

제보자의 연령 분포를 보면, 40대~60대가 약 76%의 분포를 보인다. 이는 정선아라리가 가족의 생계를 책임져야 하는 사람들의 삶의 체험이 농축되어 있는 노래임을 시사하고 있었다. 반면 10대와 20대 제보자도 나타나 정선아라리가 아이와 어른의 경계를 넘어 폭넓게 불려지던 노래임을 알 수 있다.

다음으로 노래판을 기준으로 한 지역 분포를 분석할 수 있다. 실제로 정선아라리는 정선, 평창, 영월 등지에서 널리 불리던 노래로서, 지역별 분포가 새로운 의미를 갖지는 않는다. 그러나 노래판에 따른 지역 분포를 분석한 결과, 특히 고양산(高陽山)을 중심으로 형성된 촌락인 북면(北面)과 조양강(朝陽江)의 물길을 따라서 형성된 촌락인 정선읍에서 많이 불려지고 있는 것을 확인할 수 있다.

한편, 제보자의 특성에서 직업별 분포는, 광산이 있던 사북읍을 제외한 나머지 지역에서는 밭농사가 생업의 중심이었으므로 직업별 분포가 전반적으로 유사하여 분석 대상에서 제외하였다.

<표 1> 정선아라리 제보자의 사회인구학적 특성

항목		N(%)
성별	남자	188(45.2%)
	여자	228(54.8%)
	계	416(100.0%)
연령	10대	5(1.2%)
	20대	7(1.7%)
	30대	29(7.0%)
	40대	89(21.4%)
	50대	132(31.7%)
	60대	96(23.1%)
	70대	43(10.3%)
	80대	7(1.7%)
	기타	8(1.9%)
	계	416(100.0%)

항목		N(%)
지역분포 (노래판 기준)	고한읍	1(1.7%)
	남 면	9(15.0%)
	동 면	8(13.3%)
	북 면	14(23.3%)
	신동읍	4(6.7%)
	임계면	8(13.3%)
	정선읍	16(26.7%)
	계	60(100.0%)

2) 데이터베이스의 활용

① 노랫말

데이터베이스의 검색 프로그램을 활용하여 정선아라리 노랫말에 사용된 어휘의 사용 빈도를 분석할 수 있다. 노랫말에서 특정 어휘를 지정하여 검색하였을 때, 그 어휘가 들어간 노랫말이 모두 정렬된다. 예를 들어 검색창에서 '한치'라는 어휘를 지정하면, '한치'와 관련된 아라리를 부른 제보자와 판별 노래번호, 노래 형식을 알 수 있으며, 각각의 제보자가 부른 '한치'와 관련된 노랫말을 모두 볼 수 있다.

동면 몰운리 한치 고개로 날만 졸졸 따라와//잔솔밭 한줌 허리로 허겁지겁 들어라
몰운 한치야 떡갈나무가 돈떼미만 같다면 // 기림바우야 술집의 색시는 전부 내 차지다
무릉 한치 뒷산에 금광허가는 연년히 오련만 // 촌색시 잠철 허가는 왜 아니 오나
무릉 한치야 금점꾼들은 쇠망치만 딸구도// 병모살아야 양갈보년들은 헛손 목만 딸군다
무릉 한치야 벽력더미가 내 돈만에 같다면// 정선군 가가호호이 쌍철로를 놓겠네

영월 덕포는 덮개가 있어도 춥기만 춥고 // 정선 한치는 약수가 있어도 병만 들어 죽더라

중봉산 누리는 노린 맛으로 먹고 // 한치 뒷산 곤드레 딱주기 배부른 맛으로 먹네

한치 곤드레 두치 딱주기 내가 뜯어 줄터니 // 잔솔밭 한중 허리로 내만 따러오서요

한치 뒷산 곤드레 딱주기 우리 님 같으면 // 병술년 숭년에도 봄만 살아나네

이와 같은 방법으로 정선아라리에 사용된 어휘의 사용 빈도를 분석할 수 있으며, 그 결과를 통합하여 주요 어휘를 확정할 수 있다. 이것은 정선아라리의 성격을 해명하는 데 중요한 기준이 될 것이다.

<그림 5> 노랫말 검색 화면

또한 노랫말의 어휘 검색을 통해 각각의 노랫말에 분산되어 있는 유사 어휘들을 통합하여 인식할 수 있다. 이러한 유사 어휘의 통합 분석을 바탕으로 같은 유형의 노래를 분류할 수 있으며, 이것은 정선아라리의 유형을 분류하고 그 특징을 분석하는 기초가 될 것이다.[9]

___

9) 정선아라리 데이터베이스의 기본 자료인 김시업 편(2001), 『정선아라리의 현장론적

예를 들어 '고개' '재' '령' '잿말랑' '말랑'은 모두 고개를 뜻하는 어휘들이다. 이러한 어휘들이 포함된 노랫말을 검색하여 통합 분석할 수 있다.

> 비행기재 잿말랑이 자물쇠형국인가 // 한번만 넘어오면은 돌아갈 줄 몰라
> 정선읍내 일백오십호 몽땅 잠들여놓구서 // 임호장네 맏며느리 데리고 성마령 넘자
> 아우라지 건너갈 적에 아울랑자울랑하더니 // 가물재 넘어갈 적에 가물에 감실한다

'고개'와 관련된 노랫말로 '성마령, 백봉령, 가물재, 둥둥재, 민둥재, 비행기재, 잿말랑' 등이 자주 나타난다. 정선의 사람들에게 고개는 그들의 삶을 외부와 단절시키는 장애물이었으며, 고개 너머는 새로운 세상을 의미하였다. 따라서 고개와 관련된 아라리를 부르면서 고립된 삶을 한탄하고, 나아가 다른 세상에 대한 염원을 표현하고자 하였다. 이러한 '고개'의 의미는 바로 '아리랑 고개'로 연결되며 집약된다.

> 아리랑 고개는 열두 고개가 아니냐 // 우리둘이 넘을 고개는 땀 고개가 아니냐
> 아리랑 고개는 웬 고개냐 // 넘어가고 넘어 올 적에 눈물만 흘리네
> 아리랑 고개에다가 정거장을 짓고 // 오시는 님 가시는 님 들려만 가게
> 늙어서 병이나 걸리면 다시는 못 노나니 // 아리랑 고개고개로 날 넘겨주게
> 아리랑 아리랑 아라리요 // 아리랑 고개 고개로 나를 넘겨주게

그리고 정선아라리의 근대 민요적 성격을 설명하기 위해, 근대화 내지 근대 문명을 나타내는 어휘를 검색하여 분석에 활용할 수 있다.[10]

연구』에 정리된 노랫말을 대상으로 가창 선호도를 연구한 논문으로 김학성(2002. 8), 「정선 아리랑 가창자의 가창 선호도에 대한 연구」(<한국시가연구>제12집)가 있다.
10) 정선아라리의 近代 民謠的 性格에 대해서는 김시업(1987), 「近代民謠 아리랑의 성격 형성」, 임형택·최원식 편, 『전환기의 동아시아 문학』, 창작과비평사, 230~245

'신작로, 전화, 전깃줄, 전깃불, 전봇대, 하이칼라, 금전, 철로, 연락선, 일본 동경, 은행소, 양권련, 조합, 공구리, 양조장' 등의 어휘가 그에 해당한다.

> 기차 전차가 떠난 뒤에는 철로다리가 울고요 // 요 내 와다시 떠난 뒤에는 장모님 따님이 우네
> 삼베 질쌈을 못한다구서 날 가라면 가지요 // 아사이 양권련 술 아니 먹구는 나는 못살겠네
> 금전이 그리워 죽은 거는 은행소 마당에 묻고 // 임 그려 죽은 거는 요리청 마당에 묻네
> 논밭전지야 썰만한 것은 신작로 복판을 돌구요 // 촌색시 썰만한거는 꽁지갈보로 간다
> 석세배 도랑치마는 입었을 망정 // 너같은 하이칼라는 내 눈 알루 돈다
> 수천리 타향에 임 보내 놓고 // 뚱딴지 조화로 임소식 듣네

우리나라의 근대는 식민지화와 함께 진행되었다. 따라서 식민지의 사회 문화적 상황을 보여주는 어휘로 '병사 가가리, 우다마끼(우다매끼), 곤니찌와, 총독부, 연락선, 일본 동경, 대동아전쟁' 등을 함께 검색함으로써 정선아라리의 근대 민요적 성격을 좀더 분명하게 확인할 수 있다.

> 동지 섣달에 문풍지는 닐리리만 찾는데 // 정선읍내 병사 가가리는 우리 아들만 찾노라
> 곤니찌와 곰방와는 민나혼또 데스요 // 사요나라 이끼마스는 저는 돌어갑니다
> 열두시에 오시라구 우다매끼를 줬더니 // 일이삼사를 몰러가지고 새루 한시에 왔네
> 금전을 가지고 연애를야 한다면 // 은행소 조합장이야 색시 회사하겠네
> 한짝다리를 덜렁 들어서 부산 연락에 얹구서 // 고향 산천을 도라보니는 눈

쪽 참조.

물이 뱅뱅도네
만첩산중 꽃나비는 왕거미줄이 원수라 // 지금에 젊은에 청년은 대동아 전쟁
이 원수라

8·15 해방과 한국전쟁 이후 급속하게 현대화가 진행되면서 대부분
의 민요가 생활현장과 분리되어 고정화되었다. 그러나 정선아라리는 현
대에 이르기까지 그 현장성과 구비 전승력, 기능성을 왕성하게 발휘하
고 있었다. 그 사실을 해방, 전쟁, 분단과 같은 현대의 역사적인 사실을
반영하는 노랫말을 통해 확인할 수 있다.

삼십육년간 피지 못하던 무궁화꽃은 // 을유년 팔월 십오일에 만발 하였네
국태민안 시화연풍은 연년이나 오련만 // 불공대천지 원수는 공산당이로다
반달같은 우리 오빠는 국방경비대 갔는데 // 샛빌같은 우리 올게는 독신생활
한다
사발그릇은 깨어지면은 두세쪽이 나건만 // 삼팔선은 깨어나지면은 한덩어
리가 된다
우리집 낭군은 삼팔선 전투를 갔는데 // 하눌님이 감동하셔서 몸성히 댕겨
오세요
이북산 붉은 꽃은 낙화만 되어야 // 우리 조선 무궁화만이 만발이 되어라

② 제보자

앞의 <표 1>에서 보듯이 본 데이터베이스에서는 제보자의 정보를 성
별·연령별로 계량화하였다. 이것을 활용하여 성별·연령별로 자주 불
리는 노래와 빈도수를 추출하고, 나아가 성별·연령별로 많이 불리는
정선아라리의 특징을 분석할 수 있다.

<표 1>에서 제보자의 성별 분포는 남녀의 비율이 비교적 유사하게
나타났다. 그러나 노랫말을 검색하면 기혼 여성의 삶을 표현한 것이 압

도적으로 우세하다. 특히, 시집살이와 여자들의 노동에 관련된 노랫말이 많다.

> 시아버지 돌아가시니 사랑이 널러 좋더니 // 장석자리 다 떨어지니야 시아버지 생각납니다
> 시어머니 죽구 없으니 안방이 널러 좋더니 // 보리방애 물주구나니 시어머니 생각이 절로 나네
> 우리집에 시어머니 날 삼베질쌈 못한다고 앞남산 장작대로 날만 쾅쾅 치더니 // 한오백년은 다 못살구서 북망산천가셨나(엮음)
> 양잿물 독한 거는 빨래나 씻지 // 시어머니 독한 거는 생사람잡네
> 곤드레 만드레 씨러진 골로 // 우리집 삼동세가 보나물을 갑시다

정선아라리는 시집살이하는 여성들의 고달픈 삶을 표현하면서도 단순한 신세 한탄에 그치지 않고, 극적인 방법으로 상황을 역전시켜서 대립을 해소하거나 다양한 비유를 통해 자신의 감정을 적극적으로 표현하고 있다.[11] 그렇기에 남성들도 여성들의 시집살이 노래를 함께 부르는 모습을 볼 수가 있다.

이에 비해 남성들의 삶을 표현한 노랫말은 상대적으로 적다. 더욱이 남성의 노동에 관련된 노랫말은 '지게, 품팔이, 낚싯대, 낫갈이' 등으로 한정되며, 대부분 상업화된 유흥과 관련되어 있다. 이것은 남성의 경우에 주로 유흥의 기분을 표현하기 위해 아라리가 불려졌음을 알 수 있다.

> 참나무 옥지게에 낫갈어 꽂고 // 뒷동산 색시 무듬에 삼오제 지내러 가자
> 공산삼십아 비 삼십오야 뒷장이 팔팔 일어라 // 일년 열두달 낫자루 품팔이

---

11) 시집살이 노래에서 죽음이라는 극적인 상황을 통해 대립하던 시집 식구들과 화해하는 설정에 대하여 김학성은 '동아시아적 사유에 토대를 둔 미감'으로 규정하였다. (김학성, 「시집살이 노래의 서술구조와 장르적 본질」(2003. 8), <한국시가연구>제14집, 288~289쪽.)

다 날어간다
돈 쓰던 남아가 돈 떨어지니 // 구시월 시단풍에 서리맞은 국화라
갈보야 질보야 술 한잔을 부어라 // 오복수 돈가방에 또 돈 쏟어진다
사구지 못할 것은 금전꾼에 친구 // 노다지만 났다구 하니는 간 곳이 없구나
천질에 만질에 망치폼 팔어 가지구 // 술상머리 갈보한테나 드래밀구 말었네

한편, 제보자의 연령별 분포와 노랫말을 비교 분석해 볼 수 있다. 그 결과를 보면, 연령이 높은 창자일수록 노랫말과 가락이 고정되지 않고 개방되어 있고, 연령이 낮은 창자일수록 노랫말과 가락이 공식화되는 경향을 보였다. 연령이 높을수록 창자들의 노랫말은 수사와 수식이 풍부하고 그에 따른 가락의 변형도 자유롭게 이루어지고 있음을 알 수 있다.

시집 가구선 장개를 가는데 홀기는 왜 불어 // 우리 둘의 맘만 맞으면 백년 해로하지
시집을 가구야 장개를 갈 때야 우는애 홀기는 왜 불러 // 맘에 있구 뜻에만 있으면 한평생 살리라(이귀봉(79세) 영상자료)

그대로 하여금 병드신 몸이 // 인삼녹용 불로촌들 약효가 있나
그대 당신으로 하여 가지고 병이나 몽땅 든 이 몸이 // 인삼 녹용 패독산인 들 다 무효로다(김원배(69세), 영상자료)

이처럼 2~30대의 젊은 창자와 5~60대의 나이든 창자에 따라 아라리의 노랫말과 가락에 차이가 나는 것은, 나이든 창자들의 생활 속에 아라리가 함께 숨쉬어 왔다고 한다면, 젊은 창자의 경우에는 아라리가 그들의 생활과 이미 유리되어 있기 때문이다. 그러므로 젊은 창자들은 아라리를 부를 줄만 아는 것일 뿐 평소에 부르는 일이 많지 않다. 이에 반해 5~60대 이상의 창자들은 1980년대 당시에도 혼자 한가로이 있거

나 밭일을 하면서 아라리를 부른다는 이야기를 쉽게 들을 수 있었다.[12]

이외에도 제보자의 이름을 검색하면 그가 부른 모든 노랫말을 볼 수 있다. 이를 통해 제보자별로 선호하는 노래와 특징을 추출하는 데 활용할 수 있다.

③ 어휘해설 사전

본 데이터베이스는 정선아라리의 노랫말에서 보충설명이 필요한 어휘 743개를 뽑아서 어휘해설사전을 만들었다. 이 데이터는 지금까지 만들어진 정선아라리의 노랫말 어휘 중에서 가장 활용도가 높고 풍부한 해설을 수록한 것이다. 또한 노랫말을 검색하다가 보충설명이 필요한 어휘가 나타났을 때, 그 어휘에 대한 해설을 즉석에서 볼 수 있도록 프로그래밍하여 사용의 편리성을 높였다. 어휘를 검색하면 어휘에 대한 설명과 그 어휘가 들어간 노랫말이 함께 정리되어 있다. 예를 들면, 다음과 같다

367. 사절치기 : 네 동강을 낸 모양. → 오절치기 : 강낭밥 사절치기는
368. 사치미 : 베틀의 부분 명칭. : 사치미 비개미도 용수가 있는데 / 우리 집 주인 양반은 용수도 없네
369. 삭달가지 : 삭은 나뭇가지. : 삭달가지를 똑똑 꺾어서 군불을 때고

어휘해설 사전은 정선 지역에서 사용되던 방언과 고어들을 .많이 포함하고 있어서, 언어학 분야에서도 활용할 수 있는 여지가 적지 않다.

④ 영상자료

근대민요[정선아라리]의 데이터베이스는 노랫말 검색과 동영상을 복

---

12) 강등학(1988), 『정선아라리의 연구』, 집문당, 14~15쪽.

합적으로 프로그래밍하여, 노랫말을 검색하였을 때 정선아라리가 실제
로 구연되는 상황을 볼 수 있도록 하였다. 대표적인 노랫말 140개를 영
상자료 파일로 전환하여 노랫말과 결합하였다. 영상자료의 예를 들면
다음과 같다.

<영상자료1>   <영상자료 2>

　<영상자료 1>은 위의 영상자료 노래판에서 <제4판>의 전옥녀가 엮
음아라리를 부르는 장면이다. <영상자료 2>는 위의 영상자료 노래판에
서 <제6판>의 정옥출이 노래를 부르는 장면이다. 이와 같은 영상자료
를 통해 연구자들은 생생한 노래판을 현장감있게 체험하도록 하였다.
　영상자료는 구연상황을 보여줄 뿐 아니라, 가창자에 대한 간략한 정
보와 노랫말을 함께 정리하여 그 활용가치를 높였다. 정선아라리가 점
차 생활과 유리되어 고정화·공식화되어 가는 현실에서, 보통의 정선
사람들이 일상생활 속에서 정선아라리를 부르는 모습을 기록한 이 영
상자료는 앞으로 구비문학 연구자, 국악 연구자 및 중·고등학생들을
위한 교육용 자료로서도 적지 않은 가치가 있을 것이다.

4. 결론

성균관대학교 국어국문학과 민요조사반에서는 1982년 1월부터 1994
년 1월까지 정선아라리를 조사하여, 10,000여 편의 정선아라리 노랫말
을 정리한 바 있다. 이를 근거로 1982년 1월부터 1987년 1월까지 조사한
7,000여 편의 정선아라리 노랫말과 관련 자료를 데이터베이스화하였다.

데이터베이스를 구축함으로써 자료의 검색과 통합이 용이하게 되었
다. 데이터베이스는 기존의 파일처리 방식의 한계를 해결하기 위해
Top-down 방식으로 구축하였다. 또한 데이터베이스는 노랫말·제보
자·노래판의 데이터를 유기적으로 연계하여 그 활용성을 배가시켰다.

데이터베이스 구축의 의의와 활용도를 간략하게 정리하면 다음과 같다.

첫째, 노랫말 검색과 동영상을 복합적으로 프로그래밍하여, 문자·음
성·영상이 결합된 멀티미디어를 구성함으로써 데이터베이스의 기록성
을 높였다. 이것은 정선아라리의 현장성과 전승력이 급속하게 위축되고
있는 현실에서 중요한 의미를 갖는다.

둘째, 노랫말 검색과 어휘해설 사전을 통합적으로 운영하여 사용의
편리성을 높였다. 특히, 어휘해설 사전은 기존에 만들어진 정선아라리
의 노랫말 어휘 중에서 가장 활용도가 높고 풍부한 해설을 수록하여 노
랫말에 대한 이해를 도울 뿐 아니라 정선 지역의 방언과 고어를 연구하
는 자료로서도 그 활용가치가 높다.

셋째, 데이터베이스는 정선아라리에 대한 기준 항목을 처음으로 설
정했다는 점에서도 의미가 있다. 데이터 테이블로 노랫말·제보자·노
래판 항목을 설정하고, 그 하위 항목으로는 어휘해설 사전, 제보자의 특
성(성, 연령, 출생지, 정선 거주 기간, 정선아라리를 배우게 된 계기), 노래판
의 특성(지역 상황, 판의 특성)을 배치하였다. 이러한 기준 항목을 설정함

으로써 그간 민요에 대한 각 학문분야들의 연구방법 상의 차이를 최소화할 수 있다.

이와 같이 정선아라리의 자료를 데이터베이스화함으로써, 정선아라리를 통해 정선 지역의 역사, 사회, 문화를 총체적으로 분석할 수 있는 사회 문화적인 연구의 토대를 마련하였다는 점에서 그 의미가 크다 할 것이다. 이 논문은 정선아라리 데이터베이스를 활용하는 초기적인 방법을 보여준 것이며, 앞으로 데이터베이스가 네트워크 방식으로 서비스될 경우에는 좀더 폭넓은 활용이 기대된다.

＊본 논문은 심선옥(성균관대 동아시아 학술원 연구원)과 공동집필임을 밝힌다.

참고문헌

강등학, 『정선아라리의 연구』, 집문당, 1988.

강명혜, 「저항의 미학으로서 사설시조」, 한국시조학회 발표요지, 1993.

강진옥, 「서사민요에 나타나는 여성인물의 현실대응양상과 그 의미」, 『구비문학과 여성』, 한국구비문학회 편, 박이정, 2000, 95~96쪽.

_____, 「여성서사민요에 나타난 관계양상과 향유층 의식」, 『한국 고전 여성작가 연구』, 태학사, 1999, 467쪽.

고혜경, 「서사민요의 일유형연구 - 부부결합형을 중심으로 - 」, 이화여대 석사학위 논문, 1983, 70~78쪽.

구모룡, 『제유의 시학』, 좋은날, 2000, 39~56쪽.

김시업, 「근대민요 아리랑의 성격 형성」, 임형택·최원식 편, 『전환기의 동아시아 문학』, 창작과비평사, 1985, 217~257쪽.

_____, 『정선아라리의 현장론적 연구』, 성균관대학교 대동문화연구원, 2001.

김영선, 『엑세스를 활용한 데이터베이스』, 글로벌, 2003.

김영운, 「진본 청구영언의 편찬연대에 관한 일 고찰」, 『시조학논총』 제14집, 1999.

김지연, 「조선민요 아리랑」, <조선>, 1930. 6.

김창수·이수진, 『엑세스 데이터베이스』, 혜지원, 2003.

김학성, 「時調의 詩文學的 특성」, 『現代詩學』 8월호, 現代詩學社, 1995.

_____, 「시조의 正體性과 현대적 계승」, 『時調學論叢』 제17집, 韓國時調學會, 2001.

_____, 『한국고전시가의 正體性』, 성균관대 대동문화연구원, 2002.

_____, 「정선아리랑 가창자의 가창 선호도에 대한 연구」, 『한국시가연구』 제12집, 2002. 8, 361~389쪽.

_____, 「시집살이 노래의 서술구조와 장르적 본질」, 『한국시가연구』 제14집,

2003. 8, 263~295쪽.

_____, 「구비문학의 민족미학적 정체성」, 『한국 고전시가의 정체성』, 성균관대학교 대동문화연구원, 2002, 285~317쪽.

_____, 「사설시조의 형식과 미학적 특성」, 『어문연구』116호, 한국어문교육연구회, 2002, 81~92쪽.

남정희, 「18세기 경화사족의 시조 향유와 창작 양상에 관한 연구」, 이화여대 박사논문, 2001.

다이안 맥도넬(임상훈 역), 『담론이란 무엇인가』, 한울, 1992, 11~14쪽.

디이터 람핑(장영태 역), 『서정시 : 이론과 역사』, 문학과지성사, 1994, 104~120쪽.

문천기, 「사설시조의 패러디 양상에 관한 연구」-평시조와 관련된 자료를 중심으로-, 성균관대 교육대학원 석사논문, 1997

박경수, 「민요의 서술성과 구성원리」, 『한국 서술시의 시학』, 태학사, 1998, 225~257쪽.

朴喆熙, 『韓國詩史研究』, 一潮閣, 1980.

사진실, 「조선시대 서울지역 연극의 공연상황 연구」, 서울대 박사논문, 1997, 30쪽.

서영숙, 「시집살이노래의 존재양상과 작품세계」, 정신문화연구원 한국학대학원 석사학위논문, 1983, 45~46쪽.

서영숙, 『우리 민요의 세계』, 역락, 2002, 145쪽.

成基玉, 『韓國詩歌 律格의 理論』, 새문사, 1986.

_____, 「한국고전시 해석의 課題와 展望」, 이화여대 인문과학대 발표회, 발표요지, 1995.

_____, 「국문학 이해의 방향과 과제」, 『한국문학개론』, 새문사, 1992, 34쪽.

성무경, 「가사의 존재양식 연구」, 성균관대 박사학위논문, 1997, 11~15쪽.

_____, 「역대시조전서 수록 45수의 성격 변증과 잡가」, 『도남학보』18집, 2000.

신경숙, 「정가가객의 미학」, 『한국학연구』10집, 고려대 한국학연구소, 1998, 303~334쪽.

_____, 『19세기 가집의 전개』, 계명문화사, 1994.

신은경, 「사설시조의 시학연구」, 서강대 박사논문, 1988.

_____, 「평시조를 패로디화한 사설시조 연구」, 『고전시 다시 읽기』, 보고사, 1997.

심재완, 『교본 역대시조전서』, 세종문화사, 1972.

_____, 『시조의 문헌적 연구』, 세종문화사, 1972.

양희찬, 「시조집의 편찬 계열연구」, 고려대 박사논문, 1993.

이보형, 「아리랑소리의 근원과 변천에 관한 음악적 연구」, <한국 민요학> 제5집, 1997.

이상섭, 『言語와 想像』, 문학과지성사, 1980.

이상원, 「조선후기 가집 연구의 새로운 시각-해동가요 박씨본을 대상으로-」, 『시조학논총』 18집, 한국시조학회, 2002, 223~244쪽.

이석균·정철용, 『데이터베이스 시스템』, 사이텍 미디어, 2003.

이정아, 「서사민요연구」, 이화여대 석사학위논문, 1993, 31~43쪽 및 79쪽.

임동권, 『한국민요집 I』, 집문당, 1961.

張敬烈, 「辭說時調의 어제와 오늘」, 『2002 卍海祝典』, 만해사상실천 선양회, 2002.

張法(유중하 등 번역), 『東洋과 西洋 그리고 美學』, 푸른숲, 1999.

정끝별, 『패러디 시학』, 문학세계사, 1997, 69~72쪽.

趙東一, 「시조의 律格과 變形 규칙」, 『국어국문학연구』 18집, 영남대 국어국문학과, 1978.

_____, 『서사민요연구』, 계명대 출판부, 1970, 43쪽.

_____, 『인물전설의 의미와 기능』, 영남대 출판부, 1979, 394쪽.

_____, 『한국소설의 이론』, 지식산업사, 1977, 124쪽.

진동혁, 『주석(註釋) 해아수 방초록』, 대진출판사, 1994, 11~29쪽.

최 철, 『한국민요학』, 연세대 출판부, 1992, 102~108쪽.

최 헌, 「조선조 17·8세기 음악문화의 성격」, 동양예술학회 춘계학술회의 발표문, 2002, 2~6쪽.

허남춘, 「서사민요란 장르규정에 대한 이견」, 『제주문화연구』, 도서출판 제주문화, 1993, 79쪽.

황준연, 「가곡(남창) 노래 선율의 구성과 특징」, 『금하 하규일선생의 달 기념 학술대회』, 월하문화재단, 2000, 23~28쪽.

찾아보기

▌김학성

　서울대학교 문리대 국문학과 졸업
　서울대 대학원에서 문학 석사·박사학위 받음
　원광대·전주대 교수 역임
　한국시가학회 회장 역임
　현재 성균관대학교 국문학과 교수
　저서:『한국 고전시가의 연구』(원광대출판국, 1981)
　　　『국문학의 탐구』(성균관대출판부, 1987)
　　　『한국 고시가의 거시적 탐구』(집문당, 1997)
　　　『한국 고전시가의 정체성』(성균관대 대동문화연구원, 2002)

한국시가문학연구총서 ①

한국 시가의 담론과 미학

2004년 12월 30일 초판 발행

지은이　김학성
펴낸이　김흥국
펴낸곳　도서출판 **보고사**

등록　1990년 12월(제6-0429)
주소　서울시 성북구 보문동 7가 11번지
편집부 922-5120~1, 영업부 922-2246, 팩스 922-6990
홈페이지　www.bogosabooks.co.kr
메일　kanapub3@chol.com

ⓒ 김학성, 2004
ISBN 89-8433-287-9(93810)
정가 15,000원

잘못된 책은 교환하여 드립니다.